# NET FORCE

## Du même auteur
### *aux Éditions Albin Michel*

TOM CLANCY ET STEVE PIECZENIK
présentent

# Tom Clancy

# NET FORCE

ROMAN

*Traduit de l'américain
par Jean Bonnefoy*

**ALBIN MICHEL**

Ceci est une œuvre de fiction. Les personnages et les situations décrits dans ce livre sont purement imaginaires : toute ressemblance avec des personnages ou des événements existant ou ayant existé ne serait que pure coïncidence.

*Titre original :*

TOM CLANCY'S NET FORCE

Publié par Berkley Books,
avec l'accord de Netco Partners
© Netco Partners, 1998

*Traduction française :*

© Éditions Albin Michel S.A., 1999
22, rue Huyghens, 75014 Paris

ISBN 2-226-10756-8

# 1.

## Mardi 7 septembre 2010, 23 : 24, Washington, DC

« Parfait, commandant, dit Boyle. La voie est libre. »

Steve Day pénétra dans la touffeur de la nuit d'automne. Au sortir de la fraîcheur climatisée du restaurant, il était encore imprégné des fragrances exquises de la cuisine italienne. Déjà sur le trottoir, Boyle, le chef de ses gardes du corps, chuchotait dans son inter*[1]. La limousine était là mais Boyle était un jeune homme fort prudent, l'un des plus doués du FBI. Ce n'est qu'après un ordre vocal que le verrou électronique de la porte arrière se libéra avec un déclic. Dans l'intervalle, son regard n'avait cessé de se diriger partout sauf vers Day.

Ce dernier adressa un signe de tête au chauffeur, le nouveau. C'était comment déjà... Larry ? Lou ? Un

---

1. Pour les termes techniques, néologismes et sigles signalés par un astérisque, on se reportera au glossaire en fin de volume (N.d.T.).

nom comme ça. Il se dirigea vers la limousine, l'atteignit, se glissa sur le siège cloné-cuir. Il se sentait impec. Rien de tel qu'un solide repas arrosé de trois excellents crus pour vous mettre de bonne humeur. L'enseigne d'Umberto venait d'ouvrir, mais le troquet valait déjà au moins ses quatre étoiles – en tout cas, il ne tarderait pas à les décrocher, dès qu'un guide s'aviserait de le classer. Day espérait au moins que ce ne serait pas pour tout de suite : il suffisait qu'il déniche un coin perdu où la bouffe soit correcte pour que celui-ci ne tarde pas à être « découvert », ce qui rendait problématiques les réservations.

Certes, il commandait la Net Force Et ce nouvel organisme avait toujours la cote dans les cercles du pouvoir de la capitale fédérale, mais cela ne vous donnait pas pour autant la priorité sur tel riche sénateur ou tel diplomate étranger encore plus fortuné qui se pointait là. C'est qu'à Washington, même les patrons de restaurant savaient quel cul il convenait de lécher en premier, et ce n'était sûrement pas celui d'un homme comme Day, malheureux fonctionnaire, anonyme parmi les anonymes. Pour l'instant, en tout cas.

N'empêche, le dîner avait été fabuleux : pâtes *al dente,* nappées d'une sauce onctueuse à souhait, salade de crevettes et sorbets délicieusement rafraîchissants. Day se sentait agréablement rassasié et un rien pompette. Une chance qu'il n'ait pas à conduire.

Son virgil* se mit à pépier.

Boyle se glissa sur le siège à côté de lui, ferma la portière, puis frappa avec le doigt contre la séparation pare-balles en Lexan. Le chauffeur démarra tandis que Day dégrafait le petit boîtier fixé à sa ceinture pour en consulter l'écran.

L'icône d'un téléphone clignotait à l'angle supérieur droit du petit afficheur à cristaux liquides. Il l'effleura et un numéro apparut aussitôt. Marilyn, qui appelait de la maison. Coup d'œil au top horaire. Onze heures, à peine. Elle avait dû rentrer en avance de sa réunion. D'habitude, elles s'éternisaient bien après minuit. Il sourit. Tapota deux fois sur le numéro et attendit la connexion. Guère plus gros qu'un paquet de cigarettes – il y avait renoncé depuis vingt ans mais n'avait quand même pas oublié à quoi ça ressemblait –, son virgil était un jouet super. L'acronyme signifiait en anglais « Liaison par interface globale virtuelle ». L'appareil faisait office à la fois d'ordinateur, de GPS*, de téléphone, d'horloge, de radio-TV, de modem, de carte de crédit, de caméra, de scanner, et même de microfax. Le GPS pouvait vous donner votre position partout sur la planète – et en sa qualité d'agent du FBI, Day bénéficiait d'un appareil non bridé, contrairement aux modèles commerciaux : sa précision était inférieure à cinq mètres. Vous pouviez vous connecter à n'importe quel correspondant équipé d'un téléphone ou d'un ordinateur, via un canal hypernumérique crypté si dense qu'un expert en déchiffrage ne parviendrait pas à le décoder avant la semaine des quatre jeudis. Une fois entrés les codes idoines, cet appareil permettait à Day d'accéder aux bio-ordinateurs du FBI et de la Net Force, et à leurs gigantesques banques de données. S'il avait voulu, il aurait très bien pu verser du sucre en poudre pour révéler l'empreinte laissée sur l'assiette par le garçon et ainsi obtenir l'identité et le curriculum détaillé de celui-ci avant même d'avoir terminé son dessert.

C'était le pied de vivre dans l'avenir, dix ans à peine

après le changement de millénaire. Si l'an 2010 offrait de tels prodiges, à quoi aurait-on droit dans vingt ou trente ans ? Il avait hâte de le découvrir et, avec les progrès de la médecine, il pouvait sans crainte attendre l'échéance.

Le haut-parleur du virgil se manifesta : « Salut, Steve.

– Salut, Marilyn. Quoi de neuf ?

– Pas grand-chose. On a fini en avance, je me demandais juste si ça te dirait de souper... »

Il regarda le virgil en souriant. Comme la caméra n'était pas connectée, elle n'en profita pas. « Je sors juste de chez Umberto. Je crois que je vais me passer de manger pendant une petite quinzaine. »

Elle rit. « Je comprends. Tu rentres ?

– J'arrive. »

Il avait un pied-à-terre dans le centre, mais presque tous les soirs il tâchait de traverser le fleuve et de rentrer chez lui. Les enfants étaient grands, mais Marilyn et le chien aimaient bien le voir de temps en temps.

Il tapota sur le virgil, le remit à sa ceinture. Ce qui n'alla pas sans mal : il dut la dégrafer de deux crans et faire passer vers l'avant l'étui capitonné de son SIG40 pour l'empêcher de lui entrer dans la hanche droite. Il aurait pu emporter à la place un de ces nouveaux modèles de KT* sans fil – ces *kick tasers* censés surpasser une arme à feu. Mais il se fiait modérément à ces lance-fléchettes électrocutrices. Certes, il venait de se voir confier une responsabilité politique, mais il était depuis trop longtemps dans la maison pour ne pas rester attaché à son brave vieux flingue.

Déplacer l'arme le soulagea un peu. Tant qu'il y

était, il défit le Velcro fixant les pans de son gilet pare-balles en Kevlar pour se donner un peu de mou de ce côté-là aussi.

À ses côtés, Boyle se forçait pour ne pas sourire.

Day hocha la tête. « Facile de rire, pour toi. T'as quel âge ? Trente ans ? Fourré au gymnase trois ou quatre fois par semaine, hein ? Les vieux ronds-de-cuir dans mon genre n'ont pas le temps de se maintenir en forme. »

Non qu'il fût en si mauvaise condition physique que ça. Dans les quatre-vingts kilos pour un mètre soixante-dix, peut-être... D'accord, ça ne lui aurait pas fait de mal d'en perdre quelques-uns, mais il avait quand même cinquante-deux balais depuis juin, cela lui donnait droit à un peu d'excédent de bagages... Il l'avait bien mérité.

Ils étaient dans la ruelle passant derrière les nouvelles HLM, c'était le raccourci pour rejoindre l'autoroute. Un quartier sombre et sordide : lampadaires brisés, voitures désossées au bord des trottoirs. Encore un de ces taudis surgis de terre avant même que les plâtres soient secs. Selon lui, l'actuelle politique d'aide sociale aurait eu besoin d'un sérieux coup d'accélérateur ; d'accord, ça ne datait pas d'hier. N'empêche que l'avenir ne souriait pas à tout le monde. Il y avait des rues à Washington où il ne serait pas allé se balader tout seul le soir, même avec virgil, pistolet, et gilet pare-balles. La limousine blindée le rassurait un tant soit peu...

Il y eut une terrible détonation, un éclair orange vif qui pulsa dans l'habitacle. L'avant de la voiture se souleva, parut rester une éternité en équilibre sur les roues arrière avant de retomber lourdement sur la chaussée.

« Bon Dieu, qu'est-ce... ? »

Boyle avait déjà dégainé le pistolet, alors qu'après un tête-à-queue le lourd véhicule allait finir sa course contre un réverbère. Le mât était en fibre de verre : il se rompit à la hauteur du pare-chocs et tomba sur la carrosserie, faisant pleuvoir sur le coffre une averse crépitante de verre brisé.

Day vit une silhouette massive vêtue de noir surgir de la nuit moite. L'homme portait une cagoule, pas entièrement rabattue. Il était blond, et une balafre lui traversait le sourcil droit. Il souriait.

Il crut entrevoir un autre mouvement à l'arrière de la limousine mais quand il se retourna, il n'y avait rien.

« Fonce ! s'écria-t-il. Fonce ! Fonce ! »

Le chauffeur essaya, le moteur rugit, les roues crissèrent, mais la voiture demeura bloquée. Une odeur de caoutchouc brûlé envahit l'habitacle.

Day pressa la touche d'appel d'urgence sur son virgil, il tâtonnait déjà pour dégainer son arme quand l'homme en noir, parvenu à leur hauteur, plaqua un objet sur la portière. Au bruit, c'était métallique. L'homme fit demi-tour et regagna les ténèbres au pas de course.

« Dehors ! hurla Boyle. Il vient de nous coller une mine-ventouse ! Dehors, vite ! »

Day saisit la poignée côté conducteur, la souleva, plongea vers l'extérieur et toucha le sol en amortissant sa chute avec l'épaule.

On entendit cracher une mitraillette, puis le crépitement des balles chemisées sur la carrosserie.

Day continua son roulé-boulé, cherchant un abri. Rien. Nulle part où se cacher !

Il jeta un œil vers la limousine. Sentit que le temps s'engluait. Boyle descendait de voiture, son pistolet crachait, des langues de feu orangé transperçaient la nuit, mais il avait l'impression de voir un film au ralenti.

Boyle tressauta quand une rafale d'arme automatique le cueillit en plein torse.

Dans un recoin de son esprit, Day savait que la majorité des mitraillettes utilisaient des balles de pistolet et que le gilet pare-balles pouvait arrêter tout projectile d'arme de poing. Aussi longtemps que les agresseurs évitaient de...

*... du sang et de la cervelle jaillirent de la tempe de Boyle en même temps que la balle ressortait...*

... évitaient de viser la tête !

Bon Dieu, mais qu'est-ce qui se passait ? Qui étaient ces types ?

À bord de la voiture, le chauffeur cherchait toujours à redémarrer, le moteur rugissait sans arrêt. Day sentit l'odeur d'échappement, de pneus brûlés... et aussi celle de sa propre terreur, aigre, forte, tenace.

La mine fixée à la porte arrière explosa, *bang !*

Toutes les vitres de la limousine furent pulvérisées. Les éclats tombèrent en grêle dans toutes les directions, certains atteignirent Day, mais il s'en rendit à peine compte.

Le pavillon se déchira sur l'arrière, laissant un espace large comme le poing. Une fumée âcre et brûlante le submergea.

Le torse du chauffeur dépassait de la vitre soufflée, inerte. Mort. Tout comme Boyle. Les secours n'allaient pas tarder, mais pas question de les attendre, s'il ne voulait pas connaître un sort identique.

Day se releva, fit deux ou trois pas, obliqua sur la droite, repartit sur la gauche. Progression en zigzag, comme sur le terrain de foot du collège, trente-cinq ans plus tôt.

Le tireur essaya de l'aligner. En vain. Une balle s'accrocha dans son gilet, fit un trou juste sous le bras gauche. Il était outré. Ce putain de gilet était en soie d'araignée made in Hongkong et lui avait coûté six cents dollars !

Un autre projectile s'écrasa sur le torse, juste au-dessus du cœur. Il n'avait jamais utilisé la triple feuille de titane qu'on glissait dans la poche de protection idoine, se contentant, comme la majorité de ses collègues, d'y fourrer trois épaisseurs de Kevlar. Résultat, l'impact faisait un mal de tous les diables. Comme si on lui avait flanqué un coup de marteau en plein sternum ! Bordel !

Mais peu importait. Il était debout, il avançait...

Une silhouette noire apparut devant lui, brandissant un Uzi. Malgré la nuit et le brouillard de la terreur, Day nota que l'individu portait un épais blindage de combat sous son veston noir. On lui avait appris à viser en priorité le centre de masse de la cible, mais ici, cela ne servirait à rien : son SIG40 ne ferait pas plus de mal à son assaillant que son Uzi 9mm !

Sans cesser de courir, Day leva le SIG, aligna la tache lumineuse en tritium de la mire avec le nez de l'individu. Son champ visuel se réduisit, concentré sur le visage. Le point vert phosphorescent tressautait légèrement mais il appuya par trois fois le plus vite possible sur la détente.

L'adversaire s'effondra, comme s'il avait eu les jambes coupées.

Parfait ! Parfait ! Déjà un d'éliminé, il avait créé un trou dans la défense adverse, exactement comme au football, quand il était trois-quarts arrière, dans le temps.

À présent, tu fonces dans l'ouverture, et vite, droit vers la ligne de but !

Du coin de l'œil, il entrevit un mouvement, regarda sur la gauche et vit un autre type, lui aussi en noir. Il tenait à deux mains un pistolet. Immobile comme un tableau. On l'aurait cru à l'entraînement au stand de tir.

Day sentit son estomac se nouer. Il avait envie de fuir, de tirer, de déféquer, tout cela au même instant. Qui que soient ces types, c'étaient des pros. Rien à voir avec une bande de loubards cherchant à vous soulager de votre portefeuille. C'était un attentat, un assassinat, et ces types étaient des bons...

Ce fut sa dernière pensée.

La balle l'atteignit entre les deux yeux, emportant toute réflexion ultérieure.


Mikhaïl Roujio se retourna sur la banquette arrière du break Volvo pour regarder dans le coffre où gisait Nicolas Papirossa. Le corps était allongé sur le côté, dissimulé sous un drap, et l'odeur de la mort s'insinuait dans l'habitacle, malgré la couverture. Roujio soupira, hocha la tête. Pauvre Nicolas... Comme toujours, on avait espéré ne pas subir de pertes, mais le gros Américain n'avait pas été aussi vieux et lent que prévu. Ils l'avaient sous-estimé. Fatale erreur. Certes,

Nicolas avait été le responsable des informations sur le commandant du FBI. On pouvait donc dire qu'il avait mérité son sort. N'empêche que Roujio le regretterait. Leur relation remontait à un bail, au temps du SRV*, le Service du renseignement extérieur. Quinze années : une éternité dans cette branche.

Il aurait dû fêter demain son anniversaire : quarante-deux ans.

À l'avant, Winters, l'Américain, conduisait. Assis à côté de lui, Grigory Zmeya bougonnait dans son coin, en russe.

Ces noms – même celui de l'Américain, « Hivers » – n'étaient pas leurs vrais patronymes. C'étaient des jeux de mots. Roujio signifiait « Fusil ». Nicolas avait choisi pour pseudo « Papirossa », qui désigne les cigarettes russes à bout cartonné. Quant à Grigory, c'était « le Serpent ».

Roujio émit un nouveau soupir. Ce qui est fait est fait. Nicolas était mort, mais leur cible aussi. La perte était par conséquent acceptable.

« Ça se passe bien derrière, mec ? s'enquit l'Américain.

– Impec.

– C'était pour savoir. »

L'Américain se disait texan, et soit il l'était, soit il imitait assez bien l'accent local.

Roujio contempla le pistolet posé sur le siège voisin, celui avec lequel il avait abattu l'homme qui avait tué Nicolas. Un Beretta 9mm. Une belle arme de fabrication italienne, bien finie, malheureusement trop encombrante, trop lourde, trop bruyante, avec trop de recul et trop de balles au goût de Roujio. Quand il servait dans les Spetsnatz*, les commandos d'élite du renseignement militaire, et qu'il participait aux *mokriye diela* – les « affaires humides », le nettoyage, si l'on préfère –, il portait un PSM, un petit pistolet de 5.45. L'unique projectile était peut-être moitié moins gros que les balles du Beretta, et l'arme elle-même était bien plus petite. Certes, il l'avait fait équilibrer par son armurier ; malgré tout, elle lui avait toujours suffi et ne l'avait jamais lâché. Il aurait préféré l'avoir en ce moment mais, bien sûr, c'était impossible. Il fallait donner l'impression que l'auteur du meurtre était originaire de ce pays, alors qu'une arme d'origine russe aurait déclenché suffisamment d'alarmes pour réveiller les morts. Les Amerloques n'étaient quand même pas bêtes à ce point.

Il considéra le Beretta, le sourcil froncé. Cette obsession de la taille, c'était typique des Américains ; pour eux, plus c'était gros, mieux c'était. Leurs flics vidaient parfois sur leur cible des chargeurs de dix-huit à vingt balles de gros calibre à haute vélocité, la ratant à chaque fois. Une technique qu'ils baptisaient « arroser et prier ». Ils n'avaient pas l'air d'avoir compris qu'une seule balle d'une arme de petit calibre aux mains d'un expert était infiniment plus efficace qu'un plein chargeur de balles à tirer les éléphants vidé par un crétin mal entraîné – ce qui semblait être le cas de nombreux flics américains. Les Juifs le savaient bien. Le Mossad israélien utilisait systématiquement des calibres 22 tirant les projectiles les plus petits disponibles dans le commerce. Et chacun savait qu'on ne devait pas prendre le Mossad à la légère.

Mais enfin, le gars du FBI était mort en homme. En emportant avec lui un des leurs, ce qui n'avait pas été prévu. Il lui avait logé trois balles dans la tête. Une

17

seule, ça pouvait passer pour un accident, trois, sûrement pas. Il avait noté l'armure, l'avait reconnue et avait donc visé la tête. Un poil plus rapide, il aurait pu échapper à la première attaque.

Devant, le Serpent grommela quelque chose, assez fort pour être entendu de Roujio. Qui grinça des dents. Il n'aimait pas Grigory le Serpent. Ancien militaire, il faisait partie en 1995 des unités qui avaient écrasé sa Tchétchénie natale, en tuant et en violant. Bien sûr, il n'était alors qu'un soldat, bien sûr, il n'avait fait qu'obéir aux ordres, et bien sûr, à long terme, la mission importait plus que les éventuelles rancœurs de Roujio à l'égard du Serpent, alors il fallait bien qu'il le supporte. Mais peut-être qu'un de ces quatre, l'autre évoquerait une fois de trop sa superbe médaille commémorative des combats en Tchétchénie, et si cela survenait assez près de la fin de la mission pour qu'on puisse se passer de lui, Grigory Zmeya irait rejoindre ses ancêtres. Et c'est avec le sourire que Roujio étranglerait ce triste balourd.

Mais pas aujourd'hui, en tout cas. Il restait trop de choses à faire, trop de ponts à franchir, d'objectifs à atteindre, et le Serpent était encore indispensable.

Une chance pour lui.


Alexander Michaels ne dormait que d'un œil quand s'éclaira le petit moniteur posé sur la table de nuit. Il sentit la pression de la lumière derrière ses paupières closes, roula vers la source lumineuse, ouvrit les yeux.

Le fond d'écran bleu de la Net Force apparut, tandis que la voix synthétique de l'ordinateur annonçait : « Alex ? Nous avons une com de priorité un. »

Michaels cligna les yeux, fronça les sourcils en voyant le top horaire à l'angle supérieur droit. Minuit passé. Il n'était pas encore réveillé. Qu'est-ce que... »

« Alex ? Nous avons une com de priorité un. »

L'ordinateur avait une voix rauque, sexy, féminine. Peu importait ce qu'elle racontait, on aurait cru que c'était une invitation à la rejoindre au lit. Le module de personnalité avec son complément vocal avait été programmé par Jay Gridley et s'il avait sélectionné cette voix, Michaels le savait, c'était pour blaguer. Jay était un expert en informatique, mais il était meilleur cuisinier que comédien, et même si Michaels trouvait la voix irritante, il ne lui donnerait certainement pas le plaisir de l'implorer d'en changer.

Le commandant adjoint de la Net Force se massa le visage, passa les doigts dans sa brosse de cheveux bruns, se rassit. La microcam sensible au mouvement fixée au sommet du moniteur le suivit. L'unité était programmée par défaut pour transmettre la vidéo. « D'accord, je suis debout. Connexion com. »

Le voxax*, un système à commande vocale, obéit à son instruction. Le bleu de l'écran se dissipa, révélant le visage un rien irrité du sous-commandant adjoint Antonella Fiorella. Elle semblait plus alerte que lui, mais il faut dire qu'elle était de garde au cimetière, cette semaine, donc c'était le moins qu'on attendait d'elle.

« Désolée de vous réveiller, Alex.

– Pas de problème, Toni. Que se passe-t-il ? » Elle n'aurait pas appelé en P1 si le problème n'était pas crucial.

– On vient d'assassiner le commandant Day.

– Quoi !?

– Son virgil a envoyé un signal d'alarme. Venant de la capitale fédérale. La police s'est aussitôt rendue sur place. Le temps d'arriver, Day, son garde du corps, Boyle, et Louis Harvey, le chauffeur de la limousine, étaient morts. Un attentat à la bombe et à la mitraillette, selon toute apparence. Il y a une vingtaine de minutes. »

Michaels laissa échapper une expression qu'il employait rarement devant des dames.

« Ouais, dit Toni. Je ne vous le fais pas dire.

– J'arrive tout de suite.

– Le virgil a gardé l'adresse. » Une brève pause. « Alex ? N'oubliez pas la procédure en cas d'assassinat. »

Elle n'avait pas besoin de le lui rappeler, mais il acquiesça. Dans l'hypothèse d'une agression contre un agent fédéral de haut niveau, tous les membres de l'unité en cause devaient supposer que l'attaque n'était pas isolée. « Bien copié. Discom*. »

L'image de son assistante s'évanouit, remplacée par l'écran bleu de la Net Force. Il se coula hors du lit, s'approcha de la commode, commença à sortir ses vêtements.

Steve Day était mort ? Merde.

Merde.

# 2.

Les rampes lumineuses rouge et bleu des voitures de patrouille de la police municipale jetaient sur la rue un éclairage de carnaval bariolé, un effet en harmonie avec le cirque qui s'y déroulait. Il n'était pas loin d'une heure du matin et pourtant des dizaines de badauds encombraient les trottoirs, contenus par des agents de police et des rubans de plastique zébré. D'autres, encore plus curieux, se penchaient aux fenêtres des immeubles proches. C'est qu'il y avait du spectacle, entre la limousine défoncée, les douilles jonchant le sol, et les trois cadavres.

Sale coin pour mourir, se dit Toni Fiorella. Mais enfin, tout bien pesé, aucun lieu n'était vraiment recommandable lorsque la mort débarquait sous la forme d'une brutale et soudaine grêle de balles de mitraillette.

« Agent Fiorella ? »

Toni chassa ses réflexions sur la mort pour contempler le fonctionnaire de police qui, à en juger par les valises qu'il avait sous les yeux, venait d'être tiré du lit. La cinquantaine facile, presque chauve, et pour l'heure, sans aucun doute, fort contrarié. Des cadavres d'agents fédéraux dans votre cour, et pendant votre garde, on pouvait trouver mieux comme réveil. Nettement mieux.

« Oui ?

– Mes hommes ont déjà le résultat de leur premier coup de sonde. »

Toni hocha la tête. « Laissez-moi deviner... Personne n'a rien vu ?

– Vous devriez faire carrière dans la police, constata le policier, le ton amer. Aucun détail ne vous échappe. »

Elle embrassa d'un geste large la foule des badauds. « Il doit bien y avoir là-dedans un type qui a des trucs à se reprocher. »

Le policier acquiesça. Ce n'était pas un bleu. Dès qu'un flic se faisait tuer, peu importait qu'il soit agent municipal, de l'État ou fédéral, on se décarcassait pour trouver le coupable. On coinçait un petit dealer, voire un simple citoyen avec un peu trop de contredanses impayées, car le moindre indice valait son pesant d'or. Quels que soient les moyens pour l'obtenir. Pas question de laisser filer un tueur de flics.

Toni leva les yeux, vit la berline Chrysler neuve s'immobiliser en douceur devant le barrage de police. Deux hommes, le garde du corps et le chauffeur, descendirent les premiers et scrutèrent la foule. Le garde du corps adressa un signe de tête au passager à l'arrière.

Alexander Michaels apparut, vit Toni, se dirigea vers

elle en brandissant l'étui de son badge. Les flics qui bloquaient la rue lui firent signe de passer.

Toni ressentit ce mélange d'émotions qui l'assaillait à chaque fois qu'elle voyait Alex. Malgré tout ce carnage, elle éprouvait de la joie, de l'admiration et même de l'amour.

L'expression d'Alex n'était pas sombre, mais comme toujours avec lui, neutre. Jamais il ne se serait laissé aller à manifester ses sentiments, même si elle le savait profondément touché. Steve Day avait été son mentor et son ami ; sa disparition devait lui transpercer le cœur, mais il n'en laisserait jamais rien paraître, y compris devant elle.

Surtout devant elle...

« Toni...

– Alex. »

Sans un mot, ils allèrent inspecter les lieux. Alex s'accroupit pour examiner le corps de Steve Day. Elle surprit sur ses traits une brève tension, une crispation fugitive du maxillaire lorsqu'il contempla son ami. Rien de plus.

Il se releva, se dirigea vers la limousine, considéra les deux autres agents abattus, l'épave de la voiture. Des agents du FBI et de la police locale continuaient de parcourir la scène, munis de torches halogènes et de caméscopes, couvrant toute la rue. Les spécialistes de la Crim entouraient à la craie l'emplacement des cartouches vides jonchant la chaussée et les trottoirs, notant leur position avant de les emballer dans des sachets de plastique. Au labo, un expert les passerait à la vapeur de Superglue : bien appliqué, le fin brouillard d'ester de cyano-acrylate pouvait révéler une empreinte digitale sur une feuille de papier hygiéni-

que, puis ils procéderaient au test d'amplification bio-
logique capable de retrouver un microbe dans un
océan, mais Toni jugeait douteux qu'ils parviennent
à récupérer des empreintes ou des résidus d'ADN uti-
lisables. C'était rarement aussi simple. Surtout dans le
cas d'une opération apparemment aussi bien montée
que celle-ci.

Une fois qu'il eut vu tout ce qu'il voulait voir, Alex
se retourna vers elle : « C'est bon. Votre avis ?

– Pour autant qu'on puisse en juger pour l'instant,
le commandant Day a été victime d'un assassinat. Une
bombe placée sous une plaque d'égout a projeté la
limousine contre un lampadaire. La porte arrière a
été soufflée – sans doute par une mine-ventouse de la
marine – et les passagers abattus par plusieurs assaillants. D'après la disposition des douilles éjectées, il y
avait trois tireurs ou plus. Porter s'occupera de
l'expertise balistique, mais il est à peu près certain,
d'après ses premières constatations, qu'ils utilisaient
des balles de 9mm, au moins deux mitraillettes et une
arme de poing. » Elle parlait d'un ton égal, comme si
elle énonçait des statistiques de jeu. Pourtant, comme
chez tous les Italiens du Bronx, dans sa famille, on
était expansif, on avait le cœur sur la main, on pleurait
et riait fort si nécessaire. Elle avait du mal à masquer
son émotion – elle aussi, elle aimait bien Steve Day et
son épouse –, mais c'était son boulot.

« Boyle et Day ont riposté. Boyle a réussi à tirer
douze balles, Day, trois. Porter a retrouvé dans la rue
deux balles de revolver déformées. La trace de
l'impact indique qu'elles ont ricoché sur un matériau
plus rigide que du Kevlar. Il faudra procéder à des
analyses détaillées pour être certain, mais... »

Alex la coupa : « Les assassins portaient des blindages, sans doute des plaques de céramique ou de résille métallique de qualité militaire. Quoi d'autre ?

– Par ici... »

Elle le conduisit un peu plus loin derrière le corps de Day. Les hommes de la PJ étaient en train d'emballer le cadavre, mais Alex ne leur accorda pas un regard, pas plus qu'à la dépouille de son ami : il ne pensait plus qu'au boulot. « Les douilles de Day ont été retrouvées ici, là et là. » Elle indiquait de petits cercles à la craie séparés de quelques mètres sur la chaussée. Elle fit deux pas, indiqua de nouveau la chaussée. « Et là, il y a une petite tache de sang coagulé, et la marque d'un jet de sang et de tissu cérébral, partant dans cette direction, derrière la trace », expliqua-t-elle. Elle attendit, sachant qu'il ferait le rapport.

Effectivement : « Quelqu'un a descendu l'un des agresseurs, malgré le blindage, dit Alex. Day a dû se douter qu'il fallait viser la tête. Mais les tueurs ont emporté le corps.

– La police de Washington a établi des barrages routiers... »

Il balaya l'information. « C'est l'œuvre de pros. Jamais ils ne se feront prendre à un barrage. Quoi d'autre ? »

Elle secoua la tête. « Jusqu'à ce qu'on ait les résultats du labo, j'ai bien peur que ce soit tout. Aucun témoin ne s'est présenté. Je suis désolée, Alex. »

Il acquiesça. « Tant pis. Steve – le commandant Day – était en charge de la Mafia depuis un bout de temps. Mettez en route la machine, Toni... je veux tout savoir sur tous les interlocuteurs qu'il a eus dans le cadre de ses fonctions officielles, sur tous ceux qui auraient pu lui en vouloir. Et sur toutes les affaires sur lesquelles on travaille en ce moment. Tout ceci ressemble à une action de la Nouvelle Mafia, c'est dans leur style, mais il n'est pas question de négliger quoi que ce soit.

– J'ai déjà mis des équipes sur le coup. Jay Gridley s'occupe des banques de données informatiques.

– Bien. »

Il fixait la rue, mais son regard était perdu à des millions de kilomètres.

Elle aurait voulu s'avancer, lui poser la main sur le bras, l'aider à supporter le poids soudain de la douleur qu'il endurait, mais elle se retint. Ce n'était ni le lieu ni le moment, elle le sentait, et elle ne voulait pas le voir fermer cette porte, se détourner d'elle quand elle lui offrait son réconfort. C'était un homme de cœur, mais il se barricadait, refusait de se laisser approcher. Si elle voulait un jour franchir son rideau de fer, il faudrait qu'elle fasse assaut de prudence et de subtilité. En outre, elle le sentait confusément, il eût été peu délicat d'exploiter la mort de son ami pour y parvenir.

« Je vais accompagner Porter au labo. »

Il acquiesça, mais sans autre réaction.


Michaels se tenait dans une rue sordide au milieu d'une nuit de déprime, assailli par l'odeur de poudre brûlée, l'éclat brûlant des torches et de la mort, le bruit des radios de la police et des enquêteurs au travail, le brouhaha des badauds tenus à l'écart par des agents de police désabusés. Très loin, en arrière-plan, on entendait chuinter un train de banlieue filant vers Baltimore.

*Steve Day était mort.*

Il n'avait pas encore vraiment réalisé. Il avait vu le corps, vu que l'éclat dans ses yeux s'était éteint, ne laissant qu'une coquille creuse, une forme vide d'où toute vie avait disparu.

Du point de vue intellectuel, il le savait, mais au niveau émotionnel, il était engourdi. Il avait déjà connu la mort d'autres amis proches. La réalité de leur disparition ne vous pénétrait que des jours, des semaines, des mois plus tard, quand vous compreniez que jamais plus ils ne vous passeraient un coup de fil ou ne vous écriraient un mot, que jamais plus vous n'entendriez leur rire ou ne les verriez à nouveau sonner à votre porte avec une bouteille de champagne.

Bon sang, quelqu'un avait soufflé sa vie comme on souffle une allumette, et tout ce qui restait à Alex à présent était la brûlure de sa colère : qui que soit l'auteur de ce crime, il le lui ferait payer – même si ce devait être la dernière chose qu'il accomplirait !

Il soupira. Il n'y avait plus rien à faire ici. Les tueurs devaient être loin à présent, et aucune enquête de voisinage, aucun interrogatoire de témoin ne leur donnerait d'éléments exploitables. Des portraits-robots d'une précision photographique ne les auraient guère avancés : les tireurs ne se planquaient pas dans ces immeubles décrépits ; ils ne devaient pas être du coin. Le grand public l'ignorait souvent, mais il était rare que les tueurs professionnels se fassent prendre. Dans neuf cas sur dix, les comparses qu'on réussissait à capturer avaient été dénoncés par leurs commanditaires, et Michaels estimait l'éventualité peu probable dans une opération de grande envergure comme celle-ci. Ses responsables sauraient pertinemment que les autorités ne se contenteraient pas de boucler des sous-fifres. Personne ne dénonçait qui que ce soit dans ce genre d'affaire. S'il s'était agi d'un banal règlement de comptes et que les pontes étaient devenus nerveux, les tireurs auraient eu de bonnes chances de disparaître dans une fosse de chaux vive à deux kilomètres au bout de la route de Pétaouchnok. Et peut-être même les auteurs de cette opération de nettoyage avec, qui sait.

La Net Force avait accès aux ressources technologiques les plus avancées de la planète, aux ordinateurs les plus rapides de la Toile mondiale, bref, à une mine d'informations qui dépassait l'entendement. Les agents qui travaillaient en ligne et sur le terrain étaient les meilleurs et les plus brillants, choisis parmi la crème du FBI, de la NSA*, des meilleures universités du pays, des meilleurs services de la police et de l'armée. Pourtant, tout cela serait inutile si les assassins n'avaient pas commis ne fût-ce qu'une minuscule erreur. Si la Net Force ne dénichait pas un indice quelconque. Et quoi qu'il en ait, Michaels était depuis trop longtemps dans le métier pour ne pas en être convaincu.

Mais, là encore, même des tueurs professionnels n'étaient pas parfaits. Il leur arrivait de gaffer. Et si, dans cette affaire, ils avaient commis la moindre gaffe, une boulette tout juste visible au microscope électronique, Alexander Michaels était prêt à remuer ciel et terre pour la trouver.

Son virgil pépia.

« Oui ?

– Alex ? C'est Walt Carver. »

Michaels laissa de nouveau échapper un léger soupir. Walter S. Carver, patron du FBI. Il s'était attendu au coup de fil.

« Oui, monsieur.

– Je suis désolé pour Steve. Du nouveau dans l'enquête ? »

Michaels informa son patron. Quand il l'eut mis au fait, Carver répondit : « Très bien. On a une réunion avec le président et les responsables de la sécurité nationale à sept heures et demie, à la Maison-Blanche. Rassemblez les éléments en votre possession. C'est vous qui ferez l'exposé.

– Bien monsieur.

– Oh, et à partir de maintenant, vous êtes commandant en titre de la Net Force.

– Monsieur, je... »

Carver le coupa : « Je sais, je sais, mais j'ai besoin de quelqu'un à ce poste et vous êtes l'homme de la situation. Je ne voudrais pas paraître négliger la disparition de Steve mais la Net Force est responsable de bien plus que le destin d'un seul homme, quelles que soient ses qualités. Tout le monde va remonter d'un cran, Toni assumera vos anciennes responsabilités. J'aurai besoin de la signature du président, mais nous devrions vous avoir la confirmation officielle d'ici quelques jours.

– Monsieur...

– J'ai besoin de vous, Alex. Vous n'allez quand même pas me laisser tomber, hein ? »

Michaels lorgna le virgil. Il n'avait guère le choix. Il hocha la tête. « Non, monsieur. Je ne vous laisserai pas tomber.

« – Brave gars. Je vous vois dans la matinée. Tâchez de dormir un peu, je n'ai pas envie de voir un zombie quand vous ferez votre exposé. La procédure applicable en cas d'attentat est en vigueur, c'est bien compris ?

– Tout à fait, monsieur.

– Rentrez chez vous, Alex. »

Michaels fixa la voiture, le garde du corps et le chauffeur qui attendaient, postés à côté. Il avait un peu plus de six heures pour concocter son exposé au président des États-Unis et à ses durs à cuire de conseillers à la Sécurité – sans oublier son patron du FBI – et prendre en plus un peu de repos. Ça, il en était moins sûr.

Il hocha la tête. Quand vous pensiez maîtriser la situation, la vie avait tôt fait de vous remettre les idées en place. *Tu te crois responsable, mec ? Tiens, réfléchis un peu à ça : ton supérieur immédiat vient de se faire assassiner, sans doute par la pègre. Tu viens d'avoir une promotion et demain, tu joues sans doute ta carrière avec un exposé devant l'homme le plus puissant de la planète. Tu te sens comment ?*

« Comme une merde », fit-il tout haut.

À côté de lui, un simple flic se retourna : « Pardon ?

– Rien. » Il se dirigea vers sa voiture.

« On rentre à la maison, commandant ? » s'enquit le chauffeur.

*Commandant.*

Le chauffeur était déjà au courant de sa promotion. Bon. Une chose était sûre : Michaels avait bien l'intention de la mettre à profit pour régler cette affaire. Steve Day était son ami.

Faux. Steve Day *avait été* son ami. Michaels n'allait pas rentrer chez lui, malgré sa fatigue.

– Non. Au bureau. »

# 3.

Vladimir Plekhanov essuya l'éternelle couche de poussière à l'intérieur de la vitre pour contempler la cité. Malgré l'installation de climatiseurs et les visites hebdomadaires d'une femme de ménage, une couche de poudre fine comme du talc, mais bien plus sombre, parvenait à s'insinuer partout. Certes, ce n'était que de la crasse, maintenant. Il se souvenait d'un temps où c'était de la suie provenant des fours crématoires où brûlaient les restes de soldats, de civils et d'envahisseurs russes. Cela remontait à bien longtemps, vingt années, mais en prenant de l'âge il avait l'impression de passer plus de temps que nécessaire dans cette pièce chargée de vieux souvenirs. Tant pis. Certes, s'il lui restait encore pas mal d'années à vivre, il envisageait pour lui un avenir un peu plus radieux, mais il avait tout de même soixante balais, alors il pouvait bien jeter un coup d'œil dans le rétro de temps en temps, non ?

31

De sa position, dans un bureau d'angle au cinquième étage de l'aile informatique du bâtiment des sciences – anciennement, et pour une brève période, le quartier général de l'armée –, il jouissait d'un point de vue idéal.

Ici, le nouveau pont du centre-ville au-dessus de la Sunja ; sur l'autre rive, la masse imposante des oléoducs de Makhachkala, livrant leur or noir toujours plus précieux aux pétroliers mouillant sur la Caspienne. Non loin, les ruines de la caserne où Tolstoï avait servi quand il était jeune soldat. Et tout là-bas, à l'horizon, les premiers contreforts du Caucase.

La ville n'était pas plus moche qu'une autre. Du reste, ce n'était guère plus qu'une bourgade, aujourd'hui : bien que près de la moitié de la population du pays y vécût, avec moins de sept cent cinquante mille habitants, elle n'avait rien d'une grande métropole. Mais le pays était beau.

Le pétrole demeurait le lubrifiant de l'économie locale, même si les réserves s'épuisaient ; dix mille dinosaures auraient pu mourir et pourrir sur place chaque jour (un miracle que Spielberg, avec toute sa magie cinématographique, eût été bien en peine de réaliser), cela n'aurait pas suffi à les renouveler. Les torchères de la raffinerie brûlaient nuit et jour, crachant flammes et fumées vers les cieux, mais dans un avenir bien trop proche, ces fières colonnes finiraient par s'éteindre. L'économie tchétchène réclamait de nouvelles bases. Des bases que lui, Vladimir Plekhanov, s'apprêtait à lui fournir. Car, bien que né russe, il était aussi tchétchène que n'importe lequel de ses compatriotes...

Le bruit du programme téléphonique de son ordinateur interrompit ses rêves. Il quitta la fenêtre, se dirigea vers la porte de son bureau, adressa un sourire à Sacha, sa secrétaire. Puis il ferma la porte, avec douceur et fermeté, avant de se retourner vers sa station de travail dernier cri. « Ordinateur, activation, isolation acoustique. »

La machine ronronna et confirma la commande vocale. « Isolation activée ».

Plekhanov hocha la tête, comme si l'ordinateur pouvait voir et comprendre son geste. Ce n'était pas le cas, mais il aurait pu le programmer en ce sens, s'il l'avait désiré.

« Oui ? » fit-il en anglais. Cette ligne était dépourvue de mode visuel, d'ailleurs il n'en aurait pas voulu. La communication était bien sûr protégée – et par le meilleur programme de cryptage militaire russe. Plekhanov le savait d'autant mieux qu'il en était l'auteur, sous contrat avec l'armée russe : aucun auditeur éventuel n'aurait été capable de déchiffrer cette communication. Peut-être un agent de la Net Force, mais ils devaient avoir d'autres chats à fouetter en ce moment. Il sourit. Pourtant, il préférait s'exprimer en anglais parce que Sacha ne savait pas trois mots de cette langue ; comme tout le monde dans le secteur, du reste.

« Le boulot est fait », annonça la voix à des milliers de kilomètres de distance. C'était Mikhaïl *Roujio*, comme il aimait à se présenter. Mikhaïl « le Fusil ». Un homme violent mais loyal, et un expert dans son domaine. L'instrument idéal pour la mission.

« À la bonne heure. Je n'en attendais pas moins. Des problèmes ?

– Nicolas a décidé de se retirer à l'improviste.

« – Quel dommage, dit Plekhanov. C'était un bon employé.

– Oui.

– Tant pis. Vous avez emménagé dans de nouveaux quartiers ?

– Oui. »

La ligne était cryptée, mais les vieilles habitudes tenaces. Leur passage chez les Spetsnatz remontait à longtemps mais restait profondément ancré. Plekhanov savait que la planque était située à San Francisco, donc, inutile de le crier sur les toits. Qu'un petit génie de la cryptographie informatique réussisse par miracle à obtenir un enregistrement de cette conversation et qu'il parvienne (miracle supplémentaire) à la décoder, qu'obtiendrait-il ? Un dialogue anodin entre deux individus non identifiés, répercuté par tant de satellites et de relais terrestres qu'il serait impossible d'en retrouver la trace, un échange de banalités telles qu'elles n'avaient aucun sens précis : un boulot ? Un certain Nicolas qui se retirait ? Un déménagement ? Rien de bien concret.

« Eh bien, continuez comme prévu. Je te recontacterai quand il faudra terminer le travail. » Il hésita un moment, puis se rendit compte qu'on attendait autre chose de lui. Le communisme était mort et bien mort, mais les travailleurs avaient encore besoin d'approbation pour avoir un sentiment de réussite. Tout dirigeant digne de ce nom savait ça. « Vous avez fait du bon boulot, ajouta Plekhanov. Je suis content.

– Merci. »

Cela mit fin à la conversation.

Plekhanov se cala au fond de son siège. Le grand plan progressait exactement comme prévu. Telle une boule de neige qui dévale une colline, il avait commencé tout petit, mais avec le temps il deviendrait gigantesque et impossible à arrêter.

Il pressa la touche de l'interphone sur son bureau. Quelques secondes s'écoulèrent et rien ne se passa. Nouvelle pression sur le bouton. Toujours pas de réponse. Il soupira. Ce bidule était encore en rade. S'il voulait du thé, il faudrait qu'il aille le demander à Sacha. Lui qui s'apprêtait à devenir l'homme le plus puissant du monde, il devait travailler dans des bureaux où les équipements les plus élémentaires avaient besoin d'une réparation. Il secoua la tête. Ça allait changer.

Et ce ne serait qu'un début...

### *Mercredi 8 septembre, 7:17, Washington, DC*

Alexander Michaels avait connu des moments plus agréables. Tandis que son chauffeur le conduisait vers le 1600, Pennsylvania Avenue, il s'était remis à feuilleter les copies papier, tout en essayant de mettre de l'ordre dans ses pensées. Leur berline était encadrée par des voitures grises banalisées, bourrées de gardes du corps suffisamment armés pour soutenir un siège : la procédure était explicite dans le cas de l'assassinat d'un fonctionnaire fédéral de haut niveau. L'origine de ces mesures de protection remontait à Lincoln. Beaucoup de gens ignoraient encore que le président assassiné n'avait pas été l'unique cible de Booth et des autres conjurés.

Michaels s'était déjà rendu plusieurs fois à la Maison-Blanche, mais toujours aux côtés de Steve Day, jamais pour se retrouver lui-même sur la sellette. Il s'était muni de tous les éléments recueillis par le FBI ; les avait recopiés sur un minidisque capable de stocker des giga-octets de données, bien protégé dans son étui codé qu'il n'aurait plus qu'à charger sur le réseau sécurisé d'ordinateurs de la Maison-Blanche. Qu'il lui arrive quoi que ce soit et celui qui tenterait de forcer cet étui protecteur aurait une brûlante surprise au moment où dix grammes de Thermoflex dégageraient suffisamment de chaleur pour faire fondre l'étui, le disque et les doigts de l'imprudent assez stupide pour le garder en main.

Le réseau sécurisé de la Maison-Blanche était formé d'ordinateurs spécialisés sans liaison aucune avec le monde extérieur, tous équipés d'antivirus et de systèmes de surveillance dernier cri. Une fois qu'il les y aurait chargées, ses informations seraient en lieu sûr.

Mais en attendant, il était crevé, il avait bu trop de café et n'avait qu'une seule envie : retrouver un lit bien loin de toute cette agitation et pioncer pendant une semaine.

*Eh bien, tant pis. T'as pas vraiment signé pour ça, n'est-ce pas ?*

Son virgil se manifesta.

« Oui ?

– Alex ? Vous êtes prêt ? »

Le directeur. « Oui, monsieur. Je devrais être là dans cinq minutes.

– Du nouveau ?

– Rien de concret.

– Très bien. Discom. »

Le convoi se présenta devant la porte ouest. Alex descendit, passa le contrôle des détecteurs de métaux, des renifleurs de bombes et d'un HOS* – *hard objects scanner*. Une nouveauté, ce « détecteur d'objets rigides », destiné à empêcher armes de poing et armes blanches en céramique ou en plastique de passer au travers. Il confia son taser, obtint un reçu et un badge de visiteur, puis se présenta à la cohorte de marines en sentinelle à la porte qui contrôlèrent son identité. La salle de situation où devait se dérouler la réunion, l'une des plus anciennes, était située à l'entresol sous le Bureau Ovale.

Deux autres marines inspectèrent son badge à la sortie du petit ascenseur, et trois agents des services secrets en civil l'accueillirent et l'accompagnèrent jusqu'à la salle de situation. Il en connaissait deux – l'un d'eux avait fait partie du FBI, du temps où Alex était en poste dans l'Idaho.

« Bonjour, commandant Michaels, lui dit son vieux pote de l'Idaho.

– Salut, Bruce. » Ce titre de « commandant » le mettait toujours mal à l'aise. Il n'avait même pas convoité ce poste. Et sûrement pas au prix de la vie de Steve Day. En contrepartie, cette responsabilité lui donnait les meilleures chances de mettre la main sur les assassins de son défunt patron. Et il comptait bien s'y employer.

Un ultime contrôle, la vérification de l'empreinte de pouce, et la porte de la salle s'ouvrit devant lui.

À l'intérieur, le directeur Carver était déjà assis à la longue table ovale. Il buvait du café dans une tasse de porcelaine. Debout sur sa gauche, Sheldon Reed, le directeur adjoint du NSA, passait un appel sur son virgil. Une secrétaire d'âge mûr, jupe de tweed et corsage de soie blanche, était installée derrière une petite table à l'écart, un bloc sténo devant elle, avec un magnéto à déclenchement vocal, le tout jouxtant un terminal informatique. Un marine en uniforme d'apparat servit avec dextérité le café d'un pot en argent dans une tasse avec soucoupe avant de déposer le tout juste à droite de Carver – c'était la place attribuée à Alex et le serveur savait qu'il prenait son café noir. Des copies papier du rapport de Michaels étaient déjà rangées dans des chemises posées sur la table devant chaque siège.

Carver lui adressa son sourire professionnel avant de lui indiquer la place voisine de la sienne. Alex avait traversé la moitié de la salle quand la porte s'ouvrit sur le président et son chef de cabinet, Jessel Leon.

« Bonjour, messieurs. » Le président adressa un sourire à la secrétaire. « Et bonjour, madame Upton. J'ai un emploi du temps chargé, donc allons droit au fait. Walt ?

– Monsieur le président. Aux alentours de minuit, Steve Day, commandant de la Net Force du FBI, a été assassiné. Vous connaissez Alexander Michaels – je l'ai poussé dans le siège de Day. Il va nous exposer la situation.

– Sacré moyen de décrocher une promotion », observa le président avec un regard en direction de Michaels. Il paraissait un rien nerveux. Craindrait-il d'être la prochaine cible ? « Parfait, écoutons ça. »

Michaels inspira un grand coup, le plus discrètement possible. Il se dirigea vers l'ordinateur, ouvrit l'étui codé contenant le disque, confia celui-ci à la secrétaire. Elle introduisit le disque, procéda au contrôle antivirus. L'opération prit cinq secondes. « La commande vocale est activée, lui indiqua Mme Upton.

– Merci. Ordinateur, image un, SVP. »

Le projecteur holographique encastré au plafond s'alluma et une image tridimensionnelle du lieu de l'attentat, prise d'un hélicoptère de la police moins de huit heures plus tôt, s'épanouit au centre de la table.

Michaels entama son exposé. L'explosion, l'attaque, les morts et le suspect décédé. Il procéda avec méthode, prenant son temps, tout en demandant à l'ordinateur d'afficher d'autres vues. Au bout de dix minutes, il marqua une pause, balaya la table d'un regard circulaire. « Pas de questions ?

– Y a-t-il eu d'autres actions contre des agents fédéraux la nuit dernière ? » C'était le président. La question était prudente : qui serait le suivant ?

« Non, monsieur.

– Quelqu'un a-t-il revendiqué l'attentat, un groupe terroriste quelconque, par exemple ?

– Non, monsieur le président.

– Que sait-on des bombes ? s'enquit Reed.

– La charge placée sous la plaque d'égout était une mine antichar de l'armée américaine, et le marquage de l'explosif l'identifie comme issue d'un lot censément enfoui en Irak durant la guerre du Golfe. Sans doute déterrée par un paysan muni d'un détecteur de métaux puis revendue au marché noir. Ou peut-être détournée par un soldat avant son expédition en Irak. Impossible de dire dans l'état actuel de l'enquête.

– La mine-ventouse collée sur la portière n'était pas marquée mais notre labo dit que c'est un surplus de la marine israélienne, vieux de cinq ans environ.

– Sans doute récupérée lors d'un quelconque salon de l'armement de gros calibre », observa Reed en manière de plaisanterie. Malgré son sourire, il semblait nerveux. Pas vraiment inquiet, mais un tantinet tendu. C'était compréhensible.

Michaels poursuivit : « Pas d'empreintes ou de traces d'ADN sur les douilles, toutes identiques. D'après les balles extraites des victimes et des véhicules, il s'agirait de FMJ Luger 9mm de cent quarante-sept grammes à pointe ronde, provenant d'un chargeur neuf. Tirées à vitesse subsonique par un pistolet ou une mitraillette. Les rayures sur les douilles révèlent que les deux types d'armes ont été utilisés. Jusqu'ici, les marqueurs chimiques de la poudre montrent que les numéros de lot appartiennent à une livraison qui a transité par Chicago, Detroit, Miami et Fort Worth.

– Bref, pour les retrouver, bonjour ! dit Reed. Quant aux armes, elles rouillent sans doute déjà au fond de la baie, à l'heure qu'il est.

– En tout cas, tels sont les faits, coupa le président. Passons aux hypothèses. Qui sont les auteurs, monsieur Michaels ? À qui vont-ils s'en prendre, à présent ?

– Ordinateur, image douze », ordonna Michaels.

Une nouvelle projection holographique apparut, représentant cette fois une scène enregistrée de jour.

« Voici une image d'archives du FBI. C'est l'assassinat de Thomas O'Rourke, dit "Gros Rougeaud", à New York, en septembre dernier. Les deux méthodes d'agression sont absolument similaires. Une bombe a sauté sous la limousine blindée du gangster irlandais, les portières ont été soufflées par des mines-ventouses, O'Rourke et ses gardes du corps ont été criblés de balles de 9mm tirées au pistolet et à la mitraillette.

– Il y a déjà eu d'autres meurtres identiques, n'est-ce pas ? nota le président.

– Effectivement, monsieur. Joseph Di Ammato, de la Mafia des États du Sud, à La Nouvelle-Orléans en décembre dernier, et Peter Heitzman, à Newark, en février. La section du FBI chargée du crime organisé pense que les actions étaient commanditées par Ray Genaloni, le chef des cinq familles new-yorkaises, mais l'enquête est toujours en cours.

– Bref, vous n'avez encore rien de concret, observa Reed.

– Rien qui puisse donner matière à poursuites par un procureur fédéral, en tout cas. »

Le président hocha la tête. « Il semblerait donc que nous ayons affaire à une histoire liée à la pègre plutôt qu'à un acte terroriste ? »

Michaels répondit en choisissant ses mots avec soin. « Monsieur... de prime abord, l'hypothèse paraît plausible.

– Vous permettez, Alex ? » intervint Carver.

Michaels acquiesça, ravi de laisser la parole à son patron. Il espérait juste que son soulagement ne fût pas trop visible.

Carver enchaîna : « Le commandant Day a été durant plusieurs années responsable de la section du FBI chargée du crime organisé. Durant cette période, la majorité des pontes de la Mafia new-yorkaise ont été arrêtés, et un sur deux condamné et incarcéré. Le père et le frère aîné de Genaloni étaient du nombre.

Ce n'est pas la disparition de Steve qui empêchera la Mafia de dormir. Et ces gens-là ont la rancune tenace.

– La vengeance est un plat qui se mange froid, nota le président. N'est-ce pas un proverbe sicilien ? » Il avait l'air à présent un peu plus détendu. Jamais la Mafia ne s'en prendrait à lui.

Il se leva, consulta sa montre. « Sans vouloir vous presser, messieurs, d'autres obligations m'appellent ailleurs... Toute cette affaire me semble liée à la Mafia et, tout en déplorant la disparition du commandant Day, je n'ai pas l'impression que la sécurité nationale soit sérieusement menacée. » D'un regard, il quêta une confirmation de Reed.

La sécurité nationale ou la peau de ces messieurs, songea Michaels.

« Bien, cela dit, Walt, j'aimerais quand même voir cette affaire éclaircie. Tenez-moi au courant. Messieurs... madame Upton... »

Sur ces mots, le président quitta la salle, suivi de son chef de cabinet.

Carver s'approcha de Michaels, toujours posté près de l'ordinateur. « Eh bien, ça ne s'est pas trop mal passé, en définitive ?

– Non, monsieur.

– Bon. On va déjà commencer par surveiller de près le père Genaloni, dit Carver. Le bonhomme ne pourra plus aller pisser sans être maté depuis le fond de la cuvette. Je veux que vous me mettiez vos informaticiens sur la brèche.

– Bien, monsieur.

– Allez voir Brent Adams, à la direction des opérations. On va lui demander de coopérer. Il n'est pas question de se retrouver avec une guerre des services

– soit dit entre nous. Le président des États-Unis vient de nous expliquer qu'il voulait voir cette affaire éclaircie, et cela m'a paru moins un désir qu'un ordre.

– Effectivement, monsieur.

– Voilà où nous en sommes. Je veux des comptes rendus quotidiens, et même plus fréquents s'il y a du nouveau. Vous avez d'autres suggestions ?

– Non, monsieur. On vous tiendra au courant.

– Parfait. »

Ce n'est qu'une fois à l'abri dans sa voiture et déjà loin de la Maison-Blanche que Michaels se permit de se relaxer. Ces débats dans les hautes sphères étaient toujours risqués. Il préférait être sur le terrain, entraîner les nouvelles recrues, faire n'importe quoi, plutôt que de jouer avec des politiciens et des conseillers à la Sécurité. Ici, le moindre faux pas, la moindre parole déplacée, et vous pouviez vous retrouver à compter des trombones jusqu'à la retraite. Bref, en dehors de ses obligations personnelles, les instructions venues d'en haut étaient claires : découvrir qui avait tué Steve Day.

C'était ça, ou sinon...

Parfait. Pas de problème. C'était précisément ce qu'il avait l'intention de faire, et il en avait les moyens.

# 4.

Toni Fiorella pratiquait une série de *djurus* quand deux membres de la dernière classe de recrues du FBI entrèrent dans le petit gymnase. Une douzaine de personnes s'exerçaient déjà : haltères, vélo, punching-ball, mais la plupart étaient des habitués – instructeurs ou agents en stage d'entraînement. Les stagiaires avaient tendance à travailler dans leur coin, ce qui était parfait pour elle. En revanche, les bleus, la plupart frais émoulus de la fac de droit ou de sciences éco, avaient tendance à tout savoir et à considérer que le Bureau devait se sentir flatté qu'ils aient choisi de lui faire l'honneur de leur insigne présence.

Elle prit une position de face, faisant porter l'essentiel de son poids sur le pied droit, genou fléchi en avant, effectua un mouvement de blocage, genre essuie-glace, les deux mains serrées, pour contrôler le centre – gauche, droite –, puis projeta le coude droit vers le haut, dans une brève frappe en direction de la tête d'un adversaire imaginaire. Elle claqua le coude de sa main gauche pour simuler l'impact, fit glisser celle-ci sous le bras droit où elle s'immobilisa, prête à balayer une riposte éventuelle, avant d'enchaîner sur une succession de directs du droit et du gauche.

C'était le premier *djuru*, et une des séquences les plus simples.

L'un des bleus, un grand type musclé vêtu d'un collant de cycliste en Elastiss bleu et d'un T-shirt du FBI assorti, regarda Toni puis s'adressa à son voisin en gloussant.

L'autre était un petit mec râblé, un rien bedonnant, avec de gros sourcils. Il répondit par un rire.

Toni les ignora, lança le poing gauche, rabattit le bras contre la hanche, puis elle avança le pied gauche pour reproduire, en symétrique, la séquence qu'elle venait d'achever.

La mort de Day l'avait affectée plus qu'elle ne l'aurait imaginé, et l'état d'esprit d'Alex influait également sur son moral. Elle était passée au gymnase pour évacuer une partie de sa frustration née de son incapacité à établir le contact avec Alex comme elle l'aurait voulu. Jusqu'ici, l'exercice ne l'aidait guère et elle ne se sentait pas vraiment d'humeur charitable.

Elle termina sa série de pas et de frappes, la concluant par un revers du poing, et recommença du début, en enchaînant sur le deuxième *djuru*. Le *bukti* comprenait huit figures de base, appelées *djurus*, le même nombre de *sambuts* – ou positions de combat prédéfinies – et une multitude de techniques dérivées de ces quelques enchaînements élémentaires.

Elastiss et Sourcils s'étaient placés l'un en face de l'autre ; ils se mirent à sautiller d'avant en arrière, s'entraînant au combat. Elle savait bien qu'elle aurait dû rester concentrée sur sa forme – son gourou aurait sourcillé devant ce manque d'attention –, mais elle observa les deux hommes du coin de l'œil. Elastiss projetait le pied vers le haut, en mouvements tournoyants, visant le plus souvent la tête, tandis que Sourcils aboyait à plusieurs reprises des *kiaïs*, ces gris gutturaux lancés par le karatéka pour se concentrer, en même temps qu'il reculait pour parer et bloquer les attaques.

Elle jugea qu'Elastiss penchait pour un style coréen, tandis que Sourcils privilégiait une forme de combat nippone ou originaire d'Okinawa. L'un et l'autre semblaient relativement experts, même si Elastiss était le meilleur.

Elle vit ce dernier sourire puis lancer un coup de pied retourné tournoyant.

*Tout droit sorti d'un mauvais film de karaté.* Elle garda le même rythme, faisant comme si elle ne les avait pas remarqués. Son expression la trahit toutefois – elle n'avait pu retenir entièrement son sourire.

Elastiss le remarqua, et n'en fut pas ravi.

Il salua brièvement Sourcils pour lui indiquer qu'il en avait fini, avant de se retourner vers Toni. « Y a que'que chose de drôle, m'dame ? » Il avait un fort accent du Sud. De l'Alabama, ou du Mississippi, peut-être.

*M'dame.* Bon, ce n'était pas de la parano, car c'est vrai qu'il l'avait fait marrer, même si elle avait essayé de le cacher. Certes, elle n'avait pas fait de grands efforts pour ça. D'ailleurs, il fallait qu'elle surveille ce sentiment de supériorité qu'elle éprouvait sitôt qu'elle assistait à une démonstration d'art martial. Chaque pratiquant jugeait sa technique la meilleure, et il en allait de même pour elle.

De toute façon, elle avait quasiment terminé sa série. Elle s'arrêta. Elle était consciente de son allure pas franchement imposante, avec son vieux survêtement noir, ses chaussons de lutte et son bandeau trempé de sueur. Et avec son petit mètre soixante-cinq pour soixante-deux kilos, elle avait près de trente centimètres et une trentaine de livres de moins que l'ami Elastiss, facile. Mais son ton l'avait irritée.

« Non, répondit-elle, rien de drôle.

– Vraiment ? J'avais comme dans l'idée que mon exercice vous f'sait marrer, ou je sais quoi...

– Non, je n'y vois rien de marrant. » Elle fit mine de s'éloigner.

Sourcils jugea le moment venu d'intervenir. « Mon pote est ceinture noire, deuxième dan. » Il agita le bras, comme pour reproduire ses mouvements. « J'parie qu'il pourrait vous enseigner deux-trois trucs.

– Je n'en doute pas », répondit Toni. *Ouais, comment s'y prendre de travers, par exemple.* Mais elle s'abstint de rien dire tout en allant récupérer sa serviette. Autant qu'elle aille prendre une douche, car elle n'arriverait plus à se concentrer avec ces deux rigolos qui roulaient des mécaniques en jouant les machos. Elle avait grandi entourée d'une ribambelle de frères et savait qu'une fois que la testostérone commençait à monter, c'était comme une marée de pleine lune, rien ne pouvait l'arrêter. Sous peu, ces deux-là allaient se mettre à cracher par terre et à se remonter les burnes.

La virilité était une chose avec laquelle on ne rigolait pas, et pour l'heure, elle avait tout intérêt à ne pas relever.

47

« Alors, dites voir, c'est quoi, ces petits entrechats ? »
s'enquit Elastiss (échange de coups d'œil avec Sourcils).

*Je t'en ficherais, des petits entrechats !*

Elle se retourna pour faire face aux duettistes. « Ça
s'appelle un *djuru*. Le style relève du *pukulan pentjak
silat bukti negara-serak.* »

Sourire épanoui d'Elastiss. « On dirait une recette
thaïlandaise avec plein de sauce aux cacahuètes. Et,
euh, z'avez des degrés, dans ce truc-là ?

– Nous n'avons pas de ceintures. Juste des maîtres
et des disciples. Je suis une disciple.

– Ma foi, ça a l'air assez sympa, commenta Elastiss.
Même si j'en ai jamais entendu parler. »

*Sympa.*

Toni sourit. Il y avait quantité de choses qu'elle
laissait passer quand elle les entendait de la bouche
de types odieux, et la condescendance devait venir
assez haut dans sa liste, tant elle y était habituée. Elle
n'avait que vingt-sept ans (ça lui valait des remarques),
elle était une femme (nouveaux commentaires) et elle
était d'origine italienne (là, en général, elle était
bonne pour trois ou quatre blagues sur la Mafia et des
remarques du genre « Tony ! Et où est Maria ? »). Elle
se demandait pour quelle raison les hommes éprou-
vaient le besoin de se comporter ainsi. Pas tous, pas
tout le temps, mais bien trop souvent à son goût.

Un autre jour, si elle avait été mieux lunée, elle
aurait sans doute souri, hoché la tête et passé son
chemin en les laissant se marrer. Mais voilà, elle ne se
sentait pas d'humeur à leur faire une fleur. La nuit
avait été longue, éprouvante, et la journée s'annonçait
de la même eau. Elle n'avait vraiment pas besoin de

ça. Et en plus elle n'était pas obligée de le supporter. Aussi répondit-elle : « Je regrette pour vous que votre éducation ait été si bornée. »

Elastiss fronça les sourcils. Il savait reconnaître une insulte. « J'vous d'mande pardon ? »

Son sourire s'élargit, tout miel. « Quel mot vous a échappé, au juste ?

– Écoutez, m'dame, y a pas lieu de faire sa pimbêche...

– Oh, mais je suis entièrement d'accord. Ainsi donc, vous êtes ceinture noire, c'est ça ?

– C'est exact.

– Vous savez quoi ? Si vous veniez par ici ? Que je vous montre un peu ce que donnent mes petits entrechats... »

Elastiss et Sourcils échangèrent de nouveau des regards. Elastiss hésita. Elle savait pourquoi. S'il l'étrillait, il passerait pour une grosse brute tabassant une faible femme ; si c'était elle qui lui flanquait une dérouillée, sa virilité en prendrait un coup.

« Je pense pas que ce soit une bonne idée, m'dame. J'suis superentraîné. Je voudrais pas vous faire de mal.

– À votre place, je me ferais pas trop de souci. Ça me paraît des plus improbable. »

Elle savait qu'elle aurait mieux fait de s'abstenir. Son gourou aurait été contrarié de la voir pousser à bout ce type, mais c'était plus fort qu'elle. Ce stagiaire avait une telle arrogance qu'elle émanait de lui comme la vapeur d'un hot dog tout chaud un jour d'hiver dans le Bronx.

Sourcils fronça son épaisse pilosité. « Eh, t'as pas b'soin de taper fort. T'as qu'à juste lui montrer un ou deux mouvements. »

49

Grand sourire d'Elastiss. Une bonne occasion de briller ? Comment pouvait-il laisser passer ça ? « Très bien, m'dame. »

Il s'approcha. Parvenu à trois mètres d'elle, il s'arrêta. S'inclina. Prit la posture, jambes fléchies, penché en avant, les mains levées, légèrement décalées. « Z'êtes prête ? »

Elle faillit éclater de rire. « Oh, que oui ! »

Elle était rapide – et lui, plus agile qu'il le laissait paraître. Il ne chercha pas à lui expédier un de ces coups de pied levés aussi spectaculaires que stupides. Il s'insinua rapidement sous sa garde pour lui lancer un violent direct du droit à la poitrine, accompagnant le mouvement de la jambe droite. C'était un coup efficace, bien équilibré, et censé ne pas lui faire trop de mal si elle n'avait pas réussi à le parer. Il avait gardé l'autre main levée pour se couvrir.

Parfait.

Il s'attendait sans doute à la voir reculer afin de préparer sa riposte, mais ce n'était pas ainsi que l'on procédait dans sa version du silat, pas dans cette situation, en tout cas. Elle effectua un double blocage, les deux mains ouvertes, s'avança vers lui, pied gauche en avant, et se glissa sous le bras tendu de son adversaire tout en lui expédiant le coude droit dans les côtes, juste sous l'aisselle. L'impact fit un joli bruit creux. L'autre resta figé sur place.

Et bougrement surpris, en prime.

Elle avait déjà positionné son pied. *Appui...*

Elle passa rapidement le bras derrière lui, lui saisit l'épaule gauche avec la main gauche. *Angle...*

Simultanément, elle avait projeté la main droite en diagonale vers son front, le coude vers le bas. *Levier...*

Dès lors, elle n'avait plus qu'à forcer, puis rabattre en tirant sur son épaule en même temps qu'elle lui repoussait la tête en arrière.

*Appui, angle, levier.* Si vous aviez les trois, la technique marchait toujours. Sans exception.

Elle avait les trois.

Elastiss s'abattit comme un érable coupé à la tronçonneuse, atterrissant à plat sur le dos. Elle aurait pu accompagner le mouvement avec les coudes ou les genoux, mais elle préféra reculer de deux pas. Elle ne voulait pas le blesser. Juste le mettre dans l'embarras.

L'ensemble de la séquence, depuis le premier contact jusqu'à son recul, avait pris un peu moins de deux secondes.

Il roula sur lui-même pour se relever et se précipitait déjà vers elle. « Salope ! »

D'accord. Fini les « m'dame ».

Sans doute avait-il prévu une attaque graduée, son enchaînement préféré, une combinaison de coups de pied et de poing, de feintes et de crochets avant le coup ultime qui lui réussissait en général quand il combattait en tournoi. Si elle le laissait faire sans réagir, ça risquait de devenir dangereux.

Elle ne le laissa pas faire.

Alors qu'il attaquait par la gauche pour la désarçonner, elle s'écarta tout en bloquant à deux mains, prenant en étau son bras juste au-dessus du coude, avant de pivoter et de faire porter tout son poids sur un genou afin de le clouer au sol. Certaines écoles de boxe enseignaient des rudiments de prises et de réception au sol, mais apparemment, ce n'était pas le cas pour son adversaire.

Il fit une demi-pirouette, atterrit de nouveau sur le

tapis sur le dos, assez rudement pour en avoir le souffle coupé. Tout cela relevait du b-a-ba, extrait du premier *djuru*. Pourquoi se fatiguer outre mesure ?

Toni se redressa, attendit de voir s'il allait tenter un troisième assaut.

Elastiss n'était pas bête à ce point. Cette fois, quand il se releva, il agita la main, signifiant qu'il avait son compte. Leçon terminée. Il savait reconnaître quand il était dominé.

Toni était assez contente d'elle, même si elle n'aurait pas dû. Puis elle se tourna vers l'entrée du gymnase.

Alexander Michaels était appuyé au chambranle et l'observait.


Michaels s'approcha de Toni. Il avait gardé la ligne – tous les jours, il courait cinq ou six kilomètres, faisait un peu d'escalade, travaillait sa résistance sur son appareil de gymnastique d'appartement, mais son entraînement au corps à corps remontait à un bail, que ce soit dans l'armée ou plus tard, lorsqu'il avait intégré la Net Force. Les informaticiens n'avaient guère l'occasion de se frotter aux combats sur le terrain dans le monde réel. Bien qu'il s'estimât encore capable de se sortir de la majorité des situations de corps à corps, il n'aurait pas franchement cherché des noises au malabar qui était en train de se relever, et après avoir vu Toni envoyer valser le pauvre type, il n'aurait certainement pas voulu affronter cette dernière. Il avait appris en consultant son dossier l'existence de l'art qu'elle pratiquait, mais sans en savoir plus. Incroyable.

« Très intéressant, fit-il. Ça s'appelle le silat ? Où l'avez-vous appris ? »

Elle s'épongea le visage avec une serviette. « C'est une petite vieille, une Indonésienne d'origine hollandaise qui vivait dans mon quartier quand j'avais douze-treize ans. Elle s'appelait Susan De Beers. Une sexagénaire à la retraite, veuve depuis peu. Elle aimait bien s'asseoir sur le perron de la maison d'en face, et prendre le soleil de printemps en fumant une petite pipe d'écume. Un samedi, quatre jeunes loubards décident de lui prendre sa place. Elle fait mine de se lever, mais pas assez vite à leur goût. L'un des types a essayé de la presser en lui balançant un coup de pied. »

Elle jeta la serviette sur son épaule. « Ils avaient dans les dix-huit, vingt ans, trimbalaient dans leurs poches des couteaux et des tournevis aiguisés. Moi, j'assistais à la scène en attendant le bus. Cela a dû prendre en tout quinze secondes, et je ne sais toujours pas au juste ce qu'elle leur a fait. Mais voilà que ce petit bout de bonne femme bedonnante et fumant comme un pompier se met à vous envoyer valser les quatre voyous comme des balles de tennis, sans jamais lâcher sa pipe, sans jamais se démonter. Elle les a expédiés tous les quatre aux urgences. J'ai décidé aussitôt que je devais apprendre sa méthode, quelle qu'elle soit.

– Elle donnait des cours ?

– Non. Le surlendemain, j'ai traversé la rue – il m'avait fallu tout ce temps pour me jeter à l'eau – et je lui ai demandé si elle voulait bien être mon professeur. Elle s'est contentée d'acquiescer et de sourire en me disant : "Bien sûr." J'ai suivi son enseignement jusqu'à ce que j'aie mon diplôme et déménage pour

Washington. Chaque fois que je reviens chez moi voir ma famille, j'en profite pour m'entraîner avec elle.

– Elle doit commencer à prendre de la bouteille, observa Michaels.

– Quatre-vingt-deux ans à son dernier anniversaire. Et je ne voudrais toujours pas avoir à l'affronter en tête à tête.

– Incroyable.

– C'est un art très scientifique, fondé sur les points d'appui et les angles. Il part du principe que vous affrontez une multitude d'adversaires, tous plus grands et plus forts que vous. C'est pourquoi il s'appuie sur la technique et pas sur le muscle, ce qui est une chance dans mon cas. D'ordinaire, rares sont les femmes à persévérer dans cette discipline, mais l'époux de Gourou De Beers voyageait beaucoup. Et il avait envie qu'elle soit en mesure de se protéger. » Toni s'interrompit. « Mais je ne vais pas vous embêter avec mes trucs ésotériques sur les arts martiaux.

– Non, non, ça m'intéresse. Quel est le rapport avec d'autres disciplines comme la boxe ou le judo ?

– Ma foi, la majorité des arts classiques proviennent de pays de civilisation ancienne. Que ce soit le kung-fu chinois, le taekwondo coréen, le jiu-jitsu nippon, ils ont eu des siècles, voire des millénaires, pour en raffiner les techniques. Au passage, une partie des aspects franchement inacceptables se sont vu remplacer par une approche plus spiritualiste. Le combat à mort est plutôt mal vu par les milieux policés. Ce qui ne veut pas dire qu'un expert en ces arts ne soit pas dangereux. Un bon styliste du kung-fu ou du karaté n'aura aucun mal à vous faire sauter la cervelle si vous ne savez pas l'arrêter.

– J'ai cru entendre un *mais*... »

Elle sourit. « L'essentiel du silat n'est sorti de la jungle qu'il y a deux ou trois générations. Il en existe des centaines de variantes, même si la majorité d'entre elles n'ont été pratiquées en public qu'après l'indépendance de l'Indonésie, en 1949. C'est une discipline très rudimentaire, visant un seul objectif : mutiler ou tuer un assaillant. Elle n'a rien de civilisé. Ils ont poussé au maximum son efficience et son caractère meurtrier. Lorsqu'une technique se révélait inefficace, son utilisateur se retrouvait estropié ou mort, si bien qu'elle n'était pas transmise.

– Intéressant. »

Nouveau sourire. « Ce que vous venez de voir, par exemple... c'était le *bukti*, la base. L'art qui lui a donné naissance, le *serak*, c'est une tout autre paire de manches. Un truc vraiment méchant, avec pas mal de maniement d'armes : bâton, couteau, épée, trident, même des armes à feu...

– Et l'on croit avoir affaire à une gentille petite Italienne du Bronx... À l'avenir, j'éviterai de vous mettre en rogne.

– Eh, Alex ?

– Ouais ?

– Évitez de me mettre en rogne. » Elle rigola. « Bon, alors, où en êtes-vous ? Vous n'êtes pas venu ici pour me voir étriller les recrues, n'est-ce pas ?

– Non, mais pour le boulot. On a un nouveau problème. Quelqu'un vient de faire sauter le serveur de réseau principal du poste de la Net Force à Francfort, en Allemagne.

– Vous voulez parler du poste de la CIA ?

– Exact. C'est vrai qu'officiellement, la Net Force

n'a le droit d'opérer qu'à l'intérieur de nos frontières, sauf en cas de crise internationale requérant un visa présidentiel. Bien sûr, je parlais de la station d'écoutes de la CIA. »

Cela lui valut un sourire. « On récite la doctrine officielle, c'est ça ?

– Eh bien, sous-commandant Fiorella, quel est ce sous-entendu ? Jamais la Net Force ne ferait quoi que ce soit d'illégal. »

Le sourire de la jeune femme s'élargit. Ça ne lui déplaisait pas d'arriver à la faire sourire. L'idée même qu'une unité du FBI spécialisée dans la surveillance informatique ait son champ d'action limité au territoire des États-Unis était pour le moins stupide. Le Net n'avait pas de frontière ; la toile s'étendait partout, et si l'on pouvait y accéder d'à peu près n'importe où, il n'en restait pas moins vrai que certains systèmes étaient plus facilement accessibles depuis un site proche. La CIA était prête à couvrir la Net Force de temps à autre, en échange d'un certain nombre de faveurs qu'elle ne pouvait obtenir directement. La CIA n'était pas censée opérer *à l'intérieur* des États-Unis mais en fait, personne ne croyait vraiment qu'elle s'en abstenait.

« Le temps de me débarbouiller et je suis à vous. »

# 5.

Une roquette antichar vint frapper l'immeuble derrière le colonel John Howard et son groupe d'intervention de la Net Force, six mètres à peine au-dessus de leur tête. L'engin explosa à l'impact, creusant un cratère noirci dans le bâtiment vieux de dix-huit ans. Une pluie d'éclats de brique et de verre arrosa la demi-douzaine de soldats tapis derrière une poubelle métallique défoncée. Une pluie drue, mais c'était bien le dernier des soucis du colonel. Ils devaient éliminer le tireur embusqué avec son lance-missiles, et vite !

« Reeves et Johnson, sur le flanc gauche ! » lança Howard. Inutile de crier : il aurait pu chuchoter, tous l'auraient parfaitement entendu, grâce à leur casque équipé d'un micro-écouteur LOSIR*. Recourant à la transmission directe par infrarouge, ce dispositif de communication tactique avait une portée limitée et fonctionnait en gros lorsque vous étiez en vue de votre interlocuteur ; en revanche, il était indétectable par

57

un ennemi doté d'un scanner, sauf si vous pouviez le voir également, et c'était là son principal avantage. « Odom et Vasquez, tir de riposte ! Chan et Brown, sur la droite ! À mon commandement... trois... deux... un... *maintenant !* »

Odom et Vasquez ouvrirent le feu avec leurs fusils d'assaut H&K, établissant un véritable tir de barrage en vidant leurs chargeurs rapides de cent balles de 9mm...

Reeves et Johnson s'esquivèrent sur la gauche par le dédale de rues, avançant pas à pas pour gagner le couvert d'un gros semi-remorque. L'attelage était depuis longtemps en rade, les pneus brûlés et fondus, la tôle de la cabine et la caisse de la remorque criblées d'anciens impacts de balles, noircis par la suie et couverts de graffitis.

Chan et Brown bondirent sur la droite, tirant à leur tour en même temps qu'ils filaient en zigzag à travers l'espace découvert.

Les combinaisons modifiées qu'ils portaient devaient suffire à intercepter les divers projectiles lancés par les autochtones. Gilet et pantalon étaient tissés dans une soie d'araignée renforcée par génie génétique, et recouverts d'une superposition de plaques de blindage en céramique capables de dévier balles de pistolet ou de fusil, pourvu qu'il ne s'agisse pas de projectiles perforants. Casques et bottes étaient en Kevlar avec inserts en titane. Leurs ordinateurs dorsaux étaient antichocs et protégés par un boîtier doublé de céramique. Le pack tactique comprenait radio cryptée, liaison satellite bidirectionnelle, affichage virtuel tête haute avec capteurs de mouvement couplés à des scanners UV et infrarouges, ainsi qu'à des cartes de terrain, sans oublier, pour les protéger des déflagrations, un filtre polarisant instantané intégré à la visière rétractable du casque. Les tenues de la Net Force n'étaient pas aussi pesantes que le barda traditionnel des fantassins, car dépourvues de SCBA, de distillateur ou de biojects. Pour ce type d'assaut – insertion et extraction dans la journée –, ils n'avaient pas besoin de tout l'arsenal réglementaire ; même dans ces conditions, ça leur faisait déjà dix kilos de plus à porter.

Howard se releva et pointa le canon de sa mitraillette Thompson au-dessus du couvercle de la poubelle, tira plusieurs salves de trois balles vers la planque du tireur de roquettes. L'arme était tout sauf high-tech : une antiquité fabriquée en 1928, qui avait d'abord appartenu à un shérif de l'Indiana durant la prohibition. L'arrière-grand-père de Howard étant noir, il n'avait pas officiellement le droit à l'époque d'intégrer les forces de l'ordre, mais le shérif blanc pour lequel il travaillait savait reconnaître un brave homme, nonobstant sa couleur, tant et si bien qu'un Noir avait pendant vingt années honnêtement gagné sa vie à faire respecter la loi, sans figurer le moins du monde sur les registres officiels. À sa mort, le shérif avait laissé la sulfateuse à papy Howard. À l'époque, on surnommait ça une « machine à écrire de Chicago ».

*Pas le moment de se perdre dans les souvenirs, John ! Planque-toi !*

Le tireur embusqué avait gardé la tête baissée, lui aussi, mais un de ses pairs, dans la cage d'escalier, riposta par une rafale d'arme automatique qui crépita contre la tôle cabossée de la poubelle, par chance assez épaisse pour détourner les balles. Malgré sa combinaison, Howard ne s'en plaignit pas...

« Je vise l'ouverture ! » La voix de Reeves dans son interphone couvrit le bruit de la fusillade.

La grenade balancée par Reeves dans la cage d'escalier explosa. Une nouvelle pluie d'éclats vint grêler la poubelle, tandis qu'une odeur d'explosif brûlé submergeait Howard, en même temps que la poussière et la fumée.

Deux secondes s'écoulèrent. La fusillade s'arrêta.

« La voie est libre ! » s'écria Johnson.

Le colonel Howard se redressa. Vit Johnson lui sourire, le pouce levé. Howard lui rendit son sourire. Ses hommes – en fait, cinq hommes et une femme – étaient aux aguets, l'arme au poing, scrutant la rue et les immeubles à la recherche d'autres tireurs éventuels. En cet instant, un autochtone eût été fort malavisé de se pointer en agitant le bras pour saluer les gentils Américains...

Howard tapota sur la tablette d'interface de son casque, validant l'affichage tête haute, avec son horloge numérique. En général, il coupait l'afficheur quand la situation commençait à chauffer – il n'avait pas envie de tirer sur des fantômes générés par son ordinateur. Avec l'entraînement, vous étiez censé ne plus en tenir compte, mais quand les vraies balles se mettaient à siffler, c'était incroyable le nombre de soldats bien entraînés qui ouvraient le feu sur l'icône d'un signal thermique ou le clignotant d'un compte à rebours...

« Bon boulot, soldats, mais ne traînons pas. On a six minutes pour rejoindre le point de rendez-vous. »

Le commando s'ébranla...

Brusquement, les hommes, les rues, les immeubles s'effacèrent. Ils devinrent fantomatiques, transparents, disparurent.

« Appel prioritaire, John », annonça une voix avec une sécheresse toute militaire.

Howard cligna les yeux, souleva son bandeau de RV*, soupira.

Il était dans son bureau au QG de la Net Force, et l'accrochage dans les rues de Sarajevo était un simulacre informatique et non un vrai combat. Pas question de continuer à faire joujou quand arrivait un appel prioritaire. « Passe-le-moi », dit-il à son ordinateur.

La tête et les épaules d'Alexander Michaels, commandant civil de la Net Force, apparurent au-dessus de son bureau.

Howard salua la projection holographique. « Commandant Michaels...

– Colonel. Nous avons une situation qu'il m'a paru utile de vous soumettre.

– L'explosion en Allemagne ?

– Oui.

– Mes gars sont déjà au courant. Envisage-t-on dès maintenant une intervention ? » Howard ne pouvait masquer son intérêt.

« Pas à Francfort, non. Il est trop tard. Mais j'ai mis en alerte toutes nos têtes de réseau et nos postes d'écoutes, en particulier sur le théâtre européen. Vous avez intérêt à veiller à ce que vos commandos soient sur le qui-vive.

– Mes commandos sont toujours sur le qui-vive, commandant. » Il était conscient de la dureté de sa voix, mais il n'y pouvait rien. Il ne s'était pas encore fait à recevoir des ordres d'un civil, un homme dont le père avait été sous-off de carrière dans l'armée de terre mais qui n'avait jamais personnellement servi sous les drapeaux. Bien sûr, le président des États-Unis était le commandant en chef des forces armées et bien sûr, l'actuel chef de l'État n'avait pas non plus fait son service, mais il avait la sagesse de laisser les généraux faire leur boulot. Steve Day avait été dans la marine, et déjà c'était pas drôle ; Howard n'avait encore aucune certitude au sujet d'Alexander Michaels.

« Je n'envisageais pas autre chose, colonel.

– Désolé, commandant. Nous sommes en état d'alerte 2. Je peux faire décoller mes dix meilleurs groupes dans l'heure, ou la demi-heure si nous passons en EA 1.

– J'espère qu'on n'aura pas à en arriver là.

– Oui, monsieur », répondit Howard, qui pensait exactement le contraire. Plus vite ses troupes auraient l'occasion de montrer leur valeur en zone de combat, plus il serait ravi. Si vous étiez un combattant, il vous fallait une guerre de temps en temps – ou, à tout le moins, une opération de police.

« Je vous tiendrai au courant, dit Michaels. Discom.

– Commandant. »

Mais cela ne troublait pas Howard. Il avait ses propres spécialistes qui parcouraient les réseaux. Si les hommes de Michaels touchaient au but les premiers, ils n'auraient pas une grosse avance.

Autant les mettre au boulot pour être sûr qu'ils ne ratent rien. Il reprit le logiciel de com.

Lorsqu'il se connectait, Plekhanov recourait toujours aux bons vieux accessoires – casque et gants –, même si les systèmes dernier cri permettaient de s'en dispenser. De nos jours, l'imagerie par projection holographique pouvait englober le champ visuel de l'utilisateur rien qu'avec un simple bandeau mince comme un crayon, et le logiciel de lecture couplé à une holocam d'ordinateur pouvait intercepter les commandes gestuelles et les traduire avec la même précision que les meilleurs gants de données. Mais il appréciait ces derniers, il y était habitué. De même que les claviers traditionnels Azerty avaient presque tous été remplacés par les touches Dvorak, système auquel il n'était pas encore passé. Les gens pouvaient dire ce qu'ils voulaient, on n'effaçait pas aussi aisément quarante-cinq ans d'automatismes pour le simple plaisir d'adopter une nouvelle méthode, sous prétexte qu'elle était plus efficace.

D'un geste, il activa la connexion Web et annonça : « Sentier sur la péninsule Olympique. »

Le matériel de RV prit la main, générant l'image d'une forêt dense tempérée, avec un sentier étroit bordé de hauts pins Douglas, de fougères épaisses et de plaques de lichens, de moisissures et de champignons plus ou moins vénéneux. Un soleil d'après-midi de juillet traversait de biais l'épaisse canopée d'aulnes et d'arbres à feuilles persistantes, découpant la forêt en lamelles claires et sombres. Des insectes bourdonnaient, des oiseaux pépiaient ; une douce chaleur, pas vraiment torride, ici, dans l'ombre, inondait les bois.

Plekhanov était en tenue de randonneur : short et

chemise kaki, chaussettes montantes en polypropylène, grosses chaussures de marche. Il portait également un bonnet de pluie irlandais. Il tenait une solide canne de marche aussi grande que lui et s'était muni pour la journée d'un paquetage comprenant un ciré, une gourde, une ration pour randonneur, une boussole, une torche électrique, des allumettes, une mini-trousse de premiers secours, un couteau suisse, et un téléphone mobile couplé à une balise GPS. Même s'il comptait bien rester sur le chemin, il valait toujours mieux être paré à toute éventualité.

Dans son barda, se trouvait également le paquet hermétique qu'il avait à livrer.

Il longea le bord d'un torrent, écouta l'eau fraîche et limpide glouglouter sur les galets arrondis. Çà et là, il devinait des petits poissons dans les trous d'eau. Il goûtait cette odeur de résine, l'élasticité de la couche d'humus sous ses bottes, ce chemin désert, sans un seul être humain.

Après avoir marché quelque temps d'un bon pas, il s'arrêta pour boire un peu d'eau. Il en profita pour regarder sa montre. C'était la copie conforme de celle qu'il avait portée pendant plus de quinze ans, une montre de gousset mécanique à aiguilles de fabrication soviétique. Une Molnya – « éclair » en russe – lourde, imposante, en acier, avec un mouvement à dix-huit rubis, une faucille et un marteau gravés sur le fond, une photo du Kremlin en médaillon sous le couvercle. Un modèle commémoratif des victoires russes durant la Grande Guerre patriotique de 1941-1945. Après l'éclatement de l'Union soviétique, les Russes en manque de devises avaient fourgué tous leurs biens meubles à quiconque avait de l'argent, et ce genre d'article se négociait à des prix ridiculement bas. Si vous aviez pu trouver à l'Ouest une montre mécanique aussi bien finie et aussi robuste – et pour en dénicher une, vous pouviez toujours courir –, elle vous aurait facilement coûté dix fois plus.

Plekhanov pressa le bouton et le couvercle s'ouvrit avec un déclic. Il consulta les chiffres romains. Bientôt l'heure de son rendez-vous à l'éperon sur la côte. Il rabattit le couvercle. Il fallait qu'il se dépêche. Arrivé à l'éperon – une imposante falaise, près de la jonction du Pacifique et du détroit de Juan de Fuca, au cap Flattery, il confierait son paquet à un coursier. Celui-ci prendrait un bateau de pêche – dans ce scénario, du moins – pour l'apporter à un gros type qui avait accès à certains systèmes, et ce gros type, en échange de ce précieux paquet – contenant en l'occurrence des « bijoux » binaires qu'il était à même de revendre –, devrait lancer une petite série de « boules de neige » électroniques. Le temps de parvenir à leur destination, certaines n'auraient pas changé de taille, à l'instar de blocs de glace durcie, mais d'autres auraient grossi aux dimensions d'une véritable avalanche. Selon les besoins.

Un petit animal traversa le chemin comme un éclair juste devant Plekhanov – un lapin ? un raton laveur ? –, provoquant un grand froissement de fougères sur son passage. L'homme sourit. C'était un de ses itinéraires préférés. Il appréciait beaucoup ce contrepoint au réel. Cheminer sur un sentier forestier était aussi éloigné des ordinateurs et des réseaux que la Lune de la Terre. Sans ironie aucune.

Bien évidemment, ce genre de songerie ramena son attention à la technologie et à ses dernières applications. La plupart touchaient aux domaines de la réalité virtuelle et des relais de réseau. Mais pas toutes, bien sûr. Parfois, le monde réel exigeait des actions bien réelles.

La destruction matérielle du poste de la CIA/Net Force en Allemagne avait été une action de ce type, brutale, mais nécessaire. Recourir à outrance aux bidouillages électroniques de programmeurs du niveau des meilleurs pirates de la Net Force déclencherait immanquablement des signaux d'alarme. Une bombe, en revanche, pouvait être l'œuvre de n'importe quel gauchiste. Il fallait trouver un moyen terme. Par exemple, les attaques virales et logicielles qu'il s'apprêtait à lancer contre divers systèmes de plusieurs pays de la CEI et de la Baltique, voire un ou deux réseaux coréens et japonais, visaient juste à entretenir les interrogations, bref, elles étaient d'une tout autre nature.

D'ici peu, des centaines de programmeurs et d'ingénieurs système allaient se mettre à suer et pester, car il y aurait pas mal de chaos à rectifier. Dès que le chaos pointait le nez, ses talents étaient très demandés. Et pour réparer une panne, qui était mieux placé que celui qui l'avait provoquée ?

La piste sinua sur la gauche, puis sur la droite, avant de déboucher de la forêt sur une lande sablonneuse ponctuée de plaques d'herbes et de broussailles rabougries. Des vagues déferlaient sur la côte rocheuse, un kilomètre plus loin. Il avisa le bateau de pêche ancré au large. Un doris à moteur s'en éloignait pour gagner le rivage. À sa rencontre, pour récupérer son paquet, suivre ses instructions. Le ciel virait au gris, le brouillard approchait, et il commençait à faire frisquet. Un temps de circonstance pour ce scénario.

Telle était la puissance de la réalité virtuelle, cette capacité à créer de telles visions, mais la puissance de la RV ne représentait qu'une part infime de ses talents.

Il rit tout haut. C'était si bon d'être aux commandes. Et cela n'allait que s'améliorer, d'ici peu.

# 6.

Ray Genaloni reposa délicatement le combiné. « Excusez-moi, mais cette ligne n'est-elle pas censée être protégée ? » Il n'avait pas élevé la voix. Il aurait aussi bien pu s'enquérir du temps. Il indiqua la diode rouge clignotante sur le petit détecteur d'écoutes connecté à la base de l'appareil. « Pour ma part, j'ai quelques doutes sur l'efficacité de ce bidule. »

L'exécutant, Luigi Sampson, qui était aussi vice-président responsable de la sécurité de Genaloni Industries – le volet plus ou moins légal de son organisation –, haussa les épaules. « Les fédéraux. Ils ont du matos introuvable dans le commerce. »

Genaloni grinça des dents. Il compta mentalement, avec lenteur.

*Un... deux... trois...*

Depuis toujours, il s'était échiné à maîtriser son humeur, et aujourd'hui, à quarante ans, il pensait avoir fait quelques progrès...

*... quatre... cinq... six...*

Vingt ans plus tôt, quand Little Frankie Dobbs l'avait gratifié du même haussement d'épaules après une remarque acerbe de sa part, Ray lui avait logé un pruneau dans la tête, tuant le crétin ; ce qui lui avait ruiné un costard à neuf cents dollars à cause des éclaboussures de sang, et l'avait obligé à implorer le pardon de son paternel, vu que Little Frankie avait presque réussi à faire son trou, sans compter que c'était le fils d'un vieux pote.

*... sept... huit... neuf... dix.*

« Très bien », dit Ray, se sentant un peu plus calme, même si la colère continuait de gronder en lui. L'essentiel était de ne pas le laisser paraître. Il avait fait du chemin depuis Little Frankie. Plus question d'envoyer valdinguer des trucs ou de faire des bêtises, tout ça, c'était fini. Il était diplômé de Harvard, P-DG d'une grosse boîte, et bien sûr toujours patron de la Famille, plus quelques broutilles du même acabit.

*Alors, on se calme, et on essaie de comprendre ce qui se passe.*

Il regarda Sampson, assis dans le canapé devant son bureau. « Très bien, Lou. Qui est derrière ceci ? » Il indiqua le téléphone.

« Ça vient de la Net Force du FBI », répondit Sampson.

Genaloni rectifia le nœud Windsor de sa cravate en soie à deux cents dollars. Calme. C'était la méthode. Calme. « La Net Force ? C'est un truc d'informatique. Ça ne nous concerne ni de près ni de loin. »

Sampson hocha la tête. « Quelqu'un a descendu leur chef, à Washington, la semaine passée. Ils sont persuadés qu'on est dans le coup.

– Y sommes-nous pour quelque chose et quelqu'un aurait-il omis de m'en informer ?

– On n'y est pour rien, patron.

– Dans ce cas, explique-moi, je te prie, pourquoi ils s'en prennent à nous.

– Quelqu'un cherche à nous faire porter le chapeau. Le mec qui a refroidi le type du FBI a recouru aux mêmes méthodes que notre équipe de nettoyage.

– Pourquoi quelqu'un voudrait-il amener les fédés à s'imaginer qu'on a tué un des leurs ? Laisse tomber, je connais déjà la réponse. Donc, la question est : qui au juste cherche à nous faire porter le chapeau ? »

Genaloni se carra dans son fauteuil de massage, un machin à quatre mille sacs, bourré de moteurs et d'électronique de pointe sous son revêtement en cuir délicatement patiné. Le siège bourdonna et ses capteurs évaluèrent, soupesèrent et ajustèrent ressorts et coussins pour mieux lui soutenir les reins. Il s'était abîmé le dos à la suite d'un pari stupide, quand il avait quatorze ans : sauter de vingt mètres de haut dans l'East River. Pari stupide à deux titres : le saut, d'abord. L'eau polluée, ensuite. Il avait eu de la chance de ne pas se choper une hépatite alors qu'il pataugeait dans la mélasse, manquant se noyer tant il avait mal. Et son dos le faisait souffrir épisodiquement depuis cette époque.

« J'en sais rien, Ray. On a mis nos gars sur le coup, mais toujours aucune piste.

– Très bien. Lâche pas. Trouve qui essaie de nous faire des misères. Préviens-moi dès que tu as abouti. Et puisque je ne peux pas me fier à mon propre téléphone, passe le message à Selkie. Mets-le en alerte.

– On peut régler ça entre nous, patron. J'ai mes gars.

– Fais-moi plaisir, Lou. Au cas où t'aurais oublié, c'est toujours moi le chef... »

Sampson acquiesça. « D'accord. »

Dès que Sampson fut sorti, Ray pressa une touche sur son fauteuil, laissant les moteurs bourdonner et masser ses reins douloureux. Il n'avait pas besoin de ce genre de problème. Ses sociétés légales lui rapportaient désormais plus que ses affaires clandestines, il avait en vue deux possibilités du fusion et plusieurs OPA, et il n'avait pas envie de voir les fédés lui souffler dans le cou pendant que ces affaires étaient en cours. Qui que soit l'auteur de ce plan, il avait commis une erreur, une sale erreur. Encore une génération et sa famille serait devenue respectable, sa fortune aussi légitime que tant de fortunes célèbres acquises grâce au brigandage des ancêtres. Ses petits-enfants pourraient se frotter aux Kennedy, Rockefeller, Mitsubishi, sans provoquer de scandale, en toute légalité. La fin justifiait les moyens. La respectabilité valait bien ça, même si pour y parvenir il fallait éliminer un paquet de gêneurs.

### Mardi 14 septembre, 8:15, San Francisco

Debout à l'angle d'une rue de Chinatown, Mikhaïl Roujio contemplait une vitrine derrière laquelle se promenaient des canards blancs. C'était sans doute le truc le plus intéressant qu'il ait vu ici, ces canards. Il avait emprunté les fameux trolleys et les jugeait, pour sa part, tout à fait surfaits. Il avait contemplé la tour géante dans le lointain. Arpenté les quais et dégusté des crevettes grillées. Il avait vu les bars célèbres où des femmes enclines à se gonfler les seins au joint de baignoire dansaient à poil. Il avait aussi vu quantité de couples homosexuels déambuler dans les rues, main dans la main, et faire des trucs qui, dans son pays, leur auraient valu de se retrouver au poste.

Et il était là à contempler des canards promis au dîner d'un client, qui se dandinaient derrière la devanture d'une épicerie chinoise. La vie était passionnante.

Il sourit pour lui-même. Il n'était pas un moujik découvrant la ville pour la première fois. Il avait parcouru le monde. Séjourné à Moscou, Paris, Rome, Tel-Aviv, New York, Washington. Mais il n'était chez lui dans aucun de ces endroits. Ce qu'il désirait par-dessus tout, c'était se retrouver dans sa petite ferme de la banlieue de Groznyï. Ce qu'il voulait, c'était se lever à l'aube, sortir par un petit matin d'hiver, quand une épaisse couche de glace recouvre le sol, fendre du bois pour le poêle et faire travailler ses muscles comme un homme. Il avait envie de nourrir ses chèvres, ses poulets et ses oies, d'aller traire la vache, puis de se réchauffer les mains près du feu tandis qu'Anna ferait rissoler dans la graisse d'oie les œufs sur le plat de son petit déjeuner...

Il quitta des yeux la placide volaille inconsciente du sort qui l'attendait. Anna était partie depuis cinq ans, emportée par le cancer qui l'avait dévorée bien trop vite. Au moins, elle n'avait pas souffert : il bénéficiait de suffisamment de contacts pour avoir pu lui procurer les médicaments nécessaires. Mais aucun traitement n'avait opéré, bien que les meilleurs médecins du pays aient été appelés à son chevet. C'était Plekhanov qui s'en était occupé. Roujio serait à jamais reconnaissant au Russe pour son aide durant les derniers jours d'Anna.

Ce qu'il désirait était impossible. La ferme existait toujours, son frère y travaillait, mais Anna n'était plus, alors, à quoi bon...

Il se remit en route, ne prêtant qu'un minimum d'attention aux menaces potentielles dans cette foule de Chinois et de touristes, sans cesser de reluquer les vitrines des magasins. Ici, une boutique d'objets en cuivre d'importation, là, une autre spécialisée dans la hi-fi et les petits ordinateurs ; là, encore, un marchand de chaussures.

À la mort d'Anna, il ne lui était rien resté. Après une période sombre et sordide dont il gardait à peine le souvenir, Plekhanov lui avait rappelé son ancien désir de voir son pays prospérer. Et il lui avait proposé d'y contribuer en reprenant son ancienne spécialité : *mokriye diela* – les actions de nettoyage. Avant qu'Anna tombe malade, il avait décidé de mettre ça de côté, de prendre sa retraite, mais ensuite ? Quelle importance ? Un boulot en valait bien un autre. Si un truc intéressait Plekhanov, c'était une raison suffisante pour s'en occuper.

Non, il ne pourrait pas retrouver la vie qu'il avait vécue. Plus jamais.

L'appareil de transmission que lui avait fourni le Russe bourdonna à sa ceinture. Roujio regarda alentour, aiguisa ses sens pour voir si on le filait. Si c'était le cas, il était incapable de le détecter. Il n'y avait aucune raison que quelqu'un dans cette ville le surveille, voire connaisse son existence, mais dans ce boulot, on ne survivait jamais longtemps si l'on ne redoublait pas de prudence. Plekhanov avait envie qu'il survive, alors il agissait en conséquence.

Il décrocha le mobilcom de sa ceinture. Trois personnes seulement devaient avoir son numéro : Plekhanov, Winters, l'Américain et Grigory, le Serpent.

« Oui ?

– Il y a un autre boulot », dit la voix de Plekhanov.

Roujio regarda l'écouteur en hochant la tête, même s'il n'y avait pas de liaison vidéo. « Je comprends.

– Je te recontacte plus tard pour les détails.

– Je suis prêt. »

Plekhanov coupa la liaison. Roujio raccrocha le mobilcom à sa ceinture, qu'il rajusta. Il était habitué à sentir le poids d'une arme contre sa hanche, et même un pistolet de petit calibre était autrement plus pesant que le minuscule appareil de communication, mais il ne portait aucune arme pour cette mission. On n'était pas en Tchétchénie ou en Russie, où il jouissait d'un mandat officiel. Ici, d'ordinaire, on se baladait sans arme, sauf si l'on était policier ou agent du gouvernement, surtout dans cette ville. Les armes étaient bannies. Ils avaient même érigé une statue, dans un des parcs, confectionnée avec le métal des armes fondues. En outre, il n'était pas de ces types qui se sentent tout nus sans un pistolet à la ceinture. Il connaissait une douzaine de façons de tuer quelqu'un à mains nues, avec un bâton ou ce qu'il avait sous la main. Il était expert en la matière. D'accord, il aurait toujours une arme si nécessaire, mais tant qu'il bossait, pas question.

Au pays des agneaux, même un loup édenté est roi.

Encore un boulot. Parfait. Il était prêt. Il était toujours prêt.

La ligne protégée clignota et Mora Sullivan sourit en passant la main au-dessus du téléphone pour l'activer. C'était un appareil sans fil, blindé, à transmission et réception codées. Le signal était routé et rerouté une douzaine de fois ; à chaque appel, la communication empruntait un nouvel itinéraire aléatoire sur les lignes du Net et des relais satellites, de sorte qu'il était impossible de la localiser. En outre, le signal vocal émis était brouillé : sans un appareil équipé à la réception, le code binaire était intraduisible. La vitesse, la tonalité, les harmoniques et le rythme de son discours étaient altérés électroniquement par son ordinateur, si bien qu'à l'autre bout du fil, elle avait la voix grave et masculine, aux accents du Midwest, d'un présentateur de télé américain. L'effet sur l'auditeur était d'évoquer un homme imposant, d'âge mûr, qui avait sans doute forcé jadis sur le tabac ou l'alcool. Le brouilleur était d'une telle qualité qu'on ne décelait pas la moindre trace de trucage électronique dans le son produit, et il était capable d'abuser les analyseurs d'empreintes vocales les plus performants, si l'on s'avisait (hypothèse improbable) de comparer le signal à sa voix enregistrée.

« Oui ?

– Tu sais qui c'est ? »

C'était Luigi Sampson, l'homme de main de Genaloni. « Je sais qui c'est.

– Serais-tu libre pour nous rendre un service dans un proche avenir ?

– Je peux me libérer.

– Bien. Si tu veux rester en alerte pendant huit-dix jours, nous te réglerons l'avance habituelle en guise de dédommagement. »

Selkie sourit. Son avance dans ce cas se montait à vingt-cinq mille dollars par jour, qu'elle fasse ou non le boulot. Cent soixante-quinze mille billets rien que pour se libérer durant une semaine, le temps que son commanditaire choisisse une cible, ce n'était pas une mauvaise affaire. Quant à ses prix pour le travail proprement dit, ils variaient selon la complexité et le danger de la mission ; le tarif de base était de deux cent cinquante mille. Si le client amenait la cible, elle déduisait du total le temps de veille. Elle n'était pas cupide. Et Genaloni était l'un de ses meilleurs clients, il lui avait rapporté deux millions rien que l'année passée. Encore six ou huit mois à ce rythme et elle pourrait prendre sa retraite, quitter la partie. Elle touchait au but, s'approchait de la somme qui avait toujours représenté son objectif. Avec dix millions, elle pourrait en claquer un par an avec les intérêts sans jamais avoir à toucher au principal. À trente ans à peine, elle serait riche, pourrait voyager où bon lui semble, faire tout ce qu'elle voudrait. Nul n'aurait la moindre idée de son existence passée ; nul ne soupçonnerait jamais la petite Irlandaise rouquine, fille d'un militant de l'IRA qui n'avait pas deux sous en poche à sa mort, d'être « Selkie », le tueur à gages le mieux payé de la planète. En dehors de son identité actuelle, les papiers et les traces électroniques en prévision de sa vie future étaient déjà tout prêts, de sorte que si par hasard on venait à s'interroger sur ses antécédents et sa fortune, elle s'en sortirait sans problème.

L'enseignement précoce de son père au maniement des armes à feu, de l'arme blanche ou des bombes avait sans conteste porté ses fruits. Sans doute aurait-il tiqué en voyant certaines des personnes avec qui elle travaillait depuis sa mort, mais leurs causes n'étaient pas les mêmes. Une fois que les Britanniques eurent enfin décidé de laisser l'Irlande à son triste sort, tout cet interminable conflit n'avait plus eu aucun sens, même si les protagonistes avaient refusé d'abandonner la partie et d'en rester là. On ne renonçait pas si aisément à des habitudes aussi bien ancrées, quand bien même leur raison d'être avait disparu.

Sa mère, bénie soit-elle, en Écossaise qui avait les pieds sur terre, avait appris à ses sept enfants qu'un sou était un sou.

Sullivan se reprit à sourire. C'était de là qu'était venu son *nom de morte*[1], du côté de sa mère. Les vieilles légendes qu'elle leur contait, tard le soir, quand la télé était détraquée et que la radio ne captait plus rien, étaient pleines d'histoires d'enfants volés par les fées, de sorts et de magie. Les Selkies, c'était le peuple des phoques qui avaient le pouvoir de se métamorphoser en humains. Cette image lui avait toujours plu, cette idée de ne pas correspondre aux apparences.

Personne ne savait qui elle était. Elle n'avait jamais rencontré un client en tête à tête, à une seule excep-

---

1. En français dans le texte *(N.d.T.)*.

tion près, et ce dernier n'était plus de ce monde. Elle était un assassin sans visage que la majorité des gens prenaient pour un homme et, qui plus est, un des meilleurs dans son domaine.

De cela, son père aurait été fier, elle en était sûre.

Et voilà, semblait-il, qu'elle allait avoir de nouveau l'occasion de faire ses preuves.

### Jeudi 16 septembre, 6:15, Washington, DC

L'une des raisons qui faisaient qu'Alexander Michaels aimait le pavillon où il vivait était la taille du garage attenant. Il pouvait abriter deux véhicules, ce qui lui laissait toute la place pour son dernier caprice : une Plymouth Prowler de treize ans. Elle avait remplacé depuis un mois la MG Midget 77 qu'il avait passé un an et demi à restaurer. Ça lui avait bien plu, il en avait tiré un coquet bénéfice, mais question ligne, la petite anglaise ne tenait pas la distance face à la Prowler. Dessinée par le légendaire Tom Gale comme *concept car* pour Chrysler au début des années quatre-vingt-dix, elle avait fini par entrer en production quatre ans plus tard. En gros, c'était un *hot rod* aux lignes épurées, à propulsion arrière. La carrosserie de ce roadster décapotable à deux places était recouverte d'un somptueux violet éclatant, profond, baptisé Pourpre Prowler. N'étant pas assez ancienne pour être un modèle classique, la voiture était dotée de toute la panoplie d'équipements et d'options d'un engin homologué : coussins gonflables de sécurité, direction et freins à disques assistés et même une vitre de custode électrique – mais en fait, c'était surtout un jouet pour grand enfant. Elle était également dotée d'une boîte mécanique, de gros pneus à l'arrière, de roues avant à peine cachées par des garde-boue symboliques, et d'un compte-tours monté sur la colonne de direction. Michaels était trop jeune pour avoir connu l'âge d'or du *hot rod*, entre la fin des années quarante et le début des années cinquante – une époque évoquée au cinéma dans des *rebel movies* déjà passés de mode à sa naissance, en 1970. Mais son grand-père lui avait raconté plein d'histoires. Il lui avait parlé du temps d'Eisenhower, quand il possédait une Ford 32 en apprêt gris qu'il avait gonflée, et avec laquelle il courait des quarts de mile[1] les dimanches matin d'été sur les pistes de béton fissuré d'un vieil aérodrome. Il avait fait rêver le jeune Alex avec ses descriptions de Chevrolet, de Mercury et de Dodge choppées et channelées[2], puis couvertes de vingt couches de rouge

1. Un peu plus de 400 mètres en ligne droite, distance réglementaire des courses de dragsters *(N.d.T.)*.

2. Le *chopping* ou *top-chopping* consiste à tronçonner les montants de toit d'une berline ou d'un coupé pour en réduire la hauteur et ainsi rabaisser la ligne du véhicule. Opération délicate quand les montants sont inclinés et le toit bombé. Sans parler des problèmes pour retailler glaces et pare-brise... Quant au *channeling*, la modification est encore plus radicale, puisqu'il s'agit de rehausser les attaches de la carrosserie sur les poutres du châssis et d'encastrer les essieux, toujours dans le même but d'abaissement de la silhouette *(N.d.T.)*.

Candy pailleté[1] poncé à la main, avec des roues équipées d'enjoliveurs à rayons ou bien entièrement masquées par des *moondiscs*[2]. Il lui avait montré des piles de vieilles revues consacrées à sa passion, desséchées et jaunies par le temps, mais dont les photos passées dévoilaient encore la beauté des voitures. Il lui avait raconté avec un sourire radieux les courses improvisées en pleine ville, à un stop, le vendredi soir, les stands à milk-shake et la musique de rock jouée à fond sur les radios petites ondes, quand l'essence coûtait cinq cents le litre et que tout citoyen qui se respecte n'aurait pas imaginé faire à pied un trajet qu'il pouvait effectuer en voiture.

Certains gosses rêvaient, quand ils seraient grands, d'être cow-boys dans le Far West des années 1870. Michaels avait rêvé d'être James Dean dans les années cinquante, juste après la Seconde Guerre mondiale...

Il sourit tout en mettant dans ses paumes une noisette grise de pâte à dégraisser, puis en se frottant les doigts. Le savon avait cette espèce de parfum âcre et fort qui lui rappelait ce papy Michaels qui avait commencé à lui enseigner la mécanique quand il avait quatorze ans.

On aurait pu manger par terre dans l'atelier du

---

1. Le *candy* ou *candy apple* – « pomme d'amour » – est une technique de peinture délicate consistant à passer plusieurs dizaines de couches de vernis coloré (généralement rouge, parfois nacré ou pailleté) sur une base métallisée argent ou or. Résultat : des reflets et une profondeur inimitables *(N.d.T.)*.
2. Ces « disques lunaires » sont des couvre-roues en alu recouvrant entièrement la roue jusqu'à la jante. Les modèles d'origine étaient fabriqués par la société Moon, du nom de son créateur *(N.d.T.)*.

grand-père, tant il était propre, avec sa grosse caisse rouge à roulettes, remplie d'outils Craftsman et Snap-On, toujours prête. Le vieux était capable de vous démonter un moteur, descendre une transmission ou désosser un pont arrière, sans laisser la moindre trace d'huile ou de cambouis sur le sol en béton. C'était un artiste.

Il n'avait pas vécu assez longtemps pour voir la Prowler. Un infarctus l'avait emporté à soixante-dix ans, mais Michaels était certain que son grand-père aurait apprécié son dernier projet, quoique avec quelques réserves. D'accord, elle n'aurait pas été assez dépouillée au goût du vieillard – il n'avait jamais raffolé de ces airbags ou de tous ces systèmes d'assistance – mais il s'agissait en définitive d'un engin analogique dans un monde numérique, et elle avait incontestablement l'allure des *hot rods* d'antan. En plus, elle était sympa à conduire, même si Michaels n'avait guère eu l'occasion jusqu'ici d'en profiter. Une partie des pièces étaient encore sur l'établi – entre autres, l'injection électronique, qui exigeait encore pas mal de boulot, voire un échange standard. L'ancien propriétaire avait manifestement essayé de la réparer lui-même, et, de toute évidence, il bricolait comme un manche.

Alex se décrassa les mains avec un chiffon rouge qu'il jeta ensuite dans une poubelle en acier. Son grand-père avait toujours eu une sainte frousse des phénomènes de combustion spontanée, même s'il trouvait, pour sa part, l'idée d'un chiffon qui prendrait feu tout seul un peu tirée par les cheveux. Le reste du cambouis partirait sous la douche...

On sonna à la porte. Hmm. Son chauffeur, sans doute. Il était en avance, de presque une demi-heure.

81

La procédure de sécurité était toujours en vigueur, pour quelques jours encore en tout cas, donc le garde posté dehors aurait intercepté toute personne non autorisée à approcher son domicile.

Il se dirigea vers l'interphone. « Larry ?

– Pas que je sache, répondit une voix féminine.

– Toni ?

– Ouaip.

– Passez derrière, par le garage. Je vous ouvre. » Il pressa la touche du portail électrique donnant sur sa cour, puis celle de la serrure de la porte du garage tandis que Toni contournait la maison.

« Waouh ! Alors c'est la nouvelle voiture ? »

Il s'épanouit. « Voilà la bête. »

Elle entra dans le garage, posa une main sur l'aile arrière. « Formidable.

– Je vous proposerais volontiers une balade, mais elle n'est pas en état de marche pour l'instant. » Du geste, il indiqua les pièces sur l'établi.

« C'est l'injecteur qui est bouché ? »

Il fut surpris. Cela avait dû se voir sur ses traits.

Avant qu'il ait pu dire quoi que ce soit, elle avait haussé les épaules. « J'ai grandi entourée d'une flopée de frères. Les bagnoles étaient dotées d'une symbolique forte dans la famille. Les garçons avaient toujours une épave quelconque, montée sur vérins, qu'ils essayaient désespérément de faire rouler. J'ai appris deux-trois trucs au passage. C'est un V8 ?

– Un V6. Trois litres cinq, simple arbre à cames en tête, vingt-quatre soupapes, mais il sort quand même un peu plus de deux cents chevaux à cinq mille neuf cents tours-minute. Ce n'est pas un monstre comme la Dodge Viper – le genre de *muscle car* capable d'enrhumer une Corvette – mais elle pousse fort quand même. » Cette fille était coriace, superbe, et elle s'y connaissait en bagnoles. Le genre de mixture que quantité de mecs auraient appréciée chez une femme, lui compris.

*Tu t'engages sur une route dangereuse, Alex. T'as intérêt à faire gaffe.*

« Prévenez-moi dès qu'elle roule.

– Sans faute. Alors, qu'est-ce qui vous amène ici aussi tôt ?

– On a eu du nouveau... », commença-t-elle.

Le téléphone intérieur sonna. Il lui adressa un signe de tête. « Vous permettez... » Il s'approcha du mur, bien décidé à se débarrasser de l'importun.

« Allô ?

– Salut, devine qui c'est ?

– Susie ! Comment ça va ?

– Super, papitou. M'man m'a dit de t'appeler pour te dire merci pour les patins... »

Il demeura une seconde interdit puis, rapidement, la panique le gagna. Son anniversaire était la veille ! Bon Dieu, comment avait-il pu l'oublier ? Et de quels patins parlait-elle ? Megan l'avait-elle fait en son nom à lui ? Ce serait bien la première fois.

« Comment s'est passée la fête, chou ? Je suis désolé de ne pas avoir pu venir.

– C'était super. Tous mes copains sont venus, sauf Lori, mais elle avait la grippe, alors c'est pas grave. Même que Tommy Tête-de-nœud est venu lui aussi. »

Michaels sourit. À sept ans – non, huit, maintenant –, Susie n'avait jamais eu sa langue dans sa poche. Tommy devait être son dernier béguin. Pire était le nom, plus l'élu était aimé. Il eut un coup de blues, comme un poignard au creux de l'estomac. La route était longue de Boise à Washington. Sa Susie lui manquait.

« Comment va ta mère ?

– Très bien. Elle prépare le petit déjeuner. Faut qu'on reste faire la sieste ici parce que c'est un jour d'école. Tu veux lui parler ? »

Michaels se souvint soudain que Toni était toujours là dans le garage. Il jeta un regard dans sa direction, mais elle s'était accroupie près de la Prowler pour examiner les montants avant. Son pantalon lui moulait les fesses. Il détourna les yeux. Pas le genre de chose à remarquer quand on parle à sa fille... mater le postérieur de son assistante.

« Non, je lui causerai plus tard, ma puce. Embrasse-la pour moi.

– Voui. Quand est-ce que tu viendras nous voir, papitou ?

– Bientôt, mon bébé. Dès que je peux me libérer.

– T'as une crise, c'est ça ? »

Une seconde, il se demanda comment elle savait. Mais elle ne le laissa pas longtemps dans l'expectative. « C'est maman qui l'a dit, que t'avais une crise, et que c'est pour ça que tu pouvais pas venir à mon anniversaire. Elle a dit que t'avais toujours des crises.

– C'est la vérité, ma puce. Jamais un instant à moi.

– Faut que je raccroche, je viens d'entendre la sonnerie du micro-ondes, les gaufres doivent être prêtes, je t'aime, mon papitou.

– Moi aussi, Susie. Embrasse bien ta maman pour moi.

– Salut ! »

Il raccrocha. Elle lui manquait. Megan aussi, bien

que leur divorce eût été prononcé depuis plus de trois ans. L'idée de la séparation ne venait pas de lui. Même après le jugement définitif, il avait encore gardé espoir.

Il reporta son attention sur Toni qui s'était relevée et penchée sur le capot pour examiner le compartiment moteur. Il s'approcha. « C'était ma fille...

– Comment a-t-elle trouvé les patins ? »

Il la fixa en clignant les yeux, tandis qu'elle se retournait pour le regarder. « Comment... c'est vous qui les lui avez envoyés ?

– Je... Ma foi, oui. Vous étiez dans le boulot jusqu'au cou, alors j'ai pensé... oui. J'espère que ce n'était pas déplacé. »

Il secoua la tête. « Pas du tout. Vous m'avez sauvé la mise. Je n'arrive pas à croire que j'aie pu oublier. Sa mère m'en aurait voulu à mort. Merci encore, Toni.

– Je suis toujours votre assistante, observa-t-elle. Ma tâche est de vous mettre en valeur. »

Eh bien. Il l'avait engagée sur la foi de ses références et elle s'acquittait fort bien de sa tâche. Mais elle prouvait qu'elle valait bien mieux.

Il se rendit compte qu'ils n'étaient qu'à cinquante centimètres l'un de l'autre. C'était une fille séduisante, elle sentait bon et il avait envie de la serrer dans ses bras. Mais il était son patron, après tout, et il avait peur qu'on se méprenne sur son geste. D'autant que ses sentiments en ce moment précis étaient loin d'être platoniques.

*Oh-oh ?* lui dit une petite voix intérieure. *Peut-être que ce qui te fait le plus peur, c'est justement qu'elle ne se méprenne pas du tout sur ton geste, pas vrai ? Et si ça lui plaisait ?*

Il éprouva soudain le besoin de s'essuyer de nouveau

les mains. Il se retourna, fit deux pas, ramassa un chiffon propre. « Bon, alors, dites-moi ce qui se passe. »

Toni ressentit une brusque déception. Elle avait senti la chaleur de son corps, cru un bref instant qu'il la prendrait dans ses bras, et elle avait retenu son souffle. *Oui, oui... vas-y !*

Et puis, non. Au lieu de cela, Alex s'était détourné et s'était remis à essuyer avec un chiffon ses mains déjà propres. De nouveau service-service.

Zut. Elle avait eu un fantasme soudain, s'était vue allongée avec lui, en train de faire sauvagement l'amour dans son superbe roadster pourpre.

*Tu rêves, Toni.*

Malgré tout, elle avait certainement bien fait d'envoyer ce cadeau d'anniversaire à sa fille. Sa gratitude avait été tout ce qu'il y a de sincère. Ça aussi, elle l'avait senti.

« Bon, je commence par les mauvaises nouvelles ? Ou les bonnes ?

– Et merde ! »

# 7.

## *Jeudi 16 septembre, 7 : 50, Quantico*

« Colonel ? Je pense que vous devriez peut-être préparer votre barda, dit Michaels.

– Pardon ? » John Howard s'avança sur son siège de bureau, le dos soudain raide et tendu.

« D'après un message codé intercepté par la station d'écoutes de la CIA à notre ambassade en Ukraine, une attaque physique doit viser notre poste là-bas, sans doute dans les tout prochains jours. Nous aimerions deux choses : un, que vous emmeniez un peloton de vos meilleurs éléments pour renforcer la garde de marines à l'ambassade et contrer toute attaque. Deux, et c'est le plus important, nous ne serions pas mécontents si vous parveniez à découvrir qui se cache derrière cette histoire, pendant que vous serez là-bas à attendre le déclenchement des hostilités. »

Howard lorgna l'écran vide en souriant. *Oh que oui !*
« Les Ukrainiens ne vont-ils pas... euh... se formaliser

de nous voir vagabonder dans leur pays à pourchasser les terroristes ?

– Officiellement, oui. Officiellement, vous et vos troupes ne quitterez pas l'ambassade, qui jouit de l'extraterritorialité. Officieusement, le gouvernement local ne nous mettra pas de bâtons dans les roues. Pas de questions, pas de bla-bla, c'est la politique définie pour cette opération. »

Howard sourit de nouveau. Même si c'était Clinton qui l'avait popularisée, la politique du *Pas de questions, pas de blabla* remontait à bien avant son arrivée à la Maison-Blanche. Elle se résumait à ceci : tant que lui et ses hommes ne se faisaient pas pincer ouvertement, le pays d'accueil pourrait faire – et ferait – comme s'il ne les avait pas vus. Aussi longtemps qu'ils n'incendieraient pas le Parlement ou éviteraient d'assassiner le chef de l'État devant les caméras de CNN, ils n'auraient pas de problème.

« Mes gars auront décollé dans trente minutes, commandant.

– Pas de précipitation, colonel, prenez une heure ou deux. L'information pertinente est en cours de téléchargement sur votre ordinateur au moment même où nous parlons. Votre contact à l'ambassade sera Morgan Hunter, chef de poste de la CIA, mais c'est votre opération.

– Entendu, commandant. »

Après avoir raccroché, Howard ne put que garder le sourire. Enfin une mission sur le terrain ! Pas en virtuel. Pour de vrai.

# 8.

Installé dans son bureau, Jay Gridley se préparait à surfer sur le Net.

Le cyberespace ne ressemblait pas vraiment aux premières descriptions des vieux films de SF. Gridley le savait. Mais les constructions en réalité virtuelle – les CRV* – recouraient effectivement à l'imagerie pour aider le cybersurfeur à naviguer. Le choix d'images disponibles était presque infini. Il existait sur le marché des centaines d'environnements, des paysages urbains aux autoroutes, des décors de western aux vaisseaux spatiaux. Et puis, des milliers de scénarios contributifs étaient disponibles sur le Web. Certains logiciels, parmi les meilleurs, étaient même gratuits. Qu'on les télécharge ou qu'on les exploite en temps partagé, et le réseau se transformait au gré des fantasmes des programmeurs. Si vous ne trouviez pas chaussure à votre pied, il vous restait la possibilité de créer votre propre véhicule. Inutile d'être programmeur, c'était à la portée du premier imbécile venu. Le prêt-à-surfer était encore plus facile que de remplir un album de coloriage.

Gridley avait trois ou quatre éléments de voyage qu'il affectionnait lorsqu'il surfait en RV. Il agita le doigt dans les airs pour accéder au mode commande, lança la connexion et énonça : « Dodge Viper, Alpes bavaroises. »

L'extension de réalité virtuelle lui présenta aussitôt l'image d'une route de montagne sinuant dans un paysage allemand pour le moins stylisé. Il était à bord d'une Viper RT/10, un roadster décapotable noir décoré de larges bandes blanches, en train de négocier une épingle en descente. Il n'allait pas tarder à rencontrer un poste-frontière. Il débraya et rétrograda de sixième en cinquième, écrasa l'accélérateur, sourit en sentant la brise cinglante ébouriffer ses longs cheveux bruns. Il adorait les vieux films de James Bond, même si la réplique « Gridley, Jay Gridley » n'avait pas tout à fait la même résonance que l'originale...

Le poste-frontière apparut. Un soldat en uniforme montait la garde, seul, la mitraillette au côté, derrière une barrière zébrée noir et jaune abaissée en travers de la route.

Gridley rétrograda et freina. Le cabriolet s'immobilisa dans un grondement sourd.

« Vos papiers, s'il vous plaît », dit le garde. Il sentait un mélange d'après-rasage bon marché et de sueur rance, avec un soupçon de fumée de cigarette.

Gridley sourit, glissa la main dans sa poche de smoking – ma foi, si on voulait jouer, autant y aller à fond – et en retira son passeport.

Il allait devoir se résoudre à programmer une compagne de voyage pour parachever le scénario. Une rousse sensuelle, peut-être, ou alors une brune sombre et meurtrière. À la fois effrayée et fascinée par la vitesse. Ouais...

Dans la vie, un passeport électronique était présenté à un serveur d'accès sur le réseau – sous la forme d'une séquence de code hexadécimal échangée entre deux systèmes – mais en réalité virtuelle, les métaphores visuelles étaient autrement plus agréables, et bien plus intuitives.

Après une rapide inspection, le garde lui restitua son passeport, fit un bref salut de la tête et leva la barrière. Gridley était déjà passé par là. Il n'y avait jamais eu de problème.

Au débouché du virage suivant, la route de montagne se transformait brusquement en Autobahn, avec des véhicules qui filaient à plus de cent soixante à l'heure. Il écrasa l'accélérateur de la Viper, faisant crier les pneus, première... seconde... jusqu'en troisième... ne relevant le pied que lorsque le moteur atteignit son régime maximal sur les quatrième et cinquième rapports. Il avait passé la sixième quand il se fondit dans le flot de voitures et de camions.

La vieille Aston-Martin de James Bond – troquée contre une BMW dans les derniers films – n'aurait jamais tenu le rythme de la Viper. La Dodge avait une vitesse maximale de deux cent soixante à l'heure, que son V10 lui permettait d'atteindre avec une incroyable rapidité. Une fusée sur quatre roues.

Il était désormais sur la dorsale de réseau et son programme tournait impec. Il aimait bien l'image de l'autoroute mais il aurait fort bien pu basculer sur une balade plus tranquille au bord d'un torrent, ou un tour de France en vélo, même si ces brusques changements de programme tendaient sans doute à vous secouer un peu.

Il avisa devant lui un panonceau de sortie : *CyberNation*.

Gridley fronça les sourcils. Ces derniers temps, on avait pas mal craché dans les forums sur CyberNation, ce « pays » virtuel qui acceptait non seulement les visiteurs mais des résidents. Les programmeurs anonymes à l'origine de RVLand vous offraient toute une batterie d'accessoires informatiques si vous manifestiez le désir d'« émigrer » vers leur création – si vous étiez prêt à troquer votre citoyenneté électronique dans votre pays contre la leur, un truc qui semblait assez incroyable. Il n'était pas encore allé personnellement y faire un tour, mais l'idée lui paraissait intéressante. Un de ces quatre, il avait tout le temps pour ça, il faudrait qu'il aille y jeter un œil pour voir de quoi il retournait.

Il regarda la pendulette analogique intégrée au tableau de bord – pas de compteurs numériques pour cette bête.

Une belle Jaguar doubla la Viper et Gridley sourit. Tiens, tiens...

Il titilla la Viper, sentit le coup de pied de l'accélération, même en sixième, quand le roadster bondit et se mit à gratter la Jaguar comme si elle faisait du surplace. Il la doubla et vit l'air renfrogné du chauffeur. Gridley était radieux. La Jag était à fond, alors que la Viper n'était même pas entrée dans la zone rouge du compte-tours. Salut, mec !

Il était encore pas peu fier de lui quand il avisa l'épave en travers de la route, huit cents mètres plus loin. Un gros semi s'était renversé et sa remorque barrait toutes les voies de circulation de son côté de l'autoroute. L'embouteillage avait déjà quatre cents mètres de long et grossissait très vite.

Merde !

Gridley freina – en douceur, c'étaient des freins à disques top niveau mais sans ABS pour grand-mère – et se mit à rétrograder. Heureusement, la Viper savait aussi bien s'arrêter qu'accélérer. Il s'immobilisa derrière une grosse Mercedes pleine de types en chapeau. Vit dans son rétro que la Jaguar s'immobilisait à son tour derrière lui.

La scène virtuelle symbolisait en fait que quelqu'un venait de planter la liaison télématique qu'il empruntait. Accidentellement ou de propos délibéré, il n'aurait su dire.

Un *pin-pon* typiquement européen s'approcha par la voie opposée de l'Autobahn, accompagné d'éclairs bleus. C'étaient les flics – entendez les opérateurs-système – venus aux nouvelles.

Le trafic était désormais figé de son côté de l'autoroute. Gridley enjamba la portière surbaissée de la Dodge ; une chance : le tissu du smoking était très extensible. Il comptait juste traîner du côté des flics, pour glaner quelques informations. Nul doute qu'un Thaï américanisé en smoking arriverait à leur tirer les vers du nez, surtout sous son avatar de James Bond...

Tyrone Howard surfait sur le Net, et le vent fouettait son visage nu – enfin, nu, à l'exception de ses vieilles lunettes d'aviateur. C'était la seule protection qu'il portait au guidon de sa grosse Harley-Davidson XLCH qui fonçait en grondant à plus de cent soixante. C'était une meule classique dont la production était arrêtée, et il devrait encore patienter quelques années avant d'avoir le droit de l'enfourcher, à condition d'en trouver une ou de pouvoir se la payer. L'avantage de la RV, c'était de vous permettre de faire des trucs impossibles dans le MR* – le monde réel.

Il roulait à Los Angeles, venait de contourner un bouchon qui bloquait presque entièrement l'auto-route de sortie nord de Hollywood et filait à présent vers la vallée quand son alarme vocale lui rappela l'heure. Son paternel n'allait pas tarder à rentrer et il ne lui restait que deux minutes de balade avant d'être obligé de s'arracher. Il ne pouvait révéler à Tyrone où il se rendait ni quoi que ce soit, c'était top secret, mais au moins pouvaient-ils se dire au revoir. Pas de chance que m'man soit descendue à Birmingham rendre visite à sa sœur. Elle serait désolée d'avoir raté papa.

Il s'engagea sur une rampe de sortie, rétrograda et descendit dans un parking. Lorsqu'il remonta sur le front ses lunettes d'aviateur de la Grande Guerre, le bandeau de RV bascula également en MR et, soudain, il se retrouva dans sa chambre. Il cligna les yeux. Le monde réel avait toujours l'air si... *pâle* comparé au virtuel. Comme si c'était lui l'imitation et le virtuel la vraie vie.

Juste à temps. Il entendit s'ouvrir la porte d'entrée.

« Tyrone ?

– Eh, p'pa ! »

Tyrone se leva, faillit se prendre les pieds dans... Zut ! Il n'arrêtait pas de renverser des trucs, de glisser et de trébucher. Papy Carl disait que son père était pareil à treize ans, qu'il n'était pas fichu d'emprunter un couloir de trois mètres de large sans se cogner dix fois contre les murs. Tyrone avait du mal à croire que son père eût été aussi maladroit. Ou que lui, il arrive un jour à s'en sortir.

Quand il arriva dans le séjour sans avoir détruit un seul meuble, il découvrit son père, en treillis de la Net Force, pantalon et chemise gris neutre, chaussé de bottes noires impeccablement cirées. Derrière son père, le sergent-chef Julio Fernandez se tenait à la porte, dans le même attirail.

« Eh, Tyrone, dit le sous-off.

– Eh, sergent. Comment va ?

– Pas trop mal, pour un vieil Hispano-Américain. » Il sourit. Fernandez avait quitté l'armée régulière en même temps que le colonel Howard. Ça remontait à un bail – ils se connaissaient depuis vingt ans. Ils étaient entrés dans la Net Force en gros au même moment. Son père lui avait dit que d'après le sergent, si le colonel était capable de travailler pour les civils, il devrait y arriver lui aussi – même si l'amour du sergent pour l'informatique était inférieur à zéro, ce que Tyrone jugeait pour le moins bizarre, vu le genre d'activité de la Net Force.

« Je voulais passer ici avant qu'on décolle, dit son père. J'ai déjà appelé ta mère, elle doit revenir par la navette de dix-huit heures, donc tu ne seras livré à toi-même que deux heures maxi. Tu penses pouvoir assumer ? »

Grand sourire de Tyrone. « J'en sais rien, p'pa. C'est plutôt effrayant. Une fois rentré de l'école, je vais me retrouver tout seul à la maison pendant tout ce temps. Je pourrais mourir de faim. Voire me consumer d'ennui.

« – La vie est dure. C'est Mme Townsend qui se charge du covoiturage, aujourd'hui, c'est ça ?

– C'est ça. » La mère de Rick Townsend était de corvée cette semaine, la semaine prochaine, ce serait celle d'Arlo Bridger, et la suivante, la sienne. Le covoiturage rendait les trajets scolaires bien plus faciles que par le bus. Il commençait les cours en milieu de matinée, ce semestre, donc il n'avait pas à se présenter au rendez-vous avant huit heures.

Son père lui rendit son sourire. S'approcha, le serra dans ses bras. « Je ne sais pas quand je serai de retour. Occupe-toi bien de ta mère. Je vous appelle dès que la situation le permettra.

– Oui, chef. »

Son papa se détourna. « Très bien, sergent. On file.

– C'est vous le colonel, mon colonel. »

Son père lui pinça de nouveau l'épaule, puis fit un demi-tour réglementaire et se dirigea vers la porte.

Tyrone ressentit un froid soudain au creux de l'estomac. Son papa ne laissait jamais rien paraître du caractère dangereux ou non de ses missions, mais qu'il soit passé à la maison alors qu'il n'avait pas d'affaires à prendre ou quoi que ce soit, et qu'il ne soit resté qu'une minute en tout, juste pour lui dire au revoir, eh bien, ça le rendait nerveux.

Dans quel coin la Net Force allait-elle expédier son père ? Et quel genre d'ennuis risquait-il d'affronter là-bas ?

Plekhanov était au bureau devant son ordinateur. Il n'y avait personne alentour, et sans doute pas un chat à tout l'étage. Le gouvernement n'avait pas les moyens d'entretenir une veille de nuit, bien que Plekhanov eût pu la payer de sa poche s'il l'avait voulu. L'un des avantages d'être un expert informaticien de sa trempe était que le détournement de fonds électronique n'était pas un problème, pour autant qu'on sache modérer son avidité. Un million par-ci, un million par-là, et en un rien de temps on avait fait sa pelote.

Son logiciel de communications avait localisé le Fusil et l'avait connecté. L'affaire était maintenant presque bouclée.

« Sommes-nous bien d'accord sur ce qu'il convient de faire, Mikhaïl ?

– *Da*, tout à fait. »

Plekhanov fronça les sourcils. Il n'était pas prudent que Roujio utilise un mot russe, et même s'il n'y avait qu'une chance sur dix millions pour que quelqu'un le remarque, Plekhanov n'avait pas envie de prendre le moindre risque. Mais il s'abstiendrait d'en parler au cours de cette conversation.

« Les spécifications concernant la tenue, le matériel et les véhicules sont dans le fichier crypté. Sers-toi du

97

deuxième compte pour les fonds. Tu prends ce qu'il te faut, on veut du bon boulot.

– C'est ça, dit Roujio. Du bon boulot.

– Vois-tu autre chose ?

– Non, je crois que ce sera tout.

– Eh bien, bonne chasse.

– Merci. »

Une fois la connexion coupée, Plekhanov se carra dans son fauteuil pour réfléchir à l'étape suivante. Il y avait tant de petits détails à surveiller si l'on voulait que le plan continue de se dérouler convenablement. Un coup de fil ici, un transfert d'information ailleurs, quelques mots glissés dans une oreille influente à un moment précis, tout cela ajoutait à l'inertie et contribuait à entretenir le mouvement.

Tout se déroulait conformément au plan.

### *Jeudi 16 septembre, 8:20, San Francisco*

Roujio se sentait rassuré. Il était toujours bon d'avoir une tâche précise, un boulot à faire, nonobstant les contraintes. Il avait déjà établi le contact avec les fournisseurs ; le matériel nécessaire à l'étape suivante pourrait être réuni en moins de vingt-quatre heures. Roujio avait deviné de quoi il s'agissait, même si ce n'était qu'une hypothèse tant qu'il n'avait pas eu le coup de fil de confirmation. Cela lui avait laissé une certaine marge de manœuvre dont il avait profité.

À présent, il devait appeler le Serpent et le Texan

pour les mettre au boulot. La tâche s'annonçait épineuse et, par certains côtés, encore plus que l'assassinat de l'agent fédéral, mais pas aussi dangereuse. Car cette fois, ils auraient la loi de leur côté.

Façon de parler.

### Jeudi 16 septembre, 13 : 15, Quantico

Le commandant Michaels regarda, l'air soucieux, le jeune homme assis en face de lui de l'autre côté du bureau.

« Alors, Jay, qu'est-ce que ça signifie au juste ? »

Gridley fit un signe de dénégation. « J'en sais rien, chef. Je me suis baladé sur une demi-douzaine de grosses autoroutes – des inforoutes – et elles étaient toutes encombrées d'épaves. Sans parler d'un paquet d'autres où je ne suis pas passé. Les flics – euh, les sysops* – n'ont pas eu de gros problèmes pour rétablir la circulation des données, même si l'embouteillage en Australie leur a donné du fil à retordre. C'était un truc relativement simple, mais le trafic a été ralenti partout.

– Mais nous ne sommes pas devant un sabotage de grande envergure ? Et l'attaque ne semblait pas focalisée sur un système en particulier ? »

Jay hocha la tête. « Ma foi, oui et non. Aucune n'était importante, mais le tout réuni constitue malgré tout un incident majeur. Le temps, c'est de l'argent, surtout sur les passerelles commerciales, et quantité

99

de transactions se sont retrouvées mélangées à cause des retards. Qu'une part importante se retrouve déviée dans une poche, l'heureux bénéficiaire pourrait prendre sa retraite et s'acheter Cleveland s'il voulait. Quoique, je ne vois pas trop ce qu'il en ferait... Mais à première vue, personne ne s'est enrichi avec cette embrouille, à moins qu'on n'ait pas encore réussi à découvrir le pot aux roses... »

Jay marqua une pause, plissa les yeux, regarda dans le vide, comme s'il venait d'entrer en transe.

« Jay ?

– Oh, pardon... Pour autant que je sache, aucun système n'a été touché plus qu'un autre, l'incident a frappé à peu près également des dizaines de liaisons. J'ai envoyé des agents intelligents fureter sur le réseau, mais aucun de mes limiers-robots n'a pu remonter jusqu'à une source. Qui que soit l'auteur de ce programme, c'est un type balèze, parce qu'il a réussi à franchir un sacré tas de barrières de sécurité, et les seuls à avoir réussi à l'intercepter, c'est nous. »

Gridley sourit, visiblement content de lui.

« Donc, les systèmes de la Net Force n'ont pas été affectés ?

– Non. Il a essayé, mais il s'est heurté à nos protections. Le gars n'est pas aussi futé qu'il l'imagine. Il ne sait pas à qui il a affaire. On va le retrouver. »

Sans raison aucune, Michaels eut un brusque soupçon : *Sauf s'il cherche justement à nous faire croire qu'il est incapable de franchir nos barrières de sécurité...*

« Très bien. Tâchez de découvrir qui a fait ça. Tenez-moi au courant.

– Sans problème, chef. »

Gridley se leva et quitta le bureau d'un pas nonchalant. Dès qu'il fut parti, Michaels se laissa aller contre son dossier et considéra la situation. Depuis la disparition de Steve Day, quelque chose ne tournait pas rond. Il n'arrivait pas à savoir quoi au juste, mais il avait le sentiment confus qu'on se livrait à une attaque contre la Net Force. Bien sûr, ce n'était peut-être que de la paranoïa professionnelle, inévitable dans ce métier, mais si tel n'était pas le cas, si quelqu'un avait bel et bien l'intention de nuire à la Net Force, de qui s'agissait-il ? Et, question plus importante encore : *pourquoi* ?

Il passa la main devant son interphone.

De son bureau voisin du sien, la voix de Toni se fit entendre. « Oui ?

– Salut, Toni. Du nouveau ?

– Désolée, Alex. Rien. »

L'assassinat de Day continuait de planer au-dessus de leur unité, telle une nuée d'orage : sombre, menaçante, irrésolue.

Il allait confier quelque chose à son assistante, puis se ravisa. Il ne voulait pas donner l'impression de crier au loup ; en outre, il avait déjà suffisamment de pain sur la planche : l'enquête sur l'assassinat, la situation en Ukraine, les autres problèmes touchant le Net. Mieux valait garder pour soi des soupçons non fondés, jusqu'à ce qu'un élément nouveau leur donne du poids.

# 9.

Le colonel John Howard se détendit dans le siège du Boeing et adressa un signe de tête au sergent Fernandez assis à côté de lui. L'une des meilleures idées de la Net Force avait été sans doute de louer plusieurs 747 et de les aménager pour des vols d'intervention tactique rapide. Ces gros porteurs étaient à mille lieues de ces antiques cages à poules de l'armée qui n'étaient guère plus que des coques creuses en alu, si bruyantes qu'on pouvait à peine se parler ou simplement réfléchir tranquille. Outre l'aspect confort, ce choix avait une raison des plus pragmatiques : un 747 immatriculé comme un appareil civil pouvait se poser en des endroits où un cargo militaire américain se prendrait un Stinger dans la poire si jamais il avait la stupidité d'essayer.

« OK, Julio, on récapitule encore une fois. »

Le sergent secoua la tête. « Si mon colonel veut bien me pardonner...

102

– Ce serait une première, coupa Howard.

– Et sans vouloir manquer de respect à mon colonel, poursuivit-il, ignorant la remarque de son supérieur, mon colonel doit avoir la tête comme une passoire.

– Je vous remercie de votre diagnostic neurologique, docteur Fernandez. » Du geste, il lui fit signe de continuer. « Vas-y. »

Soupir du sergent. « À vos ordres, mon colonel... L'Ukraine est un pays d'une superficie comparable à la France, avec une population de cinquante-deux millions d'habitants, un président élu et un Parlement de quatre cent cinquante députés, appelé la Verkhovna Rada. L'ambassade américaine à Kiev, la capitale, est située au 10, Youriya Kotsoubinskoho. Le bâtiment abritait jadis le siège du Parti et le QG des Jeunesses communistes, avant que les Ukrainiens ne virent les cocos en 91. Les effectifs sont de cent quatre-vingt-dix-huit employés américains et deux cent quarante-quatre citoyens ukrainiens qui travaillent à l'ambassade même ou pour celle-ci. »

Howard sourit mais ne dit rien. Le sergent ne se répétait jamais.

Fernandez poursuivit : « Kiev a une population de trois millions d'âmes ; elle s'étend sur un quadrilatère de quarante-cinq kilomètres sur quarante-quatre de part et d'autre du Dniepr, qui va se jeter dans la mer Noire. À cette époque de l'année, il fait encore chaud, même si le temps est généralement couvert à tendance pluvieuse. 75 % environ de la population est d'origine ukrainienne, 20 % russe. Le reste se partage entre juifs, Biélorusses, Moldaves, Polonais, Arméniens, Grecs et Bulgares. En vous comptant, il ne devrait pas y avoir plus de trois individus d'origine africaine dans le pays, même si certains individus provenant de Crimée ou d'ascendance mongole ont la peau relativement sombre. Sûr que vous provoquerez des attroupements dans les rues, mon colonel. »

Howard écarta de la main l'objection. Ils en avaient discuté déjà pendant la moitié du trajet. Il était hors de question que le colonel participe à l'opération. Il devrait rester planqué à l'ambassade et diriger le trafic par radio et liaison satellite. Sans vouloir l'offenser.

« Continue.

– À vos ordres, mon colonel. Il y a sept heures de décalage horaire avec Washington. La ville dispose d'un bon réseau de métro et de transports de surface. En revanche, radio et télévision sont assez nulles : on arrive à capter CNBC jusqu'à midi, et CNN après six heures du soir ; côté presse, on peut trouver le *New York Times* et le *Wall Street Journal* de la veille si l'on est descendu dans un grand hôtel et qu'on est prêt à payer la moitié de sa retraite pour un exemplaire. Si vous allez aux toilettes publiques, n'oubliez pas votre papier-cul, vous en aurez besoin.

« La devise locale est le hryvnia, et le taux de change officiel est de deux hryvnias pour un dollar. L'eau est parfaite pour le bain si on la laisse couler quelques secondes pour éliminer le plomb, mais il n'est pas recommandé d'en boire sans l'avoir fait bouillir, à cause des bactéries et des parasites intestinaux. Le taux de radiation de Tchernobyl est à peu près normal, mais évitez de consommer des champignons, des baies ou du gibier d'origine locale, sauf si vous voulez être capable de lire la nuit sans lampe de chevet.

« Si vous avez bu de l'alcool, que vous conduisiez et que vous vous fassiez prendre, vous serez sans doute envoyé en taule, sauf si c'est la milice qui vous arrête, auquel cas vous risquez d'être abattu sur-le-champ. Les gens là-bas boivent comme des trous, mais eux, ils marchent quand ils sont bourrés. Tolérance zéro pour l'ivresse au volant.

« Pas mal de gens parlent toujours le russe, cependant la langue officielle est désormais l'ukrainien. La phrase la plus utile à savoir est : *Probachteh, deh tcholovitchy toualekht ?*

– Ce qui veut dire ? s'enquit Howard.

– "Veuillez m'excuser, mais où sont les toilettes pour hommes ?" »

Howard sourit et hocha la tête. « Continue. »

Fernandez poursuivit sa litanie, mais Howard n'écoutait plus que d'une oreille. Malgré les inquiétudes du sergent sur l'état de sa mémoire, il connaissait déjà ces informations. Il voulait simplement bien se les ancrer dans la tête. On n'était jamais trop prudent.

Malheureusement, le sergent n'avait pas tort de le mettre en garde contre les balades dans les rues de Kiev. Howard était allé en Chine, et partout il avait provoqué des attroupements de curieux, certains venaient même le toucher. Être noir ne marquait pas simplement une différence pour certaines cultures, c'était une vraie curiosité. Pas question de se promener discrètement quand on attirait l'attention de la sorte. Et pourtant, rester cloîtré dans le poste de commandement d'une ambassade à échanger des points de vue avec le chef de poste de la CIA tandis que ses hommes allaient traquer le terroriste dans sa tanière, c'était une idée qui ne lui disait rien, mais alors, rien du tout. Il était un soldat, un homme de terrain, dès avant son entrée dans la Net Force, et il n'avait pas envie de passer plus de temps que nécessaire derrière un bureau.

« ... Les armes et les équipements secrets doivent arriver par la valise diplomatique aux environs de neuf heures quarante-cinq, heure locale. Même s'il conviendrait mieux de parler de *conteneur* diplomatique, en l'occurrence. Livré par Federal Express. C'est quelque chose, non ? Plus besoin d'avions pour envoyer les bombes à l'ennemi : suffit de les leur livrer par Fedex, ils signent le bordereau, assurent la mise à feu, et boum ! »

Howard émit un grognement de circonstance, histoire de montrer qu'il ne dormait pas. Bon... comment allait-il donc faire pour sortir dans la rue ? Se déguiser ? Se grimer, peut-être ? C'était sa mission, et il devait être en mesure d'y participer activement. Peut-être qu'il pourrait charger ses unités de déblayer le terrain, puis se pointer pour le finale, si les choses en arrivaient là. Il devait bien y avoir un moyen. Il n'avait que trop participé à des guerres en spectateur...

« ... La criminalité est en hausse et on nous conseille de ne pas nous aventurer seuls, la nuit tombée, dans les ruelles sombres. » Fernandez sourit. « Il est à parier que les voyous du coin risquent d'avoir une sacrée surprise s'ils tombent sur un des nôtres et se retrouvent marqués au laser, nez à nez avec le canon d'un H&K automatique.

– Évitons de descendre les autochtones, même les voyous, si c'est possible, sergent. On est censés effectuer une opération chirurgicale, vite fait bien fait, en limitant les dégâts au maximum. S'il y a de la casse, faut qu'on puisse glisser tout ça, discret, sous le tapis. Vu ?

– Certainement, mon colonel. Je veillerai à ce que les garçons limitent les rixes de bar au strict minimum. »

Howard sourit et secoua de nouveau la tête. Julio Fernandez était l'homme idéal pour être à vos côtés et veiller sur vous. Il avait du mal à se dépêtrer d'un ordinateur à la portée d'un gosse de six ans, mais dès qu'il y avait du grabuge, c'était le meilleur. Il était capable de clouer une mouche au mur avec son couteau, avant de lui arracher les yeux avec ce qui lui tombait sous la main, la gauche ou la droite.

Et un ramassis d'extrémistes locaux à la graisse d'oie n'allaient pas tarder à découvrir que lancer des menaces contre une ambassade américaine était une idée particulièrement stupide.

### Vendredi 17 septembre, 13 : 25, New York

Luigi Sampson, responsable de la sécurité de Genaloni Industries, sortit du restaurant chinois, flanqué de deux gardes du corps. Malgré son poste et son hérédité, il semblait que Sampson n'appréciait guère la cuisine italienne. Il appréciait en revanche la chinoise, et en abondance. Pour son déjeuner, il avait pris du poulet à la sauce épicée, accompagné de nouilles grillées, puis du porc vinaigrette, du canard au citron et du crabe à la sauce cacahuète, le tout arrosé de deux bières et de trois tasses de thé. Il n'avait même pas laissé de restes.

Sampson maniait son cure-dents tout en regagnant avec nonchalance sa voiture avec chauffeur, garée en double file devant le restaurant. Il cracha négligemment sur le trottoir les fragments de nourriture.

Dans la berline anonyme garée de l'autre côté de la rue, Roujio regarda Winters, le chauffeur, puis Grigory le Serpent, assis à l'arrière. « On est prêts ?

– Je suis prêt, dit le Serpent.

– On y va, chef. »

Tous trois portaient les mêmes complets anthracite de bonne coupe, les mêmes souliers vernis de cuir noir, ils avaient chaussé les mêmes lunettes noires et avaient la même coupe en brosse. En prime, chacun avait sur lui une carte et une plaque l'identifiant comme inspecteur du FBI, la police judiciaire fédérale des États-Unis. Ces pièces étaient des faux, bien entendu, mais les meilleurs qu'on puisse se procurer, et à ce titre ils auraient passé tous les contrôles.

Les plaques de la voiture avaient été substituées : celles-ci provenaient d'un véhicule garé en ce moment même dans le parking du FBI, non loin de là.

Aux yeux de Roujio, le Serpent avait toujours l'air d'un gros abruti de Russe, même sous son déguisement, mais on n'y pouvait pas grand-chose. D'ailleurs, gros abrutis de Russes et gros abrutis d'Amerloques se ressemblaient pas mal.

Winters était le meilleur chauffeur de la bande. Il était dans son pays et il valait mieux qu'il reste au volant.

Roujio rajusta l'arme dans l'étui derrière sa hanche droite. C'était un SIG-40, une solide arme de combat allemande, très coûteuse et très fiable, choisie d'ailleurs par bon nombre d'agents du FBI. Tous avaient la tête de l'emploi – même le Serpent.

« Très bien, allons-y. »

Roujio et Grigory le Serpent descendirent de voiture pour traverser la rue.

Les gardes du corps les remarquèrent immédiatement. L'un des gorilles parla à Sampson qui arrêta de se curer les dents, lorgna les types qui approchaient et sourit. Il se mit à rire et dit quelque chose à ses hommes. Roujio ne put entendre mais il devina. Ces gars ne devaient pas porter dans leur cœur les autorités fédérales.

Alors qu'ils s'approchaient du trio, Sampson lança : « Bon après-midi, les gars. Vous êtes du Bureau, pas vrai ? » Il sourit à ses deux gardes, pour montrer combien il était doué pour reconnaître les agents fédéraux.

C'était précisément ce qu'avaient prévu Plekhanov et Roujio. Offrez à l'adversaire quelque chose d'assez vraisemblable pour l'abuser, et vous n'aurez même pas besoin d'ouvrir la bouche.

Roujio adopta l'accent du Midwest qu'il avait travaillé avec soin. « Luigi Sampson ? Je suis l'agent spécial Arnold, et voici l'agent spécial Johnson. » Il déplia son porte-cartes et le brandit dans la main gauche, pour exhiber carte et plaque, à l'instar des vrais agents, tout en laissant la main droite dégagée pour dégainer. Il adressa un signe de tête au Serpent, qui lorgna d'un sale œil les gardes du corps.

Si les papiers étaient faux, les noms en revanche ne l'étaient pas : les agents Arnold et Johnson étaient affectés au bureau de New York. « Nous aimerions que vous nous accompagniez pour répondre à quelques questions.

– Sans problème, les gars. » Et Sampson se tourna vers le garde le plus proche : « Tu vérifies ? »

Le garde du corps pianota aussitôt sur un petit ordinateur portatif. Une fraction de seconde plus tard, il répondit : « Ils sont sur la liste.

– Appelle les avocats et le patron. Préviens-les. » D'une pichenette, Sampson expédia dans les airs le cure-dents. « Au deuxième étage de Federal Plaza, c'est ça ?

– *Vingt-deuxième* étage, monsieur Sampson, rectifia Roujio. Vous êtes déjà venu. »

Le sourire de Sampson s'élargit. Il avait cru que son piège grossier suffirait. C'était un imbécile, d'autant plus qu'il s'était cru malin. Les types malins laissaient toujours de la place pour les trucs inédits ; les imbéciles croyaient déjà tout savoir. « Toujours ravi de collaborer avec mon gouvernement. Allons-y. »

Une fois installé à l'arrière de la voiture avec le Serpent, Sampson demanda : « Eh bien, de quoi s'agit-il, les gars ? »

Alors que Winters démarrait, Roujio vit l'un des gardes du corps s'avancer au milieu de la rue pour relever leur numéro. Parfait. Il regarda Sampson. « Tu travailles pour la famille Genaloni. Tu as tué six hommes de tes mains, et ordonné la mort de plus d'une douzaine d'autres. Toi et ceux de ton espèce, vous êtes responsables de la vente de drogue dans les rues, de la prostitution, de la contrebande, du jeu clandestin et de quantité d'activités illicites trop nombreuses pour être citées...

– Waouh ! C'est de la calomnie, inspecteur, car tout

cela est entièrement faux. Je suis le responsable de la sécurité d'une entreprise qui a pignon sur rue. Vous auriez intérêt à surveiller vos paroles, vous pourriez être poursuivi, vous savez. Nos avocats ont du temps libre.

– T'es un criminel, salopard, rétorqua Roujio. Et tu ne vas pas tarder à le payer. »

Sampson rigola. « Eh bien, je te souhaite bien du plaisir pour le prouver, mec. Des gars plus futés ont déjà essayé. » Il se cala dans son siège, le visage soudain fermé. « Je serai ressorti à temps pour le dîner.

– Sûrement pas.

– Ah ouais ? Eh bien, t'es con si tu crois ça.

– Non. Le con, c'est toi... C'est toi qui crois qu'on est du FBI. »

Dans l'expression de Sampson se mêlaient terreur et incrédulité, mais déjà, l'autre avait dégainé et enfoncé le canon de son arme dans le flanc de l'homme. « Et tu serais particulièrement con si t'essayais de bouger, dit le Serpent, avec un accent russe si épais qu'on n'aurait pas vu au travers.

– Mon Dieu, souffla Sampson.

– J'ai bien peur qu'il te soit pas d'un grand secours, mec, nota Winters.

– Merde, mais c'est quoi, ce plan ? Qui êtes-vous ? Qu'est-ce que vous voulez ?

– Refiler aux loups un appât empoisonné », répondit Roujio.

Le truand plissa le front. Il ne pigeait pas. De toute façon, il n'aurait guère le temps de s'en soucier. Le destin venait de glisser ses droits insensibles et froids dans le panier de la loterie... et c'est le numéro de Luigi Sampson qui était sorti.

# 10.

Ray Genaloni était prêt à tuer quelqu'un à mains nues. L'homme qui se tenait debout en face de lui, l'un des gardes du corps de Luigi, ne lui apportait pas de bonnes nouvelles et c'était la seule cible qu'il ait sous la main – mais ce ne serait pas une mauvaise idée de le tuer. Au lieu de cela, il retint sa fureur, comme on plaque un couvercle sur une casserole pour empêcher la vapeur de s'en échapper.

« Excuse-moi, Donald, mais qu'entends-tu au juste par "Le FBI ne le détient pas" ?

– On a envoyé les avocats, patron. Les fédés disent qu'ils n'ont pas interpellé Luigi.

– Mais Randall et toi, vous soutenez que si ?

– On sortait de chez Chen. Ils étaient deux, avec un troisième dans la voiture. Luigi les a repérés, et Randall et moi, on sait reconnaître des fédéraux. Leurs identités concordaient, ils sont sur le rôle du bureau de New York, leur voiture avait des plaques banalisées

112

– on les a vérifiées grâce à nos indics : elles correspondent bien à un des véhicules du parc du FBI de New York. Ils l'ont chopé, aucun doute.

– Dans ce cas, pourquoi racontent-ils à nos avocats qu'ils ne l'ont jamais vu ? »

Donald hocha la tête. « J'en sais rien. »

Genaloni demeura silencieux une quinzaine de secondes. Il vit que le gorille transpirait. Parfait. Qu'il devienne nerveux. Finalement, il répondit : « C'est tout. File. Trouve-toi à t'occuper. »

Après son départ, Genaloni resta à fixer le mur. Qu'est-ce que goupillaient ces connards de fédéraux ? Pourquoi lui mettaient-ils la pression ? Luigi était réglo, ils ne pouvaient pas lui extorquer des informations sous la menace, du reste, il n'aurait pas ouvert sa gueule, mais le coup du « il est pas chez nous », ça, c'était du nouveau. Et ça ne lui plaisait pas du tout. Ils étaient en train de mijoter quelque chose et, quoi que ce fût, ça ne lui disait vraiment rien qui vaille.

Parfait. Ils voulaient jouer aux espions ? Pas de problème. Il avait un couteau effilé comme un rasoir en train de rouiller sur son bureau. Il n'avait qu'à tendre la main pour le prendre. *Bon, on va voir ce que c'est que cette connerie.*

Il décrocha son téléphone et dit : « Brouillage, code 2435, Soleil. »

L'appareil annonça : « Brouillage activé. »

Il pianota un numéro.

*On va voir ce que c'est que cette connerie.*


« Je comprends », répondit Mora Sullivan, avec l'assurance de ne pas être trahie par sa voix.

D'un signe, elle coupa le téléphone, se leva, se mit à arpenter la pièce à pas mesurés.

Trois dans un sens, demi-tour, trois dans l'autre, et ainsi de suite, jusqu'à ce que la mission soit bien entrée dans sa tête. Selkie ne restait pas assise à méditer. Bien sûr, elle était capable de se tenir peinarde, quand l'approche l'exigeait, mais à ce stade, elle réfléchissait mieux quand elle bougeait, quand elle était debout pour flairer les pistes possibles, guetter les chemins de traverse, élaborer des plans.

Elle pouvait devenir n'importe quoi, n'importe qui, et le monde était son terrain de jeu, mais ce coup-ci, la partie s'annonçait dangereuse, il n'y aurait pas de place pour l'erreur. Dans presque toutes ses missions, il restait une marge de manœuvre pour d'éventuelles boulettes. Bien qu'elle se soit toujours efforcée de ne pas laisser de traces, il lui était arrivé de commettre des gaffes. Des bricoles, pas de quoi laisser assez d'indices à un poursuivant pour lui mettre la main dessus, mais c'est vrai, de temps en temps, deux ou trois trucs lui avaient échappé. Elle était la meilleure, mais même les meilleurs pouvaient se rendre coupables de négligences et ne s'en apercevoir qu'après coup, quand il était trop tard pour rectifier le tir.

Un pas, deux pas, trois pas, demi-tour...

Les gens n'avaient pas relevé les infimes indices qu'elle avait oubliés par accident, car la plupart n'avaient même pas songé à les rechercher. Et au bout du compte, le temps était passé, les liens avaient fini par rouiller aux intempéries, ne laissant plus sur la piste que de vagues marques presque indéchiffrables.

Mais cette fois... ? Cette fois, tous ses actes allaient

être scrutés au microscope. Les policiers, quel que soit leur service, étaient des cas particuliers. En tout premier lieu, la police protégeait ses hommes. Le message était simple : on peut commettre les pires ignominies et s'en tirer, mais tuer un flic, c'est autre chose. Qui s'y hasarde devient aussitôt l'ennemi public numéro un, et ce jusqu'à ce qu'il se fasse capturer ou tuer – de préférence tuer, d'ailleurs. Sullivan le savait : son père avait abattu un policier, et il l'avait payé de sa vie. Les flics qui l'avaient capturé l'avaient exécuté de sang-froid, et ils n'avaient eu aucun mal à justifier leur vengeance, absolument aucun mal.

Un pas, deux pas, trois pas, demi-tour...

Tuer sa cible ne serait pas un problème. C'était même la partie la plus facile. Un assassin prêt à se laisser prendre ou à se faire tuer pouvait sans difficulté flinguer à peu près n'importe qui en plein jour, du chef de l'État au simple pékin.

S'en tirer, c'était une autre paire de manches. Surtout quand les meilleurs spécialistes mondiaux de la lutte contre le crime allaient faire converger leurs projecteurs sur votre itinéraire d'évasion. Pas la moindre échappatoire ce coup-ci, plus le moindre droit à l'erreur. L'indice le plus infime serait retrouvé, grossi, analysé, testé, suivi.

L'idée était effrayante et fascinante à la fois. Selkie se complaisait dans le risque, elle le savourait comme un vin fin. À dire vrai, elle aurait fort bien pu décrocher dès le lendemain pour vivre une longue retraite dorée. Une fois que vous aviez pu placer quelques millions, vous n'aviez plus besoin de grand-chose. Elle avait un objectif, et elle le remplirait parce que c'était ce qu'elle avait toujours fait, mais elle était assez lucide pour se rendre compte que pour elle le gain était moins important que le jeu. Et puis, elle voyait cela comme un défi. Jamais encore elle n'avait éliminé un agent du FBI, qui plus est le chef d'un de ses services.

Un pas, deux pas, trois pas, demi-tour.

Donc, le plan allait exiger une surveillance méticuleuse, une attention sans faille à tous les problèmes possibles, et suffisamment de temps pour s'assurer que toutes les hypothèses avaient été envisagées. Absolument toutes.

Avant de partir, elle allait prendre une nouvelle identité. Devenir une femme installée à Washington, ayant des raisons de côtoyer sa victime, et capable le cas échéant de passer avec succès n'importe quel examen.

Sullivan arrêta sa déambulation et sourit. L'adrénaline bouillonnait déjà dans ses veines, lui picotant les muscles et la peau, lui donnant des bouffées de chaleur.

Pareille aux créatures des légendes, elle pouvait changer d'aspect aussi aisément que d'autres changent d'habit, à sa guise.

Déjà, la métamorphose de Selkie avait commencé.

### *Samedi 18 septembre, 16 : 19,*
### *Los Angeles*

Roujio se trouvait sur un trottoir roulant de l'aérogare de Los Angeles, pour aller récupérer sa voiture de location. D'après leur pilote, la température à l'extérieur frisait les trente-sept degrés. L'automne s'annonçait peut-être mais l'été n'en avait pas fini avec ce pays – sur la côte Est, il faisait presque aussi chaud quand il avait embarqué.

L'affaire à New York s'était fort bien déroulée. Moins de vingt-quatre heures après son enlèvement, Luigi Sampson n'était plus.

Bon, rectifia mentalement Roujio, ce n'était pas strictement exact. À l'heure qu'il était, les morceaux découpés du criminel stagnaient à l'état de pâte semi-liquide dans une large cuve vitrée remplie d'un acide puissant. Le Serpent avait dû découper le cadavre en tronçons assez petits pour passer par le tampon de fermeture au sommet de la cuve, une corvée qui n'avait pas le moins du monde affecté Grigory. Un de ses oncles était boucher, et il avait travaillé tous les étés dans sa boutique avant de s'engager sous les drapeaux. La cuve servait à stocker le mordant utilisé pour graver l'acier dans une usine de métallurgie fine du New Jersey. La solution à laquelle les restes du criminel n'allaient pas tarder à s'intégrer était en général utilisée par petites quantités ; d'ici que les ouvriers aillent puiser dans cette cuve pour leurs travaux – il y en avait deux identiques –, feu Luigi Sampson ne serait plus qu'un vulgaire contaminant organique, tout au plus décelable peut-être sous la forme d'une légère décoloration lorsqu'on le pulvériserait avec l'acide sur le masque lithographique.

L'acide était très corrosif. Mais par mesure de précaution, le Serpent avait arraché toutes les dents du cadavre, et Winters les avait semées une à une par-dessus le bastingage d'un ferry pour Staten Island, mêlées aux poignées de pop-corn qu'il jetait aux mouettes accompagnant le bateau.

Les déguisements du FBI avaient également disparu : cartes et vêtements avaient été brûlés et les cendres dispersées ; les plaques avaient été mises au pilon et jetées dans une déchetterie à métaux. Les plaques d'immatriculation étaient revenues à leur véhicule d'origine et la voiture de substitution restituée à l'agence où elle avait été louée sous un autre faux nom. Les armes avaient été nettoyées avec soin, empaquetées, étiquetées « échantillons de roche », puis expédiées à une boîte postale de gros volume louée au nom d'un individu imaginaire résidant à Tucson, Arizona. Elles y moisiraient jusqu'à l'expiration du contrat de location, à moins que le bureau de poste ne décide de retrouver le titulaire de l'adresse – en tout cas, ce ne serait pas avant plusieurs mois. Autant d'éléments à usage unique.

Seulement, il n'était plus question de rééditer ce genre de ruse – Genaloni était désormais sur le qui-vive. Mais ce ne serait pas nécessaire.

Restait encore l'infime éventualité que les gardes du corps se voient présenter des photos des vrais agents incarnés par Roujio et Zmeya, mais c'était fort improbable. Les soupçons de Genaloni et sa méfiance naturelle des flics allaient encore grandir, et ce n'est pas sur eux qu'il allait se rabattre pour l'aider à retrouver son homme, si toutefois il croyait leurs affirmations, ce qui ne se produirait pas. Le ponte du crime n'allait pas poursuivre la piste des autorités fédérales, et de leur côté celles-ci, ayant d'autres chats à fouetter, auraient tôt fait de laisser tomber cette énigme.

Le FBI pensait que Genaloni avait tué l'un de ses

hommes. Et Genaloni pour sa part était convaincu que le FBI était décidé à le coincer. La première hypothèse était fausse, mais la dernière était désormais vraie. Genaloni, à en croire le résultat des recherches de Plekhanov, n'était pas un homme patient. Il y avait des chances pour qu'il agisse avec précipitation. Et si ce n'était pas le cas, Roujio s'en chargerait pour lui – du moins, c'est l'impression que ça donnerait.

Distraire l'attention de son ennemi était une ficelle usée mais toujours utile. Plekhanov connaissait bien l'Histoire, et c'était un manipulateur-né. Un homme précieux à avoir à ses côtés lors d'un conflit. Et dangereux comme adversaire.

Il y avait encore deux ou trois petits trucs envisageables par Roujio et ses hommes pour parachever le harcèlement de la Net Force et des truands qu'ils avaient pris pour cible. Des petits trucs mais qui, à la longue, finiraient par lester la barque. Et ils n'allaient surtout pas s'en priver.

Tôt ou tard, l'ajout d'un simple fétu de paille suffirait à l'envoyer par le fond.

La tâche de Roujio consistait à fournir les fétus.

### Dimanche 19 septembre, 2 : 30, Kiev, Ukraine

John Howard était juste un poil en rogne contre le chef de poste de la CIA. Morgan Hunter avait peut-être quarante-cinq ans et des cheveux qui grisonnaient, mais il était encore en assez bonne forme, à en juger par sa démarche. Et cela faisait une vingtaine d'années qu'il était dans la maison. Il avait travaillé au Chili, effectué une période à Beyrouth, puis à Moscou, après l'éclatement de l'URSS, avant d'échouer ici. Alors, il devait connaître son affaire.

« Je suis désolé, colonel, mais que puis-je dire ? Aucun de nos contacts parmi les extrémistes locaux n'a le moindre tuyau, en dehors des premiers rapports. On n'a rien pu dégoter.

– L'heure tourne, monsieur Hunter. »

Ils se trouvaient dans la petite salle de conférences du sous-sol, une pièce fournie par Howard pour son opération. Ils disposaient de lignes téléphoniques, d'ordinateurs, d'imprimantes, de moniteurs, sans compter d'autres impedimenta sur les tables ou aux murs.

L'homme de la CIA le toisa avec un sourire supérieur. « J'en suis bien conscient, colonel. C'est même nous qui avons lancé le compte à rebours, alors on est au courant. Au cas où vous l'auriez oublié, c'est quand même nous qui avons les premiers attiré l'attention de votre agence. Une agence, soit dit en passant, qui se trouve ici plus ou moins à notre invitation... »

Howard s'apprêtait à répliquer quand Julio Fernandez pénétra dans la pièce. Il gratifia son supérieur d'un salut un rien appuyé avant d'annoncer : « Mon colonel, nous avons quelque chose.

– Allez-y, sergent. »

Fernandez jeta un coup d'œil à Hunter avant de se retourner vers son chef. Howard dut retenir un sourire. Le regard du sous-off était éloquent – une partie du message disait : *C'est OK pour parler devant ce connard, chef ?*

Hunter intercepta la mimique, et ses maxillaires se crispèrent.

« Mon colonel, Lucy – Lucy Jansen, de la troisième équipe – s'est, disons, liée avec un des gars de la liste resserrée. » Il tendit la liste sur laquelle un nom était cerclé de rouge. Tandis que Howard l'examinait, le sergent poursuivit : « Le mec parle allemand, elle aussi, ce qui leur a fourni un point commun. Ils ont... fait connaissance dans un bar local, et après cinq ou six verres de vodka, le gars a laissé échapper qu'il détenait un vieux lance-missiles filoguidé qu'il risquait d'utiliser sous peu. »

L'esprit de Howard fit tilt : « Continuez.

– Lucy travaille le bonhomme. Elle doit me recontacter dans deux heures. »

Howard regarda Hunter.

L'autre haussa les épaules. « Ça pourrait être une piste. Ça pourrait être aussi une vantardise d'ivrogne devant une bonne femme. »

Howard acquiesça. « Exact. Mais le gars est sur notre liste. » Il se retourna vers Fernandez : « Tenez-moi au courant.

– À vos ordres, mon colonel. » Nouveau salut réglementaire, puis Fernandez fit demi-tour et sortit.

« Je vais voir si je peux avoir des renseignements complémentaires sur ce bonhomme, dit Hunter en indiquant la liste.

– Bonne idée. » Howard hésita un instant, puis décida qu'il était inutile de nourrir de l'animosité envers l'agent de la CIA. « Désolé pour tout à l'heure. Je suis encore sous le coup du décalage horaire.

« – Pas de problème, colonel. On est tous passés par là. Je veux coincer ces types tout autant que vous. Et si on fait correctement notre boulot, on les coincera.

– Amen. »

Les deux hommes échangèrent de nouveau un sourire, sincère cette fois.

Peut-être que ce n'était rien, mais Howard était persuadé du contraire. Tout d'un coup, il sentit une crispation au creux de l'estomac. Cette fois, ça y était. Ils étaient sur la piste de l'antre des terroristes.

# 11.

Quand le téléphone sonna, Alexander Michaels était en train de bricoler la Prowler au garage. Il devinait qui c'était. Il s'essuya les mains au chiffon plein de cambouis et décrocha.

« Allô ?

– Papitou !

– Eh, p'tit bout, comment va ?

– Super. Enfin... sauf que je suis tombée en patinant et que j'ai abîmé un protège-genou. »

Brusque inquiétude. « Et toi, pas de bobo ?

– Moi, ça va, mais le protège-genou, ben tu vois, il est tout éraflé...

– Mieux vaut que ce soit lui que toi.

– C'est ce qu'a dit maminou. »

À l'arrière-plan, il entendit Megan : « Passe-moi papa une minute, chou. »

Michaels sentit son estomac se nouer, ses entrailles se glacer et devenir dures comme de la pierre.

« M'man veut te causer. »

Il inspira un grand coup. « D'accord. Passe-la-moi.

– R'voir, papitou !

– Au revoir, p'tit bout. »

Le temps s'étira. Des éternités s'écoulèrent. Des civilisations se décomposèrent, disparurent...

« Alex ?

– Salut, Megan ! Quoi de neuf ?

– Susie, si t'allais faire une tasse de café à maman ? D'accord ? »

Michaels eut soudain l'impression de tomber en chute libre.

Un instant passa. « Écoute, Alex, je sais que tu places ton boulot par-dessus tout, mais ta fille continue à imaginer que son père est un dieu. Vas-tu un de ces jours réussir à te libérer pour venir la voir jouer ? »

Leurs sempiternelles disputes menaçaient de renaître, rouvrant les vieilles blessures jamais cicatrisées – dans son cœur, en tout cas. Il n'avait pas envie de se battre avec son ex. « C'est en octobre, n'est-ce pas ?

– Tu t'es souvenu. Incroyable ! »

Elle était encore capable de le cingler avec ses sarcasmes aussi violemment qu'avec un fouet.

Toute cette histoire consécutive à la mort de Day serait sans doute retombée d'ici là. Et, dans le cas contraire, il doutait qu'elle l'empêche d'assister à la représentation théâtrale du cours moyen de sa fille. Il répondit avec conviction : « J'y serai.

– T'es sûr ?

– Je t'ai dit que j'y serais. » Ça aussi, elle y arrivait toujours : le foutre en rogne sans avoir besoin d'élever la voix, avec une phrase parfaitement innocente. *T'es sûr ?* Si elle l'avait traité de menteur, le résultat aurait été le même.

Il y eut un silence gêné. Leur dernière année de vie commune, ils en avaient connu beaucoup, de ces silences gênés. C'était moins de la colère que de la résignation. La fin inévitable de leur mariage avait fondu vers eux comme un glacier, lentement mais inexorablement, écrasant tout sur son passage.

Elle reprit : « Écoute, il y a autre chose. Je vois quelqu'un. Je voulais que tu l'apprennes de ma bouche. »

Le froid dans son ventre s'accentua, se transforma en paillettes d'oxygène liquide, si glaciales qu'elles bloquèrent sa respiration. Quand il eut retrouvé sa voix, il essaya de donner le change en prenant un ton calme, détaché, vaguement curieux.

« Je le connais ?

— Non. Il est instit dans l'école de Susie. Ce n'est pas le sien.

— Eh bien, félicitations.

— On ne va pas se marier, Alex, on se voit, c'est tout. Tu sors bien, toi aussi, n'est-ce pas ? »

Il attendit juste un peu trop longtemps avant de répondre :

« Évidemment.

— Bon Dieu, Alex... »

Et *ça*, ça résumait bien là aussi des années de disputes. En fait, il n'avait pas fréquenté d'autre femme depuis leur rupture. Il y avait songé à plusieurs reprises, sans aucun doute remarquait-il toujours les nanas séduisantes, il avait même eu de brefs fantasmes, mais jamais ils ne s'étaient concrétisés. Une fois dissipés, la réalité reprenait le dessus – avec le risque. Et puis, il regrettait toujours Megan, malgré tout ce qui s'était passé entre eux. Elle avait été l'amour de sa vie. Et le resterait toujours. Si elle appelait pour lui demander de rentrer, il irait, même si cela devait lui coûter tout le reste – sa maison, sa voiture, son boulot. Il n'avait jamais ressenti cela, il le ressentait maintenant. Trop tard, bien sûr. Ça ne se produirait pas. Ils étaient divorcés. Elle sortait avec un autre. Peut-être même couchait-elle avec lui.

Cela ne fit qu'accroître son malaise. Cela lui donnait la nausée d'imaginer Megan nue avec un autre homme, en train de rire et de faire l'amour, faisant avec lui des choses que jadis ils avaient faites ensemble... Le pire était de savoir qu'elle désirait un autre homme – et pas lui. Et de savoir qu'elle pouvait en tirer du plaisir...

Michaels hocha la tête. Il devait cesser de poursuivre dans cette voie. Il n'avait pas le droit d'éprouver ce genre de sentiment.

« Il faut que j'y aille. Dis à Susie que je l'aime.

– Alex...

– Au revoir, Megan. À bientôt ! »

Il reposa doucement le combiné dans son logement. Considéra le cabriolet violet auquel il consacrait désormais chaque minute de loisir. En temps normal, il arrivait à s'empêcher de penser à Megan. Tant qu'il se tenait occupé, qu'il avait de quoi se distraire l'esprit, tout allait bien. Mais dès qu'il entendait sa voix, dès que ses mots l'amenaient à se l'imaginer, cela devenait impossible.

Peut-être existait-il un charme magique permettant d'effacer tout le mal existant entre eux ; une formule cabalistique qui puisse les ressouder, comme au temps où Susie n'était pas encore née, ou même quand elle était un gros bébé rieur faisant ses premiers pas dans cette vieille et grande maison de l'Idaho.

Peut-être qu'elle existait, cette formule – mais jusqu'ici, Alex ne l'avait pas trouvée.

### *Dimanche 19 septembre, 11 : 15,*
### *Washington, DC*

Toni Fiorella venait de raccrocher. Le coup de fil du matin avec sa mère était un rituel dominical qui durait en général de vingt minutes à une demi-heure avant que celle-ci ne manifeste son impatience. « Bon, ça doit te coûter une fortune, mon chou », disait-elle immanquablement.

Peu importait que Toni lui eût expliqué cent fois qu'elle avait les moyens de payer deux heures mensuelles de communication entre le Bronx et Washington. Sa mère en était restée au temps où l'interurbain était un luxe réservé à l'annonce des naissances ou des décès, à la rigueur à un petit coup de fil pendant les vacances. Quant à se servir d'un ordinateur pour transmettre des courriers électroniques ou des messages vocaux, cela lui passait au-dessus de la tête.

Elle avait consacré un quart d'heure à tourner en rond dans la cuisine. À rincer les assiettes, les ranger dans le lave-vaisselle, essuyer la paillasse et même à passer le balai-éponge sur le lino. L'appartement était petit, mais la cuisine relativement vaste pour un appart de cette taille, et le lino imitait assez bien un parquet pour abuser la plupart des visiteurs. Un chouette appart.

Alors qu'elle rangeait le balai, le téléphone sonna.

Était-ce sa mère qui avait oublié quelque chose et qui rappelait ?

« Allô ?

– Sous-commandant Fiorella ?

– Oui. Qui est à l'appareil ? » La voix avait un accent familier, sans qu'elle puisse pour autant la situer.

« Jesse Russell. On s'est... euh, vus l'autre jour... »

Cet accent du Sud. Une seconde... ça y est ! « Elastiss...

– Pardon ? »

Toni n'avait pas réalisé qu'elle avait parlé à haute voix. Elle rougit, ravie de n'avoir pas mis l'image. « Désolée, monsieur Russell, ce n'est rien. Que puis-je pour vous ?

– Eh ben voilà, m'dame, je voulais m'excuser. Pour cette histoire au gymnase. Je voulais frimer devant Barry et j'ai comme qui dirait mis ma jugeote au point mort. J'aurais jamais dû agir de la sorte, c'était stupide et je le regrette. »

Toni sourit. Décidément, c'était la journée des surprises. Un connard qui s'excusait. Et comme elle était consciente de n'avoir pas eu non plus un comportement irréprochable, elle pouvait se montrer chevaleresque. « Ce n'est rien, monsieur Russell, oublions ça.

– Oh non, m'dame. Je risque pas de l'oublier de sitôt. Je me demandais, euh... si ça ne vous dérangerait pas, éventuellement, de m'en montrer un peu plus sur cette discipline, un de ces quatre... Enfin, vous voyez, histoire que je comprenne comment vous avez

128

fait, pour plus me retrouver étalé sur le sol comme une vieille carpette... »

Toni étouffa un rire. Peut-être qu'il n'était pas si mauvais bougre. Il avait un certain charme. Elle répondit : « Si on a l'occasion de se retrouver au gymnase, sans problème.

– Ma foi, m'zelle Fiorella, si vous pouviez me dire quand vous retournez vous entraîner, je pourrais m'arranger pour modifier mon emploi du temps. On a pas mal d'heures de cours, mais on peut en sécher quelques-unes. »

Toni réfléchit quelques secondes. Ce type cherchait-il à la draguer ? Ou son intérêt pour le silat était-il sincère ? Connaître les bases d'un autre art martial était parfois un handicap, mais pas toujours. Et son gourou lui répétait sans cesse qu'il lui fallait un disciple, qu'elle ne maîtriserait bien son art que lorsqu'elle l'enseignerait.

« J'y vais parfois le matin, mais je m'entraîne en général durant ma pause-déjeuner, de midi à une heure. Vous pouvez passer si vous voulez.

– Oh oui, m'dame, plutôt deux fois qu'une.

– Autant laisser tomber les "m'dame" et autres "m'zelle Fiorella". Je m'appelle Toni.

– Moi, c'est Rusty, pour mes amis. Merci. Vous serez au gymnase, lundi ?

– Sauf imprévu.

– Alors, à lundi, m'da... euh, Toni. »

Elle se prit à sourire en finissant de ranger le balai-éponge. Dans ses réactions, Elastiss – Russell – s'était comporté comme l'archétype du parfait macho aussi bien avant qu'après qu'elle l'eut expédié à terre. Mais cet appel, si du moins il n'avait pas d'intentions cachées, rattrapait le coup en partie. Presque tout le monde méritait une seconde chance, la plupart du temps. Dieu sait qu'elle avait commis des actes qu'elle regrettait et elle aurait bien aimé alors trouver en face d'elle une âme compatissante. Les gens pouvaient changer, elle devait s'en convaincre. En plus, il était plutôt joli garçon.

Elle eut aussitôt une impression de trahison. Qui que puisse être Russell, en aucun cas il ne pouvait se mesurer à Alex. C'était Alex qu'elle désirait. Et tôt ou tard, si elle s'entêtait, peut-être finirait-il par la désirer, lui aussi.

Mais avoir un élève, ce ne serait pas si mal. Et qui sait, peut-être qu'un élève beau garçon titillerait Alex en lui prouvant que Toni n'était pas un laideron ? Ça ne pouvait pas faire de mal.

### *Dimanche 19 septembre, 11:15, Quantico*

Jay Gridley poussa le gros moulin de la Viper et laissa une traînée de gomme brûlée lorsqu'il relâcha l'embrayage pour avaler la rampe d'accès de l'autoroute. Pourquoi s'en priver ? Dans la réalité virtuelle, on n'avait pas à racheter de pneus.

Il avait consacré le plus clair de ces derniers jours à naviguer sur le Net, en quête de nouveaux bouchons, mais sans rien découvrir d'anormal jusqu'à présent. Oh, bien sûr, il y avait des ralentissements, quelques accrochages ici ou là, mais rien que de très normal.

Il était sur la 405, près de l'aéroport de Los Angeles, quand un jeune Noir juché sur une grosse moto le dépassa en trombe, à près de cent vingt. Gridley sourit au gamin en Harley. Il le connaissait, même si son image en RV le montrait un peu plus âgé et plus musclé.

Il monta les rapports, sentit piaffer la Viper, et lui lâcha la bride en mettant le pied au plancher. Le gros V10 vrombit, rugit, et les véhicules autour de lui devinrent flous.

Il accéléra de cent vingt à deux cents en quelques secondes. *Et zou !* Née pour foncer, et si tu sais pas la conduire, mec, gare-toi !

Il se porta à la hauteur du jeune Black à moto, sourit, klaxonna.

En réalité, ils étaient l'un et l'autre reliés sur le Net par une connexion en temps réel, à l'instar de la vingtaine de millions d'autres abonnés empruntant chaque jour les grands réseaux commerciaux, mais le mode visuel de la RV était tellement plus distrayant, surtout quand le logiciel utilisé autorisait de telles superpositions de scénarios.

« Eh, Tyrone ! »

Le gamin se retourna, sourit, révélant de magnifiques dents éclatantes. « Eh, Jay-Gee ! Qu'est-ce que tu fous ici ?

– Je cherche des ennuis !

– Je suis à fond pour !

– D'ac. Il y a un routier un peu plus loin sur la droite, tu veux t'arrêter prendre un café ? J'ai un truc à te demander.

– Bien sûr, noprob*, Jay. »

L'autre tourna la poignée et se pencha pour fendre l'air qui soulevait ses vêtements et aussi ses cheveux courts et crépus. Il s'éloigna et Gridley le laissa prendre de l'avance.

*Noprob ?* Jay réfléchit une seconde. Ah. *No problem.*

Il n'était quand même pas si vieux, mais la mode changeait toujours, et il savait qu'il n'était déjà plus dans le coup. Le jargon en vogue dans sa jeunesse était de l'histoire ancienne pour un gamin de l'âge de Tyrone. « Noprob » avait succédé à son « pas de lézard » pour retrouver une variante du « no problemo » de son père. La langue évoluait, changeait, et parfois, revenait sur ses pas. « Cool » donnait « super » qui donnait « top-délire » qui donnait « méga » pour retomber sur « cool ». Impossible de tenir le rythme.

Il avait vingt-huit ans, mais dialoguer avec un gamin comme Tyrone lui donnait l'impression d'être un dinosaure. Il hocha la tête.

Mais, d'un autre côté, les gamins accros au Net voyaient et entendaient tout un tas de trucs qui échappaient aux adultes, et Gridley tenait à exploiter tous ces précieux renseignements. L'essentiel était d'arriver à ses fins, quels que soient les détours pour y parvenir.

Il mit son clignotant et se rabattit sur la file de sortie. Si ça continuait à ce train-là, quand Tyrone aurait son âge, il réaliserait des trucs qui rendraient tout ceci aussi bandant que des gravures rupestres.

## 12.

C'était une calme soirée de dimanche, l'air était encore chaud et moite. L'appartement d'Alexander Michaels était plongé dans le noir, à l'exception d'une lumière dans la chambre du haut. Une berline beige banalisée avec deux agents du FBI était garée le long du trottoir d'en face. Ils n'essayaient pas de se cacher, et ça valait mieux, car ils auraient aussi bien pu avoir un gros néon rouge clignotant sur le toit de la bagnole proclamant : *Flics ! Flics ! Flics !*

Les deux types dans la voiture écoutaient en sourdine de la country sur l'autoradio, tout en jouant aux échecs sur un petit échiquier magnétique fixé au tableau de bord. De temps en temps, l'un des deux jetait un œil sur la maison de Michaels, puis de chaque côté de la rue, pour surveiller les voitures et les piétons.

Il n'y avait guère de circulation sur la chaussée ou les trottoirs à pareille heure dans ce quartier, un dimanche. La plupart des habitants devaient se lever tôt pour aller au bureau lundi matin ; presque tous étaient déjà chez eux en train de regarder la télé, de lire ou de se livrer aux activités que peuvent pratiquer derrière leurs murs des cadres moyens quand ils bossent le lendemain.

Ça devait faire drôle d'être obligé de se lever pour aller au boulot tous les jours. Elle se demanda comment faisaient les autres – travailler à contrecœur et pour des gens qu'ils supportaient tout juste. Comment pouvait-on s'astreindre à passer sa vie sans connaître la moindre joie, la moindre passion, la moindre satisfaction ? C'était pourtant le sort de millions – non, de milliards – d'individus et ça la dépassait. Elle aurait encore préféré la mort à l'obligation de subir l'existence terre à terre de la majorité de ses contemporains. Quel intérêt, franchement ?

Une voiture de patrouille du service de gardiennage Mercury Protection Systems passa lentement dans la rue. Le chauffeur en uniforme du véhicule – qui promettait une « réaction armée rapide », s'il fallait en croire la devise sur la portière – salua de la tête les deux agents du FBI quand il les dépassa. Ils lui rendirent son salut.

Une rue tranquille d'un quartier résidentiel. Tout ce qu'il y a d'ordinaire. Papa, maman et deux virgule trois chiards, des chats, des chiens, des crédits, une banalité sans fin. Tout bien rangé à sa place, bien morne, bien chiant.

Eh bien, pas tout à fait. Un élément au moins ne ressemblait pas aux apparences.

Selkie marchait sur le trottoir en direction de la résidence de Michaels. La copropriété était située sur le côté ouest de la route, elle n'en était plus qu'à quatre-vingts mètres, remontant à pas lents vers le nord. Elle avait déjà examiné la voiture des flics à l'aide de sa lunette monoculaire 12×. Le minuscule appareil à amplification nocturne était le dernier cri de la technologie israélienne, fabriqué par Bethlehem Electronics. L'optique d'excellente qualité lui avait donné une vue parfaite des joueurs d'échecs d'une distance où eux-mêmes n'auraient pu l'apercevoir sans recourir eux aussi à des jumelles.

Le microcanon dissimulé dans son sac – produit d'une filiale à 100 % de Motorola, Chang BioMed, sise à Beaverton, Oregon – était doté d'un ampli électronique si puissant qu'elle avait pu distinguer, à cent mètres de distance, le doux murmure de la country sortant de l'autoradio. L'écouteur était maquillé en appareil auditif, et le tube de la lunette monoculaire dissimulé dans une bombe de laque à cheveux. Seule une fouille méthodique aurait pu trahir la destination réelle de ces accessoires.

Et qui aurait eu le front de fouiller son sac, méthodiquement ou non ? Personne.

Quand elle fut parvenue à cinquante mètres, elle vit les agents jeter un œil dans sa direction, puis revenir à leur partie. Elle garda une expression neutre, malgré son envie de sourire. Ils l'avaient aperçue – et aussitôt négligée.

Pour une bonne raison. Car ce que les agents avaient vu, c'était une vieille dame, au moins septuagénaire, marcher à pas lents, courbée sur une canne, avec un petit caniche nain couleur champagne qui trottinait trois mètres devant elle au bout d'une laisse rétractable, explorant les recoins sauvages des haies impeccablement taillées.

Le caniche, un mâle coupé parfaitement dressé, avait été loué au chenil Not the Brothers, au nord de l'État de New York. Mille dollars la semaine, le clébard, mais il les valait largement.

Le petit chien renifla le pied d'un cerisier d'ornement planté au bord de l'allée, leva la patte, arrosa le tronc.

« Gentil garçon, Scout », dit Selkie. Tout passant situé assez près pour l'entendre – et ce n'était pas le cas – aurait reconnu la voix d'une vieille femme, usée par des décennies de labeur et l'abus du tabac.

Elle portait une robe de coton imprimée descendant aux chevilles, un corsage de coton fin et de solides souliers de marche Rockport sur des mi-bas noirs. Elle avait des cheveux blancs permanentés. La pose du masque en latex et le maquillage lui avaient pris une heure et demie mais ils devraient passer inaperçus en plein jour à plus de deux mètres. Elle semblait souffrir car elle traînait la jambe – sa hanche droite faisait encore des siennes – mais elle avait pris sur elle pour promener ce brave Scout, qui s'arrêtait pour renifler chaque arbre, chaque buisson, soucieux de marquer tous ceux portant l'odeur de congénères passés avant lui.

Elle avait chaud, le visage surtout lui démangeait, et l'odeur de caoutchouc et de talc était entêtante, mais on n'y pouvait rien.

Selkie savait fort bien quelle image elle donnait : celle d'une petite vieille arthritique, anonyme, sortie promener son toutou avant d'aller se coucher. Et son chez-elle n'était qu'à trois rues de là, loué en hâte, mais sous ce même déguisement. Si on l'interpellait – ce qui était improbable –, elle avait une adresse justifiant sa présence ici, et un pedigree plus solide encore que celui du chien. Elle était Mme Phyllis Markham, à la retraite après quarante et un ans de bons et loyaux services comme comptable à Albany, dans les bureaux du gouverneur de l'État de New York. Raymond, son époux, étant décédé l'an passé en octobre, Phyllis était finalement venue s'installer à Washington pour consacrer ses loisirs à visiter les musées, qui étaient sa passion. Avez-vous vu la nouvelle capsule russe exposée au musée de l'Air et de l'Espace ? Ou cette Tucker 48 grise saisie à un trafiquant de drogue ?

Lola, la fille de Mme Markham, résidait à Philadelphie et son fils Bruce était concessionnaire de poids lourds Dodge, à Denver. Tout son curriculum était bien en place, et n'importe quelle vérification informatique pourrait le corroborer. Elle aurait pu faire mourir d'ennui un mannequin de cire en le récitant de sa voix morne et rauque. Elle ne portait aucune arme apparente, rien qui puisse la trahir, hormis les gadgets électroniques si bien maquillés qu'ils étaient méconnaissables si jamais on les remarquait.

De la même manière, la canne qui paraissait indispensable à sa marche était un modèle d'un mètre en noyer blanc d'Amérique, taillé à la main, parfaitement poli et huilé, fabriqué par Cane Masters, une petite entreprise d'Incline Village, Nevada. La spécialité de Cane Masters était la confection d'armes parfaitement légales pour les professionnels des arts martiaux. Un expert comme Selkie pouvait vous réduire en bouillie n'importe qui grâce à ce genre de canne de marche, et cela, sans le moindre effort apparent.

Un voyou qui, l'avisant, s'imaginerait voir une vieille mamie sans défense, et donc une cible, risquerait de commettre une grosse erreur. Et sans doute la dernière de son existence si elle en décidait ainsi.

Quand elle fut parvenue à la maison suivant celle de sa cible, elle murmura, assez haut pour être entendue du chien mais pas des agents : « Scout, popo ! »

Le petit caniche était dressé à la perfection. Il s'arrêta, s'accroupit, déposa une petite crotte dans l'herbe de la contre-allée. La vieille dame se baissa laborieusement pour récupérer l'étron avec le bout de carton et le récipient en plastique conçus à cet effet. « Bon garçon, Scout ! » dit-elle, assez fort cette fois-ci pour que les agents l'entendent. Elle poursuivit son chemin, sans prêter apparemment attention aux deux jeunes gens en train de jouer aux échecs dans la voiture garée de l'autre côté de la rue. Elle aurait parié qu'ils souriaient. *Voyez-vous ça, si c'est pas trognon, le p'tit chien à sa mamie qui fait gentiment ses besoins dans l'herbe !*

Elle ne savait pas si la garde était permanente, sans doute pas, mais c'était sans importance. Deux hommes en planque dans une voiture ne constituaient pas une grande menace. Ils l'avaient vue désormais telle qu'elle voulait qu'ils la voient. Elle serait de retour dans la matinée, puis de nouveau dans la soirée, et ainsi de suite durant au moins une semaine, peut-être plus. Bientôt, les équipes qui se relayaient de jour et de nuit la classeraient comme « inoffensive ». Mme veuve Phyllis Markham, à la retraite après quarante et un ans de bons et loyaux services comme comptable à Albany, dans les bureaux du gouverneur de l'État de New York, ne serait plus qu'une ombre parmi toutes celles susceptibles de se fondre dans l'environnement habituel de la cible. Une autre était une jeune stagiaire en poste au bureau de liaison avec les civils des Marines, à Quantico. Il y avait aussi le nouveau chauffeur de Taco Tio qui livrait parfois le déjeuner des agents en faction, et une demi-douzaine d'autres possibilités, si nécessaire. Elle choisirait la mieux adaptée, quand elle aurait achevé sa phase d'observation.

Et si c'était Phyllis Markham qui se chargeait d'éliminer l'objectif, l'homme mourrait sans doute tranquillement dans son lit, d'ici une semaine ou deux, à l'insu de tous. La vieille dame pourrait continuer ses promenades autour de son domicile, une fois accomplie son action, passer sous le nez des agents affectés à la protection de la cible, sans que jamais ils s'en doutent.

Le temps que tout le monde s'aperçoive que la cible était morte, le caniche aurait réintégré son chenil dans le nord de l'État de New York, et la vieille dame cessé d'exister.

« On va finir notre petit tour et rentrer, Scout. Qu'est-ce que t'en penses ? »

Le caniche nain agita la queue. C'était un gentil chiot. Et pour paraphraser la devise de certains T-shirts, *Plus je connais les gens, plus j'aime les chiens...*

*Lundi 20 septembre, 8 : 17,*
*Kiev*

Le colonel Howard venait de terminer de démonter et remonter son fusil d'assaut H&K G3A3Z. C'était un élément essentiel dans l'équipement en armes légères, qui claquait comme un coup de tonnerre et tirait en rafales les grosses balles de 7.62 de fourniture OTAN. Les douilles s'éjectaient avec une telle violence qu'il valait mieux ne pas se trouver dans un rayon de quinze à vingt mètres à l'arrière droite du tireur si l'on ne voulait pas risquer d'être éborgné. Parfois, les douilles vides partaient si vite qu'on les entendait siffler avec l'air éjecté.

Il essuya l'excès de graisse et reposa l'arme sur la table. Peut-être devrait-il également lubrifier son pistolet d'ordonnance ?

Il sortit de son étui le Smith & Wesson modèle 66 et le contempla. C'était un .357 à six coups en acier inoxydable, à canon de dix centimètres et crosse en bois ouvragé. Pas vraiment réglementaire, l'arme de poing utilisée par la plupart des équipes étant le pistolet tactique H&K USP calibre 40, à coque et glissière en plastique de haute densité, viseur laser et silencieux, avec deux fois plus de balles dans le chargeur que son antiquité à barillet. Mais c'était son talisman, le Smith, et il s'y fiait. Les bons jours, il était capable de loger les six balles dans une cible à cent mètres, et, contrairement aux automatiques, le revolver ne s'enrayait jamais. Il en ouvrit le barillet, vérifia son chargement.

« Si vous les nettoyez encore, ils pourront servir d'instruments chirurgicaux, mon colonel. »

Il regarda Fernandez. « Tu sais, un officier moins indulgent t'aurait foutu au gnouf depuis des années !

– C'est vrai, mon colonel. Votre patience vous fait honneur. »

Howard hocha la tête.

« Zéro-huit-un-huit, mon colonel », lui annonça Fernandez.

Il haussa les sourcils. « Je ne vous ai pas demandé l'heure, sergent.

« Non, mon colonel, bien sûr que non. »

Howard se remit à sourire. Il replaça son revolver dans l'étui. D'accord, il était nerveux. Ils avaient localisé les terroristes, et une réunion des chefs de groupe était prévue à onze heures trente. Une fois que l'agent-femme eut attiré l'ivrogne dans une pièce vide où il avait escompté quelque chose de plus amusant que ce qui lui était en fait arrivé, il avait assez vite fourni spontanément cette information.

Ce qui voulait dire que Howard et ses troupes devaient être en place avec une heure et demie d'avance, soit à dix heures trente. Il fallait compter vingt minutes en voiture jusqu'au quartier des entre-pôts où aurait lieu la rencontre, prévoir le double à cause des encombrements, plus une demi-heure pour les imprévus, ce qui signifiait qu'ils devaient s'ébranler à neuf heures pile. La majeure partie des troupes était hors des murs de l'ambassade et rassemblée au point de décollage.

Donc, il leur restait au moins quarante minutes avant de faire mouvement.

Le temps s'écoulait à la même vitesse que sur le siège du dentiste : avec lenteur, une très grande lenteur...

Par chance, l'aspect physique de Howard n'allait pas poser de problème. On avait réquisitionné sur place un car pareil à ceux utilisés pour le ramassage des ouvriers dans la zone industrielle. Fernandez et lui devaient quitter l'ambassade en limousine et retrouver le car. Une fois monté dedans, il pourrait s'installer dans un coin sans être vu de l'extérieur. Et comme tous les passagers travaillaient pour lui – soit pas moins de vingt-cinq hommes –, il ne courait pas grand risque. L'équipement de combat était entassé dans le car, les hommes seraient en bleu de travail – un groupe d'ouvriers se rendant sur un chantier de construction près des entrepôts au bord du fleuve. En théorie, il ne devrait pas y avoir de problème. C'était Hunter, le chef de la CIA, qui avait préparé l'itinéraire, et les flics locaux étaient censés avoir été avertis de regarder ailleurs. Toute l'opération devait marcher comme sur des roulettes.

Bref, Howard n'avait aucune raison de se sentir nerveux comme il l'était, mais rien à faire. Il avait déjà fait deux petites visites aux toilettes et une troisième ne serait pas du luxe. L'idée même de manger lui donnait la nausée, et le café qu'il avait bu ajoutait à sa nervosité. Il ne s'agissait peut-être pas d'un accrochage grave au fin fond de la jungle, mais il n'en restait pas moins que les balles pouvaient voler et des hommes mourir. Et tout cela, sous sa responsabilité. Autant dire qu'il ne voulait pas commettre d'impair.

« Zéro-huit-deux-deux, mon colonel », annonça Fernandez.

Cette fois, Howard s'abstint de réprimander le sous-off. Ils se connaissaient trop bien. Le colonel acquiesça. Il prit un des chargeurs du H&K pour en vérifier le contenu. Pas question de les bourrer, sous peine qu'ils s'enrayent. Ça tomberait mal. Bien entendu, il les avait déjà comptés deux fois. Sans doute le nombre n'avait-il pas changé depuis le décompte précédent.

L'heure de la roulette du dentiste approchait, aussi lentement que le trafic à six heures sur le périphérique...

À tout prendre, il aurait presque préféré se faire extraire une dent...

# 13.

## Lundi 20 septembre, 12:00, Groznyï

Assis sur un rocher moussu près d'un vieil arbre, Vladimir Plekhanov but une gorgée d'eau fraîche à sa gourde, profitant du rayon de soleil matinal qui s'était glissé sous l'épais couvert de feuillage persistant. Il inspira profondément, sentit l'odeur âcre de la résine. Vit une procession de fourmis s'affairer sur le tronc d'un pin Douglas, en déviant pour éviter la gomme collante. Un des insectes s'approcha trop près et se prit dans la résine. La fourmi se débattit.

Dans quelques millions d'années, un homme trouverait peut-être un fragment contenant cette fourmi et s'interrogerait sur son existence.

Plekhanov sourit, se pencha et, du bout de l'ongle, libéra délicatement l'insecte. La créature reprit sa route en hâte. Qu'allait-elle penser – si tant est qu'elle pût penser – du doigt monstrueux surgi de nulle part pour lui sauver la vie ? Allait-elle en parler à ses compagnes ? Leur narrer comment la main d'un dieu géant l'avait tirée d'un piège mortel ?

L'arrivée de l'Ukrainien le tira de sa rêverie. L'homme était musclé, athlétique, vêtu d'un short et d'un T-shirt moulant. Ses bottes ne faisaient aucun bruit sur le chemin moussu, mais il n'avait pas l'air à l'aise. Il avisa Plekhanov et hocha la tête. « Salut ! » lança ce dernier en russe.

L'autre lui rendit son salut dans la même langue.

L'Ukrainien s'immobilisa près du rocher de Plekhanov. Il parcourut du regard le paysage. « Intéressant, cette imagerie. »

Plekhanov recapsula d'un coup sec la gourde métallique, la remit dans son sac, posé sur le rocher. « Je passe déjà bien assez de temps dans le MR – je vois pas l'intérêt de l'importer dans la RV.

– Un rien soporifique pour moi, observa l'Ukrainien, mais enfin, chacun ses goûts.

– Assieds-toi. »

L'Ukrainien fit non de la tête. « Je dois être de retour rapidement. »

Plekhanov haussa les épaules. « Tu as des nouvelles pour moi ?

– Les Américains ont localisé le commando qui prépare l'attaque de leur ambassade à Kiev. Ils ne vont pas tarder à exploiter cette information. »

Plekhanov regarda les fourmis sur le tronc du pin. « Ils y auront mis le temps. Peut-être qu'on devrait être moins subtils avec nos indices. »

Ce fut à l'Ukrainien de hausser les épaules. « Je ne saisis pas pourquoi on n'a pas tout simplement laissé se dérouler l'attaque. »

Plekhanov sourit. « Parce que endommager un édifice ukrainien parfaitement sain n'avait aucun intérêt. Pourquoi mobiliser vos finances déjà chancelantes pour le réparer ? Pourquoi risquer de tuer des compatriotes innocents ?

– Les conjurés sont également mes compatriotes.

– Mais ils sont loin d'être innocents. Cette bande de fanatiques est aussi dangereuse qu'un baril de poudre. Et tôt ou tard, il aurait sauté et provoqué autant de dégâts aux alentours que sur l'objectif choisi. Non, mieux vaut éviter ce genre de choses – et ce sont les Américains qui vont s'en charger. Après tout, c'est leur temps et leur argent qu'ils ont consacrés à démasquer le complot, ce qui n'a pas manqué de les rendre nerveux. Ils vont s'inquiéter et dépenser encore du temps et des fonds à protéger leurs autres ambassades. Bref, nous faisons d'une pierre plusieurs coups, mon ami. Est-ce que tu joues toujours au billard américain ?

– *Da.*

– Alors tu dois savoir que blouser une seule boule ne rapporte pas grand-chose, surtout en début de partie, sauf si on se positionne pour le coup suivant.

– C'est exact.

– Si nous voulons garder la main, il faut envisager notre position à chaque coup. »

L'Ukrainien s'inclina légèrement – un salut militaire réduit à un simple mouvement de tête.

« Comme toujours Vladimir, c'est toi qui as raison. » Il consulta sa montre. Je dois repartir. »

Plekhanov leva une main, indiqua la piste. « Je t'en prie. Ça m'a fait plaisir de te revoir.

– Je te rappelle plus tard.

– Ce ne sera pas nécessaire, mais merci. »

Après le départ de l'Ukrainien, Plekhanov observa

les fourmis quelques instants. Puis il consulta sa montre de gousset. Il lui restait du temps avant de rentrer. Et s'il allait faire un petit tour sur ce chemin de traverse qu'il avait eu l'intention d'explorer ? Oui. Pourquoi pas ? Tout se déroulait encore mieux que dans ses scénarios les plus optimistes. Comme sur des roulettes.

### Lundi 20 septembre, 7:00,
### Quantico

Assis à la poupe de sa maison flottante, Alexander Michaels regardait un pélican brun plonger pour pêcher. Les pélicans étaient des oiseaux de mer, lui semblait-il, mais comme il aimait bien leur allure, il les avait intégrés à son scénario. Il était sur une rivière du sud de la Louisiane, un grand bayou, en fait, dont les eaux marron s'écoulaient avec lenteur vers le golfe du Mexique, invisible à l'horizon. Un petit *bateau*[1] en alu anodisé vert déboucha d'un canal latéral. Le crépitement de son moteur hors-bord suffit à faire s'envoler le volatile. Michaels se leva et alla s'appuyer au bastingage pour voir approcher l'embarcation.

Jay Gridley était assis à l'arrière du bateau à fond plat, une main sur la barre de guidage du moteur. Il réduisit les gaz jusqu'à ce que le bruit ne fût plus qu'un gargouillis pétaradant, et vira pour venir aborder en douceur contre la proue de la maison flottante. Le métal heurta la fibre de verre avec son mât. Gridley

---

1. En français dans le texte *(N.d.T.)*.

lança un bout en nylon à Michaels, qui le saisit et l'enroula autour d'un taquet en laiton, sous le bastingage. Gridley escalada la petite échelle et se hissa sur le pont.

« Permission de monter à bord, capitaine ? »

Michaels hocha la tête, légèrement amusé. « Permission accordée. »

Une fois sur le pont, le jeune homme regarda autour de lui.

« Marrant, j'aurais imaginé vous retrouver dans la Prowler. »

Michaels haussa les épaules. « Je serais pourri par la version en RV, si je faisais une chose pareille. D'un autre côté, jamais la vraie bagnole ne pourrait marcher aussi bien.

– Y a du vrai... Cela dit, c'est pas un mauvais scénario. Un logiciel du commerce ?

– Oui. » Michaels était un peu gêné de l'avouer mais, pour parler franchement, bien que tout à fait capable d'écrire lui-même son programme – il était après tout parfaitement qualifié en informatique –, il n'avait jamais été passionné à ce point par la réalité virtuelle en soi. Certes, c'était plus rigolo d'être installé sur le pont d'une grande maison flottante et de dériver sous des cyprès aux branches chargées de lianes que de taper des instructions sur un clavier. Mais ce n'était pas son truc, malgré son poste dans la Net Force. Sans doute les gens auraient-ils trouvé ça drôle, cette attitude détachée vis-à-vis de la RV, cependant Michaels se plaisait à la comparer à celle d'un charpentier à l'égard de ses outils : on n'*aimait* pas sa scie ou son marteau, on s'en servait pour faire son boulot, point final. Et quand il ne bossait pas, Michaels ne passait pas des masses de temps sur le Net.

Il indiqua un transat. « Assieds-toi.

– Merci. »

Dès que Jay fut installé, il enchaîna : « Jusqu'à présent, on s'est cassé le nez. Les liens avec le sabotage rebondissent dans toutes les directions et ça, c'est vraiment intéressant.

– Continue...

– Eh bien, cela veut dire que les voyous ne proviennent pas d'un site unique, comme on l'avait imaginé au début, et donc que le morceau est joué par un orchestre, pas par un soliste. Le problème est que si on a bien des sites multiples pour les instigateurs, tous les pare-feu* en revanche sont identiques. »

Michaels s'y connaissait suffisamment en systèmes informatiques pour comprendre ce que ça signifiait. « Donc, il s'agit d'un programmeur, ou d'une équipe de programmeurs, mais d'un seul logiciel, largement disséminé.

– Ouaip. » Jay leva les yeux alors qu'ils passaient devant un énorme chêne dont la lourde ramure rasait la berge du bayou. Un énorme serpent-roi brun-rouge se chauffait au soleil, couché sur une grosse branche. « Ou, vu le décor environnant, peut-être que *oui missié* serait plus approprié ? »

Michaels sourit. « Tu reconnais le style du programmeur ?

– Non. Les pare-feu sont de classiques protections logicielles ; des trucs commerciaux que n'importe qui pourrait installer. Mais les voies d'approche, en revanche... Toutes sont différentes, mais avec quand même des similitudes. Elles ont, comment dire, un rythme.

149

Pas de doute, on a affaire à un chef d'orchestre unique, je suis prêt à parier ma paye dessus.

– Pas une grosse surprise », observa Michaels.

Une petite ville apparut au bord du bayou. Un pont basculant reliant les deux rives les dominait de sa silhouette imposante. En aval, deux crevettiers en piteux état remontaient laborieusement le courant vers l'ouvrage d'art. Une corne retentit sur celui-ci quand la partie centrale commença à s'ouvrir comme un coquillage. Le trafic s'était interrompu de part et d'autre, bloqué par des barrières zébrées rouge et blanc.

Michaels se leva pour gagner le siège du pilote à l'intérieur, sur bâbord. Il mit en route les moteurs, salua d'un geste le pontonnier, et poussa les machines afin de dégager rapidement le chenal pour les bateaux de pêche se présentant en face.

Derrière lui, Jay remarqua : « Ils ont bâti les ponts un peu bas dans ce scénario, non ?

– Ce n'est pas pour nous qu'ils le lèvent. C'est pour les crevettiers », expliqua Michaels.

En réalité, le passage symbolisait un routeur basculant le flot de giga-octets d'informations d'un serveur sur un autre, opération rendue nécessaire dès que d'importantes quantités de données devaient transiter en bloc sans interruption. L'image du pont basculant en valait bien une autre.

Une fois franchi le passage délicat, Michaels ramena la maison flottante vers le centre du bayou, coupa les moteurs et la laissa de nouveau dériver. Il retourna à l'arrière. En temps normal, il surveillait le chenal alentour mais il avait choisi ce scénario en partie parce

150

qu'il n'exigeait pas toute son attention sur les tronçons larges et rectilignes de la voie navigable.

Gridley reprit : « On a ressorti la signature pour chercher des correspondances, mais il y a des centaines de milliers de programmeurs professionnels...

– À supposer même qu'il s'agisse d'un professionnel et pas d'un amateur doué. »

Gridley hocha la tête. « Ce type doit être un joueur. Les vrais truands sont trop malins pour être des gamins ou des nullards. »

Michaels acquiesça. « Très bien. Continue de surveiller. Autre chose ?

– Pas vraiment. On a envoyé des rôdeurs un peu partout, repérer les trucs pas très clairs. Vous connaissez Tyrone Howard ?

– Le fils du colonel ?

– Ouais. Je lui ai parlé sur le mail. Il a prévenu ses copains. Ils passent pas mal de temps sur le réseau, ils pourraient remarquer quelque chose. Ses potes et lui sont même allés tester CyberNation.

– CyberNation ?

– Un nouvel hébergement en RV. Censé recréer un véritable pays en ligne.

– Intéressant. Est-ce qu'on devrait les avoir à l'œil ?

– Un jour, peut-être, mais je ne pense pas que ça ait un lien quelconque avec nos problèmes actuels. CyberNation n'a pas éliminé le commandant et je ne crois pas que ce soit eux qui jouent les brigands sur le Net.

– Alors, pour en revenir à notre problème... ?

– Eh bien. Si ce gars continue d'utiliser le même système, on devrait pas tarder à lui tomber dessus comme le ketchup sur des frites.

– Mais t'imagines quand même pas qu'il va toujours utiliser le même système ?

– Ben non. Moi, en tout cas, j'éviterais... et ce mec est presque aussi bon que moi. »

Michaels rigola.

« Eh, c'est dur d'être humble quand on est super », expliqua Gridley. Il regarda sa montre. « Oups. J'ferais mieux de dégager, j'ai une réunion de RV dans une demi-heure. Ça risque de me prendre deux fois plus de temps si je reste là-dessus. » Il indiqua son embarcation puis tendit le doigt vers la rive du bayou. « Heureusement, j'ai eu l'idée de laisser ma bagnole juste après le prochain coude. »

Michaels largua l'amarre tandis que Gridley rembarquait dans le hors-bord vert et mettait le moteur en route.

« Salut, et à la revoyure ! » lança Gridley.

Alex regarda le jeune génie de l'informatique se diriger vers la rive la plus proche. Un cabriolet Viper rouge était garé sur un petit embarcadère. Michaels vit Gridley accoster et amarrer le hors-bord à un pilier. Il débarqua, se retourna pour adresser un signe à la maison flottante avant de monter en voiture.

### Mardi 21 septembre, 11:50, Kiev

Le rendez-vous avec les terroristes devait avoir lieu à onze heures et demie, mais Howard avait laissé vingt minutes de marge pour les retardataires. Le délai supplémentaire était à présent écoulé. Il y avait dix-huit hommes et trois femmes à l'intérieur de l'entrepôt, et si aucun n'exhibait d'arme, plusieurs étaient vêtus de manteaux longs, et trois au moins étaient arrivés porteur d'étuis d'instruments – un violoncelle, une contrebasse et même un cuivre de bonne taille, sans doute un tuba, à en juger par la forme.

Howard aurait été le premier surpris de voir chacun de ces étuis contenir un instrument utilisable par un musicien sur scène. Il était plus probable qu'on y trouverait pistolet-mitrailleur, fusil d'assaut et lance-roquettes, voire quelques grenades et autres explosifs... Puisque cet endroit était la base arrière prévue pour l'attaque de l'ambassade, il était fort possible que tout un arsenal ait été déjà planqué ici avant l'arrivée des terroristes.

Ces derniers étaient dans un bureau à l'étage d'un petit bâtiment autrement inoccupé en apparence. Aucun ne se trouvait au rez-de-chaussée, à l'exception d'un garde à l'entrée sud. Menée par Fernandez, l'équipe de reconnaissance de Howard avait effectué une rapide inspection dès son arrivée, et découvert ce même garde à l'encoignure de cette grande porte à rideau métallique ouverte dans le mur sud de l'entrepôt. Alors qu'en mettant à profit sa furtivité, l'équipe de reconnaissance aurait pu aisément se faufiler par une autre entrée et installer son dispositif de surveillance à l'intérieur même du bâtiment, Howard avait choisi de ne pas prendre de risques. Ces abrutis avaient peut-être quand même pensé à mettre en place un dispositif d'alarme quelconque, et il ne voulait pas risquer de le déclencher et de les faire fuir.

Aussi avait-il plutôt demandé à ses hommes d'ins-

153

taller à l'extérieur caméras, détecteurs de mouvement et micros paraboliques, couplés à des scanners radionumériques et à des capteurs infrarouges. Tous les arrivants étaient photographiés à leur entrée dans l'entrepôt et les saisies vidéo devaient être assez définies pour permettre de les identifier si jamais ils réussissaient à s'échapper.

Même si c'était fort improbable.

Il était tentant d'envoyer ses troupes défoncer la porte du bureau à l'étage, balancer des grenades aveuglantes, puis neutraliser tous ceux qui, n'ayant pas été aveuglés ou assourdis, seraient assez stupides pour dégainer une arme. Mais pas question. Non, il avait déployé ses hommes autour de l'entrepôt afin de repérer toute velléité de sortie. Il préférait éviter une fusillade à l'extérieur, même s'il était prêt à cette éventualité.

On ne voyait toujours que la sentinelle en poste devant la seule porte non verrouillée.

« Sergent !

– À vos ordres.

– À ton avis, est-ce qu'on peut trouver dans cette équipe de branleurs un type capable de neutraliser le garde sans réveiller les morts ? » La question était purement rhétorique – Howard savait déjà qui devait s'acquitter de la tâche.

« Ma foi, oui, mon colonel, je crois que c'est possible.

– Eh bien, exécution, sergent Fernandez.

– J'y vais, mon colonel.

– Comment, c'est toi qui y vas ? Un vieux bonhomme fatigué comme toi, tout bouffé aux mites ? »

Les deux hommes échangèrent un sourire.

Depuis sa position élevée dans l'immeuble d'en face, Howard regarda Fernandez approcher de la porte au rideau métallique descendu. Fernandez n'arborait aucune arme visible : vêtu d'un bleu de travail graisseux et coiffé d'un casque en plastique jaune cabossé, il portait juste une vieille gamelle en tôle qu'il avait dû mendier quelque part.

Les micros paraboliques captèrent son sifflotement à l'approche de la porte. Apparemment un extrait du *Lac des cygnes*. Bien vu.

De sa main libre, Fernandez frappa contre la porte.

Au bout d'un moment, il se remit à tambouriner. Le volet métallique remonta en accordéon sur une hauteur de deux mètres. Le garde, sans arme, fit un pas dehors, cracha un truc que Howard ne put saisir, mais sur un ton interrogatif et vaguement irrité.

Fernandez répondit d'une phrase en ukrainien dont les intonations lui parurent familières.

Howard ne put s'empêcher de sourire. S'il ne se trompait pas, Fernandez venait de demander au garde où se trouvaient les toilettes pour messieurs. Avant que l'autre ait pu répondre, Fernandez enchaîna sur une autre phrase courte en pointant le doigt derrière lui. L'homme se retourna pour regarder, intrigué.

Grave erreur tactique de sa part. Fernandez lui balança sa gamelle en tôle contre la tempe droite. Le type s'effondra, les jambes coupées. Fernandez déposa la gamelle, ramassa l'homme manifestement inconscient et le tira à l'intérieur de l'entrepôt. Au bout d'un moment, il réapparut et fit signe. La voie était libre.

« Équipes A et B, en avant ! » souffla Howard dans le micro de son LOSIR. Il empoigna son fusil d'assaut H&K et piqua un sprint vers la porte.

# 14.

Entre le moment où Julio Fernandez avait assommé le garde et celui où les deux groupes d'assaut eurent pris position à l'intérieur de l'entrepôt, il s'était écoulé un peu moins de quarante-cinq secondes. Sans un pépin.

À présent, ils attendaient.

Il y avait un ascenseur, mais le disjoncteur d'alimentation avait été coupé ; il était immobilisé. Le seul moyen de descendre de l'étage, c'était par deux escaliers. La porte de l'une des cages était cadenassée de l'extérieur – vraiment parfait en cas d'incendie ! Howard laissa toutefois deux hommes en action à cette porte, ainsi que deux autres dehors pour surveiller les fenêtres.

L'autre cage d'escalier, large et rectiligne, n'était pas verrouillée. C'est par là que les terroristes étaient montés et qu'ils allaient redescendre.

Howard déploya ses hommes de telle manière qu'ils

soient invisibles du bas des marches. Chacun devait rester caché en attendant ses ordres.

Howard aurait volontiers passé le bleu de travail du garde inconscient pour prendre sa place à la porte jusqu'à ce que le sergent lui rappelle que pour lui ce serait un camouflage un rien léger, ou alors ces types étaient vraiment daltoniens.

« Très bien, très bien, vas-y, toi. Au fait, qu'est-ce que t'avais mis dans ta gamelle pour assommer ce type ?

– Douze livres de plombs de chasse, mon colonel. Emballés dans un joli sac en cuir. Parfois, les méthodes basiques ont du bon. »

Et donc Fernandez revêtit le bleu de chauffe du garde et resta le visage dans l'ombre, de sorte que lorsque les terroristes redescendraient, à l'issue de la réunion, ils ne relèveraient toujours rien d'anormal au rez-de-chaussée.

Howard avisa une cachette derrière des piles de caisses en bois. Il y avait un espace suffisant entre celles-ci pour lui permettre de voir le débouché de l'escalier. Il décela l'odeur des planches en pin des caisses, l'odeur de graisse des pièces de machine qu'elles contenaient. Et l'odeur de sa propre transpiration.

Une fois les conjurés en bas, ils leur tomberaient dessus. Logiquement, ils ne devraient pas montrer ouvertement leurs armes, puisqu'ils s'apprêtaient à sortir à découvert, et à moins d'être vraiment rapides, ils n'auraient pas le temps de dégainer sans risquer de se faire descendre. Ils verraient bien qu'ils étaient coincés et que toute résistance était inutile. Telles étaient ses déductions. S'il pouvait tous les capturer vivants, ce serait l'idéal. Que la justice s'occupe d'eux.

Le son d'une voix parlant russe ou ukrainien s'approcha dans l'escalier, accompagné d'un claquement de bottes. On y était. Il inspira profondément.

*Ce coup-ci, tâche de ne pas merder, John...*

## Mardi 21 septembre, 1 : 53, San Diego

Roujio se dressa brusquement dans son lit, le cœur battant la chamade. Malgré la climatisation du motel, il était moite de transpiration et les draps étaient enroulés autour de ses chevilles.

D'un coup de pied, il se dégagea des couvertures, passa les jambes par-dessus le bord du lit et se leva. La chambre était dans l'obscurité, à l'exception d'un mince rai de lumière filtrant à travers la porte de la salle de bains. Il s'y dirigea à pas feutrés en grattant son torse aux poils trempés de sueur. Ce n'était pas par peur du noir qu'il laissait les toilettes éclairées mais par simple pragmatisme : les cauchemars le réveillaient fréquemment, surtout dans une chambre où il n'avait encore jamais dormi. Allumer une lampe à l'éclat éblouissant juste pour gagner à tâtons les toilettes lui paraissait pour le moins... excessif. Les années, les chambres miteuses et les départs précipités lui avaient à la longue appris une leçon : toujours laisser une lampe allumée aux W-C, laisser la porte entrebâillée, et le chemin de la délivrance se trouvait immanquablement dans la direction de la lumière. S'il avait eu des penchants religieux, peut-être y aurait-il vu quelque signification métaphorique, mais la foi dans un être tout-puissant n'avait jamais effleuré l'âme de Roujio, si tant est qu'il en eût une.

Aucun dieu digne de ce nom n'aurait laissé Anna mourir si jeune.

Outre le miroir au-dessus du lavabo, il y en avait un en face et à côté du siège des toilettes – franchement, qui avait envie de se regarder uriner ou déféquer ? Il était toujours surpris par son image dans les miroirs car il ne perdait guère de temps à se contempler. S'il fallait en croire son reflet, il était athlétique, musclé mais sans excès, avec des cheveux bruns présentement taillés en brosse, grisonnant aux tempes. Il faisait bien ses quarante ans, voire un peu plus ; ses yeux, quoique encore bouffis de sommeil, étaient froids, et son regard entendu. C'étaient des yeux qui avaient vu mourir bien des hommes. Et plus d'une fois de sa main. Mais au moins sa méthode était-elle expéditive. Il ne laissait pas les blessés souffrir vainement.

Quand Anna était encore de ce monde, il n'était pas à ce point porté à l'introspection. C'eût été inutile. C'était elle qui posait les questions profondes, et d'ailleurs, souvent, elle y répondait toute seule. Il se contentait d'écouter, de sourire et d'acquiescer, la laissant disserter sur ce genre de problèmes. Dans les premiers temps après sa disparition, il s'était complètement refermé sur lui-même, se limitant aux stricts gestes essentiels à la survie, ne voulant pas se souvenir, penser, ressentir. Ce n'est que plus tard, après que le torrent de la blessure se fut réduit à un filet lent mais régulier, qu'il avait accepté de passer de nouveau du temps en tête à tête avec ses réflexions. Il s'était remis à faire ce pour quoi il était le plus doué, mais s'il n'avait pas perdu la main, il n'en tirait plus aucun plaisir ni aucune fierté. C'était son boulot, c'est tout. Et il continuerait à l'accomplir jusqu'à ce qu'un autre, meilleur que lui, lui rende la monnaie de sa pièce.

Il finit de pisser, rabattit la lunette sans tirer la chasse, retourna dans son lit. Il resta un long moment étendu dans le noir, mais le sommeil ne voulait pas revenir. Finalement, il se leva, alluma. Il s'étira, s'assit par terre, se mit à faire des flexions pour exercer ses abdominaux. Après une série de cent, il enchaînerait sur une centaine de pompes, puis de nouveau cent flexions, puis encore cent pompes, et ainsi de suite jusqu'à ce qu'il n'arrive plus à faire le moindre mouvement. Parfois, ça aidait. Parfois, il était si crevé qu'il retombait, épuisé, dans le sommeil.

Parfois, il était certes épuisé mais toujours réveillé. Ce n'étaient pas les moments les plus agréables.

Ni, malheureusement, les pires.

### Mardi 21 septembre, 11 : 54, Kiev

« Maintenant ! » dit Howard dans son micro. En même temps, il quitta son abri et cala son fusil d'assaut au creux de la hanche. « Personne ne bouge ! » hurla-t-il, utilisant la phrase en ukrainien que lui avait enseignée Fernandez.

L'espace d'un instant, il ne se passa rien d'autre.

Les terroristes parvenus au rez-de-chaussée de l'entre-pôt, plus deux autres encore dans l'escalier, se figè-rent, sans nul doute ébahis par la vue d'une bonne douzaine de types armés en bleus de chauffe soudain jaillis de leurs diverses cachettes pour les mettre en joue.

Puis l'un des terroristes hurla quelque chose, sans doute un juron, même si Howard ne le comprit pas. Le type plongea la main dans sa poche de blouson et en sortit un petit pistolet chromé...

Quelqu'un lâcha deux coups de feu et l'abattit.

Ce fut le signal. La plupart des autres terroristes cherchèrent aussitôt à dégainer.

L'un d'eux se rendit compte de la stupidité de ce geste, hurla « *Niet, niet !* » mais trop tard.

Les ordres de Howard à ses troupes avaient été clairs : les capturer vivants, si possible, mais si jamais quelqu'un devait se faire descendre, plutôt eux que vous...

Le temps s'arrêta, s'étira. Howard eut soudain l'im-pression de contempler un film au ralenti, et il était au premier rang. Son champ visuel s'était rétréci, mais son ouïe demeurait intacte : même au beau milieu du fracas obscène de la fusillade qui résonnait dans ce lieu confiné, il entendait distinctement les cris des hommes, le cliquetis des mécanismes, le crépitement des douilles sur la dalle en béton...

... Un gros barbu sortit de sa ceinture un WWI Luger et le brandit, avant d'être aussitôt fauché par une rafale d'arme automatique...

... L'homme qui avait hurlé « Non ! » en russe se jeta à terre, la tête cachée dans les mains, blotti en position fœtale, répétant à l'infini son cri paniqué...

... Les hommes dans l'escalier se retournèrent pour fuir par où ils étaient descendus...

... Un type maigre et dégarni, avec une incisive en moins, brandit un fusil à canon scié, sans doute un .22 long rifle, et mit en joue Howard. Ce dernier avait la vision si aiguisée qu'il remarqua la bague à l'index droit de l'homme à l'instant où la phalange se refermait sur la queue de détente...

Plus le temps de lever son fusil d'assaut pour viser. Il aligna le type au jugé, cala le lourd fusil comme s'il maniait une baïonnette et tira. Le canon cracha une fois, puis deux, puis trois. Aux deux derniers coups, le recul souleva le canon. La première balle atteignit le terroriste au-dessus du plexus solaire, la deuxième à la base du cou, la troisième près de la racine des cheveux. Howard vit la gerbe jaillir de la blessure à la tête, tel un ballon rouge sombre qui éclate...

*Une seule aurait suffi. C'était l'intérêt avec une arme de ce calibre : un impact au corps avait 100 % de chances d'immobiliser l'adversaire. Aucune arme de poing ne pouvait atteindre ce même résultat, sauf peut-être un 7.62...*

Le type maigre s'effondra, déjà mort, il lui fallut presque une éternité pour atteindre le sol. Des continents entiers se soulevèrent et sombrèrent, des espèces naquirent et disparurent, le temps éroda des montagnes...

Le temps que le cadavre s'étale sur le béton, la bataille était terminée.

Howard nota que ses oreilles carillonnaient, et qu'une odeur de poudre lui emplissait les narines. Nom de Dieu !

Ses troupes avancèrent, tenant en respect les survivants. Deux avaient remonté l'escalier pour découvrir que les autres issues étaient bloquées. Les mains en l'air, ils redescendirent. Le type qui hurlait avait survécu. Quand la fumée se dissipa et qu'on eut fait les comptes, sur les vingt et un terroristes, neuf étaient morts, six blessés – deux assez sérieusement pour que les personnels soignants de Howard ne leur laissent guère d'espoir, et quatre moins gravement. Les ambulances avaient déjà été appelées pour évacuer les corps et les blessés.

Aucun de ses gars n'avait eu la moindre égratignure.

Et il avait abattu un homme, de front... celui qui avait essayé de le tuer.

« Mon colonel, dit Fernandez, on ferait mieux de déguerpir.

– Affirmatif, sergent. » Coup d'œil à sa montre. Pas encore midi. Incroyable.

D'après Hunter, il leur restait à peu près dix minutes avant que les autorités locales cessent de prétendre ne rien savoir et passent à l'action. « On remballe, dit Howard à ses troupes. Oh, et puis... beau travail ! »

Cela lui valut quelques sourires, mais son taux d'adrénaline redescendait à toute vitesse. Il se sentait las, vieux, et soudain déprimé. Lui et ses hommes étaient mieux entraînés, mieux armés, et ils avaient bénéficié de l'effet de surprise. Ce n'avait pas été un combat, mais une vraie déroute. Ces prétendus terroristes n'avaient pas eu la moindre chance.

Quelle fierté pouvait-on retirer à rivaliser d'astuce avec un parfait idiot ? À remporter une course contre un type aux chevilles entravées ? Aucune.

Cela dit, il n'avait pas merdé. C'était déjà ça.

## 15.

*Mardi 21 septembre, 12:00,
Quantico*

Toni Fiorella pratiquait le *sempok* et le *depok*, des mouvements qui permettaient au lutteur de passer rapidement de la position debout à la position assise sans baisser sa garde. Pour les réussir, il fallait un bon équilibre et pas mal de force dans les jambes. C'est pourquoi elle s'efforçait de les inclure dans presque toutes ses séances d'entraînement. Le silat offrait toute une panoplie de techniques de combat au sol, mais être capable de bondir sur un pied depuis une posture assise faisait également partie de l'entraînement. Cela dit, les rotules en prenaient un coup.

Elle était déjà en nage, le souffle court, quand Jesse Russell entra dans la salle. Pas d'Elastiss, cette fois : il avait passé un bas de survêtement noir délavé, un T-shirt noir trop grand et portait aux pieds des chaussons.

« Eh ! lança-t-il.

– Monsieur Russell.

– Rusty, je vous en prie.

– D'accord, Rusty.

– Comment, euh, je dois vous appeler en cours... ? Comme terme de respect... Sensei ? Sifu ?

– Le terme en usage est *gourou*. »

Il sourit. « Vraiment ?

– Une bonne partie de la culture indonésienne vient du continent, soit de l'hindouisme, soit de l'islam. »

Il se mit à rire. Elle haussa les sourcils.

Il expliqua : « Je pensais juste à ce que j'allais raconter à mon pote Harold : "Je suis passé voir mon gourou, aujourd'hui. – Ah ouais ? T'apprends la méditation ? – Non, en fait, elle m'apprend à botter le cul des connards." »

Toni sourit. « Vous êtes sérieux, Rusty ? Vous voulez apprendre ?

– Ouais, m'dame. J'ai fait cinq ans de taekwondo, et je suis à peu près certain de pouvoir me tirer de la plupart des situations, mais c'est pour l'essentiel des combats de loin. Ces prises de combat rapproché, ça m'a plutôt pris de court. Et c'est ce que j'aimerais bien apprendre.

– Très bien. Il y a trois points essentiels à mémoriser : appui, angle, levier. Et l'un des principes fondamentaux se résume à ceci : toujours maîtriser la ligne d'axe – la zone qui est face à la tête et au corps, et face à la tête et au corps de l'adversaire. Je vais vous montrer le premier *djuru*. Regardez-moi faire d'abord.

– Bien, m'dame. »


Quand Alex Michaels songeait à déjeuner, il mangeait en général à son bureau. La secrétaire prenait sa commande, la mettait sur la liste et la faxait au traiteur qui livrait le plateau-repas à la sentinelle de l'accueil, à midi pile. Pour que le traiteur devienne fournisseur agréé, la Net Force avait enquêté sur le propriétaire de la boutique, son épouse et ses enfants adultes, ainsi que sur le livreur. Malgré ces précautions, et depuis la mise en œuvre de la procédure d'urgence, si quelqu'un passait une commande à l'extérieur, un agent devait la porter en main propre à la boutique, puis attendre et surveiller la préparation du repas. C'est qu'on ne badinait pas avec la sécurité – pourquoi se compliquer la vie à descendre quelqu'un quand on pouvait simplement empoisonner sa nourriture ?

Michaels avait un faible pour le sandwich Reuben et la salade de pommes de terre accompagnée de gros cornichons aigre-doux à l'aneth coupés en quatre dans le sens de la longueur. C'était en général ce qu'il commandait.

Les jours où il avait un peu de temps devant lui, il délaissait le traiteur et la cafétéria de la base pour se rendre au nouveau restaurant ouvert à trois kilomètres de là. Par beau temps, il prenait son tricycle, un modèle surbaissé à position de pédalage aérodynamique, seize vitesses, qu'il garait sous l'abri à vélos.

Aujourd'hui, l'air était un peu plus vif que les autres jours, bien moins étouffant, idéal pour faire du vélo. Son engin était agréé pour circuler sur route, mais il y avait une piste cyclable qui longeait la clôture du camp, et même si cet itinéraire sinueux était un peu plus long, il était plus sûr et bien plus agréable. Cela faisait quinze jours que Day avait été assassiné, et comme il n'y avait pas de nouvelles tentatives de meurtre d'agents fédéraux – si l'on omettait le juge de la 9e Chambre que son épouse avait assommé à coups d'écumoire lors d'une dispute au sujet de ses prétendues fredaines –, la procédure de sécurité avait été relâchée d'un cran. Désormais, il s'agissait surtout d'ouvrir l'œil, mais on avait renoncé à l'alerte active avec gardes du corps, à son échelon du moins.

Il passa T-shirt, collant et chaussures de vélo dans son bureau, glissa le taser dans son petit sac à dos, avec ses papiers et son virgil, coiffa le casque en mousse expansée. Puis il se rendit au garage à vélos, défit l'antivol du tricycle, et le poussa hors du parking. Bien que d'occasion, l'engin lui avait coûté un demi-mois de salaire, mais il s'éclatait avec comme un fou. Sur le plus petit développement, il parvenait à grimper les côtes les plus escarpées des alentours, en serrant les dents, d'accord, et sur le plat, quand il n'y avait pas de circulation, il pouvait, sur le plus grand braquet, atteindre des pointes de soixante... enfin, peut-être un peu moins, mais en tout cas il avait l'impression de voler. C'était un bon moyen de garder la forme les jours où il ne courait pas, ce qui avait été souvent le cas ces derniers temps. L'entraînement physique était en général le premier à sauter quand son emploi du temps devenait chargé. Les bonnes raisons étaient faciles à trouver : il pourrait toujours courir ou taper sur le punching-ball un peu plus tard, pas vrai ?

Il s'accroupit et s'installa sur le siège allongé, encliqueta les pédales automatiques et enfila ses gants de vélo. Il empoigna le guidon. Il avait bien l'intention de prolonger la séance, aujourd'hui, il se sentait rouillé. Le déjeuner n'était qu'une excuse pour se donner un but : sans doute boirait-il juste un soda avant de faire demi-tour.

Il se dirigea vers la grille, puis emprunta la piste cyclable.

Il resta sur un développement relativement grand, même s'il était plus dur de pédaler ainsi à petite vitesse. Le levier du dérailleur était fixé sur le tube de cadre, à droite du siège, près de sa hanche, juste à portée de main.

Il doubla plusieurs employés de la base qui faisaient leur jogging à l'heure du déjeuner, et les salua, d'un signe de la main ou d'un hochement de tête. Il arriva derrière une jeune femme portant un sac à dos et vêtue d'un bustier rouge et d'un collant assorti, qui courait à bonne allure, dans le même sens que lui. Elle était dans une forme athlétique. Il admira ses jambes fines et ses fesses musclées ; puis, après l'avoir dépassée, il la dévisagea dans le rétro, mais sans reconnaître son visage. Il y avait quantité de gens qui travaillaient ici ; elle pouvait appartenir aux marines ou bien être une des nouvelles recrues du FBI, voire une employée de bureau. À moins qu'elle ne travaille en ville et ne soit sur le chemin du retour.

Ces derniers temps, malgré ses sentiments pour sa femme – son ex-femme –, il avait décelé certaines poussées de désir que l'exercice et les longues heures de travail ou de bricolage sur la Prowler n'avaient pas vraiment réussi à apaiser.

Il soupira, descendit les pignons, appuya plus fort sur les pédales. Tôt ou tard, il allait devoir à nouveau sauter le pas ; il se voyait mal dans le rôle d'un moine jusqu'à la fin de ses jours. Simplement, l'heure ne lui semblait pas encore venue. Il manquait d'entraînement – la seule idée d'inviter une femme était encore au-delà de ses forces.

La piste cyclable au macadam impeccable sinuait au milieu d'un petit bosquet dont les feuilles viraient déjà au jaune et à l'or, avant de longer l'arrière d'une nouvelle zone industrielle, occupée en grande partie par des immeubles de bureaux ou des entrepôts. Un chariot à fourche rouge vif, muni d'un gros réservoir de propane argenté à l'arrière, emportait des palettes de bois pour les rajouter à l'empilement formé près de la clôture grillagée. Le moteur vrombit quand le cariste déposa sa charge avec adresse avant de repartir à reculons, au rythme du bip-bip de sécurité.

Michaels sourit. Quand il était lycéen, il avait eu l'occasion, un été, de conduire un chariot à fourche. C'était dans un entrepôt d'aluminium, et il s'agissait de charger des tôles et des barres sur de gros camions à plateau. Une tâche relativement simple, une fois qu'on avait pris le coup. On prenait la charge *ici*, on la déposait *là*, et il fallait simplement prendre garde à ne pas la faire tomber. Ça faisait un boucan du diable quand vous laissiez une tonne de métal glisser des fourches ; quand ça arrivait, presque tout le personnel de l'entrepôt interrompait sa tâche pour applaudir. Comme lorsqu'on laisse échapper une assiette au réfectoire du lycée.

C'était vrai ce qu'on disait : la vie, c'est comme le lycée – en plus grand, c'est tout.

Il arriva sur la longue ligne droite, un peu plus de huit cents mètres avant la prochaine courbe, et passa sur le plus grand rapport. Il appuyait et tirait avec ardeur sur les pédales – les fixations automatiques lui permettant d'exercer son effort dans les deux sens. Il

169

ne lui avait fallu que quelques centaines de mètres pour que ses jambes s'échauffent et, à mi-parcours, il avait déjà les cuisses et les tendons des jarrets brûlants. Il jeta un œil au compteur : cinquante-six. Pas mal. Il avait fait installer le pare-brise mais sans le carénage complet, la traînée supérieure de celui-ci, à cause de la position légèrement plus relevée, compensant le gain aérodynamique.

Il dépassa un autre cycliste juché sur une machine classique à deux roues qui roulait bon train, mais quand même moins vite que lui. Il était vêtu d'une combinaison violet et jaune, et le vélo était un de ces modèles suisses à cadre en carbone qui coûtaient facilement le double de son engin. Le cycliste salua Michaels quand il le dépassa en trombe. Sans doute comptait-il faire une sortie de soixante-soixante-dix kilomètres et se réservait-il pour la fin. Et même avec cette distance dans les jambes, Michaels savait qu'il ne serait pas capable de prendre sa roue si le gars était bien entraîné. Tous ces mecs étaient de vrais dingues.

La brûlure s'accentua mais il continua de pédaler en serrant les dents. Une centaine de mètres avant le virage, Michaels relâcha un peu son effort. Il ralentit, freina légèrement, passa la courbe. Le dévers était peu accentué, tant pis – deux degrés de plus, et il aurait pu la prendre sur sa lancée, mais il imagina que les autorités n'avaient pas envie que promeneurs ou joggeurs dévalent en bas de la colline dès que la chaussée était mouillée. C'est qu'il pleuvait ici, de temps en temps.

Ça faisait du bien de s'aérer, de s'exercer physiquement. Il décida de le faire plus souvent.

## Mardi 21 septembre, 12:09,
## Quantico

Selkie ralentit pour revenir au pas dès que la cible eut disparu sur son gros tricycle. Il l'avait vue, bien sûr, et, comme tout mâle hétérosexuel normal, il n'avait pas pu ne pas remarquer son collant rouge moulant. Elle était en excellente forme physique et, même si la course à pied n'était pas sa méthode favorite pour la conserver, elle pouvait courir plusieurs kilomètres sans s'effondrer quand c'était nécessaire.

Que la cible l'ait vue et lui ait sans aucun doute maté le cul n'avait aucune importance. Il ne la reverrait plus vêtue de la sorte.

Elle aurait pu le tuer quand il l'avait dépassée. Elle aurait pu aisément sortir du sac à dos le P38 S&W à canon court et lui loger dans le dos les cinq balles du petit revolver au moment où il filait devant elle, insouciant. Une fois écroulé à terre, elle n'aurait eu qu'à recharger son arme, s'approcher tranquillement et l'achever de deux autres balles dans la tête. Même si la scène avait eu un témoin – et il n'y en avait pas –, il était peu probable que quelqu'un ait pu s'interposer. C'était une as du Smith & Wesson : malgré le canon court et le viseur imprécis, elle aurait tenu la dragée haute aux spécialistes de la NRA[1] ou aux

---

1. *National Rifle Association,* Association nationale des chasseurs : groupe de pression américain en faveur du port d'armes *(N.d.T.).*

tireurs d'élite de l'antigang, malgré leurs armes trafiquées. Le Smith était un de ses outils de travail, et dans ce boulot, personne ne lui arrivait à la cheville.

Mais ce genre de meurtre manquait d'élégance. N'importe qui pouvait viser puis tirer, et il n'y avait pour elle aucun plaisir à pratiquer des méthodes aussi expéditives. Bien sûr, les exigences du client passaient avant tout. Certains tenaient à ce qu'on sache que la cible avait été tuée, ils voulaient que ce soit bien sanglant, d'autres exigeaient même des souvenirs – un doigt, une oreille, voire quelque appendice généralement caché en temps normal. Elle ne torturait pas et n'acceptait pas de contrats à la va-vite, mais si le client désirait une preuve anatomique de l'élimination de la cible, elle était prête à la fournir. Ceux qui réclamaient ce genre de trophée faisaient toutefois rarement de bons clients : les collectionneurs de bouts de cadavre dans le formol avaient tendance à lasser leur entourage et finissaient en général par connaître eux aussi de gros problèmes.

Elle salua de la tête un joggeur qui venait vers elle, mais sans croiser son regard.

Les bons assassins éliminaient leur cible et disparaissaient.

Les meilleurs pouvaient éliminer leur cible en faisant en sorte que personne ne soupçonne ne serait-ce que l'existence même d'un meurtre. C'était bien plus gratifiant. Elle n'avait pas reçu d'instructions sur la façon de tuer la cible, et elle caressa l'idée de maquiller la mort en cause naturelle, voire en suicide. Elle maîtrisait la situation, elle avait le choix.

Comme toujours.

# 16.

## Mercredi 22 septembre, 9:00, Washington, DC

La sonnette retentit et Tyrone Howard se joignit au flot d'élèves de la première heure de cours envahissant les corridors d'un vert défraîchi du collège Eisenhower. Il vit devant lui Sean Hughes rattraper son prédécesseur et le bousculer d'un bon coup d'épaule. L'autre alla heurter violemment les vestiaires. Il reprit son équilibre, se retourna, voulut dire quelque chose – puis reconnut son agresseur et se ravisa.

C'était une excellente idée.

Tyrone ralentit pour éviter de trop s'approcher. Hughes était un bœuf, un mètre quatre-vingts pour quatre-vingt-quinze kilos, et à quinze ans, ça lui en faisait deux de plus que la plupart de ses camarades de classe. Hughes était un allumé grave qui s'était déjà fait virer à deux reprises, malgré les devoirs de vacances ou les cours de rattrapage sur le réseau, et il prenait son pied en tyrannisant quiconque avait plus de cervelle que lui – c'est-à-dire tout le monde à l'école, sauf les handicapés mentaux. Et encore, certains devaient être plus futés que lui. On lui avait trouvé un surnom, même si personne n'avait jamais osé le lui dire en face...

« Essai a l'air en forme aujourd'hui, pas vrai ? »

Tyrone regarda sur sa gauche et vit James Joseph Hatfield qui lui souriait.

« Essai » provenait des initiales « S.É. » ou « Sinistre Énormité », par référence à son pseudo de « Brontosaure » en classe d'informatique. Tyrone ne savait pas qui lui avait trouvé ce sobriquet raffiné, mais c'était bien vu. Le mec avait l'esprit et la grâce d'un gros dino flingué au Tranxène.

Jimmy-Joe était un plouc de Virginie-Occidentale, tout petit, le teint d'un blanc à friser le transparent, et tellement miro qu'il était obligé de porter d'énormes lunettes à la place de lentilles. C'était également un des meilleurs surfeurs de l'école, même qu'il détenait le record de vitesse pour boucler les dix premiers niveaux de *Black Mysts of Total Catastrophe*, pas seulement dans l'école mais dans l'absolu. Enfin, c'était le meilleur ami de Tyrone.

« Eh, Jimmy-Joe. Comment ça passe ?

— CPI*, Tyrone. » Entendez : Ça Passe Impec.

« Écoute, j'ai causé à Jay-Gee. Il a besoin de notre aide.

— De *notre* aide ? Top mégadur !

— Noprob. J'te formate : quelqu'un s'amuse à bloquer des systèmes.

— Alors là, j'scanne plus, mec. Il y a toujours eu des rigolos pour s'amuser à saturer les serveurs.

— Ouais, affirmat', mais ce coup-ci, c'est différent.

174

S'agit d'une vraie bombe qui menace de paralyser l'ensemble du Net.

– Sans déc ?

– Sans déc. »

Jimmy-Joe hocha la tête. « Réfléchis un brin, surfeur. Si déjà Jay-Gee s'en sort pas, comment veux-tu que nous on y arrive ? »

Là, il avait marqué un point. La réputation de Jay Gridley n'était plus à faire sur le réseau.

« On a pas mal de liens qu'il surveille pas, observa Tyrone. Et on peut toujours tracer des adresses, vérifier des tables de routage, faire du ping*, des bricoles dans le genre...

– D'accord, d'accord, noprob. Je peux mater les forums sur AOL*, envoyer des agents, intercepter des transferts, tester des lignes. On pourrait aussi lâcher quelques appâts. Je connais deux ou trois webmestres* de CyberNation, on y trouve pas mal d'adresses sympas. Ça te dit d'y entrer ? À CyberNation, j'veux dire.

– J'entends d'ici mon père si j'essayais...

– Bien copié. Mon vieux aussi en péterait un fusible, mais ça m'a l'air d'être le serveur hypercool. Mais quand même, ton truc m'a l'air trop risqué, laisse couler. J'veux dire, cette idée de faire équipe avec Jay-Gee...

– Ouais... »

Tyrone buta contre un mur. Sauf que ce n'était pas un mur, c'était Essai.

« Gaffe, enfoiré ! »

Tyrone s'empressa de reculer de deux pas. Il n'avait pas fait attention : Essai avait dû oublier où il allait et s'arrêter pour y réfléchir. Le con. Quoique pas aussi con que de lui rentrer dedans !

« Oups, désolé ! fit Tyrone.

– Ouais, ben t'as intérêt, commença Essai. Je m'en vais t'aplatir, pianoteur de mes deux... »

Mais avant qu'il ait pu mettre sa menace à exécution, Belladonna Wright passa devant eux, accompagnée d'un sillage de parfum enivrant et musqué.

Essai fit basculer le traitement des données de son gros cerveau d'imbécile à son petit cervelet d'imbécile. Il se retourna pour mater Bella – idem pour Tyrone –, et c'est vrai qu'elle valait le coup d'œil en dos nu et microjupe verte, se déhanchant sur ses semelles compensées en liège. Elle était dans la classe au-dessus, et c'était la plus chouette nana du collège, facile. Essai avait à peu près autant de chances de la tomber que de rejoindre la Lune en agitant ses gros bras boudinés, mais ça l'empêchait pas de baver en la regardant – même si c'était bien tout ce qu'il pouvait faire. Bella était pour l'instant connectée avec Herbie LeMott, dit « Presse-purée », capitaine de l'équipe de lutte du collège ; c'était un grand, et en face de lui, même Essai paraissait riquiqui. Quand Theo Hatcher s'était glissé derrière Bella et lui avait « accidentellement » collé la main au cul, il s'était retrouvé le bras dans le plâtre pendant six semaines, merci LeMott. Bella n'avait qu'à glisser un mot à l'oreille de Presse-purée pour que n'importe quel type de l'école se retrouve pulvérisé, et même Essai l'avait compris.

Jimmy-Joe prit Tyrone par un bras pour le ramener en arrière. « Clique, surfeur, clique ! On a intérêt à balayer un autre site avant que ses neurones redémarrent ! »

Tyrone ne se le fit pas dire deux fois. Il avait vraiment déconné, noprob. N'empêche qu'il avait les boules. Il cherchait pas la mort, mais un de ces quatre, il faudrait qu'il règle ça avec Essai.

Quoi faire et comment s'y prendre, ça c'était le problème.

La télé intéressait peu Roujio, même s'il regardait parfois les chaînes d'infos internationales, pour voir ce qu'on racontait sur son pays natal. CNN ronronnait en arrière-plan alors qu'il s'échinait sur la petite cafetière fournie par l'hôtel. Le café moulu était éventé, mais c'était toujours mieux que rien.

Côté cauchemars, il avait encore passé une sale nuit. Après avoir réussi à redormir une heure ou deux, il s'était réveillé pour de bon et avait compris qu'il était inutile d'insister. Il avait connu un gars dans l'armée qu'on disait capable de pioncer tout en mangeant son bol de soupe. Roujio n'avait pas ce talent mais quand il portait l'uniforme, il avait appris à tenir avec un minimum de repos, juste un petit somme de temps en temps : deux heures par jour, ça lui suffisait.

Il prit son café et retourna devant la télé.

Dans l'Idaho, une secte quelconque s'était enfermée dans une grange et y avait mis le feu, pour se libérer de la chair et rejoindre son dieu. Roujio n'aurait su dire s'ils étaient libérés, en tout cas la chair était certainement à point, à en juger par les images.

En France, des étudiants avaient attaqué un barrage

de police gardant la salle où le président de la République devait prendre la parole. Neuf manifestants blessés par des balles en caoutchouc avaient dû être hospitalisés ; on déplorait deux morts.

En Inde, des inondations avaient noyé deux cents personnes, un nombre incalculable de vaches sacrées et emporté plusieurs villages.

Au Japon, un séisme sur l'île de Kyushu avait tué quatre-vingt-neuf personnes, écrasées sous les décombres, et occasionné d'importants dégâts dans la ville de Kagoshima. Lors de la secousse, le nouveau train à grande vitesse qui traversait l'île avait plongé quand le sol s'était effondré de six mètres devant les voies, provoquant soixante morts et plus de trois cents blessés.

Sur la Tchétchénie, CNN n'avait rien à raconter.

Roujio avala une gorgée de lavasse et hocha la tête. C'était aussi bien, tant les nouvelles semblaient sordides. Le monde était un endroit dangereux, plein de malheur. On avait l'impression que partout les gens pleuraient la perte d'un être cher, familier ou parent emporté par un accident, une agression ou la maladie. Durant les rares périodes où son boulot lui laissait un peu de répit, ses seules occupations étaient de regarder la télé, parcourir les journaux ou causer avec quelqu'un. La vie était remplie de catastrophes. Il n'était qu'une goutte d'eau dans un océan de misère. Alors, s'il éliminait un homme, quelle importance ? Si ce n'était pas lui, quelque chose ou quelqu'un s'en chargerait. Ça ne ferait pas de différence, au bout du compte.

Son portable se mit à piauler. Il finit son café et regarda le mobile. Non, pas de différence, songea-t-il.

Et c'était aussi bien – sûr qu'il allait encore avoir du pain sur la planche.

Nue, à l'exception d'un bandeau autour de la tête, Selkie examinait sa canne, assise à la petite table de la cuisine.

Elle scruta le bois, à la recherche d'entailles ou de rainures. Tous les deux mois, elle ponçait la canne au papier de verre et à l'huile de lin, pour améliorer encore le poli impeccable du bois de hickory. C'était une essence dure qui s'éraflait aisément, et elle tenait à ce qu'il soit resplendissant. Les fabricants recommandaient de l'huile minérale, mais l'huile de lin donnait un meilleur fini. En plus, ça sentait meilleur.

Il lui fallait deux bonnes heures pour mener à bien la tâche, ponçage et astiquage, mais l'une des premières choses que lui avait enseignées son père était de prendre soin de son matériel pour qu'il ne lui fasse pas défaut quand elle en aurait besoin. Les types qui fabriquaient ces cannes de combat faisaient du bon boulot. Elle en possédait cinq modèles de trois styles différents, de même que deux ensembles de bâtons d'escrime et une paire de yawaras de quinze centimètres taillés sur mesure.

La canne qu'elle préférait utiliser quand elle ne pouvait pas emporter d'arme était le modèle de combat sur mesure. Elle était en noyer d'Amérique teint couleur sang, longue de quatre-vingt-dix centimètres, avec une section ronde d'un peu plus de deux centimètres et demi ; elle avait une large crosse sculptée en forme de bec de flamant rose. Le noyer d'Amérique était le bois idéal pour l'utilisation dans la rue : plus massif que le noyer des modèles de tournoi, plus robuste que le chêne. L'extrémité de la crosse incurvée – baptisée la corne – était assez pointue pour faire pas mal de dégâts. Quant au sabot, inoffensif en apparence, il était arrondi et garni d'un embout en caoutchouc, de sorte que la canne pouvait fort bien servir pour la marche. Une série d'entailles décoratives gravées sur la hampe, juste sous la crosse, assurait une bonne prise en main. C'était la canne idéale.

Celle qu'elle inspectait en ce moment, le modèle pour instructeur, était presque identique ; ses dimensions étaient les mêmes mais la crosse était un poil plus large et sa corne arrondie. Elle ressemblait encore plus à la canne de marche qu'utiliserait une vieille dame aux jambes fatiguées. Inutile qu'un flic à l'œil de lynx remarque cette corne acérée et se dise : eh bien, mamie, comme vous avez une canne pointue...

Satisfaite du résultat, Selkie quitta la cuisine et pénétra, toujours nue, dans le séjour où elle avait installé sa cible d'entraînement : un simple tube d'alu de quatre centimètres de diamètre terminé par un anneau. Le tube était recouvert d'un matelas de biogel, le matériau qu'on utilisait pour garnir les selles de vélo de course ou les semelles des chaussures d'athlétisme ; le gel était recouvert d'une peau de chamois tendue et maintenue en place avec du ruban adhésif d'électricien. Même si cela n'équivalait pas tout à fait à de la chair sur des os, c'était suffisant pour l'usage qu'elle en avait. Chez elle, elle avait un mannequin de wing chun emmailloté de manière identique, qui lui permettait de travailler ses attaques sous tous les angles, avec des armes, ou à pieds et mains nus, mais en déplacement, il fallait faire avec les moyens du bord.

Elle se vit soudain essayant de faire passer son mannequin de wing chun à un aéroport avec ses bagages, imagina la réaction des douaniers et sourit.

Une cordelette en nylon fixée à l'anneau de la cible traversait un piton qu'elle avait vissé dans une poutre du plafond. L'autre extrémité était attachée au bouton de la porte. Elle pouvait de la sorte aisément en régler la hauteur. Pour le moment, elle était placée au niveau du genou. Les genoux étaient la cible idéale pour les coups de bâton – une rotule brisée nuisait fortement au style de votre adversaire.

Elle se plaça à portée de la cible, inspira deux fois pour se vider les poumons, adopta la posture de départ, la canne devant elle, embout au sol, les deux mains sur la crosse. Elle était consciente de l'image surprenante qu'elle aurait présentée à un spectateur, si elle n'avait pas tiré tous les rideaux : une femme nue, tenant une canne devant son pubis, au milieu d'une pièce vide, à l'exception d'un drôle de bidule suspendu au plafond. Elle sourit. Elle avait toujours aimé s'entraîner à poil, cela vous avait un côté tellement primitif.

Elle fit le vide dans son esprit. *Patience. Patience...*

Levant la canne, elle lui fit décrire un bref arc sur la droite, puis fit glisser la main droite à mi-hampe pour guider la frappe, la main gauche sur la poignée gravée pour assurer la puissance.

Elle fut récompensée par un claquement sourd du bois sur le tube capitonné. Le coup avait porté.

Elle retourna la canne, passa la poignée dans l'anneau, attira la cible vers elle, puis fit de nouveau pivoter la hampe pour frapper la cible par le côté opposé.

Un nouveau choc sourd, et la cible s'immobilisa, sans la moindre oscillation.

*Oui !*

Elle ramena la canne vers elle, la tint pointée comme une queue de billard et poussa vigoureusement. L'embout toucha la cible assez haut, la propulsa vers l'arrière.

*Oui.*

Ce n'était que de l'entraînement, mais malgré tout, elle se sentait entrée dans la zone meurtrière. Et elle ne connaissait pas d'endroit plus excitant.

# 17.

## Lundi 27 septembre, 15 : 00,
## Maintenon, France

Plekhanov était installé dans un vieux clocher de pierre, le Mauser Gewehr modèle 1998 à canon long en équilibre sur les genoux. Le fusil pesait bien ses quatre kilos. D'une précision redoutable, il tirait des cartouches de 7.92 à haute vélocité, et était équipé d'un viseur télescopique M73B1, absolument pas anachronique : même si le viseur était de fabrication américaine et monté à l'origine sur le Springfield 1903, une partie de l'optique avait été importée en Allemagne. Quelque part, c'était ironique, vu l'usage qu'on en avait fait. La longueur de la culasse ralentissait le mécanisme et le chargeur ne contenait que cinq balles, mais la portée laissait tout le temps pour filer malgré le maniement peu rapide.

Le clocher de l'église était le point culminant du petit village anonyme et pittoresque au sud-ouest de Maintenon, et il offrait une vue parfaite sur les armées en approche. Le CEA, le corps expéditionnaire américain, s'était engagé tardivement dans la Grande Guerre, mais il était là et bien là, et contribuerait à renverser la tendance.

Les pluies récentes avaient été torrentielles. Plekhanov reconnut une de leurs brigades, qui pataugeait dans les champs détrempés. Les Américains bénéficiaient du renfort d'une unité pour le moins cosmopolite formée de soldats russes, serbes, tchétchènes, coréens, japonais, thaïlandais, indiens et chinois.

Plekhanov ôta son casque cabossé pour passer une main dans ses cheveux trempés de sueur. Il sourit. La précision historique était un tantinet approximative dans ce scénario, vu qu'aucun pays oriental n'avait engagé de troupes dans ce secteur durant la Première Guerre mondiale, même si le Japon et la Chine avaient été considérés comme des alliés des Occidentaux en lutte contre l'Allemagne. Et il n'y avait certainement eu ni Coréens ni Thaïs – qu'on appelait encore des Siamois à l'époque –, pas plus que d'Indiens – à moins que les Britanniques aient saupoudré leurs troupes de quelques Gurkhas ou autres lanciers du Bengale. Quoique... les Anglais étaient de drôles de zigues, alors, pourquoi pas ? Ses recherches n'avaient pas été aussi poussées qu'il eût convenu, puisque ce n'était pas vraiment indispensable. Il se rappela qu'en écrivant le logiciel, il avait eu sous les yeux un article sur la réaction scandalisée des Britanniques en 1757, quand le nabab du Bengale, un certain Suraj-ud-Dowlah, avait mis à sac Calcutta. Après la bataille, le nabab avait entassé cent quarante-six prisonniers anglais dans une minuscule cage étouffante à Fort William. À leur libération, le lendemain, il ne restait que vingt-trois survivants ; tous les autres avaient succombé, la plupart à une insolation. C'était l'origine du « Trou noir de Calcutta » de sinistre mémoire...

*Gaffe, mon petit vieux, t'es en train de divaguer. T'as intérêt à retrouver ta concentration.*

Plekhanov remit son casque, changea de position sur le vieux tonneau de vin qui lui servait de siège, et cala le fusil sur la margelle en pierre. Il aurait pu utiliser le scénario de la randonnée, mais comme c'était lui qui menait le jeu – il ne pouvait se fier à personne pour cette tâche particulière –, il avait opté plutôt pour un environnement plus actif : le rôle d'un tireur embusqué allemand descendant de loin les ennemis lui semblait tout à fait approprié. Poétique, même.

Il chargea une cartouche. Aligna dans le viseur un officier américain grassouillet qui ressemblait à une caricature d'agent de change de Wall Street, malgré l'uniforme. Même avec la lunette, la cible était relativement petite à cette distance – près de deux cents mètres, estima-t-il. La hausse était réglée pour cent mètres, aussi visa-t-il un peu plus haut, la tête, pour se donner de la marge. Il prit une profonde inspiration, la retint, appuya sur la détente...

*... À New York, l'ordinateur d'un bureau de change qui sous-traitait pour la Réserve fédérale envoya des copies de tous les codes d'accès de ses utilisateurs autorisés à tous les terminaux connectés au réseau.*

Tandis que le gros Américain s'effondrait avec une balle dans la poitrine, Plekhanov avait déjà réarmé, cherchant une autre cible...

Ah. Le petit Russe blanc, sabre au clair, à la tête de ses hommes. Plekhanov aligna le réticule sur la gorge de l'homme, retint de nouveau son souffle, tira...

*... À Moscou, le routeur chargé de la péréquation de la balance commerciale avec l'Union européenne se bloqua et tomba en rideau...*

Et puis cet officier coréen, qui essayait de mettre ses troupes à couvert... Plekhanov manœuvra la culasse, éjecta une autre douille, chargea une cartouche neuve. *Adieu, Mister Kim...*

*... À l'usine Kime Electronics de Séoul, il se produisit un déréglage infime sur la chaîne de fabrication des nouveaux processeurs pour ordinateurs* Power Extreme, *trop faible pour être noté par les techniciens, mais suffisant pour modifier le tracé de certaines pistes sur les circuits de la puce de silicium. Le virus avait une limitation dans le temps : le réglage initial serait restauré, mais dans l'intervalle, mille puces seraient affectées, transformant les stations de travail qu'elles étaient destinées à piloter en véritables bombes à retardement électroniques n'attendant qu'un signal pour sauter...*

Et ici, dans ce bourbier du nord de la France, un Indien cherchait un endroit où se cacher. *Désolé, l'ami pendjabi, il n'y a aucune planque dans le coin, vieux métèque...*

*... À Bombay, l'ordinateur de régulation du trafic qu'on venait d'installer fit claquer ses circuits de sécurité à triple redondance. Les deux cents feux routiers tricolores placés sous son contrôle direct passèrent tous au vert. Tous les signaux ferroviaires des réseaux de voyageurs et de marchandises passèrent au vert. De même que tous les feux de passages à niveau...*

Il restait une balle dans la chambre. Il devait la tirer avant qu'ils se rapprochent trop. Il avait déjà choisi sa cible. Plekhanov fit pivoter sur la droite le canon du Mauser. Le commandant siamois avait un pistolet et tira au jugé. Il n'aurait pas pu l'atteindre à cette distance, sauf par accident, même s'il avait pu le voir, ce qui était impossible. Il valait mieux malgré tout être prudent – Plekhanov se remémora les derniers mots du général américain John Sedgwick, évoquant les tireurs d'élite confédérés lors de la bataille de Spotsylvania, pendant la guerre de Sécession : « Ils ne seraient pas foutus d'atteindre un éléphant à cette distance »...

Plekhanov sourit.

Viser. Appuyer...

*... La collection personnelle de photos pornographiques du Premier ministre thaïlandais, la plupart le présentant de manière reconnaissable en train de se livrer à des pratiques sexuelles avec des femmes autres que son épouse – ainsi que d'autres où il se livrait aux mêmes activités avec elle, d'ail-*

*leurs –, trouva moyen d'être transférée de son ordinateur personnel sur le serveur informatique de la SEAN, l'agence de presse du Sud-Est asiatique. Par la suite, chaque heure, deux de ces photos furent intégrées au bulletin d'information télématique de l'agence, en lieu et place des clichés prévus à l'origine...*

Plekhanov leva les yeux du Mauser. Une mince volute de fumée huileuse s'échappait de la bouche du canon, accompagnée d'une odeur de poudre brûlée. En dessous, et encore à cent mètres de distance, les soldats ennemis s'étaient mis à courir en tous sens, paniqués, avant de se jeter à terre, cherchant une cible. Certains ripostèrent, mais aucun projectile ne passa près de lui.

Assez de dégâts pour aujourd'hui. Il mit le fusil à l'épaule et gagna l'escalier du clocher.

### Lundi 27 septembre, 8:11, Quantico

Sur toutes les voies empruntées par Jay Gridley sur le Net, on entendait hurler des sirènes. Les inforoutes étaient encombrées de camions de pompiers, d'ambulances, de voitures de police, et de toute une tripotée d'équipes de secours qui se précipitaient pour réparer les dégâts ou évacuer les corps métaphoriques. En l'espace de quelques minutes, sur l'ensemble du réseau mondial, on comptait des crashes majeurs sur au moins trois ou quatre gros systèmes censés être parfaitement sécurisés, et peut-être plus.

Jay fonçait avec sa Viper, faisant son possible pour s'introduire sur les lieux, légalement quand on l'y autorisait, illégalement quand l'accès était interdit ; ce qu'il découvrit n'était pas joli-joli. C'était le même gars qui avait semé des clous sur la chaussée. Le style était identique, avec toujours les mêmes empreintes de pas brouillées et non reconnaissables, conduisant vers des fausses pistes qui débouchaient rapidement sur des culs-de-sac. Peut-être que les opérateurs locaux ne le voyaient pas, mais Jay était sûr de son fait. Il ne pouvait peut-être pas identifier le terroriste, mais il était certain qu'il s'agissait du même homme.

Il immobilisa la Viper sur un long tronçon relativement rectiligne de la nouvelle inforoute Thaïlande-Birmanie. Un reporter se tenait près des décombres fumants d'une limousine entourée d'un paquet de flics. Il était en train de prendre des notes sur un petit portable à écran tactile. Jay le connaissait plus ou moins, c'était un vague cousin éloigné.

« Eh, Chuan, comment va ?

– Jay ! Qu'est-ce que tu fous ici ? T'as un tuyau pour moi ?

– Nan. Je passais juste. »

L'autre balaya du regard les alentours, parut accommoder soudain en plissant les yeux. « Ah, ton métajeu d'autoroute. Je vois que tu pilotes toujours ta bombe sur roues. J'ai oublié, comment s'appelle-t-elle déjà, c'est un nom de lézard ou de serpent... ?

– Viper. Je suis venu avec. » Il contempla l'épave de la limousine. « Et qui était l'heureux toast dans ce grille-pain ambulant ?

– Tu parles d'un gâchis ! Tiens-toi bien : notre bien-aimé Premier ministre Sukho. En tout cas, c'est ce qui reste de sa carrière. Quelqu'un a pu franchir les barrages du système d'exploitation de son ordinateur personnel pour en extraire habilement les photos salaces qu'il y avait planquées. Et il les a refilées à mon patron. Je ne sais trop comment, mon service a réussi à en balancer deux sur notre faisceau, par accident – enfin, c'est ce qu'ils affirment, à la rédaction. J'en connais plusieurs qui auraient été ravis de le faire délibérément.

« Bref, sur la page des sports, au lieu de la photo de l'équipe de foot de Djakarta victorieuse de la Coupe du monde au Brésil, on a droit à notre Premier ministre bien-aimé en train de se faire faire une gâterie par une ardente professionnelle bien connue à Bangkok sous le sobriquet de Neena la Nettoyeuse. Et deux clics plus loin, à la page internationale, au lieu d'un cliché du Premier ministre malais entouré d'une brochette de dignitaires, coupant le ruban inaugural d'un nouveau complexe de loisirs à Cyberjaya, nous avons mis sur le réseau l'image de Sukho dans un grand lit rond en train de jouer à la main chaude avec deux putes thaïlandaises tout aussi nues que lui. Je parie que ces photos auront fait hausser plus d'un sourcil lors de la pause-déjeuner... » Il sourit. « Eh, t'as déjà eu l'occasion de faire un tour à Cyberjaya ? Dans le MR, je veux dire ? »

Son cousin parlait d'une zone de quinze kilomètres sur quarante-cinq, en Malaisie, baptisée Multimédia Super-Corridor. Commencé en 97, le MSC partait du sud de Kuala Lumpur, et englobait à son autre extrémité un nouvel aéroport international et la nouvelle capitale fédérale, Putrajaya. « Une fois, répondit Jay. J'y ai passé quelques jours, l'an dernier, pour un séminaire en temps réel sur les nouvelles plates-formes graphiques. Un coin incroyable.

– Il paraît que c'est de là que viendraient les programmeurs de CyberNation.

– Ah ouais ? Première nouvelle. Je croyais que personne ne savait d'où ils sortent ?

– Enfin, c'est des rumeurs. » Il haussa les épaules. « Tant pis pour le récit sordide d'une carrière politique partie à vau-l'eau. Bon, faut que je retourne taper mon article.

– Il a pas de veine, votre Premier ministre.

– Ça, tu parles... il va le sentir passer. Ici, c'est pas comme en Amérique où les hommes politiques peuvent se tirer de ce genre de scandale. Dans notre pays, on ne joue pas avec le vote des familles. Sans parler qu'il est de notoriété publique que le beau-frère de Sukho était un des chefs de la Mafia avant sa mort. Il paraîtrait même que sa femme aurait encore un ou deux neveux dans la jungle, prêts à couper en morceaux tous ceux qui s'aviseraient de la regarder de travers. L'épouse du Premier ministre ne sait plus où se mettre. On la voit sur certaines des photos. Elles ont été prises avec un appareil dissimulé et je parierais qu'elle n'était pas au courant. » Il indiqua d'un geste la limousine carbonisée. « Je serais Sukho, je viderais vite fait mon compte en Suisse pour filer prendre ma retraite sur une autre galaxie, très, très loin. Et encore, sous un faux nom et après m'être payé cinquante sacs de fausses dents, de cheveux teints et de chirurgie plastique, tant qu'à faire.

– J'aurais cru que les protections de son ordinateur

seraient supérieures à la normale, vu tout ce qu'il avait à planquer, surtout compte tenu de ses fonctions...

– Ouais, t'aurais cru. M'est avis que le prochain type à se pointer avec un système d'exploitation à l'épreuve des intrusions va faire un tabac dans le coin.

– Ici et partout ailleurs.

– 100 % compatible ! Salut, Jay !

– À plus, Chuan. »

Une fois son cousin parti, Jay réfléchit à la situation. Donc, la Thaïlande allait devoir se trouver un nouveau Premier ministre. Cela pouvait ou non avoir un effet quelconque sur la marche du monde, mais il devait retenir l'hypothèse que le coquin à l'origine de ce coup sélectionnait ses cibles avec soin.

Autant qu'il se rentre, lui aussi. Le patron voudrait avoir les toutes dernières nouvelles.

En chemin, toutefois, un détail attira son attention.

*Sacré nom de Dieu... !*

« Alex ? Je crois que vous auriez intérêt à venir jeter un œil. »

Michaels leva la tête, vit Toni à la porte de son bureau.

« Dans la salle de conférences. »

Il la suivit. Le grand vidéoprojecteur était allumé. Sur CNN.

Une journaliste commentait en voix off les images qui défilaient sur l'écran géant.

« ... Bombay, Inde – ou Mumbaï pour les autochtones – est la capitale de l'État de Maharashtra mais surtout la capitale économique de l'Inde occidentale. Située au bord de la mer d'Arabie, la ville est imprégnée de culture. Des façades victoriennes du British Raj au ghetto à touristes de Colaba, en passant par le quartier du Fort où bat le pouls de la cité, Mumbaï abrite dix-huit millions d'âmes. La majorité vit au-dessous du seuil de pauvreté. »

Vue aérienne de la cité. Des images d'archives.

Michaels lorgna Toni, haussa un sourcil. Pourquoi tenait-elle à lui montrer un documentaire sur l'Inde ?

« C'est juste l'intro, expliqua-t-elle. Attendez voir qu'ils reviennent au sujet principal. » Son ton était lugubre.

Le commentaire se poursuivait : « La modernisation a fait toutefois basculer une partie de Bombay dans le XXIe siècle. Et c'est la modernisation qui a relevé sa tête hideuse ici même aujourd'hui. »

Changement de plan. Deux autobus s'étaient percutés à une intersection. L'un des bus à impériale rouge était couché sur le flanc, l'autre avait basculé et s'appuyait sur l'arrière d'un camion de primeurs. Des espèces de melons jaune orangé s'étaient répandus partout, éclatés sur la chaussée. Des corps étaient alignés sur les trottoirs fort étroits des rues déjà guère larges. On voyait des Indiens s'affairer autour des épaves pour en extraire d'autres cadavres, de nouveaux blessés. Un homme couvert de sang passa en titubant devant la caméra, hurlant quelque chose, encore et encore. Un petit garçon assis sur le trottoir contemplait une femme étendue près de lui, visiblement morte.

« Dans toute la ville, les feux de circulation pilotés par ordinateur sont apparemment tous passés au vert en même temps, il y a seulement quelques minutes. »

Autre plan : un carrefour important, avec pas moins

de douze véhicules enchevêtrés. Les voitures étaient en feu et une explosion soudaine secoua l'image, renversant le cadreur. On entendit des jurons en anglais : « Merde, merde, *merde*! »

Suivait une vue aérienne prise d'un hélicoptère : des dizaines de véhicules, voitures, camions, scooters et vélos entassés en masse compacte. La voix décrivant la scène était excitée mais gardait une certaine mesure : « On dénombre au moins cinquante morts dans un carambolage sur Marine Drive, avec plusieurs centaines de blessés. Les estimations pour les autres accidents de la circulation dans la ville même s'élèveraient déjà à six cents victimes... »

L'image changea de nouveau, présentant une gare ferroviaire. Un train de voyageurs était renversé comme un jouet à côté d'un tronçon de voie. Des wagons de marchandises étaient éparpillés entre les voitures, la plupart couchés sur le flanc.

« À la gare de Churchgate, c'est apparemment une défaillance de la signalisation qui a provoqué la collision d'une rame des Central Railways montant de Goa avec un train de marchandises descendant vers le sud. Le bilan provisoire fait état d'au moins soixante morts et de plus de trois cents blessés. Des sources non confirmées signalent plusieurs collisions de trains de banlieue avec de nombreuses victimes, mais tout déplacement est désormais impossible et nous ne sommes pas en mesure de nous rendre sur place, sinon par la voie des airs. »

Nouveau changement de plan : l'épave d'un bimoteur noyé dans les flammes. On voyait des corps... et des *fragments* de corps répandus tout autour, comme des poupées brisées.

« On signale également que des défaillances du trafic aérien auraient causé au moins quatre catastrophes aériennes. Celle-ci a touché un vol affrété pour des touristes indiens : l'appareil s'est écrasé sur le monument de basalte jaune connu sous le nom de Porte de l'Inde, à l'extrémité nord-est du quartier touristique de Colaba, tuant ses vingt-quatre passagers ainsi qu'au moins quinze personnes au sol, sans compter des dizaines de blessés. Des rumeurs non confirmées font état de l'écrasement dans la baie d'un long-courrier d'Air India avec deux cent soixante-huit passagers à son bord. »

« Mon Dieu, dit Michaels... Bon sang, mais qu'est-ce qui s'est passé ?

– C'est notre programmeur. » La voix de Toni était lugubre.

« Quelqu'un aurait fait ça *délibérément* ?

– C'est ce qu'il semble. Jay est déjà sur le coup, mais il est trop occupé pour en parler dans l'immédiat. »

Michaels regarda un camion de pompiers, gyrophares allumés, bloqué dans un embouteillage. Seigneur ! Ils avaient affaire à un cinglé. Un cinglé homicide. Tant qu'il serait en liberté, personne n'était en sécurité.

# 18.

*Lundi 27 septembre, 8:41,*
*Quantico*

L'enquête sur la mort de Steve Day n'avait pas vraiment progressé.

Certes, les labos avaient listé toutes sortes de cheveux, de fibres et de douilles, mais au bout du compte, rien de tout cela n'avait d'intérêt sans les individus, les vêtements et les armes auxquels ils appartenaient, et de ce côté, ils n'avaient recueilli aucun indice.

Alexander Michaels était passablement ennuyé. Assis à son bureau, il fixait le mur sans le voir. Il savait qu'on n'y pouvait rien ; les plus fins limiers du FBI s'escrimaient à retrouver l'indice le plus infime, et les talonner en leur hurlant de se dépêcher ne ferait pas avancer les choses.

Ce n'était pas comme s'il n'avait aucun autre souci en tête. En tant que responsable de la Net Force, il découvrait soudain le poids des responsabilités. Outre l'obligation de répartir les affaires urgentes pour

196

s'assurer qu'elles seraient traitées convenablement, il fallait aussi s'occuper des retombées politiques. Il devait pouvoir justifier tous les agissements de son service, leurs modalités et leur coût, d'abord devant le directeur et, ensuite, s'ils voulaient être tatillons – et ils l'étaient toujours –, face au Congrès. Il était convoqué jeudi devant la commission de sécurité du sénateur Byrd pour répondre à des questions sur certains agissements de Day, l'année précédente, qui avaient particulièrement irrité le gouvernement. Byrd, tristement connu dans le milieu du renseignement sous le sobriquet de Titi, voyait partout des complots, où qu'il porte son attention. Byrd s'imaginait que l'armée préparait un putsch pour renverser le gouvernement ; que les Allemands réarmaient en secret pour engloutir l'Europe de l'Est ; et que les girl-scouts étaient des communistes en jupon. Steve Day avait été son souffre-douleur, et il semblait bien que Michaels fût destiné à prendre la succession.

Et comme si cela ne suffisait pas, l'aspect politique de la tâche exigeait de Michaels une autre corvée qu'il détestait : les mondanités. Depuis qu'il avait pris ses fonctions, il s'était rendu à quatre soirées officielles où il avait eu droit à l'incontournable poulet vulcanisé ou saumon racorni, le tout accompagné d'une allocution d'après-repas capable de plonger une salle entière d'invités dopés à la dexédrine dans un état de torpeur qui aurait fait passer la Belle au Bois dormant pour une insomniaque.

Non, ce n'était vraiment pas cette partie du boulot qu'il préférait. Au moins n'avait-il pas à se soucier de l'affectation des crédits – c'était du ressort du directeur. Et compte tenu de toutes les structures nouvelles que la Net Force venait ou prévoyait de mettre en place, ce n'était pas une mince affaire. J. Edgar Hoover n'aurait jamais reconnu le complexe du FBI, tant il avait pris de l'ampleur ces cinq ou six dernières années. Une vraie petite ville.

Michaels contempla la pile de copies papier et la liste de « tâches à faire » qui clignotait sur l'écran de son ordinateur. Il avait un monceau de documents à lire, de papiers à signer – toutes ces choses dont devait s'occuper n'importe quel chef de bureau, même si à cause de cela des tâches plus essentielles devaient attendre. Et le boulot ne risquait pas de se faire s'il restait planté là à le regarder.

La journée s'annonçait longue. Et une fois achevée, il rentrerait dans sa maison vide, mangerait tout seul, regarderait les infos, ouvrirait son courrier et se taperait encore la lecture des rapports sur son ordinateur portable. Sans doute s'endormirait-il en cours de lecture, c'est en général ce qui arrivait. À moins qu'il ne soit invité à une de ces Nuits des Politiciens chiants.

Il s'ennuyait de Megan. Il s'ennuyait de sa fille. Il aurait voulu avoir auprès de lui quelqu'un avec qui partager sa journée, quelqu'un qui se réjouirait de son retour, s'inquiéterait de savoir s'il était vivant ou mort...

Il hocha la tête. *Pauvre de toi. C'est juste que t'as un sacré coup de blues, pas vrai ?*

Michaels étouffa un rire. S'apitoyer sur soi-même était une perte de temps ; il ne pouvait pas se le permettre. Il avait du pain sur la planche, il faisait partie de la solution, pas du problème. Et tant pis pour le reste.

Il tendit la main vers le premier dossier.

« Oui, j'y serai », dit Genaloni. La voix était sèche, le ton irrité, mais il essaya, comme toujours, de maîtriser sa mauvaise humeur. « Salut. »

Il reposa le combiné en douceur alors qu'il aurait voulu l'aplatir sur sa fourche. Ah, les femmes, Seigneur !

Question épouse, Maria en valait sans doute une autre. Elle restait à la maison, élevait les enfants, supervisait les bonnes, le maître d'hôtel, le chef et le jardinier, s'occupait activement d'œuvres de charité. Elle avait de l'esprit, et c'était une fille canon quand il l'avait épousée. Comme elle faisait de la gym et qu'elle était passée plus d'une fois sous le bistouri, elle restait encore bougrement séduisante pour une femme de son âge, ou de n'importe quel âge, du reste ; elle se serait même bonifiée en vieillissant. Elle resplendissait à son bras, toujours mieux sapée que toutes les autres nanas, mais elle se montrait parfois la reine des emmerdeuses. Parce qu'elle était belle et futée, et parce qu'elle était issue d'une famille riche, elle avait l'habitude de n'en faire qu'à sa tête. Elle voulait toujours qu'il lui consacre du temps, surtout quand il avait autre chose à faire. Il allait devoir annuler un rencard avec Brigette, sa maîtresse, pour se rendre à Dieu sait quel bal de charité auquel madame tenait absolument, et ça, ça ne l'enchantait pas du tout.

199

Que Maria fût au courant pour Brigette et l'ait fait exprès lui avait également traversé l'esprit.

On frappa contre le chambranle de la porte. Il leva les yeux et vit Johnny Benelli, dit « le Requin », qui se tenait dans l'encadrement. Son surnom lui allait comme un gant : Johnny était jeune, vif, il était capable de vous taillader au couteau en morceaux pas plus gros que le doigt. Le Requin avait aussi décroché un diplôme de commerce à Cornell. À mesure que les membres de son organisation prenaient leur retraite ou s'éclipsaient pour raisons légales, Genaloni leur trouvait des remplaçants aussi durs à cuire mais plus éduqués. Bien sûr, les types intelligents avaient leurs défauts – l'excès d'ambition allait en général avec, mais on pouvait s'en arranger. Noyez un gars sous le fric, et il y réfléchira à deux fois avant de tuer la poule aux œufs d'or. À longue échéance, les gens ignares causaient plus de souci. Et de toute façon, il convenait de toujours surveiller ses arrières – on ne pouvait jamais se fier entièrement à qui que ce soit.

Johnny le Requin avait pris la place de Sampson jusqu'à ce qu'il revienne. S'il revenait... Quoi qu'il ait pu arriver, ça ne sentait pas bon, et Genaloni n'aimait pas ça du tout.

« Oui ?

– Eh, Ray... Aucun de nos contacts n'a la moindre nouvelle de Luigi. On a eu beau allonger la monnaie, contacter tous ceux qui nous devaient un service quelconque, peau de balle. Il reste invisible.

– Continue de chercher. » Il y avait au moins un agent fédéral qui risquait de regretter cette histoire, même si l'on n'avait aucun moyen de savoir si le type allait gober le morceau. Selkie prenait son temps, et il était inutile de vouloir le hâter.

L'interphone se manifesta.

« Quoi ?

– C'est encore votre femme.

– Seigneur ! Je suis pas là, vu ? Et j'ai oublié de prendre mon portable.

– Bien, monsieur. »

Genaloni hocha la tête. Il regarda Johnny, qui souriait.

Il *souriait* ! Bon Dieu. « T'es marié depuis, quoi... ? Un an et demi ?

– Ça fera deux ans le 14 décembre, répondit l'intéressé.

– Encore en pleine lune de miel. Reviens me voir dans quinze ans et on parlera des bonnes femmes. »

Cela suscita un *nouveau* sourire.

Genaloni hocha de nouveau la tête. Johnny avait vingt-quatre ans, ce qui voulait dire qu'il avait encore toutes ses certitudes. Genaloni était assez vieux pour se rendre compte qu'il en savait de moins en moins chaque année. « T'as étudié l'histoire ?

– C'était ma matière secondaire à l'université. »

Genaloni le savait, mais ça ne faisait jamais de mal de laisser croire à votre interlocuteur que vous étiez un peu plus lent qu'en réalité. Et lui-même aimait bien également lire des bouquins d'histoire, quand il avait le temps. « T'as entendu parler de Mary Katherine Horony ? »

Johnny fit appel à ses souvenirs. Plissa le front. « Ça me dit rien.

– C'était une Hongroise. Une prostituée qui se faisait appeler Kate au Grand Nez.

– Oh ! La petite amie de Doc Holliday ?

– Ça fait plaisir de voir que les diplômes servent encore à quelque chose. Kate était une pute, une pocharde, et une bagarreuse. Elle a baisé, bu et fait le coup de poing dans tout le Far West, elle a fréquenté Holliday, les frères Earp, et quelques autres rudes gaillards. »

Johnny acquiesça. « Hmm-Hmm.

– Elle aurait très bien pu décrocher, une fois maquée avec Doc, mais elle avait le feu au cul. Elle n'arrêtait pas de revenir à son petit commerce, alors même qu'ils vivaient ensemble. Et dans l'intimité aussi, ce n'était pas le genre timide et réservé. Elle l'avait sorti de prison, la fois où il avait étripé un type avec son poignard, et pour ce faire, elle n'avait pas hésité à tuer à moitié le gardien à coups de gourdin. Elle tenait un bordel à Tombstone dans les années 1880, le premier de la ville, avec une douzaine de filles. Elle y vendait également pas mal de mauvais whisky. Les clients avaient la manie de se bagarrer et de faire parler la poudre. Sans compter qu'elle et Doc étaient des habitués des scènes de ménage – et ce n'était pas toujours lui qui avait le dessus.

« Après la disparition de son mec, emporté par la tuberculose, la vieille Kate a passé encore plusieurs années à faire la pute. Elle s'est mariée, a plaqué son mari, a continué de bourlinguer et de lever la cuisse jusqu'à ce qu'elle finisse par échouer à l'hospice. Elle est morte en 1940. Elle avait quatre-vingt-dix ans.

– Fascinant », dit Johnny. Il haussa un sourcil.

« Et voilà cette bonne femme, une pute – ce qui, à l'époque, était un boulot sacrément risqué –, entourée de toute cette tripotée de brigands prêts à vous tirer dessus au premier regard. Une nana qui n'hésitait pas à tabasser Doc Holliday, un des pires tueurs de sang-froid qu'on ait connus, et qui vivait dans des coins où n'importe quelle fille pouvait se faire violer et assassiner sans que ça fasse sourciller personne.

– Et alors... ?

– Kate a survécu à tout ça – le tapin, Holliday, les tueurs, la gnole, les villes pourries, tout... » Genaloni sourit. « Elle est morte de vieillesse. » Il marqua un temps, puis reprit : « Tu sais ce qu'ils disaient dans la cavalerie, quand ils cherchaient à éliminer les Sioux du Dakota ? "Si t'es capturé par les Indiens, les laisse jamais te livrer à leurs femmes."

« Une bonne femme est capable de te trancher les burnes, les faire rissoler aux petits oignons et te forcer à les bouffer – et tout ça, sans se départir d'un grand sourire. Souviens-toi de ça. Quoi que puisse te raconter ta nana, si bonne qu'elle puisse être au pieu, tu gardes tes affaires pour toi. Les prisons sont pleines de mecs qui ont raconté leur vie à leur femme et ont fini par les emmerder. Les femmes sont bonnes à des tas de trucs, mais ne mets jamais ta vie entre leurs mains. Jamais.

– Je m'en souviendrai.

– Bien. À présent, file me trouver pourquoi les fédés planquent Luigi. »

Une fois le gamin parti, Genaloni sourit intérieurement. Il n'était pas mécontent de son petit laïus. Il avait toujours estimé qu'il aurait fait un excellent professeur.

# 19.

*Mardi 28 septembre, 18 : 54,*
*Washington, DC*

Grimée en Phyllis Markham, Selkie se dirigeait en clopinant vers le domicile de sa cible, suivie du petit caniche qui jouait de son côté les arrosoirs devant chaque tronc et chaque bosquet.

Les gardes en planque dans les voitures banalisées avaient disparu. Leur départ l'avait déçue. Elle avait eu l'occasion de s'attaquer à des truands, des trafiquants ou des politiciens protégés par une bonne douzaine de gorilles, et cela lui avait un peu compliqué la tâche. Mais un mec qui ne se savait même pas menacé, sans protection à part peut-être une alarme antivol ? Ça lui ôtait une partie du plaisir.

À son niveau d'excellence, elle en venait presque à s'inventer ses propres défis.

Elle était dans le secteur depuis plus d'une semaine et elle était prête. Elle connaissait les manies de sa victime. Quand il commandait des plats au traiteur chinois, elle savait qu'il aimait le poulet épicé avec des nouilles. Quand il sortait faire son jogging matinal, elle aurait pu courir la moitié du chemin devant lui, puis ne plus le lâcher d'une semelle. Elle savait quand il se rendait à une soirée de bienfaisance, où il essaierait de s'asseoir s'il n'avait pas une table attitrée, et à quel moment il s'excuserait pour prendre congé. Elle savait que son ex-femme et son gosse résidaient dans l'Idaho, qu'il aimait bien faire joujou avec une voiture dans son garage, et que son assistante en pinçait pour lui, à en juger par ses regards énamourés. Et qu'il ne s'en était pas rendu compte. Elle savait sa taille, son poids, l'adresse de son coiffeur, savait qu'il n'avait pas vraiment cherché à avoir ce boulot. Elle savait tout un tas de choses sur sa cible – sauf pour quelle raison on l'avait choisie.

Scout entendit un bruit dans un fourré sur sa gauche. Il se mit à japper. Sans doute un chat. Elle le laissa aboyer deux fois, puis lui dit de se taire. Il obéit, mais continua de trembler, prêt à bondir dans le bosquet. La pauvre bête se prenait pour le fils d'un loup et n'attendait que le moment de se jeter sur sa proie. Elle sourit.

La morsure la plus douloureuse qu'elle ait subie ne venait pas d'un berger allemand mais d'un teckel qui lui aussi avait dû se prendre pour Croc-Blanc. Peut-être que les nabots avaient quelque chose à prouver.

Sa cible lui paraissait un type assez sympa. Plutôt beau garçon, il avait un gentil sourire et faisait bien son boulot. Pour un bureaucrate, il était plutôt au-dessus du lot. Il adorait sa petite fille perdue dans la cambrousse, n'avait pas eu d'activité sexuelle notable depuis son divorce, et donc devait toujours en pincer pour son ex. C'était un membre de la société plus utile que bon nombre de ses semblables, un homme de confiance, qui avait une morale, une éthique.

Le fait qu'elle s'apprêtait à le tuer ne la préoccupait pas le moins du monde.

Certains professionnels préféraient en savoir le moins possible sur leur future victime, s'impliquaient juste ce qu'il fallait pour effectuer leur travail. Ils restaient froids, distants, évitaient de voir dans leur cible un être humain. Elle avait toujours estimé que c'était une attitude de poule mouillée. Si vous deviez éliminer délibérément quelqu'un, vous deviez apprendre à le connaître. Cela lui semblait la moindre des choses, et bien préférable que de tuer un étranger : à ses yeux, elle manifestait au moins un peu de respect pour des gens qui le méritaient. C'était en quelque sorte une façon de rendre honneur à la victime.

Elle en savait désormais bien plus que nécessaire. Ce n'était pas un mauvais bougre, mais il n'était pas si intéressant que ça, et il n'y aurait aucune surprise.

« Allez, avance, bonhomme. File. »

À contrecœur, le petit chien se remit en route, non sans se retourner pour regarder la chose dans le fourré, au cas où elle s'aviserait de quitter sa planque pour détaler.

Le petit Scout sentant l'appel de la nature sauvage, c'était trop drôle.

Quand frapperait-elle la cible ? Lorsqu'on pouvait choisir son moment, qu'on avait mis tous les atouts de son côté, alors on agissait quand on le sentait. Jamais avant. Pas si l'on tenait à la perfection. La mort de ce gars allait lâcher une armée de fédéraux à ses trousses. Il fallait que ce soit parfait.

Elle approchait de la maison de la victime. Elle jeta

un œil à sa montre, une Bulova pour dames, électrique à aiguilles, le genre de montre que porterait Phyllis Markham, puisqu'elle était censée avoir appartenu à sa défunte mère. Elle ralentit légèrement le pas, laissa le chien s'attarder un peu à renifler les marques de territoire laissées par un congénère.

Demain était le jour de collecte des ordures – la minibenne passait deux fois par semaine dans ce quartier – et les maisons de cette rue n'avaient pas d'accès de service sur l'arrière.

La porte de la maison de la victime s'ouvrit et celle-ci sortit, traînant un unique sac en papier recyclable rempli de déchets compactés. Pile à l'heure. Chaque soir précédant la collecte, il rentrait, se changeait et sortait les ordures, toutes affaires cessantes.

Elle arriva devant la porte au moment précis où il déposait le sac. Il lui sourit. « Salut ! fit-il.

– Bonsoir, jeune homme, dit Selkie de sa voix chevrotante. Belle nuit pour se promener.

– Oui, m'dame. » Il s'accroupit, présenta le dos de sa main au chien qui la renifla en remuant la queue. Puis il le grattouilla derrière les oreilles. « Gentil toutou. »

Selkie sourit. Elle aurait pu l'abattre sur-le-champ d'un bon coup de canne, il ne s'en serait même pas rendu compte. Lui fendre le crâne pendant qu'il était accroupi à flatter le clébard, se pencher, lui trancher la carotide avec les ciseaux à ongles qu'elle gardait toujours dans son sac. Il se viderait de son sang en moins de deux minutes.

Ou elle pouvait lui demander s'il voulait bien lui donner un verre d'eau ; comme de juste, il l'inviterait chez lui. Il était trop gentil pour laisser une vieille femme achever sa promenade le gosier sec. Elle pourrait lui régler son compte à l'intérieur, ni vu ni connu. C'était trop facile.

Elle sourit à la cible. Maintenant ? Devait-elle l'attirer à l'intérieur ?

Le moment s'éternisa. Elle avait la vie de l'homme entre ses mains. C'était cela le pouvoir. La maîtrise.

Non. Pas ce soir. Le moment semblait inopportun. Demain, peut-être.

« Allez, viens, Scout, le gentil monsieur ne veut pas jouer avec toi. »

La cible se redressa et la femme qui s'apprêtait à mettre fin à ses jours s'éloigna clopin-clopant.

« À bientôt, m'dame, et soyez prudente.

– Merci, jeune homme. Et vous aussi. »

### Mercredi 29 septembre, 3:14, quelque part au-dessus de l'Atlantique

Les gros réacteurs du 747 émettaient un ronronnement régulier, hypnotique, et la plupart des passagers étaient avachis dans le noir, endormis. La lampe de lecture de John Howard était allumée, mais comme il n'avait plus fait défiler depuis un bout de temps le rapport affiché sur son portable, l'économiseur avait effacé l'écran.

« Besoin d'une tasse de lait chaud arrosé de mélatonine, mon colonel ? » s'enquit Fernandez.

Howard leva les yeux vers le sergent, de retour des toilettes. « J'étudiais juste un rapport, sergent.

– Bien sûr, mon colonel, c'est ce que je constate. Une étude détaillée du zen de l'écran vide ? »

Howard sourit, fit signe au sous-off de prendre le siège de l'autre côté de l'allée. Ils avaient récupéré quelques autres passagers en plus de leur propre personnel lors des escales de retour en Europe, mais plus de la moitié des sièges étaient encore vides.

« Pas terrible, cette opération, pas vrai, Julio ?

– Que le colonel veuille bien m'excuser, mais merde, je ne sais pas ce qu'il lui faut ! On a localisé une cellule terroriste, descendu une vingtaine de poseurs de bombes armés jusqu'aux dents alors qu'ils nous canardaient, et tout ça, sans le moindre bobo de notre côté. Dans mon pays, on appelle ça un fait d'armes.

– Tu sais très bien ce que je veux dire. »

Coup d'œil circulaire de Fernandez. Personne aux alentours, et le voisin le plus proche ronflait. Il abandonna le ton respectueux officier-subalterne. « Écoute, John, si tu veux dire par là que ce n'était pas l'attaque de la plage d'Iwo Jima, bon, je suis d'accord. Mais notre mission était de trouver les méchants et de les arrêter. On l'a fait, on a protégé notre ambassade, on n'a pas fait de remous avec les autochtones, et on ramène nos gars à la base sans avoir eu besoin d'un seul sparadrap. On pouvait pas rêver mieux. »

Howard acquiesça. Fernandez avait raison, bien sûr. Y aller, faire le boulot, revenir, en se serrant les coudes. Il avait rempli sa mission au pied de la lettre, c'était ce qu'on était censé attendre d'un soldat. Ils seraient fiers de lui dans les bureaux de la Net Force. Deux de ses anciens copains de régiment lui avaient déjà envoyé des courriers électroniques codés pour le féliciter. C'était une victoire, de bout en bout.

Alors, pourquoi cette gêne aux entournures ?

Parce qu'elle avait été trop facile, voilà. La règle des 7P s'était encore une fois vérifiée – *Prévision Plus Planification Pour Prévenir Performances Pitoyables* – mais à la fin des fins, jamais il n'avait douté de leur victoire. Ses hommes étaient la crème de l'élite, anciens des SEAL, des Bérets verts, des Rangers... Lâchés derrière les lignes ennemies avec pour seule arme des canifs, ils vous bâtissaient un fortin avec les ossements de l'adversaire. Les terroristes n'avaient été qu'un ramassis de traîne-savates mal entraînés, pleins de grandes idées mais quasiment dépourvus d'expérience tactique ou stratégique. Comment auraient-ils pu perdre face à une telle racaille ?

Il s'en ouvrit à Fernandez.

Qui s'esclaffa.

« Ben, quoi ?

– Oh, j'imaginais juste ce que le commandant des armées britanniques a dû dire à ses officiers supérieurs vers la fin de la guerre d'Indépendance : "Quoâ, un ramassis de traîne-savates mal entraînés, pleins de grandes idées mais quasiment dépourvus d'expérience tactique ou stratégique réussit à flanquer la pâtée aux meilleures troupes de Sa Majesté ? My God, comment a-t-on pu perdre face à une telle racaille ! »

Howard rigola. Fernandez avait le chic pour voir les choses sous un jour qu'on n'attendait pas d'un sous-off qui avait gagné ses galons à la dure. Et son imitation d'accent british renforçait l'ironie du propos. Il n'avait pas tort. Les terroristes auraient pu être plus experts. Et le sang maculant le sol de l'entrepôt aurait fort bien pu être celui de ses hommes.

« Le fait est qu'il n'y a sans doute pas de quoi pavoiser, reprit le sergent. Il n'en reste pas moins qu'une victoire est une victoire. Et c'est pour ça qu'on y est allés, pas vrai ?

– Ouais. T'as raison.

– Bon sang, et dire que j'ai même pas de magnéto ! Le colonel m'autorise-t-il à réveiller quelques témoins, pour qu'il leur répète ce qu'il vient de dire ? Le passage où il admet que j'ai raison ?

– À quoi faites-vous allusion, sergent ? Je n'ai pas souvenance d'avoir dit une chose pareille.

– C'est bien ce que je pensais, mon colonel. » Il sourit. « Bon, je vais voir si je peux arriver à fermer l'œil.

– Bonne nuit, Julio. Et merci.

– De rien. Et si ça peut te consoler, John, j'ai dans l'idée que ce ne sera pas le dernier épisode de cette drôle de guerre. Et le prochain pourrait tourner autrement. »

Howard regarda son homme de confiance se diriger d'un pas tranquille vers une rangée de sièges vides. Bien sûr. C'était toujours vrai. Une petite bataille ne faisait pas une guerre.

## Mercredi 29 septembre, 22:54, Portland, Oregon

Roujio observa la porte d'entrée du restaurant McCormick. L'établissement était perdu loin du centre-ville, dans une cité-dortoir de la banlieue ouest. Spécialisé dans le poisson, sa cuisine était réputée, et c'est l'impression que lui avait effectivement donnée une brève reconnaissance préalable. C'était le meilleur restaurant à proximité de la société qui fabriquait l'un des plus rapides microprocesseurs pour ordinateurs à usage domestique. L'entreprise était située au bout de la route, à Beaverton. La ville tirait son nom des castors qui grouillaient jadis dans la région.

Roujio était installé dans une voiture de location garée de l'autre côté, sous l'ombre d'un panneau publicitaire pour une agence de voyages coréenne. À soixante-deux mètres de la porte, d'après son viseur électronique, une distance facile. Il avait loué un modèle cossu au moteur puissant, même s'il doutait d'avoir besoin de tous ses chevaux pour s'échapper. Les deux yeux ouverts, il regarda dans l'oculaire à grand champ du viseur Bushnell Holosight. L'instrument lui offrait une image non agrandie de la porte, avec en superposition un réticule lumineux rouge. C'était le dernier cri en matière de viseur. Contrairement aux modèles à laser, il n'émettait aucune lumière visible de l'avant, de sorte que l'utilisateur ne risquait pas d'être démasqué. Il avait coûté plus cher que l'arme sur laquelle il était monté, un fusil de chasse Winchester 30-06 à culasse mobile, en soi déjà une belle pièce. Le viseur venait d'un armurier de San Diego ; le fusil, il l'avait acheté à Sacramento, d'occasion, grâce à une petite annonce dans le journal. Il avait assemblé les deux, puis était allé régler la hausse dans une carrière de pierre longeant une ancienne piste d'abattage, à l'ouest de Forest Grove, dans l'Oregon.

Une fois le fusil bien réglé, Roujio était capable de tirer à coup sûr dans un cercle formé par le pouce et l'index à une distance de cent mètres. C'était amplement suffisant.

Il avait envisagé de monter un silencieux, mais comme de toute façon le projectile supersonique émettrait un *bang !* sonore en sortant du canon, il n'était pas vraiment utile d'atténuer le bruit. Au contraire, la détonation ainsi répercutée en écho donnerait l'impression de ne pas venir d'un point précis. De toute façon, même s'ils parvenaient à le localiser, quelle importance ? Les cadres de cette boîte d'informatique ne sortaient pas armés, et ils n'avaient pas de gardes du corps. Ils n'en avaient jamais eu besoin. Et ils n'en auraient pas plus besoin par la suite, quoi qu'ils puissent en penser.

Le temps que la police arrive sur les lieux, Roujio serait à des kilomètres. Il s'était tracé mentalement trois itinéraires de fuite, et tous incluaient de brèves haltes où il pourrait se débarrasser de son arme à l'insu des regards. Il portait des gants ultrafins étanches en synthésoie – ainsi ne laisserait-il ni empreinte ni trace organique sur le viseur, l'arme ou ses projectiles.

Il consulta sa montre. Un peu plus de onze heures, heure locale. Bientôt deux plombes qu'ils étaient au restau. Leurs voitures étaient garées devant. Les convives seraient à portée de vue tout le temps qu'il faudrait.

Il abaissa son arme.

Huit minutes plus tard, la porte du restaurant s'ouvrit.

Roujio introduisit les boules Quies dans ses oreilles. La détonation d'une arme de gros calibre à l'intérieur de l'habitacle d'une voiture pouvait facilement vous bousiller les tympans.

Six hommes apparurent, bavardant et riant, prenant leur temps.

Roujio leva son arme. Il emplit d'air ses poumons, les vida à moitié, puis retint son souffle. Il ôta le cran de sûreté, orienta le réticule lumineux vers le deuxième homme du groupe, plaça l'image du viseur sur le front de l'homme, juste entre les deux yeux...

Il pressa la détente.

Avec une arme à feu, on n'entend pas la balle qui vous tue.

L'homme était mort avant que la détonation ne l'atteigne.

Roujio déposa le fusil sur le plancher de la voiture et mit le moteur en route. Il sortit du parking de l'agence de voyages et s'éloigna. Il y avait peu de circulation à cette heure tardive. Il était déjà à huit cents mètres, au pied de la bretelle d'accès à l'autoroute, quand la première voiture de police le croisa, gyrophare clignotant, sirène allumée, fonçant vers le restaurant.

Il ne se retourna pas. Inutile. Personne ne le suivait.

# 20.

*Jeudi 30 septembre, 8 : 01,*
*Groznyï*

« Vous avez un autre appel, docteur Plekhanov »,
annonça Sacha, depuis son bureau. L'interphone
marchait toujours de manière sporadique, mais c'était
désormais sans importance. « M. Sikes, de la Régie des
transports municipaux de Bombay. »

Plekhanov sourit. Le téléphone avait assurément
bien servi, ces deux derniers jours. Comme prévu.

Les programmes qu'il avait implantés commen-
çaient à porter leurs fruits. Après la panne d'ordinateurs qui avait provoqué des centaines de morts à
Bombay, les responsables avaient dû contacter Bertrand, le programmeur de seconde zone qui avait installé leur système de sécurité. Et même si Bertrand
avait le minimum de compétence pour diagnostiquer
le piratage, il n'avait pu leur assurer être en mesure
d'empêcher l'incident de se reproduire. Ils s'étaient
donc rabattus sur Plekhanov – qu'ils auraient dû appeler dès le début – et, bien sûr que oui, il pouvait tout

à fait leur garantir qu'aucune autre atteinte à la sécurité du système ne se produirait à l'avenir si on le laissait installer son tout nouveau logiciel de protection. Il pouvait sans peine leur fournir cette garantie : il n'existait qu'une poignée de programmeurs assez calés pour contourner ses barrages, un seul qui prendrait la peine de le faire, et les intérêts de ce dernier – ses intérêts, en fait – seraient mieux servis tant que l'intégrité du système était préservée.

Compte tenu de l'inquiétude des utilisateurs devant ce genre d'aléa, il suffirait d'une ou de deux autres attaques contre les systèmes de régulation de trafic des grandes métropoles pour que la plupart, sinon toutes, se bousculent pour réclamer son aide. De sorte que lorsque les responsables des réseaux de transport des grandes villes d'Asie se retrouveraient pour leur congrès annuel à Guangzhou, en Chine, la majorité serait dans le camp de Plekhanov. Après tout, il leur ferait de l'excellent travail, et à un tarif plus que raisonnable. Tous auraient une dette envers lui. Tous chercheraient à le satisfaire, pour s'éviter de connaître le sort funeste de ceux qui avaient eu le malheur d'être victimes de ce qui ne pouvait être que des menées terroristes. Qui d'autre en effet qu'un terroriste irait pirater un ordinateur de régulation de trafic ? Quel intérêt ?

« Allô ?

– Vladimir ? Bill Sikes, de la Régie des transports de Bombay.

– Ah, Bill, comment allez-vous ?

– Pas terrible. Vous êtes au courant de nos problèmes ?

– Oui, j'en ai bien peur. Une terrible catastrophe. Je suis tout à fait désolé.

– Bien sûr. Mais ce n'est pas parce que le mal est fait qu'il faut rester les bras croisés. Pouvez-vous nous donner un coup de main ?

– Mais bien entendu, Bill. Sans aucun problème.

– Encore un appel ! lui cria Sacha de son bureau. De Corée ! »

Plekhanov s'appuya contre le dossier de son siège. Cette fois, son sourire était radieux.

### Jeudi 30 septembre, 8:15, Washington, DC

Tyrone Howard retrouva son pote Jimmy-Joe dans un club de strip-tease baptisé le Big Boobs – « Gros Nibards ». Il était interdit aux garçons de leur âge réel, mais ils avaient endossé des personnalités adultes et ils étaient assez habiles pour franchir un examen superficiel. S'introduire dans une salle de RV interdite aux moins de dix-huit ans, au sein d'un forum public, était à la portée de n'importe quel débile moyen. Tout ce qu'on y voyait, c'étaient des femmes nues ; il était autrement plus coton de se faufiler dans les salles XXX – du reste, Tyrone n'avait pas envie de s'y risquer. Ses parents l'incendieraient si jamais ils s'en apercevaient, et comme son père bossait avec un joueur comme Jay-Gee, il n'aurait pas de mal à le découvrir s'il le désirait.

« Bon, alors, Jimmy-Joe, tu scannes quelque chose ?

« – Pas des masses, spiderboy. Quoique... on note pas mal de passerelles qui lâchent sur le FEN*. »

Tyrone acquiesça. Il avait pu constater lui-même de sérieux ralentissements de trafic sur le Far East Net, le réseau d'Extrême-Orient, ces derniers jours. Le programmeur fou faisait encore des siennes.

Sur la scène balayée par un jeu de lumières clignotantes, sur fond d'une ligne de basse entêtante, une grande brune aux yeux bleus montrait au public que sa couleur était naturelle. *Boum, bop-a boum !* Il écarquilla les yeux. Elle lui sourit, ignorant qu'elle avait affaire à un simulacre. Bien sûr, elle pouvait en être un, elle aussi. Elle pouvait fort bien être un sexagénaire adipeux.

Si vous étiez en quête de vérité, la RV n'était pas le site idéal.

« Je vais aller faire un tour sur les serveurs d'utilitaires, voir s'ils ont des tuyaux. Suffit de connaître un allumé qui a concocté un petit programme de filtrage pour récupérer du menu fretin. Peut-être que l'un d'eux pourra nous conduire vers le gros poisson.

– Scanne un max et bon téléchargement ! » répondit Tyrone. La strip-teaseuse brune avait quitté la scène. Une autre apparut. Tiens, tiens, voyez-vous ça ? Belladonna Wright en personne. Elle était l'œuvre de Jimmy-Joe, avec un travail d'incrustation et de retouche qui donnait à la nouvelle effeuilleuse les traits et le corps de Bella. Jamais Tyrone n'aurait osé faire une chose pareille, même en RV. Si jamais Presse-purée s'en apercevait, ça risquait de tourner... très mal.

« Bon, ben je file surfer », annonça Tyrone.

Jimmy-Joe avait un sourire épanoui. Il se mit à

caqueter, d'un ton narquois : « Du friiic, du friiic, du friiic...

– Tout juste, Auguste. Je me sens pas prêt à passer six semaines en régénération de tissu osseux, p'tite tête. Surtout pour un calque même pas réel.

– Tant pis pour toi, répondit Jimmy-Joe. Qui peut le savoir ?

– Un seul mot à l'oreille de Presse-purée et t'es réduit en chapelure. »

Jimmy-Joe haussa les épaules. « Ben moi, j'aime mieux le claquer que le stocker. » Il se retourna pour regarder se déloquer l'ersatz de Bella.

« Bon, ben moi, j'm'arrache », dit Tyrone. Mais il ne put s'empêcher de mater en douce alors qu'il se dirigeait vers la porte.

Peut-être qu'il ferait quand même un détour par CyberNation, voir ce qui s'y passait.


*Jeudi 30 septembre, 8 : 20,*
*Quantico*


Dans la Viper garée de l'autre côté de la rue, Jay Gridley regarda Tyrone Howard quitter le club de strip-tease. Le garçon ne l'avait pas vu. Il sourit. Le colonel lui avait demandé de jeter de temps à autre un œil sur son fils, et Gridley n'y voyait pas d'objection, mais il décida de ne pas mentionner l'incident. Les ados étaient curieux et le strip-tease en RV était bougrement moins risqué que certains autres trucs auxquels un gamin pouvait se frotter en ligne – ou hors connexion. Si un ado n'avait pas envie de regarder une femme nue, c'est là en revanche qu'il serait temps pour son père de s'inquiéter.

Il n'y avait pas grand mal.

Tyrone enfourcha sa Harley et fila en vrombissant.

Gridley le regarda s'éloigner avant de faire démarrer la Viper. Il avait bien d'autres chats à fouetter.


### *Jeudi 30 septembre, 11 : 55, Quantico*


Toni Fiorella était en train de faire des étirements pour s'échauffer les genoux. Elle vit Rusty entrer dans le gymnase et lui faire signe. Il était déjà en survêtement.

Il s'avérait un excellent élève. Très souple, avec peut-être un penchant excessif pour la vitesse et la puissance, deux qualités qui n'étaient pas nécessaires au *bukti negara*. S'il parvenait au niveau du *serak*, cela lui serait utile, mais il avait encore des années devant lui, à condition de persévérer. En tout cas, jusqu'ici, il n'avait manqué aucune séance d'entraînement et ses mouvements révélaient qu'il les prolongeait de son côté. Il avait toujours tendance à se méfier du contact rapproché, voulait toujours garder une distance incompatible avec un bon travail des techniques, mais cela se dissiperait avec le temps.

« Salut, gourou !

– Rusty ! Allons-y. »

Il acquiesça. Il se positionna les jambes écartées, les

mains aux côtés, paumes en avant, doigts pointés vers le sol.

À la différence de certains arts traditionnels nippons, on n'avait besoin de connaître qu'une poignée de termes indonésiens pour pratiquer sa version du silat ; le premier était celui qui signifiait « en garde ».

« *Jagah !* » lança-t-elle.

Elle copia la posture de Rusty. Son gourou avait raison. Enseigner vous aidait à aiguiser vos talents. Il fallait réfléchir, ordonner les choses dans sa tête avant de pouvoir espérer les transmettre. Le salut rituel qu'elle avait pratiqué depuis des années en était un bon exemple. Pour elle, c'était un geste automatique, un seul mouvement coulé, mais pour un débutant, il se décomposait en une succession de petits mouvements, dont chacun avait un sens.

*Je me présente devant le Créateur au commencement...*

Le pied gauche ouvert, légèrement en avant du droit, genoux fléchis, les mains glissant vers la gauche, contre la hanche, paumes vers le bas, la gauche sur la droite.

*Je m'offre au mieux de mes capacités à l'apprentissage de l'Art...*

Les mains jointes s'avancent, comme pour une supplique, paumes levées en coupe, un peu comme si elles tenaient un livre. Le poing droit se referme, la main gauche l'enveloppe, puis les deux mains sont ramenées vers la poitrine.

*Je demande à recevoir du Créateur toutes ces choses qui me sont invisibles...*

Nouveau simulacre de lecture, puis les mains ouvertes reviennent masquer les yeux.

*... pour les graver dans mon cœur...*

Les mains se joignent, appuyées en *namasté*, le geste de prière traditionnel, et viennent toucher la poitrine au-dessus du cœur.

... *à jamais*.

Et le dernier mouvement, répétition du second, blocage des paumes plaquées vers le bas, l'une contre l'autre, près de la hanche gauche.

« Fais ton *djuru*, veux-tu ? »

Rusty acquiesça et entama le premier *djuru*.

C'était la plus simple des danses, mais c'est à partir de celle-ci que s'enchaînaient tous les autres mouvements plus complexes. Une métaphore de l'existence, s'était-elle finalement rendu compte.

## Jeudi 30 septembre, 12 : 30, Quantico

Selkie acheta un Coca, du poulet sauce aigre-douce et du riz gluant au traiteur chinois où la cible avait parfois coutume de se rendre en tricycle pour déjeuner. La journée était chaude, une petite brise rendait l'humidité supportable, et elle s'était installée dehors, à l'une des petites tables blanches en fer forgé. Elle portait un ample T-shirt gris, un pantalon de coton noir, avait coiffé une casquette de base-ball et chaussé des lunettes noires. Elle avait mis une perruque brune et, bien que cachés en partie sous le couvre-chef, les cheveux étaient assez visibles pour changer son apparence et la rendre méconnaissable aux yeux de la cible.

... La voilà justement qui se présentait sur son tricycle profilé, une pellicule de sueur sur le visage et le cou, sa peau reflétant le soleil brumeux.

Elle ouvrit les boîtes en carton, versa poulet et riz dans l'assiette en papier. Elle touilla l'ensemble avec les baguettes détachables et jetables, laissa le temps à la sauce d'imbiber le riz. Une douzaine d'autres clients déjeunaient dehors avec elle, et elle prit soin d'éviter leur regard, comme elle évita celui de la cible.

Celle-ci gara le tricycle, ôta gants et casque pour les accrocher au guidon, puis entra au restaurant, les jambes raides, fatiguées par la course. Le collant moulant cachait fort peu de choses à un regard intéressé. Et le spectacle était certes intéressant. Elle n'était pas bégueule, même si elle mettait le sexe de côté pendant le boulot. Mora Sullivan était du genre à défoncer les matelas quand ça lui chantait ; Selkie ne pouvait se permettre ce risque.

Il n'en avait pas toujours été ainsi. Une fois, au tout début de sa carrière, elle avait levé une cible dans un bar. Le type était plutôt pas mal, elle l'avait raccompagné à l'hôtel et avait couché avec lui. La rencontre avait été très athlétique.

Lorsqu'il avait sombré dans le sommeil, épuisé et heureux, elle avait sorti de son sac le pistolet calibre 22 avec silencieux et lui avait tiré deux balles dans la nuque.

Il n'avait jamais su ce qui lui arrivait, et à l'époque, elle n'avait pas été mécontente d'elle. Grâce à elle, il avait connu des derniers instants fort heureux. S'il fallait mourir, il y avait des façons pires que de faire l'amour avec une femme ardente et de s'endormir épuisé pour ne plus jamais se réveiller.

Elle avait agi comme une idiote. Elle avait laissé des traces organiques sur le lieu du crime et, quoique déguisée, avait été vue par le personnel de l'hôtel. Il n'y avait pas eu de conséquences, les faits remontaient à plusieurs années, l'affaire était depuis longtemps classée, mais ce comportement relevait de l'égoïsme. Autre temps, autre lieu, autre cible... ce serait peut-être sympa de s'envoyer en l'air ensemble, mais elle n'avait pas envie de risquer la capture pour s'être montrée sentimentale.

Elle attaqua le poulet. Elle en avait mangé de meilleurs. Et de pires.

Était-ce aujourd'hui le bon jour ? Elle lorgna sa cible quand elle se mit dans la queue pour commander.

Selkie sourit.

# 21.

## *Vendredi 1er octobre, 7:00, Kiev*

Kiev possédait plusieurs restaurants convenables, mais le petit déjeuner était servi dans une suite privée du nouvel Hilton, bâti non loin des rives superbes du Dniepr, sur un site naguère occupé par un théâtre et des boutiques. Avantage par rapport à un restaurant ouvert au public, ce genre de lieu pouvait être passé au peigne fin, à la recherche de dispositifs espions. Et l'on ne s'en était pas privé. Les fenêtres du cinquième avaient été équipées de simples petits vibreurs destinés à piéger un éventuel capteur laser les visant depuis une planque dans l'immeuble d'en face. Les serveurs avaient été congédiés, les portes verrouillées : les secrets seraient bien gardés, même s'il était douteux que quiconque les espionne. Personne à l'extérieur de cette pièce n'avait d'idée précise sur ce qui se déroulait à l'intérieur. Mais on n'est jamais trop prudent.

Plekhanov arborait son sourire superficiel qui ne

trahissait rien de ses pensées. Cette rencontre n'en était qu'une parmi bien d'autres. Dorénavant, les joueurs étaient des quantités bien définies, et leurs fortunes dépendaient de lui. Aujourd'hui, c'était les politiciens ; demain, ce serait les militaires. Dans quelques jours, il serait dans une autre chambre d'hôtel, dans un autre pays, pour tenir des discussions analogues avec d'autres hommes politiques, d'autres généraux. Et récupérer toutes ses mises.

Ils terminèrent les œufs brouillés et la pâte de saumon, burent leur jus de fruits et leur café. Plekhanov aimait l'odeur âcre et forte du mélange, si noir qu'il ressemblait à de l'espresso. Il n'aurait pas imaginé qu'on serve un café si bon dans un tel endroit.

« Tout le monde a ses nouveaux codes de transfert ? » s'enquit Plekhanov.

Il y avait trois autres personnes dans la pièce, deux hommes et une femme, tous membres élus de la Verkhovna Prada, le parlement local.

« Oui », répondirent-ils en chœur.

Plekhanov acquiesça. Le montant de monnaie électronique qu'il leur avait donné était sans importance : à peu près un demi-million en devises locales. C'était bien sûr une somme pour un cultivateur de pommes de terre, une prof d'université à temps partiel ou un officier à la retraite. Cet argent n'était que de l'huile pour empêcher les rouages de grincer – pour les pots-de-vin, les petits cadeaux, les cotisations politiques, le minimum indispensable. Il y en aurait bien plus par la suite, avec le pouvoir qui va avec. Parmi ces trois-là se trouvaient le nouveau président et ses deux principaux ministres, après la prochaine élection. Il devait encore décider des attributions de chacun, mais le moment approchait et il avait intérêt à faire déjà son choix.

Demain, il s'entretiendrait avec ses deux complices, deux généraux de l'armée ukrainienne, eux aussi à la veille d'une promotion et d'un regain de prestige. Il y avait plus d'un chemin pour gravir la montagne, mais les deux éléments qui vous procuraient le plus de pouvoir, une fois parvenu au sommet, se trouvaient dans les sacoches de munitions des militaires et les serviettes des juristes. Quand vous les déteniez, vous étiez pratiquement invincible. Déjà avec une des deux, vous étiez intouchable.

Quel dommage que les Églises n'aient plus le pouvoir qu'elles avaient jadis...

« Camarade Plekhanov ? dit la femme.

– Oui ? » C'était Ludmilla Khomyakova dont les parents, originaires de Moscou, avaient été naguère très actifs dans les cercles du Parti communiste. Cela faisait bien longtemps qu'on ne lui avait plus donné du « camarade » – en tout cas au sens où elle l'entendait.

« Il y a eu certaines... difficultés avec le mouvement syndical. Igor Boulavine menace de demander à ses adhérents de se mettre en grève si les nouvelles réformes sont votées.

– Boulavine est un cosaque et un imbécile. » C'était Razine, l'ex-officier de l'armée. Il avait pris sa retraite avec le grade de commandant avant de se lancer dans la politique.

« Toi aussi, t'es un cosaque, Yemelian », lança Khomyakova avec mépris.

« C'est bien pour ça que je parle en connaissance de cause ! s'exclama Razine. Te fais pas de souci pour

Boulavine. Il pourrait avoir un accident de voiture mortel à bord de l'antiquité dont il est si fier... Ça pourrait s'arranger sans difficulté. »

Plekhanov regarda la femme. « Est-ce que selon toi ce Boulavine est assez menaçant pour mériter un tel... accident, Ludmilla ? »

Elle secoua la tête. À quarante ans, c'était encore une belle femme. « Il est une menace mais le tuer n'est peut-être pas vraiment indispensable.

– La mort est une solution définitive, observa Razine.

– *Da*, mais Boulavine est un démon que nous connaissons. Vivant et une fois ligoté à un poteau devant notre tente, il pourrait encore être utile.

– Et comment te proposes-tu de l'y enchaîner ? Il est trop stupide pour craindre les menaces, jamais il ne se laissera soudoyer et il n'a aucun squelette dans ses placards. Non, j'ai dit que je l'écraserais. »

Le troisième homme, Demitrius Skotinos, un Grec d'origine qui continuait de cultiver ses pommes de terre à la campagne, demeura coi.

« Peut-être que justement on pourrait lui en mettre un, de squelette, dans son placard ? » suggéra Khomyakova.

Razine renifla.

Plekhanov la regarda en haussant un sourcil.

« Boulavine a un faible pour l'alcool et les femmes, expliqua Khomyakova. Il est resté discret, prenant toujours soin de garder ses activités en ce domaine dans des limites qui ne risquaient pas d'irriter ses collègues du syndicat si jamais ils découvraient le pot aux roses. Ne jamais trop boire en public, juste lutiner de temps en temps une secrétaire. Les hommes sont des hommes, et ne se formalisent pas pour de telles vétilles. Peut-être pourrions-nous lui trouver une fille prête à... lui frelater sa gnole et l'amener à pratiquer certaines activités que ses collègues... et son épouse pourraient juger... de mauvais goût ? Ce ne sont pas les possibilités qui manquent en la matière. Et notre fille pourrait, bien entendu, être munie d'une excellente caméra holographique.

– Bah ! cracha Razine. Tu veux quoi ? Le mettre au lit avec un garçon ? Une chèvre ? C'est bien une réaction de femme. Si ça bouge, tu le baises !

– Ce qui vaut peut-être mieux que celle d'un homme – si ça bouge, tu le tues ! » Elle sourit.

Plekhanov de son côté goûtait aussi bien sa réponse que sa solution. Des brutes, on en trouvait partout ; la subtilité, c'était plus rare. Se mettre son ennemi dans la poche était parfois plus rentable que de l'étaler raide mort. Parfois...

Enfin, toujours est-il qu'il savait à présent l'identité du prochain président ukrainien.


### Jeudi 30 septembre, 12:30, Washington, DC


« Je parie que t'as jamais vu quelqu'un se faire tuer, pas vrai, Scout ? »

Le petit chien frétilla de la queue, momentanément distrait de ses arrêts pipi. Comme la remarque ne parut pas déboucher sur un ordre, il reprit ses activités.

Sous sa défroque de vieille femme, Selkie s'approchait du domicile de la cible. Elle avait décidé de passer à l'action ce soir. La cible était encore debout, un peu tard pour ses habitudes, mais la lampe de lecture était allumée ; l'opération s'annonçait claire et nette, du travail vite fait bien fait. Le temps qu'on s'aperçoive de sa mort, elle serait de retour chez elle et Phyllis Markham aurait disparu à jamais.

Selkie se pencha pour caresser le chien. Ce faisant, elle décrocha la laisse mais dit : « Scout, au pied. »

Elle rajusta ses gants de fin coton blanc, empoigna sa canne, se releva lentement et douloureusement. Quand elle reprit sa progression clopinante, le chien resta dans ses pas. Quiconque l'aurait observée à plus de quelques mètres aurait pu croire que le caniche nain était toujours en laisse, surtout s'il les avait aperçus tous les deux auparavant. Les gens voyaient ce qu'on leur donnait à voir.

Arrivée devant le pavillon de la cible, elle se força à inspirer plusieurs fois lentement, à fond. Peu importait le nombre de fois où elle avait effectué ce boulot, la bouffée d'adrénaline était toujours là. Son cœur s'accéléra, sa respiration aussi, elle se sentait tendue, excitée, pressée d'agir. C'était une sensation qu'elle pouvait mettre à profit, et qui faisait partie de son style. Si jamais un jour elle finissait par ne plus éprouver ce soupçon de trac qui vous donnait des crampes d'estomac, elle raccrocherait, même si elle n'avait pas atteint les objectifs financiers qu'elle s'était fixés. Si elle finissait par être blasée, ce serait par trop dangereux.

L'obscurité était envahie de senteurs d'automne : feuilles mortes, herbe mouillée, un parfum d'adoucissant émis par la ventilation d'un sèche-linge. L'air était d'une fraîcheur sensuelle aux endroits de sa peau laissés découverts par le maquillage. Les étoiles scintillaient à travers la lueur de la ville, gemmes dures dans un ciel presque limpide. Une phalène traversa la nuit, dessinant comme un sillage lumineux fantomatique. Les sensations prenaient toujours une acuité quasiment psychédélique dès que le jeu de la vie et de la mort parvenait à son dernier acte. Cela faisait également partie du plaisir.

On n'était jamais aussi vivant que lorsqu'on dansait avec la Mort.

Un coup d'œil alentour lui révéla qu'elle était seule. Elle poussa Scout à filer dans les buissons sur la gauche du perron, où il serait invisible. « Assis, Scout. Sage ! » ordonna-t-elle.

Docile, le petit chien s'assit, puis il s'allongea. Elle avait fait le test et il pouvait garder cette position plus d'une heure. Or, il ne lui faudrait que cinq minutes, grand maximum.

Selkie s'approcha de la porte et appuya sur la sonnette.

Étendu sur le lit, Alex somnolait, le rapport technique en équilibre sur les genoux. Le bruit de la sonnette l'éveilla en sursaut. Il regarda l'affichage de la pendulette de chevet. Qui pouvait sonner à cette heure de la nuit ?

Il se leva, passa une robe de chambre – il était nu –, noua la ceinture.

On sonnait de nouveau.

Il fronça les sourcils, encore à moitié endormi. Sans doute quelqu'un du boulot.

*Ouais ? Et comment se fait-il qu'ils n'aient pas appelé ? Ils ont ton numéro.*

Il ouvrit le tiroir de sa table de nuit, sortit le taser réglementaire, le fourra dans la poche de sa robe de chambre. Même s'il n'était pas vraiment inquiet, il y avait eu dans la capitale fédérale plusieurs cambriolages où les braqueurs étaient entrés de force après avoir sonné à la porte. Deux précautions valaient mieux qu'une.

Quand il regarda dans l'œilleton, il vit la petite vieille au caniche. Il se détendit et ouvrit la porte.

Elle semblait retournée. « Je suis désolée de vous importuner, fit-elle, mais Scout s'est échappé. » Elle agita le petit boîtier en plastique de la laisse rétractable, avec son mousqueton qui pendouillait. « Je crois qu'il s'est faufilé sous la clôture derrière chez vous. Si vous pouviez m'ouvrir ? Je ne voulais pas lui crier dessus en pleine nuit et réveiller tout le quartier.

— Bien sûr, dit Michaels. Je vous ouvre, vous n'aurez qu'à traverser la maison.

— Oh, je ne veux pas vous déranger. Je peux faire le tour.

— Pas grave. » Il sourit, l'invita à entrer, referma la porte. « Suivez-moi. » Il la précéda dans le séjour.

Derrière lui, il entendit la voix chevrotante : « Je ne sais pas ce qui lui a pris. Il ne fait jamais ça. Je pense qu'il a dû entendre quelque chose dans les buissons.

— Tous les voisins ont des chats. Quoique la plupart soient plus gros que votre chien. Il risque d'avoir des problèmes s'il leur court après. »

Ils étaient dans la petite cuisine, presque à hauteur de la porte-fenêtre coulissante, quand Michaels entendit aboyer le caniche. On aurait dit que ça venait de devant. Sans doute que, semé par le chat, il était retourné chercher sa maman.

« Oh, le voilà ! » fit-il, et il se retourna...

... pour découvrir la petite vieille, canne brandie au-dessus de l'épaule comme une batte de base-ball, le regard froid mais résolu.

Elle abattit la canne comme si elle essayait de propulser la balle hors du stade...

*... et merde !*

Michaels voulut faire deux choses à la fois. Plonger la main dans sa poche pour sortir le taser et reculer d'un bond. Ce ne fut pas vraiment réussi : il se cogna contre l'angle de la table du petit déjeuner, sa robe de chambre se prit dans une chaise. Lorsqu'il tira dessus, celle-ci bascula entre lui et la vieille – et c'est ce qui lui sauva la peau.

Elle fit siffler la canne au-dessus de sa tête, mais lorsqu'elle se rua vers lui, ses tibias butèrent sur la chaise renversée et elle s'immobilisa.

« Bordel ! » Non seulement le mot jurait dans la bouche d'une vieille dame, mais il avait été prononcé d'une voix plus profonde, moins rauque, bien plus jeune.

Michaels, qui reculait toujours en titubant, tapa contre la porte coulissante. Il se cogna rudement le sommet du crâne, cela résonna avec un bruit presque métallique, mais la glace résista...

La vieille se dépêtra de la chaise d'un coup de pied. Elle allait faire un pas vers lui, la canne brandie pour lui défoncer le crâne, mais il avait à présent réussi à sortir le taser et le braquait sur elle, le doigt sur la détente...

Sauf que ce n'était pas la détente : son doigt avait

accidentellement dérapé sur la touche du pointeur laser. Zut !

Un minuscule point rouge apparut – mais sur le mur à côté de la vieille. Il orienta le taser pour ramener la tache fluctuante sur sa poitrine.

La vieille retroussa les lèvres et projeta la canne...

Elle frappa Michaels sous son bras tendu, en travers de l'abdomen. Il ne sentit rien mais le coup avait été assez violent pour le dévier. Le spot du laser repartit sur le côté...

Elle se retourna pour détaler. Le temps qu'il ait repris ses esprits, elle n'était plus dans sa ligne de mire, mais déjà presque à la porte. Nom de Dieu, c'était une rapide ! Les aiguilles de taser avaient une portée de cinq ou six mètres, à condition de réussir à l'atteindre à cette distance...

Il se lança à ses trousses. Il ne savait pas qui elle était au juste ou ce qu'elle fichait ici, mais merde, il était chez lui, et désormais, la surprise avait laissé place à la rage...

Bon Dieu, mais pour qui se prenait-elle, cette bonne femme ! Quel culot !

Il l'entendit hurler quelque chose d'indistinct, mais le temps de parvenir à la porte, elle avait pris vingt mètres d'avance et ne semblait pas ralentir. Dans son subconscient, l'image de cette septuagénaire sprintant comme une athlète olympique était pour le moins incroyable, même s'il savait qu'il s'agissait d'une jeune femme déguisée.

Il voulut la suivre mais elle avait bien trop d'avance. Et elle courait vite. Pas question de la rattraper en robe de chambre et pantoufles.

Le danger était passé, il l'avait mise en fuite. Il s'agissait à présent d'appeler les flics. Qu'ils s'en chargent.

Michaels fit demi-tour pour rentrer mais s'arrêta en entendant un bruit dans les fourrés. Il leva l'arme, fit courir le point rouge du laser sur la verdure, cherchant une cible. « Qui va là ? Pas un geste ou je tire ! »

Il était prêt à flinguer n'importe qui se pointerait sous son nez.

Rien.

Il s'approcha des fourrés, avec précaution.

Couché dans l'herbe, les pattes avant tendues, la tête levée pour le regarder, c'était le caniche nain de la petite vieille. Il jappa une seule fois. Remua la queue.

Michaels hocha la tête. Sacré nom de Dieu !

Il se pencha. « Allons, viens, mon garçon. Ici, Scout. »

Le chien se releva, s'approcha aussitôt, la tête baissée et la queue frétillante. Michaels le prit dans ses bras. Il se mit à lui lécher la main.

Michaels plissa le front, conscient de respirer bien trop vite. Il poussa un gros soupir, essaya de se calmer.

Qu'est-ce qui se passait ?

# 22.

## *Jeudi 30 septembre, 23:55, Washington, DC*

*Sacré putain de merde !*

Fonçant dans la nuit du Maryland au volant de sa voiture anonyme, Selkie laissa de nouveau libre cours à sa rage. Elle martela du poing le volant. « Et merde, merde, *merde !* »

Elle savait que c'était un gâchis d'énergie, parfaitement vain. Le mal était fait, et elle ne devait s'en prendre qu'à elle. Tout était de sa faute. Elle avait fait coucher le chien, mais avait oublié de lui dire « Silence ! » Un de ces foutus matous avait dû l'effrayer et, tout naturellement, il s'était mis à aboyer, parce qu'elle *ne le lui avait pas interdit !*

Stupide ! Une erreur de débutante, si simple qu'elle ne lui était pas venue à l'esprit. Mais même si c'était en pure perte, elle était en rogne. Elle se remit à marteler le volant.

C'était incroyable, mais il en allait toujours ainsi quand la chance tournait. Le plus infime détail susceptible de tout foutre en l'air se mettait immanquablement à clocher au plus mauvais moment. Cet aboiement, à l'instant précis où elle s'apprêtait à frapper, avait bousillé l'opération élimination. Une seconde avant, elle aurait encore été la petite vieille souriante clopinant derrière la cible. Une seconde après, la cible aurait été étendue raide par terre, attendant le coup de grâce, échec et mat, couche ton roi.

Si le clebs n'avait pas aboyé. Si la cible n'avait pas eu un taser dans la poche. Si la chaise ne s'était pas renversée dans ses jambes...

Si, si, *si*...

Merde et merde !

Résultat : ils avaient à présent le chien, la canne, et à moins de faire preuve d'un crétinisme improbable, ils savaient qu'Alexander Michaels était la cible d'un assassin. Ils auraient tôt fait de retrouver l'appartement qu'elle avait loué dans le quartier, même s'il ne contenait aucun indice susceptible de trahir sa véritable identité. Ils sauraient qu'elle l'avait surveillé. Elle ne pensait pas qu'ils auraient grand-chose à exploiter, mais une chose était sûre : il serait désormais bien plus difficile d'approcher la cible.

Cela fit naître chez elle un sourire, malgré la colère. Oh, mais oui, elle comptait bien toujours éliminer la cible, pas de doute là-dessus. Les obstacles seraient plus hauts, les risques plus gros, mais elle n'était pas du genre à accepter un contrat sans le remplir. Jamais de la vie.

Bon, elle avait voulu un défi. Sûr qu'elle était servie !

Alex faisait comme si ce n'était pas bien grave, mais Toni n'était pas dupe. Il était secoué. Il semblait calme en apparence, pieds nus en pantalon de toile et T-shirt, avec dans les bras le caniche nain qui avait fait partie de la couverture de celle qui devait l'assassiner. Il caressait d'une main négligente l'animal tandis que les inspecteurs portaient métaphoriquement la main à leur chapeau pour prendre congé. Ils avaient empêché les flics du quartier d'illuminer tout le coin avec leurs projecteurs, mais il y avait malgré tout beaucoup d'agitation autour du pavillon d'Alex à pareille heure de la nuit. Les voisins lorgnaient, derrière leur fenêtre ou sur le pas de leur porte, cherchant à deviner ce qui se passait.

Toni était soulagée de constater qu'Alex était sain et sauf, que la tentative d'assassinat avait échoué. Et elle était surtout heureuse qu'il l'ait appelée en premier, avant même la police. Cela voulait dire quelque chose.

Toni n'avait pas perdu de temps pour s'approprier l'enquête qui revenait à la Net Force et se rattachait à celle sur la disparition de Steve Day. Les flics du quartier n'avaient été convoqués que pour tendre un filet susceptible de capturer la femme, mais il était sans doute déjà trop tard. La criminelle n'allait pas rester planquée dans un buisson à deux rues de là.

S'il s'agissait bien d'une femme. Peut-être que sous le déguisement se cachait un homme de petite taille...

« Alex ?

– Hmm ?

– On aura besoin du chien. »

Son regard s'abaissa sur le caniche, revint vers elle. « Le chien, pourquoi ?

– Il va falloir le scanner, pour vérifier si on ne lui aurait pas implanté un tatouage électronique, par exemple...

– Non, je pense que je vais le garder. Demandez plutôt à quelqu'un du labo de venir, ils pourront l'ausculter ici.

– Alex, c'est une preuve.

– Non, c'est ce qui m'a empêché d'occuper la place voisine de celle de Steve Day. » Il regarda le chien, le grattouilla derrière une oreille. « C'est un bon garçon, pas vrai, Scout ? »

Toni hocha la tête. Qui n'aurait pas connu Alex aurait pu croire qu'il avait l'habitude de voir des assassins pénétrer chez lui – OK, pas de problème, au fait vous ne trouvez pas qu'il fait doux, ce soir ? Mais elle le connaissait. Peut-être mieux que lui-même. « J'imagine qu'on peut déjà travailler sur ceci. » Elle leva la canne, enveloppée dans son sac protecteur en plastique.

« Elle portait des gants, observa Alex. Blancs, en soie ou en coton, sans doute. Et je parie qu'elle a nettoyé la canne avant de les enfiler.

– On peut toujours vérifier. »

Il haussa les épaules.

Le dernier flic de la police urbaine de Washington était reparti, mais il restait encore quatre agents de la

Net Force. Un homme à chaque entrée de la maison, un autre dans la voiture garée de l'autre côté de la rue, le dernier posté devant la porte-fenêtre coulissante. Ils veilleraient sur Alex jusqu'à ce qu'ils aient éclairci cette affaire.

Toni dut contenir son accès de colère. Qui que soit l'agresseur, il ou elle allait le regretter si jamais elle lui mettait la main dessus avant les autres.

« Ça va bien ?

– Ouais. Ça m'a juste fait un coup de découvrir que cette charmante petite vieille du quartier était prête à expédier ma cervelle sur le mur d'en face...

– Je veux bien le croire.

– Cela faisait au moins une semaine que je la voyais tourner dans le coin.

– Les agents chargés de votre surveillance aussi. Ce n'était pas une attaque soudaine. On vous épiait. »

Il secoua la tête. « Parce que j'occupe le fauteuil de Steve Day. Cette femme a sans doute un lien avec ça.

– Ouais, l'idée m'a traversé l'esprit.

– Bon. Emmenez cette canne au labo.

– Je peux rester si vous voulez.

– Non. Retournez travailler. Ça ira. »

Elle partit, à contrecœur, et l'image d'Alex caressant le petit chien dans ses bras lui resta dans la tête alors qu'elle regagnait en voiture le QG.

240

Johnny le Requin se tenait devant le bureau de Ray Genaloni, un papier à la main.

« Bon, quoi encore ?

– Ça vient d'être faxé par notre indic à la maison poulaga, expliqua Johnny. J'ai pensé que vous aimeriez y jeter un coup d'œil. »

Genaloni prit la télécopie et chaussa ses lunettes de presbyte.

Il n'avait pas fini de lire la première ligne que Johnny précisait : « On dirait qu'une bonne femme a tenté de liquider le commandant de la Net Force. »

Genaloni leva les yeux par-dessus la monture de ses lunettes. « Tenté ? Tu as bien dit *tenté* ? » Puis il commença à saisir le reste du message. « Une femme ? T'es en train de me dire que Selkie serait une gonzesse ? »

Johnny leva les deux mains devant lui, genre « moi j'en sais rien ». « C'est ce qu'a transmis notre gars de Washington. »

Genaloni lut le papier. C'était la copie d'un procès-verbal de police, d'une concision extrême. Du reste, il était patent que les flics n'allaient pas tarder à être dessaisis de l'affaire au profit des fédéraux.

Genaloni hocha la tête. Une femme. Il n'arrivait pas à le croire. Il avait eu Selkie au téléphone à trois ou quatre reprises. Jamais il ne s'en serait douté : la voix

241

était assurément masculine. Une femme. Ça le tracassait encore plus que l'échec de sa tentative. Et il n'était pas peu inquiet. Si jamais ils la capturaient ? Si jamais elle avait conservé par exemple un journal, susceptible d'établir un lien avec lui ?

Il y avait certes déjà songé, mais sans vraiment s'inquiéter. Selkie avait toujours accompli sa mission, des sommes énormes étaient en jeu, de sorte qu'il, ou plutôt elle, n'avait jamais eu aucun intérêt à le baiser. Mais maintenant ? Non, tout cela sentait mauvais. Surtout s'il s'agissait bien d'une femme. On ne pouvait pas confier sa peau à une bonne femme.

« On n'a pas quelques as de l'informatique parmi nos effectifs ?

— Si. Et même des supercracks.

— Mets-les au boulot. Je veux qu'ils me traquent Selkie. Tâchez de me la retrouver – s'il s'agit bien d'une nana.

— Et une fois qu'on l'aura retrouvée ?

— Rien. Trouvez-la, c'est tout. J'aviserai à ce moment-là. »

Johnny acquiesça et prit congé. Genaloni contempla la télécopie. Toute cette histoire avec Luigi et les fédéraux était un coup monté. Ça non plus, ça ne lui plaisait pas, et ça ne faisait qu'empirer. Peut-être qu'il était grand temps pour lui de limiter les dégâts et de resserrer les boulons. Retrouver Luigi puis l'éliminer, au cas où il se serait montré trop bavard. Retrouver ce ou cette Selkie et l'éliminer elle aussi. Puis s'occuper ensuite du gars qui lui aurait réglé son compte. Ne rien laisser traîner.

Bon Dieu ! Comme s'il avait besoin de ce genre de connerie ! Pour trouver le chemin de la légitimité, il semblait désormais qu'il allait devoir patauger dans le sang.

Et merde...

## Vendredi 1<sup>er</sup> octobre, 12 : 12, La Nouvelle-Orléans

Jay Gridley rétrograda de quatrième en troisième, bercé par le grondement musclé de la Viper lorsqu'elle ralentit pour s'engager dans la rampe de sortie sur la droite. Il s'arrêta au feu, laissa passer deux camions, puis vira à droite dans l'avenue.

Bienvenue à La Nouvelle-Orléans. *Laissez le bon temps rouler,* comme disaient les Cajuns...

Il avait entendu une rumeur qu'il tenait à vérifier : un voyou sévissait dans le Sud, détournant des transferts monétaires, tout cela sans laisser la moindre trace. Il se pourrait bien que ce soit le type qu'il cherchait.

Il s'arrêta au feu suivant et, en attendant qu'il passe au vert, jeta un coup d'œil au kiosque à journaux du coin de la rue. Les quotidiens et magazines sur papier se fanaient dans cette chaleur moite, exhibant leurs couvertures ramollies. Il avisa une de ces grandes affiches bariolées collées sur une paroi du kiosque : *Cyber-Nation !* Il allait vraiment falloir qu'il voie ça de plus près. Un homme dans sa position devait se tenir au courant de ce genre de choses.

Un titre attira son attention. Il héla le vendeur et, brandissant un dollar, lui désigna un journal. Le pas-

243

sant le plus proche du kiosque s'engagea sur la chaussée, prit son argent, lui rapporta la journal.

Le titre annonçait : MORT DU PREMIER MINISTRE THAÏLANDAIS DANS UN ACCIDENT DE VOITURE.

Le vendeur ne lui avait pas rendu de monnaie.

Gridley eut le temps de parcourir le premier paragraphe avant que le feu ne repasse au vert.

Apparemment, le Premier ministre Sukho s'était jeté d'un pont avec sa voiture. Il était alors seul au volant. Un accident inexplicable.

Sa veuve se refusait à tout commentaire.

Gridley laissa échapper un soupir. Voyez-vous ça...

La circulation était difficile dans le centre, les artères encombrées d'autochtones et de touristes en goguette venus contempler le Mississippi, goûter la cuisine épicée, peut-être s'encanailler dans un cabaret de strip-tease sur Bourbon Street, dans le Quartier français. Quand vous alliez faire un tour dans un site touristique virtuel tout ce qu'il y a de plus officiel, vous deviez supporter les conditions locales du MR, et même en octobre, la chaleur et l'humidité dans le secteur étaient oppressants.

L'endroit où il se rendait s'appelait Alger, et ce n'était pas vraiment un quartier recommandable, malgré des années d'efforts pour tenter de le réhabiliter. Les quelques recherches qu'il avait effectuées sur le secteur l'engageaient à ne pas s'y attarder. Sa Viper avait suffisamment de reprise pour lui éviter pas mal d'ennuis, mais ce n'était pas non plus un char d'assaut. Il devait avant tout compter sur son talent et sa vitesse de réaction, et jusqu'ici il avait réussi à échapper aux voyous de la RV, mais même un expert pouvait se retrouver piégé dans une impasse.

Il se fraya un chemin dans les rues étroites, en surveillant attentivement le reste du trafic. Sans oublier non plus les piétons qui s'attardaient aux carrefours, sirotant de la bière en bouteilles à col allongé ou des breuvages cachés dans de petits sacs en papier. Dans ce quartier de la ville, la majorité des visages étaient noirs, ou du moins basanés, et aucun n'avait l'air aimable.

Il vit de l'argent circuler de main en main en échange de sachets ou de fioles, vit des femmes en minijupe et talons aiguilles guetter le client, appuyées aux arrêts de bus ou au chambranle des portes de bar.

Même en RV, Gridley n'avait aucune envie de fricoter avec ces bonnes femmes.

Il vérifia son itinéraire. Encore un virage à droite, et il se retrouva dans une ruelle tout juste assez large pour laisser se croiser deux voitures. Devant lui s'élevait la filiale de la Banque de Louisiane qui était le but de sa visite : on aurait dit une roulotte sans roues, abandonnée devant un pâté de maisons en ruine.

Garé devant la banque, il avisa un cabriolet Corvette bleu métallisé flambant neuf, décapoté, rangé le long du trottoir, moteur au ralenti. Un homme sortit en hâte de l'établissement. L'air jeune, mais la dégaine assurée. Bien sapé, il avait une serviette à la main. Il aurait pu passer pour un client, un homme d'affaires – sauf qu'il portait un masque.

Il leva la tête, vit Gridley, fonça vers la Corvette. Il jeta sa serviette sur le siège du passager, puis ouvrit la portière et bondit au volant.

À quelque niveau inconscient, Gridley comprit soudain. C'était *lui* ! Le programmeur ! Il en était sûr.

Il sourit, enfonça l'accélérateur. Il allait lui couper la route, à ce connard.

Le type masqué réussit malgré tout à le devancer. Il démarra à fond la caisse.

Très bien, très bien, pas grave ! La Corvette était rapide, mais elle ne faisait pas le poids face à la Viper, question reprises ou vitesse de pointe !

Gridley écrasa l'accélérateur, sentit la voiture bondir, comme éperonnée. La Viper gagnait du terrain. Il lança tout haut : « Tu devrais laisser tomber mec, tu t'échapperas pas ! »

La rue étroite n'avait pas été conçue pour des voitures gonflées fonçant à cent vingt. Un virage à droite leur bouffa pas mal de gomme, mais Gridley réussit à maintenir le cap. Il rétrograda, accéléra, gagnant encore du terrain. Plus que trente mètres de retard – il aurait comblé cet écart d'ici cinq secondes...

Le chauffeur de la Corvette jeta dans les airs une poignée de pièces étincelantes.

En tout cas, c'est ce qu'on aurait dit au début. Ce n'est que lorsqu'elles roulèrent sur la chaussée que Gridley vit qu'il ne s'agissait pas du tout de pièces de monnaie, mais d'espèces de trucs pointus.

*Des clous à trois pointes !*

Il écrasa la pédale de frein. Les disques de la Viper se bloquèrent, la voiture dérapa et ralentit, mais pas suffisamment. Le pneu avant gauche éclata le premier, avec un bruit de pétard. Le Viper fit une embardée. Gridley donna un coup de volant, réussit en partie à redresser la voiture... Il y était presque quand le pneu avant droit éclata. La voiture repartit de ce côté, perdit toute maniabilité et percuta le trottoir, faisant éclater les pneus arrière avant d'achever sa course dans la devanture d'une boulangerie. Dans une pluie de verre brisé, la Viper fit un tête-à-queue, renversa une table et alla percuter le comptoir. Sous l'impact, la caisse enregistreuse bascula sur le coffre.

La Viper allait avoir besoin de sérieuses réparations.

Couvert d'éclats de verre et de pâtisseries, Gridley leva les yeux vers le boulanger en toque et tablier blancs, figé, éberlué, à trente centimètres de la portière.

Gridley hocha la tête. Ce type l'avait baisé, il lui avait niqué sa virée, et il avait réussi à s'en tirer indemne. Il regarda le boulanger qui le dévisageait toujours, les yeux ronds.

« Salut ! Dites, ils sont frais, vos beignets ? »

## 23.

Alors qu'il poireautait devant le vestiaire, en attendant que le lecteur d'empreintes déverrouille la porte,
Tyrone Howard entendit la Voix du Destin. Sauf que
ce n'était pas la Voix du Destin telle qu'il se la figurait.
Elle était douce, rauque, sexy, sans la moindre into-
nation funeste.

« Salut ! C'est toi, Tyrone ? »

Il se retourna et découvrit Belladonna Wright, dans
toute la splendeur de ses quatorze ans, la plus
chouette nana du collège Eisenhower, voire de toute
la région. Et elle lui souriait.

Elle lui *souriait.*

Il était un homme mort.

Qu'est-ce qu'elle lui voulait, à lui ? Si jamais
quelqu'un en touchait mot à Presse-purée LeMott, il
pouvait numéroter ses abattis... *Et meeeerde !*

« Ah-ah... ouais. » Horreur ultime – et honte à
jamais impérissable –, il entendit sa voix se briser.

248

« Sarah Peterson m'a dit que tu touchais ta bille en informatique, que t'expliquais si bien que même une cruche dans mon genre arriverait à piger. Je dois me taper au moins huit sur dix à mon contrôle de basic et de langage C si je ne veux pas avoir d'ennuis. Est-ce que tu pourrais éventuellement m'aider ? »

La voix de l'instinct de conservation se mit à hurler de derrière le gros rocher mental où il avait couru se réfugier sitôt identifiée son interlocutrice :

*Non !!! Danger ! Danger, Will Robinson ! Alerte, alerte ! Cours, vole, le barrage a craqué, le volcan a sauté, les extra-terrestres attaquent ! Non, désolé, non, pas possible, ta-ta-ta, négatif, négatif, zéro sur toute la ligne, redémarrage !*

« Euh... d'accord, bien sûr », furent les mots qui sortirent de ses lèvres.

*Qui a dit ça ? Mais t'es devenu fou ? Mort ! Mort et démembrement ! Destruction ! Aïe-aïe-aïe !* hurla la voix de l'instinct de conservation, comme si elle cherchait à creuser un trou sous le rocher.

« Oh, merci. Bon, ben d'accord, j'te file mon numéro, dit Bella. Rappelle-moi, qu'on se mette d'accord sur une heure, compatible ? »

*Ça, oui, c'est compatible ! Compatible un max ! Presse-purée LeMott en train de nous découper comme un poulet trop cuit, voilà le genre de compatibilité qui nous pend au nez !*

Tyrone saisit le bout de papier qu'elle lui tendait, sourit, l'air songeur. Et bafouilla : « C... c... compatible. »

Elle sourit, tourna les talons, s'éloigna. Ou plutôt elle *ondula* comme pourrait onduler une princesse polynésienne sur une plage de sable blanc dans la chaleur de midi. Sûre d'elle et dominatrice.

Le désir pointa le museau chez Tyrone. Dans le même temps, la peur lui dessécha la bouche pour la laisser dans l'état approximatif d'un tas d'ossements blanchis depuis un siècle au soleil du désert de Gobi.

*Merde, c'est de notre avenir qu'il s'agit, bougre d'âne ! File, planque-toi, change de nom, quitte la ville !*

« *Tyrone !* Dis donc, c'est pas avec *Bella* que tu causais ? »

Tyrone dévisagea Jimmy-Joe. Et se contenta d'acquiescer bêtement.

« Ouah, le mec ! s'exclama Jimmy-Joe. Quel séducteur, ce Tyrone ! La vraie bête ! Ah, à propos, félicitations pour ta ceinture noire ! »

Tyrone le regarda, sans comprendre. « Comment ça ? Quelle ceinture noire ?

– Celle dont tu vas avoir besoin quand Presse-purée aura découvert que t'essaies d'établir une connexion avec Bella. C'est ça ou le flingue. Personnellement, j'aurais choisi le flingue.

– Arrête ! J'essayais pas d'établir une connexion ! C'est juste elle qui s'est arrêtée pour me demander un truc ! Que je l'aide pour son contrôle de basic et de C !

– C'est cela, oui.

– Non, sans déc ! Même qu'elle m'a refilé son numéro. Je suis censé la rappeler, on doit se revoir plus tard pour, euh, pour...

– Comme qui dirait en privé... disons, chez elle, c'est ça ? souffla Jimmy-Joe.

– Oh, *meeerde*... Oh, non !

– Ben si. Tiens, je vois d'ici le topo : Presse-purée se pointe, te découvre penché sur l'épaule appétissante de Bella, la main posée sur sa... souris, et hop, Sayonara, Tyrone-san !

– Ah !

– Enfin, peut-être pas. Tu pourrais, mettons, être trop occupé pour l'aider...

– C'est ça. Et elle se braque, elle file raconter à Presse-purée que je l'ai insultée. Résultat des courses : je me fais tuer.

– M'est avis que t'es coincé, de toute manière.

– Pourquoi ça te fait sourire, eh, con ? C'est pas drôle, Jimmy-Joe !

– Tout dépend du point de vue, pas vrai ? Écoute, si tu dois mourir, de toute manière, autant prendre ton pied avant, pas vrai ? Avoir connu le bonheur avant la discom.

– Je crois que j'ai comme une envie pressante... », geignit Tyrone, lamentablement.

Les gloussements mal contenus de son copain le suivirent jusqu'au bout du couloir.

### Vendredi 1er octobre, 21 : 45, Groznyï

Débarrassé de son attirail de RV, Plekhanov reprit son souffle, effondré sur son siège. Comment cet agent américain de la Net Force avait-il réussi à parvenir aussi près, et aussi vite ? Certes, il l'avait arrêté en lui plantant son programme, mais il s'en était fallu d'un cheveu. Ça n'aurait jamais dû se produire.

Il poussa un soupir, se calma. Bon. Il était le meilleur, mais il fallait bien un second... un troisième, un dixième derrière lui. La raison initiale des attaques contre les activités de la Net Force et contre son commandant avait été de détourner l'attention de leurs programmeurs. Même si les meilleurs ne lui arrivaient pas à la cheville, ils n'étaient pas loin derrière, malgré tout. Non, le gratin des joueurs restait dangereux. Que l'un d'eux se retrouve au bon endroit au bon moment, le problème risquait de devenir grave.

Il se massa les paupières. L'adversaire l'avait repéré. Bien sûr, il n'y avait pas de véritable danger, il avait soigneusement préparé son plan d'évasion et prévu divers moyens pour décourager les velléités de poursuite si jamais celui-ci échouait, ce qui n'avait pas été le cas. Ces garde-fous avaient été justement mis en place pour cette éventualité fort improbable. Il s'en était tiré, non ? Le garçon, ce jeune orphelin américain d'origine thaïlandaise... comment s'appelait-il déjà... Groly ? Non, Gridley... c'était un crack mais, quelle que soit sa vivacité, il manquait d'expérience. Qu'on les place tous les deux sur un ring virtuel avec des gants de boxe, le gosse aurait l'avantage, mais les règles du Noble Art ne s'appliquaient pas ici. Lorsqu'ils n'avaient pas de consignes pour les entraver, le vieux traître étrillait à chaque fois le jeune plein de fougue...

Malgré tout, il allait redoubler de prudence. Pour réussir un crime parfait, il ne s'agissait pas de disparaître une fois qu'on avait été repéré, mais de faire en sorte que personne ne s'aperçoive jamais qu'il avait été commis. Même si cela n'avait pas été explicitement prévu dans le programme, semer un poursuivant valait moins que rester hors de vue. Il allait devoir travailler cet aspect.

D'ici là, les prochains déplacements à l'ordre du jour étaient en républiques biélorusse et kirghize. Il devait continuer à semer ; la moisson était proche.

### Vendredi 1ᵉʳ octobre, 16 : 02, Quantico

Le patron de Michaels était en ligne, et pas avec de bonnes nouvelles.

« Le président est soucieux, Alex. Cela fait maintenant plus de trois semaines.

– J'en suis conscient, monsieur. » Comme il était conscient de son ton guindé.

Walt Carver n'était pas arrivé à la tête du FBI en négligeant ce genre de nuance. Il répondit : « Ne vous braquez pas. Je me contentais de souligner un fait que vous savez déjà. Ici, ce sont les politiciens qui font la pluie et le beau temps.

– Je comprends.

– Il nous faut une victoire, poursuivit Carver. Elle n'a pas besoin d'être magistrale, juste un truc à agiter sous le nez des molosses pour les empêcher de nous bouffer les fesses. Plus vite vous aurez du concret, mieux ce sera, et quand je dis vite : dans les quarante-huit heures...

– Bien, monsieur.

– J'essaie d'empêcher la commission sénatoriale de

vous coller aux basques, mais il me faut du nouveau sur l'assassinat de Day d'ici lundi. Mardi, dernier carat.

– Oui, monsieur. »

Quand Carver eut raccroché, Michaels se leva. Il avait besoin de bouger, d'évacuer en partie sa tension nerveuse. Non seulement il avait manqué se faire tuer la nuit précédente, mais il se retrouvait avec ce putain de chef de la Maison-Blanche sur le râble. S'il ne leur donnait pas quelque chose en pâture, il était un homme mort ; si les pouvoirs en place estimaient qu'il était nul, il pouvait dire adieu à sa carrière.

Eh bien, à la bonne heure. Il adorait son boulot, qu'il trouvait gratifiant, mais enfin merde, il pouvait toujours s'en dégoter un autre, ce n'était pas un problème. Du moment qu'il parvenait à choper l'assassin de Steve Day avant qu'ils le flanquent à la porte, il pourrait y survivre. Du reste, il n'avait jamais cherché à occuper ce poste – surtout à un tel prix.

Il éprouva le désir soudain d'appeler sa fille. Il regarda sa montre. Un peu plus de seize heures, mais l'Idaho avait deux fuseaux d'avance. Serait-elle déjà rentrée de l'école ? Il aurait dû le savoir, mais non. Avait-elle un bip ? Il hocha la tête. Ça non plus, il n'en savait rien. Et même si elle en avait un, il ne voulait pas la déranger en la sonnant en pleine classe. Elle risquait de s'inquiéter, et qu'aurait-il à lui dire quand elle appellerait ? Salut, chou. Tu sais quoi ? Papa a manqué se faire descendre hier soir et il va sans doute perdre son boulot.

Ouais, bon. Bref, il n'avait personne à qui se confier, même s'il avait vraiment voulu en parler à quelqu'un. Or, il ne voulait en parler à personne. Il n'allait pas commencer à se lamenter sur la dureté de la vie... ça n'avait jamais rien résolu et de toute manière, personne ne s'intéresserait à ses jérémiades.

Il était trop nerveux pour tenir en place. Et s'il allait vider son trop-plein d'énergie au gymnase ? Ça ne pouvait pas faire de mal. Au contraire, ça lui remettrait peut-être les idées à l'endroit. Une bonne suée ne pourrait qu'être bénéfique. De toute façon, en restant planté ici, il n'aboutirait à rien.

Se retrouver coincé dans le fauteuil d'un administratif n'avait rien de folichon, il s'en rendait bien compte.

## Vendredi 1er octobre, 16 : 42, Quantico

Jay Gridley entra dans la boutique virtuelle de Cane Masters à Incline Village, Nevada. S'il avait eu le choix, il aurait préféré traquer le voleur à La Nouvelle-Orléans, mais le programmeur devrait attendre. Il avait pu observer à loisir le véhicule du type, se faire une idée de son style, et après reconstitution du braquage, il avait quelques indices sur sa façon d'opérer. On pouvait dissimuler certains trucs mais d'autres étaient révélateurs. En gros, c'était le style qui différenciait les bons programmeurs, et Gridley avait déjà une certitude : s'il retrouvait la piste du mec, il le reconnaîtrait au premier coup d'œil. C'était un énorme avantage, et il avait l'intention d'en tirer parti au plus vite.

Toutefois, quelqu'un avait tenté de tuer son patron la nuit dernière, et c'était sa priorité.

Dans la boutique, il avisa des rangées entières de cannes en noyer, en hickory ou en chêne au vernis étincelant, impeccablement alignées sur les murs, ainsi que d'autres instruments d'arts martiaux, également en bois : fléaux, nunchakus, bâtons d'escrime, mais aussi des extenseurs, des cassettes vidéo, des manuels, des blousons et autres T-shirts à l'effigie du magasin.

Derrière le comptoir, une ravissante vendeuse chinoise sourit à Jay qui tenait sous le bras la canne utilisée lors de l'agression contre Alexander Michaels.

« Puis-je vous aider ? »

Gridley lui tendit la canne. « Est-ce que ça vient de chez vous ? » Il le savait déjà, ayant parcouru les références des catalogues illustrés d'images GIF* de tous les fabricants de cannes d'Amérique du Nord jusqu'à ce qu'il trouve une corrélation.

La femme examina l'objet. « Effectivement, c'est notre modèle pour instructeur, en noyer blanc d'Amérique. Vous n'en êtes pas satisfait ?

– Si, si, bien au contraire, pour autant que je sache. Mais j'aurais besoin d'un certain nombre d'informations. Tenez-vous un livre de ventes ?

– Bien entendu.

– Y a-t-il moyen de savoir qui a acheté ce modèle ? »

Le sourire de la vendeuse s'évanouit. « J'ai peur que le fichier de nos clients ne soit confidentiel.

– Vous voulez bien aller me chercher votre patron ?

– Un instant... »

Presque aussitôt, un grand bonhomme se pointa

derrière la vendeuse, l'air renfrogné. « Puis-je vous aider, monsieur ? »

Gridley lui mit sous le nez sa carte de la Net Force. Il indiqua la canne qu'il avait apportée. « Cet engin a servi dans une tentative d'assassinat contre un fonctionnaire du gouvernement fédéral. J'ai besoin de votre livre de ventes.

– J'ai peur de ne pouvoir vous satisfaire.

– Oh, mais si. Vous pouvez soit me le confier de votre plein gré, ce qui nous épargnera beaucoup de temps perdu et de chicanes, et vous vaudra ma gratitude. Ou bien je peux obtenir un mandat fédéral et revenir dans moins d'une heure avec une équipe d'inspecteurs du fisc et d'informaticiens assermentés qui se feront un plaisir d'éplucher toute l'activité de votre entreprise durant ces dix dernières années. Ce serait bien le diable s'ils n'y trouvaient pas des irrégularités. Vu la complexité de la législation fiscale, de nos jours, il est impossible d'être parfaitement honnête, même avec la meilleure volonté. »

L'homme saisit la carte de Gridley, la passa au scanner, attendit le verdict. Vérification faite, il répondit : « Nous sommes ravis d'aider le gouvernement dans la mesure de nos moyens. Denise, voulez-vous transférer les archives à cet agent, je vous prie ? »

Gridley acquiesça, mais sans sourire. Dommage qu'il n'ait pas le même coup de main lorsqu'il avait envie d'une table dans un bon restaurant.

Une fois ressorti, Gridley regagna sa Viper toute neuve. Enfin, plus précisément, comme le programme qu'il utilisait était une copie de celui qu'on lui avait planté à La Nouvelle-Orléans, celle-ci avait strictement le même âge que la précédente, mais était dépourvue d'une partie de ses options. Il avait pas mal personnalisé l'ancienne mais n'avait pas pris la peine de sauvegarder les mises à jour. Pas bien grave, toutefois, il lui faudrait un minimum de boulot pour peaufiner celle-ci jusqu'à ce qu'elle tourne aussi bien que l'autre.

Dès qu'il fut assis dans l'habitacle, il examina la copie papier des archives. Cane Masters existait depuis une bonne quinzaine d'années, durant lesquelles la boîte avait vendu quelques milliers de cannes. Au cours de la dernière décennie, ils avaient vendu plusieurs centaines d'exemplaires du modèle qui intéressait particulièrement la Net Force. Malgré tout, récapituler quelques centaines de possibilités valait toujours mieux qu'en récapituler zéro.

Il fit démarrer la voiture, haussa le sourcil en entendant le bruit saccadé du moteur. Un réglage s'imposait, pas de doute. Il embraya et s'éloigna de la boutique.

## 24.

Grigory le Serpent avait gagné trois cents dollars en jetons aux tables de black-jack à cinq dollars dans le grand casino pyramidal ; pour fêter ça, il était en train de se pinter tout en expliquant qu'il allait se chercher une pute. Les consommations étaient gratuites aussi longtemps qu'on jouait. La prostituée le soulagerait de l'essentiel de ses gains, contre quelques instants de plaisir sans amour – et le risque de se choper une maladie mortelle.

Roujio ignorait la prévalence du HIV chez les putains américaines. Dans certains pays d'Afrique et du Sud-Est asiatique, huit sur dix étaient infectées. Bien sûr, il existait des vaccins pour les souches les plus répandues, mais il semblait qu'une nouvelle apparaissait chaque semaine. Et le Serpent s'était vanté plus d'une fois de ne jamais utiliser de capote. Le Serpent pouvait attraper tout ce qu'il voulait et pourrir à petit feu dans d'atroces souffrances, ce n'était pas le problème de Roujio. Il plaignait surtout sa femme, qui risquait d'être contaminée avant que son mec ait le bon goût de clamser. Il la plaignait surtout d'avoir épousé un pareil bouffon...

Planté à côté d'un bandit manchot, Roujio se laissait abrutir par le tintamarre des autres machines à sous tandis que la foule des joueurs, avec une frénésie sinistre et méthodique, en malmenait la poignée ou en martelait les boutons. Personne n'avait l'air de vraiment s'amuser : nul sourire, nulle tape dans le dos, juste cette obsession maniaque, comme si par leur seule concentration ils pouvaient aligner par magie les trois symboles et ramasser le jackpot. De temps en temps, ils y parvenaient et, dans le clignotement des ampoules, la cacophonie de la machine forcée de régurgiter son or ajoutait au bruit ambiant – *Regardez*, clamait-elle, *vous voyez bien qu'on gagne ! Mettez vos sous ! Vous serez peut-être le suivant !*

La passion du lucre était, dit-on, un plaisir, mais uniquement sans doute pour ceux qui gagnaient.

Roujio ne savait toujours pas pourquoi il avait accompagné le Serpent dans cette sortie. Il n'était pas joueur. Cartes, dés, roulette échappaient à son contrôle. Ce genre de risque ne l'intéressait pas. Il n'y avait rien à y gagner que de l'argent, et pour lui, pas plus de plaisir à gagner qu'à perdre.

Peut-être cherchait-il à se prouver qu'il était encore capable de prendre son temps, peinard ; si oui, il n'avait pas choisi le bon plan. Il n'était pas encore minuit, et il était fatigué par tout ce bruit, entre le fracas des machines et les protestations des perdants, mais surtout par Grigory le Serpent. Celui-ci avait déjà fait comprendre aux quatre autres joueurs à sa table qu'il était un héros de guerre russe. Bientôt, il allait leur citer ses médailles. Roujio n'avait pas envie de l'entendre encore seriner ses exploits. Surtout pas.

Il était bien loin le temps où il pouvait passer la nuit à faire la bringue et reprendre le boulot le lendemain sans dormir. La vie décadente était réservée aux jeunes ou aux imbéciles.

Winters s'approcha de Roujio. L'Américain exhibait un T-shirt frappé du sigle d'un autre casino – une espèce de lion – dans le dos. Il portait un Levi's, un gros ceinturon avec une énorme boucle argentée, et des bottes de cow-boy. Il avait à la main un verre empli d'une liqueur brunâtre. On l'aurait cru natif du coin. Il but une gorgée et grimaça. « De la pisse d'âne », cracha-t-il. Mais ça ne l'empêcha pas de boire une autre gorgée. « Bienvenue au Disneyland pour les grands, l'ami. T'as remarqué tout le cirque, en entrant – fleuve des Morts, barque solaire, dieu à tête de chien et divinités égyptiennes ? Le bac de la Momie pour gagner l'autre rive... »

Roujio regarda sa montre, impatient.

« Alors, notre garçon ratisse large ?

– Pour l'instant, c'est lui qui gagne. Encore trois tours et il compte quitter la table et se chercher de la compagnie féminine...

– En voilà une idée qu'elle est bonne. Autant claquer tout de suite son fric à se faire tailler des pipes. Au moins, ça te fait un souvenir durable. Pas comme de jouer et de perdre.

– Grigory a une martingale. »

Winters rigola, éclusa son verre et le renversa, répandant les glaçons à côté de ses pieds. « Une martingale ? Laisse-moi rigoler. T'as du fric et une martingale, le casino t'enverra chercher en jet privé. En t'offrant la chambre, la bouffe et la boisson. Non, le seul truc qui marche en dehors de la triche au vingt-et-un, c'est de compter les cartes, et si jamais ils repèrent ton manège, ils te flanquent dehors. Et ton Grichka n'est pas assez futé pour compter les cartes au-delà des trois ou quatre qu'il a en main, alors ne parlons pas de tous les jeux qu'il y a dans le sabot. J'ai grandi dans un bar rempli de tables de poker et de machines à sous. Tu peux me faire confiance, plus tu restes à jouer, plus la boîte se remplit les poches. »

Roujio lorgna Winters, puis de nouveau le Serpent. « Bon, moi, je retourne à l'hôtel.

– Je vais garder l'œil sur l'ami Grichka. Histoire de lui éviter des ennuis, on ne sait jamais. »

Dehors, il faisait frais, même après une journée où la température de l'après-midi avait frisé les trente-sept. Des bouffées de vent du désert agitaient l'air sec et chargé de poussière. Les frondaisons des palmiers entourant les parkings de la monstrueuse pyramide noire claquaient comme des rangées de drapeaux. Un faisceau de lumière éblouissant jaillissait à la verticale du sommet de la structure, si chaud et brillant qu'il semblait aspirer la poussière pour la projeter, tourbillonnante, dans les profondeurs du ciel nocturne. Un projecteur de DCA aurait paru terne et poussif comparé à ce rayon digne d'un laser.

Un Disneyland pour les grands. Ouais. Décadent en diable.

Et qu'allait-il faire, une fois sa mission terminée ? Où irait-il ? Pas question de retourner au pays, retrouver les souvenirs étouffants qu'il ne pouvait empêcher de voir resurgir où que porte son regard. Peut-être s'exilerait-il dans un désert pareil à celui qui entourait cet îlot de verdure artificiel. Loin des hommes, pour vivre en ermite, dans la seule compagnie des araignées, des scorpions et des vrais serpents. Pour se faire dessécher le jour, et la nuit se geler dans son duvet, bercé par le son du vent crissant sur le sable, et peut-être le hurlement lointain d'un coyote...

Ce rêve le fit sourire. Non, il ne s'exilerait pas au désert. Il accepterait une autre mission de Plekhanov – car un homme comme Plekhanov aurait toujours une autre mission à lui donner – et il la remplirait. Et il continuerait, jusqu'au jour où il tomberait sur un adversaire plus jeune, plus rapide, plus affamé. Et ce jour-là, ce serait terminé.

Il ne se jetterait pas d'un pont, ne se tirerait pas une balle dans la bouche, il ne filerait pas se planquer. Il continuerait de faire la seule chose qu'il avait toujours su faire, et il la ferait de son mieux. C'était tout ce qu'il avait. En dehors d'Anna, c'était tout ce qu'il avait jamais eu. C'était sa voie, qu'il comptait bien suivre jusqu'au bout.

En attendant, le vent sec le suivit jusqu'à son hôtel.

### *Samedi 2 octobre, 12:00, Quantico*

Toni se pencha, toucha le bout de ses orteils, puis s'accroupit. Ses genoux craquèrent. Elle se redressa, secoua les jambes. Ils n'étaient que trois au gymnase du centre. En général, presque personne ne venait s'entraîner le samedi, et en temps normal elle ne serait pas venue non plus, mais jusqu'à ce qu'ils aient du nouveau sur la mort de Day, et sans compter sa nouvelle responsabilité vis-à-vis d'Alex, elle était bien décidée à ne pas manquer une journée d'entraînement. Pas question.

Elle leva les yeux et vit Rusty sortir des vestiaires. Elle n'avait pas escompté le trouver ici aujourd'hui. En général, les stagiaires du FBI prenaient leur weekend à cette phase de leur stage de formation.

« Gourou, la salua-t-il en s'inclinant légèrement.

– Rusty. Je ne pensais pas te voir aujourd'hui.

– Ma foi, je savais que vous vous exerciez et mon emploi du temps était libre. Je veux dire... ça ne vous dérange pas ?

– Pas du tout. »

Toni avait découvert que l'enseignement lui plaisait. Ça la forçait à penser à sa technique, à s'assurer qu'elle était au point avant de songer à la transmettre. Son gourou personnel avait raison : le maître apprenait autant que le disciple.

Ils firent encore cinq minutes d'échauffement et d'assouplissement. « C'est bon, allons-y », dit-elle enfin.

Il lui fit face. Ils s'inclinèrent et elle entama le premier assaut, le premier *djuru*.

Tandis que Rusty avançait et reculait, répétant la combinaison de base, blocage du coude et lancer du poing, Toni corrigeait son mouvement, décomposait le jeu de jambes, rectifiait légèrement la position des mains. Elle avait toujours dû répéter un mouvement des dizaines, des centaines de fois avant de l'assimiler, mais Rusty était un élève vif, il avait vite fait d'apprendre.

Après dix minutes d'entraînement au *djuru,* Toni l'interrompit. « Bien. Aujourd'hui, on va travailler les mouvements de *sapu* et de *beset.* »

Il acquiesça mais semblait perplexe. « Mouais... »

Elle sourit. « Le *sapu* est un mouvement de fauchage avec l'intérieur du pied ou de la jambe. Du reste, le mot signifie "balai". Quant au *beset,* c'est un contact effectué par le talon ou l'arrière de la jambe. Tu avances le côté droit tout en projetant le poing. »

Rusty acquiesça, obéit. Il lança le poing avec force, sinon il aurait été obligé de recommencer. Elle bloqua son mouvement des deux mains écartées, puis avança le pied droit pour venir le plaquer contre l'extérieur du sien. « Là, tu vois comment sont positionnés nos pieds ? Je suis à l'extérieur de ton pied d'attaque. On appelle ça le *luar.* Bien, recule et recommence, pareil. »

Il obtempéra.

Cette fois, elle le bloqua par l'intérieur. « Cette position-ci s'appelle le *dalam.* »

Il baissa les yeux. « *Luar* en dehors, *dalam* en dedans. Vu.

– C'est cela. Au silat, il existe quatre positions de base par rapport au pied de l'attaquant. Ainsi, par exemple, je pourrais placer l'un ou l'autre pied devant le tien – le gauche ou le droit à l'extérieur, le gauche ou le droit à l'intérieur. Et si tu avançais le pied droit au lieu du gauche, je pourrais le contrer de la même manière. De sorte que je dispose de quatre parades de base, quel que soit le pied que tu avances.

– D'accord.

– Frappe de nouveau, lentement, cette fois. La première technique que je vais te montrer s'appelle le *beset luar.*

– Quelle main ?

– N'importe. Ce que tu fais de la droite, tu peux le faire de la gauche. Ce que tu fais par l'intérieur, tu peux le faire par l'extérieur. Ce que tu fais par au-dessus, tu peux le faire par en dessous.

– J'ai l'impression que j'aurais intérêt à prendre des notes.

– Te tracasse pas pour ça. Tu vas l'entendre souvent. Encore et encore. Le silat n'est pas une question de force et de rapidité technique, mais une question de lois et de principes. L'apprentissage est un peu plus long de cette manière, mais une fois ingurgité, c'est un truc qui pourra te servir en toutes circonstances. Évidemment, il faudra que je te montre des coups précis, mais le but est de maîtriser en gros l'ensemble. Recommence, lentement. »

Il s'avança, projeta un direct du droit au ralenti vers son nez.

« Parfait, voilà le blocage par l'extérieur. Ensuite, j'enroule ton bras pour l'écarter, comme ceci... » Elle repoussa son bras vers l'extérieur tout en le rabaissant et en le maintenant juste au-dessus du coude avec la main gauche. « À présent, j'avance le pied droit, et je le place juste derrière ton pied. Bien dans l'axe, sans tourner, comme ceci. » Elle lui montra d'abord ce qu'il ne fallait pas faire, puis ce qu'il fallait faire. Tout en décomposant le mouvement. « Je plaque ma hanche contre la tienne, en même temps que je la fais pivoter vers l'intérieur, comme pour le *djuru*, tu vois ? Les épaules et les hanches bien calées.

– Ouais.

– Voilà mon appui. Ensuite, de la main gauche, je ramène ton bras vers le bas en le tirant légèrement derrière moi. C'est l'angle. On est des bipèdes, de sorte que, quelle que soit la posture, on a toujours une faiblesse dans au moins deux directions. En ce moment, tu es bien calé dans le sens avant-arrière, mais si je compose un losange en prenant tes pieds comme diagonale, tu n'as aucune résistance à quatre-vingt-dix degrés de cet axe.

– De la géométrie, à présent, sourit-il.

– Absolument. Puis, je fais remonter ma main droite pour la plaquer ici, contre ton cou. J'aurais pu frapper ou pousser, mais pour le moment, je me contente de la poser. Le coude fléchi. Voilà mon levier. Et maintenant que j'ai réuni les trois : appui, angle, levier, qu'est-ce qui se passe ?

– Je tombe ?

– Tout juste. Et si j'ajoute un chouia de pression du pied droit contre ton pied, le *beset*, tu vas dégringoler encore plus vite. »

Elle appliqua un rien de pression, força à l'aide du pied, et Rusty bascula sur le dos. Il heurta rudement le tatami. Il se releva.

« Encore une fois. Lentement, que tu puisses voir. »

Il frappa. Elle bloqua, avança, plaqua la hanche contre sa cuisse. « Il est important de rester au contact, pour bien sentir les mouvements de l'adversaire, expliqua-t-elle. Au silat, on reste collé à l'assaillant. Ça paraît dangereux de prime abord, surtout quand on est habitué au combat classique, mais si tu sais ce que tu fais, c'est la meilleure position. De loin, tu te sers de tes yeux ; de près, de ton corps, pour sentir le mouvement sans avoir à le voir. Tu sens ma hanche, comment elle appuie ?

– Oh, oui, m'dame, pour sûr que je la sens bien... »

Elle l'envoya de nouveau au sol. Elle avait saisi l'allusion sexuelle pas vraiment voilée. Elle sourit. S'il aimait ça, qu'il attende un peu qu'elle passe la jambe à l'intérieur et lui montre le *dalam*.

### Samedi 2 octobre, 12 : 18,
### Quantico

Alexander Michaels rôdait dans le couloir, trop tendu pour manger. Gridley poursuivait l'enquête de fond sur la canne utilisée par la femme pour l'agresser, et il avait demandé à ses gars de partir à la pêche sur le Net, pour suivre le braquage de banque virtuel à La Nouvelle-Orléans. Toutes les informations qu'ils pouvaient recueillir étaient centralisées par la Net Force et pour l'heure, il ne pouvait guère accélérer le mouvement. Il avait une réunion avec ses principaux responsables prévue pour treize heures trente, et en attendant, rien de neuf à se mettre sous la dent.

Il savait que Toni avait coutume de s'entraîner durant la pause de midi. Comme ça lui donnait un but, il se dirigea vers le gymnase.

En entrant, il découvrit Toni sur le tatami avec le grand stagiaire du FBI qu'elle avait pris comme élève. Ils se tenaient face à face, les jambes enchevêtrées, sa taille pressée contre l'entrejambe du garçon. Alors qu'il regardait, le type passa le bras en travers de la poitrine de Toni, parut prendre en coupe son sein droit, puis, d'une torsion maladroite, il la projeta au tapis.

Michaels s'immobilisa, interdit. Pour une raison inexplicable, il eut un sursaut d'irritation.

Toni rit, se releva d'une roulade, fit de nouveau face à son élève. Ils évoluèrent, il frappa, elle feinta par en dessous et le renversa d'un mouvement si prompt que Michaels eut du mal à le suivre. Tous deux rirent, tandis que le jeune stagiaire se relevait. Elle lui dit quelque chose, s'approcha, lui plaqua la hanche contre l'intérieur de la cuisse.

À cet instant précis, le gars avisa Michaels et dit quelque chose à Toni. Elle se retourna et le vit, dans l'embrasure de la porte.

« Eh, Alex ! »

À nouveau, cette bouffée de colère l'envahit. Qu'est-ce qui lui prenait ? Toni avait bien le droit d'apprendre à cet abruti tout ce qu'elle avait envie de lui enseigner, ce n'était pas ses oignons. Il en était conscient. Pourtant, cette irritation tenace se réduisit tout soudain à un sentiment parfaitement identifiable : la *jalousie*.

De la connerie. Allons donc. Toni était son subordonné direct, point final. Pas le moindre romantisme dans leurs relations. Et même si... il eût été stupide d'aller plus loin. Il était son patron, et les idylles dans le travail étaient dangereuses.

Franchement, si elle avait envie de passer l'heure du déjeuner à faire du frotti-frotta avec ce culturiste du FBI, libre à elle...

Il hocha la tête, tenta de se défaire de cette pensée comme on s'ébroue au sortir de la douche.

« Alex ?

– Hmmm ? Oh... désolé, je faisais que passer...
j'allais à la cafétéria. On se voit à la réunion. »

Il se détourna et ressortit. La vie personnelle de
Toni ne regardait qu'elle. Point barre. Il avait déjà
bien assez de problèmes avec la sienne, merci beaucoup.

# 25.

*Samedi 2 octobre, 13 : 00,*
*Miami Beach*

Pour son identité à Miami, elle avait décidé qu'elle serait une adepte de la course à pied en amateur. Même si ce n'était pas franchement sa tasse de thé, cela faisait partie de sa couverture, donc, il n'était pas question d'hésiter. Ici, cela constituait tout autant sa personnalité que la fausse identité et les origines inventées. Oh, bien sûr, elle n'irait jamais courir un marathon, répondrait-elle si on lui posait la question, mais un vingt kilomètres, pourquoi pas, quand elle tiendrait la forme...

Ce jour-là, quand Mora Sullivan revint de son entraînement de midi – neuf kilomètres, les trois derniers sous le déluge d'un orage tropical –, elle découvrit le signal d'alerte qui clignotait sur son ordinateur.

Toutes les diodes de l'alarme intérieure étaient au vert – personne ne s'était introduit dans le bâtiment proprement dit ; l'alarme provenait donc d'une intrusion électronique – ou d'une tentative d'intrusion.

Elle s'épongea la figure et les cheveux avec la serviette-éponge qu'elle avait laissée près de la porte. Ici, l'été, il pleuvait presque un jour sur deux, et même si la saison des ouragans tirait à sa fin, le début d'octobre avait son quota d'orages. Elle ôta ses chaussures et ses chaussettes trempées, laissa tomber le sac à dos contenant le Glock 9mm en plastique et quasiment étanche ; elle défit le soutien-gorge en Lycra, enleva son slip, et termina de se sécher avant de s'occuper de l'ordinateur.

Elle posa la serviette sur le siège de bureau, s'assit toute nue sur le tissu-éponge et dit : « Journal du programme de sécurité. »

Le voxax affeicha le journal à l'écran. Quand elle pouvait choisir, Sullivan préférait travailler à l'ordinateur en temps réel ; elle n'était pas très branchée RV, car cela vous condamnait en fait à devenir sourd et aveugle pour surfer sur le Net.

Elle parcourut le compte rendu affiché par le programme. Quelqu'un avait sondé le circuit de communication de Selkie. Elle releva deux contacts contre le barrage qu'elle avait édifié avant que finalement le signal ne se perde, mais c'était déjà plus ou moins une surprise. Qui que soit l'intrus, c'était un bon ; un vrai pro.

Tout ce qu'elle espérait, c'est qu'il n'était pas bon au point d'avoir repéré les sangsues qu'elle avait laissées à l'intention d'éventuels envahisseurs.

« Sécurité. Remonte le parcours de l'intrus. »

Une série de chiffres et de lettres s'affeicha à l'écran, suivie par une carte. Une succession d'arcs de cercle bleu lumineux se dessina, à mesure que le programme-sangsue remontait à contre-courant le signal depuis son ordinateur en passant par une série de passerelles et de pare-feu. Parvenu à New York, le point lumineux symbolisant l'intrus se mit à pulser, tandis qu'une adresse électronique clignotait en rouge juste en dessous.

Donc l'intrus était un bon, mais pas un as non plus. La sangsue n'avait pas été détectée. Vu ce que lui avait coûté le programme, ce n'était pas vraiment une surprise.

« Sécurité, remonte l'arborescence, développe l'adresse électronique complète, vérifie sa validité. »

Une nouvelle suite de lettres et de chiffres se mit à défiler à l'écran.

Un nom s'afficha : *Ruark Electronic Services, SA.*

Il y eut une pause. Puis une liste de noms apparut. Heloise Camden Ruark, président-directeur général ; Richard Ruark, vice-président ; Mary Beth Campbell, directeur financier. Une entreprise commerciale, constituée en société anonyme dans l'État du Delaware en juin 2005, et patati et patata...

Tiens, tiens, tiens. Et voyez-vous ça, le propriétaire de 75 % du capital social était un certain « Electronic Enterprises Group », qui se trouvait justement être...

... une filiale à 100 % de Genaloni Industries.

Sullivan se cala contre le dossier et fixa l'écran. Bien. Donc, Genaloni essayait de la retrouver. Elle hocha la tête. Prévisible. Le bonhomme arborait un vernis de respectabilité, mais en dessous, il restait un truand. Pour un type comme Genaloni, la réaction à une menace, réelle ou imaginaire, était de brûler tous les ponts menant à son château, puis de monter la garde près des seaux d'huile bouillante pour faire frire tous ceux qui se hasarderaient à franchir les douves. Ne jamais hésiter à sortir la grosse artillerie. Genaloni avait dû apprendre l'échec de son agression contre la cible. Et puisque celle-ci l'avait vue sous les traits d'une femme, et n'avait certainement pas manqué de le signaler, le truand devait être doublement chagriné. Il se méfiait du sexe dit faible, et ne pouvait admettre l'échec. Dans l'équipe de Genaloni, au premier, vous étiez mis sur la touche, au second, c'était le carton rouge assuré.

Ce n'était pas vraiment une surprise – elle s'était plus ou moins attendue à ce qu'il cherche à la retrouver –, d'autres clients déjà avaient voulu manipuler Selkie. Jusqu'ici, ses protections avaient été suffisantes ; personne n'avait réussi à s'approcher.

Dorénavant, l'adresse et l'identité qu'elle avait employées au moment d'accepter la mission de Sampson étaient de l'histoire ancienne. Même s'ils retrouvaient son domicile, ils n'y découvriraient rien qui puisse le lier à Mora Sullivan ou à aucune autre de ses identités d'emprunt. C'était toutefois un mauvais signe. Genaloni était peut-être un truand, mais c'était un truand malin, et obstiné. S'il redoutait que l'on fasse le lien entre Selkie et lui, il n'hésiterait pas à le couper. Et s'il fallait pour cela la retrouver et la tuer, eh bien, à Dieu vat ! Dans la jungle de Genaloni, la loi de la survie prévalait. S'il avisait un vieux lion estropié en train de s'éloigner au loin, il l'abattrait malgré tout : on ne sait jamais, il pouvait faire demi-tour, qui sait ?

Elle se gratta l'épaule gauche. Elle ne toucherait plus d'argent pour la cible manquée, mais ce n'était pas vraiment important. Elle allait finir le boulot, argent ou pas, question d'orgueil personnel. C'était un point acquis. Et même si elle doutait que les pirates de Genaloni réussissent à la retrouver, elle ne pouvait négliger cette possibilité, si infime fût-elle. Elle n'allait pas passer le reste de ses jours à regarder derrière elle. Une fois réglé le sort de sa cible à Washington, il faudrait qu'elle s'occupe également de Genaloni.

Et ensuite ? Eh bien, peut-être qu'il serait temps de songer à se retirer. Quand le vent tournait et faisait naître des tornades, la femme avisée se mettait à l'abri – ou se tirait sous d'autres cieux.

### Samedi 2 octobre, 13:15, Washington, DC

« Tyrone ? »

Tyrone reconnut instantanément la Voix du Destin, même si l'image était coupée. « Euh, ouais...

– C'est Bella. T'avais perdu mon numéro ?

– Euh, non, je comptais justement t'appeler. »

*Excellent,* commenta la voix de l'instinct de conservation toujours planqué derrière son rocher.

*Mens. Commence par un petit mensonge, enchaîne sur un gros. Raconte-lui que t'as une maladie mortelle et que tu ne peux pas sortir de chez toi !*

« Impec. Alors, tu peux passer cet après-midi ? »

*Non, non ! Un million de quadrillions de fois non !*

« Euh, bien sûr. Sans problème. Passe. Euh, je veux dire, chez toi.

– Vers trois heures, c'est bon ? »

*Non-non-non-non-noooooooon ! Pas bon ! Pas bon du tout !*

« D'accord, trois heures.

– Tu as l'adresse ?

« – Ouaip.

– OK, je t'y scanne. Et... Tyrone ? Merci. Ça compte vachement pour moi, tu sais !

– Hmm... bien sûr, noprob.

– Discom. »

*C'est ça, noprob et discom, tête de nœud ! Justement parce que ça compte tant pour elle, Presse-purée va venir te tordre le cou si vite que tu le sentiras à peine ! Connard ! Trouduc ! Débile !*

Tyrone contempla le combiné logé dans son berceau. Il savait qu'il aurait dû être terrifié, mais assez bizarrement, seule une petite fraction de lui l'était. Celle qui se planquait dans sa tête derrière son rocher. Pour le reste, il était... comment dire au juste ? Surexcité ? Ouais, on pouvait le dire. La plus chouette nana du collège lui avait demandé son aide, son aide à lui, et il s'apprêtait à aller chez elle, à s'asseoir juste à côté d'elle, à lui expliquer un truc où il touchait sa bille...

Et puis zut, comme avait dit Jimmy-Joe : s'il fallait mourir, autant en profiter. D'ailleurs, pour rester dans le MR, il était douteux que Presse-purée le tue pour de bon. Peut-être qu'il le réduirait en chair à pâté sanguinolente, mais il y survivrait, pas vrai ?

Sa mère se pointa dans la chambre, avec les plans de la volière qu'elle était en train de construire. « Eh, mon chéri, c'était qui au téléphone ?

– Quelqu'un de l'école. Qui voulait un coup de main pour un dossier d'informatique. Je passe chez eux à trois heures, pas de problème ?

– Quelqu'un... Quelqu'un qui... Chez eux... Mon Dieu, on fait dans la neutralité... » Sa mère sourit. « Ce "quelqu'un" ne serait-il pas par hasard de sexe féminin, Ty ?

– Seigneur, maman !

– Ah, je me disais bien... Comment s'appelle-t-elle ?

– Belladonna Wright.

– C'est pas la fille de Marsha Wright ?

– Je crois, oui.

– Oh. Je me souviens d'elle quand elle jouait dans la pièce en CM1. Vraiment choute.

– Maman ! Elle n'a plus huit ans !

– J'espère bien que non. Enfin... Tu veux que je te dépose ?

– Je prendrai le métro express. C'est pas loin.

– Très bien. Laisse-moi un numéro, et sois revenu pour le dîner à sept heures.

– Oui-ma-man.

– Fais pas cette tête, mon garçon. Je sais bien que j'allais à l'école à dos de brontosaure, mais je n'ai pas encore totalement perdu la mémoire. Ce n'est pas aussi dangereux que tu l'imagines de causer à une *meuf...* » Elle éclata de rire.

*C'est ça, cause toujours,* susurra la petite voix de derrière son rocher.

### Samedi 2 octobre, 13 : 33, Quantico

Pour une fois, une réunion commençait à l'heure. Michaels embrassa du regard ses collaborateurs réunis dans la salle de conférences. « Parfait. Ne perdons pas de temps. Jay ? »

Jay alluma d'un geste le projecteur de présentation.

« Il y a du bon et du moins bon. La canne provenait de cette boutique et d'un fabricant qui équipe essentiellement les professionnels des arts martiaux. »

Une image apparut.

« Voici le modèle... »

Une autre image, celle de la canne en gros plan, apparut à l'écran.

« Une fois éliminés toute une série de clients – professeurs déclarés, individus ayant un réel emploi de ces accessoires, collectionneurs, plus le nombre habituel de doux dingues qui achètent ce genre de truc par parano, et qui tous pouvaient justifier de leur achat, il nous reste huit possibilités. »

Une série de noms s'afficha.

« Sur les huit, nos agents en ont déjà identifié cinq. Quatre ont pu présenter les cannes dont l'achat avait été enregistré. L'un d'eux l'a offerte à un ami, et nous l'avons également retrouvée. »

Cinq des noms s'effacèrent.

« Sur les trois sujets restants, l'un est un survivaliste [1] vivant à Grants Pass, Oregon, qui refuse toute intrusion chez lui : fonctionnaires locaux, régionaux ou fédéraux. L'individu en question est un septuagénaire et, d'après son dossier médical, il porte une prothèse de hanche. À l'heure où je vous parle, nous avons fait établir un mandat de perquisition afin de vérifier sur place la présence de l'objet. J'imagine qu'ils le trouveront couché dessus. »

_____

1. Militants extrémistes américains, partis vivre en autarcie dans les bois dans l'imminence du cataclysme majeur qu'ils redoutent : pollution, guerre nucléaire, invasion, socialisme ou autre catastrophe née de leur parano galopante *(N.d.T.)*.

278

Le nom à l'écran se mit à clignoter alternativement en bleu et en rouge.

« Bref, affaire en cours. Quant aux deux derniers noms... » Il hocha la tête. « Ma foi, ils sont... intéressants.

– Intéressants ? » répéta Michaels.

Jay indiqua l'écran. L'un des noms se mit à pulser en jaune. « Wilson A. Jefferson, d'Erie, Pennsylvanie. Au cours des trois dernières années, ce M. Jefferson a fait l'emplette d'une canne, de deux jeux de bâtons d'escrime, et d'une paire de fléaux de yawaras taillés sur mesure. L'ensemble a été livré à une boîte postale. Le modèle de la canne correspond. Les bâtons d'escrime sont utilisés dans un art martial philippin appelé, curieusement, *escrima* ; les derniers articles servent dans plusieurs formes de combat, mais le nom est japonais. D'après le formulaire d'ouverture de la boîte postale et le fichier des permis de conduire, ce Jefferson serait un Blanc de quarante et un ans résidant à cette adresse. »

Apparition d'un numéro et d'un nom de rue.

« Un contrôle à l'adresse indiquée s'est toutefois révélé infructueux. Aucun individu de ce nom n'y a jamais habité. En apparence, l'identité de Jefferson paraît sans défaut, mais si l'on creuse un peu, tout disparaît. Nous sommes confrontés à un *homme électronique.*

– Donc, c'est notre assassin, intervint Toni.

– Plus ou moins, admit Jay. Et puis il y a aussi M. Richard Orlando. »

Nouveaux changements à l'écran.

« M. Orlando a acheté, sur une période de quatre ans, cinq cannes, dont deux du modèle que nous avons en main. Toutes ont été livrées à une boîte postale d'Austin, au Texas. Or, un contrôle de son identité révèle qu'il s'agit d'un Hispano-Américain de vingt-sept ans qui, jusqu'à plus ample information, ne semble exister que dans un certain nombre de fichiers informatiques, et apparemment nulle part ailleurs. Le cliché de son permis de conduire est tellement flou qu'il pourrait ressembler à n'importe qui dans cette pièce. Détail curieux, les photos de Jefferson le sont tout autant.

– Le même individu sous deux fausses identités, dit Michaels.

– C'est ce que j'incline à penser, reprit Jay. Très dissemblables, et à quinze cents kilomètres de distance. Des faux, et, sauf à mettre le nez dessus, impossibles à détecter fortuitement.

– Super, nota Toni. Bon, et quelle est la bonne nouvelle ?

– C'était ça, la bonne nouvelle, poursuivit Jay. Personne n'a souvenance d'un M. Jefferson ou d'un M. Orlando. On a interrogé les postiers : chou blanc. Pas la moindre piste. Pour autant qu'on sache, la seule raison à l'existence de ces deux *e-mâles** était de prendre livraison de plusieurs bâtons d'arts martiaux, originaux mais parfaitement autorisés, dans deux États distants de quinze cents kilomètres. Et je suis prêt à parier que le véritable individu qui détient ces objets – s'il les détient encore, sachant que par ce biais on tente de retrouver sa trace – ne se trouve ni en Pennsylvanie ni au Texas.

– Une impasse, dit Toni.

– Tout ce qu'il y a de plus sombre, confirma Jay. On ne lâche pas la piste, mais qui que soit cet individu, c'est loin d'être un manche. Déployer tous ces efforts pour une telle vétille.

— Apparemment, ça vaut le coup, non ? observa Michaels. Je persiste à penser que c'est une femme. On n'aurait pas dit un homme sous ce déguisement de petite vieille... Bien, merci, Jay. Toni ?

— Nous sommes en train de contrôler tous les assassins professionnels connus. Jusqu'ici, rien de concret pouvant évoquer un individu de l'envergure de notre oiseau.

— Et en dehors du concret ?

— Des rumeurs sur tel ou tel personnage mystérieux. Les trucs habituels – l'Homme de glace, qui peut vous tuer d'un seul regard. Le Spectre, qui traverse les murs. Le Selkie, qui peut changer de forme. Des légendes urbaines. Le problème avec les tueurs à gages, c'est que les vraiment bons savent se faire discrets. La plupart du temps, quand on en pince un, c'est parce qu'un client l'a balancé. »

Michaels acquiesça. Il savait cela. Il y songeait depuis le meurtre de Steve Day.

« Quelqu'un a autre chose ? »

Brent Adams, responsable au FBI de la lutte contre le crime organisé, prit la parole : « Ça bouge dans l'organisation de Genaloni. »

Michaels regarda Adams. Haussa les sourcils.

Le policier poursuivit : « Nos gars ont épluché une année d'archives sur tout ce qui avait trait au bonhomme. Il y a quinze jours, le bureau régional du FBI à New York a reçu une requête d'un des avocats de Genaloni, concernant la détention d'un certain Luigi Sampson. Sampson est le chef des barbouzes de Genaloni – le responsable de ses opérations de sécurité plus ou moins légales.

– Et... ?

– Eh bien, nos agents de New York ne détenaient pas ce Sampson. Les représentants de Genaloni n'ont pas insisté, de sorte que plus personne n'y a pensé. Une erreur, sans doute.

– Ce qui veut dire... ? »

Adams hocha la tête. « On n'en sait rien. Mais depuis, que ce soit par nos écoutes téléphoniques ou nos caméras de surveillance, on n'a plus eu trace de lui.

– Peut-être qu'il est parti en vacances », suggéra Jay.

Adams haussa les épaules. « Peut-être. Ou peut-être qu'il a fait chier Genaloni et qu'il traîne quelque part aux alentours de Bled-Mort, Dakota du Sud, à bouffer les pissenlits par la racine.

– Je ne crois pas qu'il pousse des masses de pissenlits dans le coin. Fait trop froid...

– Vous seriez surpris », intervint Toni.

Michaels reprit la parole : « Alors, pourquoi les sbires de Genaloni appelleraient-ils le FBI, soi-disant pour retrouver Sampson, si c'est eux qui l'ont éliminé ? »

Adams hocha de nouveau la tête. « Pour se créer un alibi, peut-être. Avec ces types, on ne sait jamais ce qu'ils mijotent. De temps en temps, ils agissent de manière sensée, et puis le coup d'après, ils font une connerie.

– Peut-être, reprit Toni, que ce Sampson était responsable de la mort de Steve Day, et que Genaloni est devenu nerveux ? Qu'il a voulu effacer toute trace compromettante ?

– Je n'en sais rien. C'est possible. Ray Genaloni est un type prudent. Il n'est pas du genre à mettre le pied dans la rue sans avoir fait inspecter auparavant toutes les artères avoisinantes sur six pâtés de maisons. »

Michaels fixa la table. Quelque chose le turlupinait sans qu'il parvienne à mettre le doigt dessus. Un truc en rapport avec tout ça...

Il soupira. « Bon. Si vous continuiez de suivre ça, Brent ? Et Jay, tu m'approfondis cette histoire de canne, voir si tu peux nous déterrer quelque chose. Et jette un œil en passant sur ces liens à La Nouvelle-Orléans... On ne peut pas mobiliser tous nos efforts sur l'enquête Day. Autre chose ? »

Personne n'avait rien à déballer pour l'instant.

« OK. On se remet au turf. »

Michaels regagna son bureau. Tout cela s'annonçait plutôt mal pour son équipe. Et il était pressé par le temps. Encore deux ou trois jours, et ça risquait de devenir le problème de son successeur.

Peut-être que l'heure avait sonné pour lui de quitter la fonction publique. De retourner dans l'Idaho, de se trouver un boulot de programmeur de jeux vidéo, un truc dans le genre... et de passer les dimanches avec sa fille. Bref, de quitter cette galère.

Ouais, bon. Tant que l'assassin de Day courait encore, il n'allait nulle part, même si on lui confiait la charge de recompter les trombones dans les poubelles aux archives. Quoi qu'il advienne, Alexander Michaels n'était pas du genre à se défiler quand arrivaient les obstacles. Non, monsieur.

# 26.

Il aurait préféré marcher sur son chemin tranquille, mais comme il était pressé et ne pouvait se permettre de baguenauder, Plekhanov prit la voiture. C'était le logiciel qu'il avait chargé, et il avait compté s'en débarrasser après sa malencontreuse interface avec l'agent de la Net Force américaine – c'était la prudence la plus élémentaire. Il comptait bien effacer le programme, de toute manière, mais pour le moment, ça ne valait pas le coup de se déconnecter, de se déséquiper, de basculer sur un nouveau scénario, et de se rééquiper. C'était l'un des inconvénients du système dépassé qu'il affectionnait – avec les nouveaux matériels de RV, on pouvait changer d'environnement au vol sans manquer une étape.

Pas grave. C'était juste une petite virée, histoire d'effectuer deux ou trois réglages mineurs sur un scénario officiel tournant à Canberra. Les chances d'être repéré par la Net Force étaient pratiquement égales à zéro ; du reste, il y avait des flopées de Corvette bleues dans le coin... des dizaines de milliers sans doute.

Il fit démarrer la voiture virtuelle et appuya sur l'accélérateur.

### *Samedi 2 octobre, 15:05, Washington, DC*

Quand Belladonna Wright ouvrit la porte pour le laisser entrer, la première chose que Tyrone nota fut qu'elle portait un short court et un ample sweat aux manches et au col découpés pour révéler tout plein de peau nue.

Tout plein de peau nue et vachement jolie.

La seconde chose qu'il remarqua fut la silhouette massive de Presse-purée LeMott avachie dans le canapé du salon derrière Belladonna.

Tyrone aurait juré que son cœur s'arrêta de battre au moins cinq secondes. Puis son estomac remonta pour venir se loger dans sa gorge. En même temps que ses boyaux et sa vessie menaçaient de se vidanger. La fin était proche.

« Salut, Tyrone. Entre ! »

La voix de l'instinct de conservation ne réussit même pas à articuler un mot. Elle bafouilla et gémit des trucs inintelligibles.

Il avait l'impression que ses pieds avaient une vie propre : ils le conduisirent à l'intérieur.

« Tyrone, je te présente mon copain, Herbert LeMott. Mottie, je te présente Tyrone. »

Mottie ? ! Il en aurait éclaté de rire – s'il n'avait craint que ce soit le dernier son à jamais sortir de ses lèvres.

Presse-purée portait un T-shirt moulant et un short en coton qui menaçaient de péter aux coutures lorsqu'il se leva du canapé. Il avait des muscles sur les muscles. On aurait dit un tyrannosaure humain ; Tyrone s'attendait d'un instant à l'autre à entendre jaillir le cri strident de Godzilla...

Mais la voix de Presse-purée était douce, calme, et même plutôt haut perchée. Il dit : « Oh, waouh, eh... Tyrone, ravi de te rencontrer », en tendant la main droite.

Tyrone saisit la paluche géante et fut ébahi par la délicatesse de cette poigne.

Il eut soudain l'image d'une souris de dessin animé cherchant une épine dans la patte d'un lion.

« C'est vraiment chouette de ta part d'aider Bella pour ses cours d'informatique. J'ai jamais trop brillé dans cette matière. J'apprécie vachement. Si je peux te rendre un service, n'importe quoi, n'hésite pas, d'accord ? »

Si Presse-purée s'était soudain transformé en crapaud géant avant de se mettre à sautiller après les mouches dans toute la pièce, il n'aurait pas été plus ébahi. Ben, mince alors !

« Bon, Bella, faut que je file, on a entraînement au gymnase. Je te rappelle plus tard. » Il se pencha vers Bella – et ça lui faisait du chemin à faire – pour lui déposer un baiser dans les cheveux. Elle sourit et lui donna une tape dans le dos, comme on flatte son cheval préféré. « D'accord. Fais attention. »

Après le départ de Presse-purée, Bella avait dû remarquer la mimique de Tyrone, car elle lui sourit. « Ben quoi, t'imaginais que Mottie allait te sauter dessus ?

— J'avoue que l'idée m'a fugitivement traversé l'esprit... » *Ouais, fugitive... aussi fugitive que la traversée d'un lac de sel par un escargot estropié.*

« Mottie est un gros chou. Il ne ferait pas de mal à une mouche. Ma chambre est en haut. Allons-y. »

*Sauf si la mouche te colle la main au cul.*

Encore émerveillé d'être en vie, Tyrone suivit Bella dans l'escalier.

Elle avait un PC classique, et son équipement de RV, sans être haut de gamme, était plutôt correct. Mais il ne lui fallut que quelques minutes pour découvrir qu'elle était plus à l'aise avec l'architecture générale des systèmes qu'elle ne l'avait laissé entendre.

Il le lui dit.

« Bon, c'est vrai en théorie et pour le travail en temps réel, mais c'est mon accès réseau qui se traîne.

— Alors t'es tombé sur le gars qu'il faut. Tu as un autre équipement de RV ?

— Juste à côté.

— Harnache-toi. On va faire un tour sur le Web. On va commencer par un des grands sites commerciaux, la navigation y est relativement simple.

— J'te fais confiance, Tyrone. »

Gonflé d'une intrépidité toute neuve, il se jeta à l'eau :

« Appelle-moi Ty.

— J'te fais confiance, Ty. »

Elle se harnacha comme lui, puis s'assit à ses côtés sur la banquette devant l'ordinateur. Si près qu'il pouvait sentir la chaleur de sa jambe nue. Un poil plus près et ils se seraient touchés.

Mince ! Sûr qu'il ne risquait pas d'oublier ce moment. Jamais la vie ne pourrait devenir plus belle.

Et à l'instant même où il le pensait, il se rendit compte qu'il y avait des tas de moyens de faire que si. Par exemple, s'il pouvait trouver un biais pour se déplacer d'un centimètre et demi sur la gauche, l'amélioration serait instantanée. Ce centimètre et demi aurait aussi bien pu être une année-lumière, toutefois. Courageux, le Tyrone, mais quand même pas téméraire.

### *Samedi 2 octobre, 6 : 00, Sarajevo*

« Première équipe, prenez le flanc gauche ! Deuxième équipe, passez derrière ! »

Soudain, un crépitement d'armes automatiques, des rafales qui arrachent l'écorce des arbres, soulèvent des mottes de terre. Ils étaient dans un parc municipal – ou ce qu'il en restait – et l'attaque avait été imprévue.

John Howard ouvrit le feu à la mitraillette, sentit le recul des lourds et lents projectiles de calibre 45.

« Mon colonel, on a... ah... !

Le lieutenant s'effondra, le cou transpercé par une balle perdue.

Bon sang, mais d'où venaient-elles ?

« Troisième équipe, suppression du feu à cinq heures ! Bougez-vous ! Tirez... ! »

Ses hommes se mirent à tomber. Leur armure ne résistait pas, ils étaient en train de prendre une dérouillée !

### Samedi 2 octobre, 6 : 01,
### Washington, DC

John Howard arracha le casque de RV et le jeta avec dégoût. Il secoua la tête. De la merde.

En haut, sa femme et son fils dormaient, ils ne se lèveraient pas avant plusieurs heures encore, pour se préparer à aller à la messe. Mais comme il n'arrivait pas à dormir, il était redescendu se mettre devant son ordinateur et faire tourner des scénarios de guerre. Il aurait mieux fait d'en rester aux échecs ou au go : dans toutes les situations de combat qu'il avait essayées, il avait perdu.

Il se leva, gagna la cuisine, ouvrit le frigo. Il sortit un carton de lait, s'en remplit un petit verre, rangea le carton. Puis il s'assit à la table en Formica et contempla le lait.

Il se rendit compte qu'il déprimait.

Oh, rien d'une dépression au sens clinique du terme, pas de quoi rameuter un psy, mais de la mélancolie, pas de doute. Et il ne comprenait pas pourquoi. Il n'avait aucune raison de se sentir ainsi. Il avait une femme superbe, un gosse formidable... quant à son boulot, plus d'un gradé aurait été prêt à tuer pour le décrocher. Il venait de rentrer d'une mission au cours de laquelle tous ses objectifs avaient été remplis, il n'avait pas perdu un seul homme au feu, et tout le monde était content de lui. Son patron l'avait pistonné pour une citation présidentielle. Où était le problème ?

Qu'est-ce qui clochait, sinon cette envie de s'immerger dans le fracas d'une bataille rangée ?

Quel genre d'attitude était-ce là ? Aucun homme sain d'esprit ne désirait la guerre.

Il fixa le lait. C'était le test, il s'en rendait compte. Il n'avait jamais eu à le subir en grandeur réelle. Il avait toujours réussi à passer entre les gouttes, il avait échappé au front lors de Tempête du Désert, il enseignait au plus fort des opérations de police en Amérique du Sud, et lors du nettoyage aux Caraïbes, il s'était pointé le lendemain du jour où les armes s'étaient tues. Il avait passé sa vie d'adulte sous l'uniforme à instruire, enseigner, préparer. Il avait les instruments, les techniques, et l'envie d'en faire usage, histoire de les mettre à l'épreuve du feu – mais il n'y avait nulle place pour ça en temps de paix.

C'était pour cela qu'il s'était engagé dans la Net Force. Au moins avait-il une chance de se faire larguer à un endroit où ça chauffait. La mission en Ukraine avait été ce qui s'en approchait le plus, jusqu'ici, et même si ça avait toujours été mieux que de rester assis dans un bureau à lire des rapports, question mouvement, c'était resté... tiédasse.

« Salut ! »

Howard leva les yeux, et vit Tyrone devant lui en pantalon de pyjama.

« Il est à peine six heures du mat'. Qu'est-ce que tu fais, toi, debout à une heure pareille ?

– J'en sais rien. Je me suis réveillé, et j'arrivais pas à me rendormir. »

Tyrone se dirigea vers le frigo, l'ouvrit, sortit le lait. Secoua le carton, constata qu'il était presque vide, but directement au bec. Sourit à son père. « M'man dit que c'est pas grave, que je peux le finir. »

Howard sourit à son tour.

Tyrone but une autre gorgée. S'essuya les lèvres. « J'peux te demander un truc, p'pa ?

– Vas-y.

– Comment est-ce que tu fais ton compte pour vaincre un adversaire supérieur en nombre et en force quand il tient déjà le territoire que tu veux occuper ?

– Ça dépend de l'objectif, du terrain, des armes et de l'équipement disponibles, des moyens de transport, d'un tas de choses. Tu dois d'abord définir ton objectif, trouver ensuite une stratégie viable, puis la tactique pour l'appliquer.

– Hon-hon.

– Depuis quand t'intéresses-tu à ce genre de choses ?

– Oh. C'est à cause de ce que tu fais. Je me suis dit que je devrais... tu vois, aller y jeter un œil, enfin, tu vois... » Il regarda par terre.

Howard retint son sourire, gardant un visage impassible. Le gamin avait treize ans. La puberté. Pour lui, ça remontait à un bail, mais il n'avait pas oublié.

Il reprit : « D'accord, discutons un instant d'objectifs et de stratégie. Ton objectif est de t'emparer d'un territoire sans le détruire, c'est bien ça ?

– Ben, ouais.

291

– Il te faut donc agir avec prudence. Les forces de l'ennemi sont supérieures aux tiennes. Mais est-il plus malin pour autant ? Tu sais simplement que tu ne peux te permettre de l'attaquer de front si tu es en infériorité matérielle, sinon tu te feras massacrer. Donc, avant de bouger, tu dois évaluer la situation. Trouver les points faibles de l'adversaire. Dans la guerre de guérilla, tu en repères un, tu le frappes, tu dégages. Il faut faire vite, puis se planquer de sorte que non seulement il ne puisse pas te retrouver, mais ne sache même pas qui tu es. »

Tyrone s'appuya au frigo. « Ouaip. Je pige.

– Donc, d'après le président Mao, pour gagner une guerre de guérilla, tu dois mettre dans ton camp les populations autochtones.

– Et comment est-ce qu'on y arrive ?

– En leur offrant ce qu'ils ne peuvent obtenir de ton ennemi, un truc qui ait plus de valeur que ce qu'il leur propose. Qu'ils soient à même d'effectuer la comparaison : à ce moment, tu mets le doigt sur ses points faibles, tu leur révèles l'étendue de ta supériorité. Tu n'as peut-être pas autant de fusils, mais lui n'a peut-être pas autant de matière grise...

« Donc, tu leur montres pourquoi la matière grise a plus d'importance que la poudre noire. Tu enseignes aux autochtones des trucs que l'adversaire ne peut leur apprendre. Comment mieux pêcher au filet, avoir de meilleures récoltes... ou mieux utiliser leurs ordinateurs, par exemple. »

Le garçon acquiesça de nouveau.

« Tu as un objectif, tu cherches à l'atteindre la plupart du temps, mais pas systématiquement. Parfois, tu dois biaiser, faire un détour pour l'attaquer sous un autre angle. Parfois, tu dois avancer d'un pas, frapper, puis reculer de trois, pour éviter la riposte. La patience est le maître mot dans ce type de conflit. Il faut sélectionner les cibles avec soin, car chaque coup doit porter. User lentement l'adversaire.

« Une fois que tu as mis les autochtones de ton côté, peu importe alors la force de l'ennemi, car ils vont se mettre à t'aider, ils te cacheront des forces adverses. Parfois, ils les renverseront d'eux-mêmes, et tu n'auras rien à faire. Au bout du compte, c'est du reste la meilleure solution.

– Ouaip. »

Il y eut un moment de silence. Tyrone le rompit : « Merci, p'pa. Je vais retourner me coucher, à présent.

– Dors bien, fiston. »

Après son départ, Howard sourit en regardant son verre de lait. Cela faisait une éternité qu'il ne s'était plus senti aussi jeune. Et les problèmes d'alors lui paraissaient aussi gros que ceux qu'il avait affrontés depuis. Tout était relatif. Il ne devait pas l'oublier. Comme d'être là pour dire à son fils ce qu'il avait besoin d'entendre était aussi important qu'aller gagner n'importe quelle bataille dans un pays à l'autre bout du monde. En définitive, le rôle de père était infiniment plus important que celui de colonel.

Il goûta le lait. Tiède. Il alla à l'évier, l'y versa, rinça le verre, le mit à sécher dans l'égouttoir. Peut-être qu'il aurait intérêt à retourner se coucher, lui aussi. Tenter le coup.

# 27.

Posté près de la porte coulissante, Alexander Michaels regardait le chien déambuler dans l'arrière-cour. Il dormait quand Scout avait bondi sur le lit. Un assez joli bond pour un chien de sa taille. Une fois Alex réveillé, il n'avait ni aboyé ni manifesté quoi que ce soit. Il était juste resté là à le fixer patiemment jusqu'à ce qu'il se lève et le fasse sortir.

Michaels laissait maintenant une partie du système d'alarme activée en permanence ; un technicien de l'unité était venu en parfaire le réglage, et l'avait connecté au programme à déclenchement vocal de sa centrale domotique. Il lui suffisait désormais de prononcer le mot « assassin » à haute et intelligible voix pour activer les micros de la maison et déclencher les sirènes d'alarme. Il avait désactivé le détecteur d'ouverture de la porte coulissante pour faire sortir le chien, mais gardait le taser dans sa poche de robe de chambre. Il n'avait pas trop joué avec depuis qu'on le lui avait livré, mais il comptait bien s'entraîner un peu plus assidûment au stand de tir couvert. S'entraîner surtout à le dégainer ou à le sortir de sa poche en vitesse.

Une voiture était garée dehors le long du trottoir, avec deux agents en faction. Un troisième était posté à son portail, côté intérieur. Michaels n'aurait jamais remarqué sa présence, n'eussent été les aboiements du chien jusqu'à ce qu'il le fasse taire. Encore mieux qu'une alarme, le cabot !

Le chien termina d'arroser et de fertiliser la pelouse et, désormais assuré que le territoire était à l'abri des intrus, retourna vers la cuisine en trottinant. Il s'arrêta aux pieds de Michaels, frétillant du pompon, les yeux levés vers lui.

« T'as faim, mon garçon ?

– *Yap !*

– Allez, viens. »

Michaels s'était fendu de quelques boîtes de pâtée haut de gamme. Il ouvrit le couvercle et versa le contenu du petit récipient en alu dans une soucoupe qu'il déposa par terre près du bol rempli d'eau.

Comme à son habitude, le chien attendit. Il avait faim, mais il restait devant le bol, les yeux levés vers Michaels, guettant sa permission. Son dresseur avait fait du bon boulot. « Vas-y, bonhomme, mange. »

Scout baissa la tête et engloutit la pâtée comme s'il n'avait jamais rien avalé de sa vie.

Quand le chien eut terminé son dîner et bu de quoi le faire passer, il suivit son nouveau maître dans le séjour. Michaels s'assit dans le canapé et tapa sur ses genoux. D'un bond, le petit chien vint s'installer dans son giron et entreprit de se lécher une patte, tandis que Michaels le grattouillait derrière les oreilles.

C'était sans aucun doute apaisant d'être assis à cajoler cette petite bête. Susie avait toujours voulu un chien. Megan lui avait dit qu'elle devrait attendre d'avoir l'âge de pouvoir s'en occuper elle-même. Elle s'en approchait... plus vite que son père n'aurait voulu. Huit ans, bientôt dix-huit...

Michaels aimait les chiens. Il n'en avait pas pris après son installation dans la capitale, pour ne pas le laisser seul pendant qu'il serait au travail, mais ce Scout était si petit que la maison était bien assez vaste pour lui permettre de vaquer à son aise. Les précédents propriétaires avaient eu un chat et ils avaient laissé son bac en plastique dans la penderie. Michaels était allé acheter un sac de litière pour chat et, dans la journée, il laissait le petit bac rempli de granulés près de la porte coulissante. Jusqu'ici, le chien l'avait utilisé régulièrement lorsqu'il ne pouvait pas sortir.

Scout lui lécha la main. Michaels lui sourit.

« Tu te fous bien que j'aie eu une journée de merde au boulot, pas vrai ? Il te suffit de me voir pour être heureux, pas vrai ? »

Le chien laissa échapper un petit jappement, presque comme s'il avait compris les paroles de Michaels. Il enfouit son museau sous la main de celui-ci.

Michaels rit. C'était le côté sympa des chiens : on n'avait pas besoin d'être exceptionnel pour les impressionner. Et ça lui plaisait bien. Si vous étiez aussi fort aux yeux de votre chien qu'il se l'imaginait, vous vous sentiez pousser des ailes.

Bon, ce n'était pas tout. Il fallait y aller. Il était temps de prendre une douche, se raser et s'habiller.

Une idée lui vint : et s'il emmenait le clebs au boulot ? Il pourrait le laisser courir dans son bureau, le descendre de temps en temps pour le faire pisser. Rien dans le règlement ne l'interdisait. C'était lui le patron, non ? Du moins, pour encore un jour ou deux. Merde, pourquoi pas ?

John Howard portait un T-shirt vert kaki et un vieux treillis à grandes poches par-dessus ses rangers en Kevlar. Il avait également un bandana noir – il suait pas mal quand il était en action et la casquette réglementaire n'était pas l'idéal – mais, ces détails mis à part, il n'était pas différent des cinquante autres fantassins qui effectuaient le parcours du combattant avec lui ce dimanche matin.

John Howard n'était pas de ces officiers en chambre qui ordonnaient à leurs hommes des trucs qu'ils ne voudraient – ou ne pourraient – accomplir eux-mêmes.

Il se releva le dernier.

Fernandez donna un coup de sifflet. « En avant, en avant ! »

Howard sentit vibrer son répéteur de ceinture, signal déclenchant son chrono personnel. Il fonça vers la rivière, sauta, saisit la corde épaisse et passa de l'autre côté du fossé rempli plus de vase que d'eau. L'astuce était de mettre à profit l'inertie pour se balancer, de tirer un peu avec les bras tout en se tassant sur soi, puis de se lâcher au *second* balancement...

Howard lâcha la corde, tomba, atterrit soixante centimètres au-delà du bord de la fosse. Il courut vers le tunnel en fil-rasoir. Il y avait un talus à l'entrée de celui-ci, suffisant pour arrêter les balles de mitrailleuse. Les servants étaient de permission aujourd'hui, mais lors du parcours de fin de stage, un rideau permanent de balles chemisées en tir automatique, avec une balle traçante intercalée toutes les dix, constituerait un tapis de mitraille à ras au-dessus du fil. De quoi flanquer la trouille aux bleus, mais la majorité de ses hommes étaient des vieux de la vieille : ils savaient qu'ils ne risquaient de se choper une balle que s'ils passaient la tête à travers le fil-rasoir, un exploit délicat même avec la meilleure volonté.

« L'aiguille tourne, mon colonel ! » avertit Fernandez.

Howard sourit, se jeta à quatre pattes, entama le parcours sous le fil. Tant qu'on restait baissé, on risquait juste de se salir. Qu'on se relève un tant soit peu, et le fil-rasoir avait tôt fait de vous ramener dans le droit chemin.

Clair et net !

Devant lui se dressait un mur de cinq mètres. Une corde en descendait. Si l'on avait suffisamment d'élan et qu'on sautait assez haut pour la saisir, on pouvait le franchir en deux ou trois tractions, rouler au sommet et retomber dans le bac à sciure en trois secondes. S'il fallait escalader les deux mètres cinquante de corde, c'était plus long.

Howard bondit, empoigna à deux mains le cordage de cinq centimètres à près de trois mètres de hauteur, tendit la main droite pour se hisser le plus haut possible, recommença avec la gauche, et passa de l'autre côté.

L'obstacle suivant se résumait à un poteau télégraphique de treize mètres couché sur une série de supports en croix à un mètre vingt du sol. Il fallait monter dessus d'un bond – il y avait un petit tremplin sur le devant – et marcher jusqu'au bout en équilibre. Si l'on tombait, il fallait revenir et reprendre du début. Le truc était de progresser avec mesure, pas trop vite, pas trop lentement. Ce n'était pas si haut que ça, mais même en tombant d'une hauteur d'un mètre vingt, on pouvait se casser le bras ou se fouler la cheville. Une fois, un des hommes s'était même rompu le cou après avoir glissé et atterri sur la tête.

Howard atteignit le tremplin, sauta, se rétablit sur le poteau. Il l'avait parcouru trois cents fois, il avait pris le coup : tout dans la mesure – ni trop lent, ni trop rapide.

À l'autre extrémité, il y avait un autre bac à sciure, même si le terme n'était plus vraiment approprié : le bac était en fait rempli de billes en plastique – du fullerène reconstitué. La meilleure façon d'atterrir sans s'enfoncer dedans – il y en avait près d'un mètre d'épaisseur – était de se présenter en position assise, ou carrément sur le dos.

Le colonel parvint au bout de la poutre, sauta, atterrit à plat dos, mains tendues, paumes vers le bas. Les billes de fullerène jaillirent mais retombèrent bien vite. Howard roula sur lui-même, s'enfonça légèrement mais tendit la main vers le bord de la fosse et se rétablit.

Le fantassin devant lui était plus lent. Il venait juste de sortir du bac et se dirigeait vers le champ de mines.

Howard arriva derrière lui. « Place ! » hurla-t-il. Le fantassin s'écarta pour le laisser passer.

Il était en train de faire un bon temps. Pas son record, mais pas mauvais du tout, il le sentait.

Le champ de mines était un corridor de sable de trente mètres sur sept. Les mines électroniques étaient de la taille d'une balle de base-ball, et sans danger – mais si d'aventure on marchait sur une, on le remarquait : elle émettait alors un hurlement amplifié capable de vous réveiller un mort de six jours. Chaque contact vous coûtait quinze secondes. On pouvait les repérer aux petites dépressions d'un centimètre environ qui marquaient leur emplacement dans le sable. Si vous étiez le premier à passer, pas de problème : on les remarquait sans peine, ce qui permettait de traverser le champ en dix à quinze secondes, mais dès que plusieurs personnes étaient passées avant vous, il était bien moins évident de les retrouver parmi toutes ces empreintes de bottes.

Deux fantassins progressaient encore dans le sable quand Howard arriva. Les bleus avaient tendance à croire qu'il suffisait de marcher dans les empreintes précédentes pour s'en tirer à bon compte, et si les mines avaient été réelles, cette tactique aurait pu marcher. Mais les pièges se réamorçaient de manière aléatoire toutes les deux minutes, de sorte que marcher sur les empreintes de son prédécesseur pouvait vous amener de mauvaises surprises. On n'était jamais sûr.

On ne pouvait pas non plus mémoriser un parcours, car Howard avait demandé à ses techniciens de le changer à peu près toutes les semaines.

Là encore, le maître mot était la mesure. Qu'on presse le pas et on était bon pour s'en prendre plein les tympans. Qu'on traîne un peu et on commençait à gamberger, imaginer des pièges là où il n'y en avait pas.

Il posa le pied dans le sable.

Quarante secondes plus tard, il en ressortait sans avoir déclenché une seule sirène, et plutôt content de lui car il avait dépassé un des hommes et rattrapé le second alors qu'il se dirigeait vers l'ultime obstacle.

La dernière épreuve du jour était le sergent Arlo Phillips, un instructeur de combat à mains nues qui faisait son mètre quatre-vingt-dix et ses cent vingt kilos. Le rôle de Phillips était simple : vous empêcher d'aller appuyer sur le champignon sonore fixé au poteau planté au milieu d'un cercle blanc peint sur le sol. On n'avait le droit de se présenter dans le cercle qu'un par un, et si on se faisait jeter, il fallait repasser derrière la ligne avant de recommencer. Comme le chrono s'arrêtait dès qu'on avait atteint le périmètre – le répéteur fixé à la ceinture télécommandait son arrêt – et ne reprenait son décompte que tant qu'on se trouvait à l'intérieur du cercle, c'était là que la majorité des candidats perdaient des points. Les instructeurs de combat n'aimaient pas perdre. Ils se relayaient à l'intérieur du périmètre, et aucun n'était manchot, mais Phillips était fort, entraîné, et il adorait ça. Pris en combat singulier, Phillips vous dévissait la tête si vous cherchiez à le surpasser. Certains soldats juraient l'avoir vu soulever et faire pivoter l'avant d'un pick-up Dodge pour le garer dans un emplacement trop étroit. Le seul moyen de le battre était de rester hors d'atteinte, et c'était coton.

Quand vint le tour de Howard, il fonça droit sur Phillips, feinta à gauche, à droite, vers le haut, puis plongea sur la gauche avec un roulé-boulé. Phillips réussit à lui empoigner la cheville droite quand il se releva, mais trop tard : le colonel réussit à effleurer du bout des doigts le vibreur alors que le sergent le plaquait à terre. C'était toutefois suffisant : la sonnerie se déclencha. Son chrono s'arrêta, son parcours était fini.

« Z'avez une veine d'officier, mon colonel », commenta Phillips.

Howard se releva, s'épousseta, sourit au colosse. « Je crache pas dessus. Vaut encore mieux être veinard que valeureux.

– Oui, mon colonel. » Phillips se tourna. « Suivant ! »

Howard se dirigea vers Fernandez et les deux techniciens chargés du décompte des points.

« Vous devez vous faire vieux, mon colonel. Vous allez finir troisième.

– Derrière qui... ? » Il ôta son bandeau et s'en servit pour essuyer la sueur qui lui coulait dans les yeux.

« Eh bien, mon colonel, le capitaine Marcus est premier avec seize bonnes secondes d'avance. Vous auriez dû le voir terrasser Phillips avec sa prise de jiu-jitsu préférée.

– Et en deux... ? »

Large sourire de Fernandez. « Ma modestie dût-elle en souffrir...

– J'y crois pas.

– Ma foi, mon colonel, j'étais le premier à passer.

– Combien d'avance ? coupa Howard.

– Deux secondes plus vite que vous, dit Fernandez.

– Seigneur Dieu !

– Je crois effectivement avoir ses faveurs, mon colonel.

– Si tu es passé le premier, c'est que t'as dû survoler le champ de mines.

– Je me suis arrêté pour prendre une bière... je m'suis dit que j'avais tout le temps devant moi. »

Howard hocha la tête et se marra. « Comment se débrouillent-ils ?

– Pas trop mal, dans l'ensemble. Je suis sûr que nos p'tits gars et nos nanas seraient loin d'être ridicules si je leur faisais affronter les champions des Forces spéciales, voire même des SEAL.

– Continuez comme ça, sergent.

– À vos ordres. »

Howard se dirigea vers les vestiaires neufs des officiers – bon sang, tout était neuf ici, aucun de ces bâtiments n'existait il y a quelques années – pour se changer. En se pressant, il aurait juste le temps de retourner chez lui rejoindre sa femme avant d'aller à l'église.


### Dimanche 3 octobre, 8 : 45, au-dessus de Marietta, Georgie

Mora Sullivan contemplait le sol, loin en dessous, par le hublot. Elle avait les deux fauteuils de première pour elle toute seule, et ce n'était pas un hasard : elle achetait en général deux billets par trajet, au cas où elle aurait à changer d'identité avant l'embarquement. La cabine n'était qu'à moitié remplie, de sorte que personne n'avait pris de supplément pour occuper le siège voisin.

L'automne arborait ses couleurs : les feuillus des forêts de Georgie en dessous étaient piquetés de taches orange, jaunes et rouges, parmi la verdure des résineux. Elle avait tendance à dormir en avion, mais ce matin, elle était bien trop nerveuse. Depuis le temps qu'elle était dans le métier, elle n'avait effacé que deux de ses clients : le premier, Marcel Toullier, avait reçu un contrat d'un autre, six mois après qu'elle eut travaillé pour le Français ; être au nombre de ses clients ne conférait pas d'immunité, et tout cela demeurait sur le plan strictement professionnel. Du reste, personnellement, elle aimait bien Toullier. Le second qu'elle avait dû éliminer était un trafiquant d'armes du nom de Denton Harrison, parce qu'il avait fait des bêtises et s'était fait arrêter. Les autorités avaient suffisamment à lui reprocher pour le mettre à l'ombre cinquante ans, et Mora savait qu'il était bavard et serait prêt à tout balancer pour écourter son séjour en prison. Tôt ou tard, Harrison aurait pu mentionner qu'il avait loué les services de Selkie. Les références qu'il détenait n'auraient bien sûr abouti qu'à des impasses, mais les autorités n'avaient jusqu'à présent aucune certitude sur l'existence même d'un tel assassin. Et elle n'avait pas envie que ça change.

Protégé par un gilet pare-balles de classe deux, Harrison sortait du tribunal, à Chicago, entouré par des agents fédéraux.

Elle l'avait descendu, embusquée à six cents mètres de distance. Le Kevlar de classe deux ne pouvait guère protéger contre un projectile de 308 : la balle avait transpercé l'aorte et laissé un orifice de sortie gros comme le poing dans le dos de la victime. L'homme était déjà mort quand la détonation lui parvint.

Et maintenant, c'était le tour de Genaloni.

Une hôtesse se présenta. « Café ? Jus de fruits ? Je vous propose autre chose ?

– Non merci. »

Devait-elle vraiment éliminer le baron du crime ?

Si elle avait pris sa décision sur une impulsion, elle n'aurait guère mieux valu que lui. C'était entendu, elle devait faire quelque chose, et comme elle gagnait sa vie en effaçant les gens, c'était son point fort et elle se devait donc d'envisager cette option. Mais il y en avait d'autres. Maintenant qu'elle avait jugé le moment venu de prendre sa retraite, tous ses papiers, relevés, adresses, quittances étaient promis à disparaître. Elle pouvait laisser derrière elle une trace aboutissant à un accident de voiture ou autre événement propre à convaincre d'éventuels poursuivants qu'elle était morte. Ou bien elle pouvait faire endosser à Genaloni la responsabilité d'une affaire criminelle, avec la certitude qu'il se ferait serrer. Bien sûr, il pourrait encore donner ses ordres depuis une cellule, ce n'était pas ça qui arrêtait les mecs comme lui, mais il aurait alors d'autres priorités. Même un type comme Genaloni finirait par oublier son existence après cinq ou dix ans de séjour à l'ombre.

Les hommes comme Genaloni avaient tendance à mourir jeunes, ou à finir leurs jours en prison. Ils se faisaient des tas d'ennemis de chaque côté de la barrière, et il y avait de bonnes chances pour que l'un ou l'autre de ces ennemis finisse par les avoir.

Bien entendu, on connaissait d'anciens malfrats nonagénaires qui avaient fait mentir les statistiques en se baladant en fauteuil roulant, branchés sur leur bonbonne d'oxygène et jouant les débiles ou les fous. De vieux roublards qui, nonobstant les dangers, étaient toujours en liberté.

Elle soupira. Quelle était la meilleure méthode ?

Elle allait devoir décider rapidement. Sitôt qu'elle aurait dédommagé le chenil pour la perte du chien, elle retournerait chez elle, à Albany, pour y réfléchir.

### *Dimanche 3 octobre, 13 : 28,*
### *Washington, DC*

Debout devant la porte de Bella, Tyrone inspirait profondément, cherchant à se calmer. La séance de la veille s'était plutôt bien passée. Sans être une cyber-surfeuse particulièrement experte, elle ne se débrouillait pas trop mal.

À deux reprises, sa hanche avait frôlé la sienne. Une fois, comme elle se penchait pour prendre un stylet, il avait senti le poids de son sein contre son bras.

Les souvenirs s'atténueraient peut-être un jour, mais pour l'heure ils ne contribuaient pas à ralentir son pouls.

Il effleura la sonnette.

Bella ouvrit la porte. Aujourd'hui, elle portait une tenue plus discrète – un pull-over. Elle avait remonté ses cheveux en chignon et s'était récurée depuis peu : elle sentait bon le propre, une odeur légèrement savonneuse.

« Hé, Ty ! Je sortais juste de la douche. Excuse mon allure débraillée...

– Non, pas du tout. » Mais il l'avait dit trop vite, d'une voix trop aiguë. Il était trop con pour vivre. Zut !

« Entre. »

Une fois en haut, ils branchèrent l'équipement de

RV et commencèrent. « Bon. Aujourd'hui, on va utiliser mon programme. Tu vois pas d'inconvénient à enfourcher une grosse moto derrière moi ?

– Noprob, répondit-elle. Tout ce que tu voudras. »

Ben voyons. Ce qu'il voulait n'avait rien à voir avec le Net. Mais alors, absolument rien à voir. Il répondit malgré tout : « D'accord. Voilà ce que donne le scénario... »

### Dimanche 3 octobre, 21 : 45,
### Groznyï

Plekhanov s'installa, alluma sa RV, puis s'aperçut qu'il n'avait toujours pas effacé le programme voiture. La Corvette bleu métallisé était toujours garée le long du trottoir devant lui. Il hocha mentalement la tête. Il faudrait vraiment qu'il s'en débarrasse. Bon. Dès qu'il aurait fini sa petite virée en Suisse, il la larguerait. Définitivement.

### Dimanche 3 octobre, 13 : 50,
### Washington, DC

Fonçant sur les lacets des Alpes suisses au guidon de sa Harley, Tyrone cria, pour couvrir le vent : « Tu piges le fonctionnement ? Mon programme transcode leurs programmes dans des modes visuels compatibles. Ce camion, par exemple... Si on était dans un scénario aquatique, ce serait sans doute un chaland ou un cargo...

– Mais comment procède-t-il ? » lui cria-t-elle.

Il se retourna pour la regarder. Ses cheveux défaits s'agitaient dans le vent.

« Fastoche. Si nous sommes dans des modes par trop dissemblables, mon programme se substitue entièrement à l'imagerie de l'hôte. Angle de vision et vitesses relatives resteront les mêmes, idem pour l'air, l'eau, la terre, même les éléments imaginaires. Si en revanche les environnements sont relativement similaires – comme dans notre cas, le camion évoluant sur une route –, mon programme prend son image et l'interpole en synchronisant les vitesses des deux RV. La plupart des gens, lorsqu'ils se rencontrent, choisissent l'un des deux programmes et l'utilisent, pour éviter un délai de quelques microsecondes dans le taux de rafraîchissement.

– Ah, je vois.

– Ce camion, là. C'est un gros paquet d'infos, bourré de lignes de code, c'est pour ça qu'il se traîne. Tiens, regarde... »

Il tourna la poignée de la Harley et le moteur vrombit. Ils doublèrent le poids lourd qui progressait péniblement, se rabattirent en vitesse comme un autre véhicule arrivait en face.

« Waouh ! » s'exclama Bella.

Oh, comme il aimait cette voix.

« Alors, tout ça, c'est des logiciels du commerce ?

– Disons que j'ai pas mal bidouillé celui-ci.

– Tu peux faire ça ?

– Bien sûr. Je pourrais en écrire un en partant de

308

zéro, mais c'est plus facile de modifier un programme existant.

– Tu pourrais me montrer ? Que je sache écrire mon propre programme ?

– Ouais, bien sûr, noprob. C'est pas si dur.

– Exemplaire ! »

À cet instant, Tyrone se souvint de sa conversation avec son père. *Offrir aux autochtones ce qu'ils ne peuvent obtenir de ton ennemi.* Même s'il ne considérait pas vraiment Presse-purée comme un ennemi, son vieux avait raison. Tyrone avait un truc que n'avait pas LeMott, un don, un talent, et à cet instant précis, c'était ce que désirait Bella. CPI, le transfert à haut débit !

Ils parvinrent à une intersection avec un feu rouge. CyberNation était sur la gauche. Et s'il l'emmenait y faire un tour ? Les deux ou trois fois précédentes, la visite n'avait pas été inintéressante, même si on ne laissait voir les trucs vraiment cool qu'aux membres inscrits, et ça, c'était pas pour tout de suite. Il entendait d'ici son paternel : « Renoncer à ta citoyenneté pour rejoindre une nation informatique sans existence réelle ? Pas d'accord. »

La circulation transversale était dense et Tyrone était tellement absorbé par ses pensées qu'il faillit rater la Corvette lorsqu'elle traversa l'intersection comme une flèche.

Faillit. Une alarme retentit dans sa tête. Une Corvette... Une Corvette... Hein ?

Oh, ouais, le bulletin de JG, au courrier électronique de la veille. « Repère-moi un jeune type en costard-cravate au volant d'une Corvette bleue. »

Le roadster avait filé avant qu'il ait eu une chance d'apercevoir le chauffeur, et il y avait deux voitures et une fourgonnette devant lui au feu. C'était sans doute rien.

D'un autre côté, ça pouvait être quelque chose. Il fallait au moins qu'il vérifie, non ? Et si Bella l'interrogeait, il faudrait qu'il lui explique, pas vrai ?

Presse-purée, lui, ne donnait pas un coup de main à une agence fédérale de premier plan, n'est-ce pas ?

Tyrone enclencha la première et ouvrit un peu les gaz. Il monta sur le bas-côté et dépassa les véhicules arrêtés dans la file. Ce qui lui valut quelques coups de klaxon.

« Waouh ! On a le droit ?

– Eh bien, pas vraiment, mais on va le faire quand même. » Parvenu au carrefour, il s'inclina pour négocier le virage, redressa la machine, monta les rapports et tourna la poignée des gaz. « Tu mates la Corvette bleue, devant nous ?

– Ouais !

– Faut que j'y jette un œil. Je... euh, je file un coup de main à un pote qui bosse pour la Net Force.

– La Net Force ? Sans déc ?

– Sans déc. Jay Gridley. C'est leur cador de l'informatique. J'fais des trucs pour lui de temps en temps.

– Waouh ! Exemplaire, Ty ! »

Était-ce son imagination, ou bien avait-elle accentué légèrement son étreinte autour de sa taille ?

« On peut le rattraper ?

– Noprob. Il n'y a pas grand-chose qui puisse me gratter dans ce scénario. Accroche-toi. »

Pas de doute, elle s'accrochait tout ce qu'elle savait. *Ouiiii !*

## Dimanche 3 octobre, 21 : 58,
## Groznyï

Plekhanov revenait de la banque, à Zurich, quand il nota dans son rétroviseur la moto qui se rapprochait à toute vitesse. Il plissa le front, connut un instant d'inquiétude. La moto eut tôt fait de le rattraper. Elle déboîta de l'autre côté de la ligne médiane pour le doubler, sans manifestement se soucier du camion qui arrivait en face sur l'étroite bretelle à double sens. Il surveilla l'engin du coin de l'œil. Deux ados, un type et une fille, qui ne semblaient pas s'intéresser particulièrement à lui. En quelques secondes la moto était passée, s'était rabattue et continuait d'accélérer, n'ayant apparemment évité le camion que de quelques centimètres. Le deux-roues eut tôt fait de le laisser sur place.

Plekhanov hocha la tête à cet accès de paranoïa. Ce n'était rien. Un jeune Black qui frimait pour sa copine en tapant la bagnole la plus rapide qu'il ait pu trouver, au risque de percuter les véhicules venant d'en face. Il avait été jeune lui aussi, même si cela remontait à des siècles. Il ne reviendrait pas à cette époque pour un empire ; troquer une sagesse et un savoir rudement gagnés contre les hormones torrides et l'intrépide philosophie du *Carpe diem* propres à la jeunesse : pas question. Les ados croyaient vivre éternellement, ils se croyaient tout-puissants. Il n'était pas dupe.

Il y avait toujours des limites à de tels rêves. Même

311

les plus riches et les plus puissants finissaient par connaître le sort de tout être de chair. Cinquante ou soixante ans encore, et il aurait fait son temps. Mais d'ici là, en tout cas, ce temps, il en aurait profité. Et bien profité.

## 28.

Jay Gridley était sur le réseau, fonçant au volant de la Viper entre Ailleurs et Nullepart, Montana, quand le signal d'annulation s'insinua dans le scénario. En fait, il entendit pépier le téléphone terrestre de l'appartement. La ligne était sur liste rouge. Il mit en pause le programme de RV, rétrograda, prit l'appel en vocal.

« Ouais ?

– Monsieur Gridley ? » dit une voix juvénile.

Jay fronça les sourcils. Une voix de femme. Aucune de celles à qui il avait confié son code terrestre privé ne lui aurait donné du « monsieur ». Il répondit : « Qui est à l'appareil ?

– Je m'appelle Belladonna Wright. Je suis une amie de Ty Howard. »

Avant que Gridley ait pu s'interroger plus avant, la fille poursuivit : « Ty est en ligne dans un scénario. Il m'a dit de vous appeler pour vous donner les coor-

313

données. Il pense avoir retrouvé la Corvette bleue que vous cherchez.

– Bon Dieu ! Où ça ? »

Elle débita les coordonnées. Gridley les fit intégrer par l'ordinateur directement dans son programme de RV. « Merci, mademoiselle Wright. Dites-lui que j'arrive. Discom. »

Gridley relança aussitôt la RV, mais au moment de recaler la simulation, il hésita. Il y avait peu de chances, mais si d'aventure il s'agissait de la voiture recherchée, le conducteur se méfierait en voyant apparaître une Viper. Mieux valait changer de programme, inutile de tenter le diable. Et prendre une tire moins voyante.

Gridley chargea la Neon grise.

Le véhicule le plus répandu sur les routes du MR était une Dodge Neon de deux ans, et la teinte la plus fréquente de ce type de voiture était le gris. Pour les débutants ou les utilisateurs qui n'avaient pas de choix précis pour surfer sur le Net, c'était le modèle par défaut. Nul doute que le constructeur avait dû arroser copieusement les gros serveurs pour qu'ils sélectionnent le modèle. Une Viper, c'était le style, la classe : avec elle, on se faisait immanquablement remarquer. Mais une Neon grise parmi tant d'autres ? Au volant d'une telle bagnole, on devenait quasiment invisible. Et si l'on savait s'y prendre, on pouvait toujours planquer un moulin un peu plus puissant que le modèle de série sous le capot banal. L'engin ne serait pas aussi rapide que sa sélection favorite, mais il préférait troquer la vitesse contre l'anonymat. Si c'était bien son type, il valait certainement mieux ne pas être repéré trop vite.

Il lança le programme et se dirigea vers les coordonnées.

C'était en fait celles d'une station-service genre routier, en Allemagne de l'Ouest. Alors qu'il se garait au parking, il avisa une jolie fille qui sortait des toilettes pour rejoindre Tyrone, debout près de sa Harley, à côté d'un gros fourgon électrique Volvo en cours de recharge. C'était un scénario réaliste. Tyrone ne l'avait pas vu passer : il était en train de surveiller le parking du restaurant.

Gridley regarda dans la même direction, vit la Corvette garée à côté de l'établissement. Le modèle et la teinte correspondaient, mais cela ne voulait pas dire grand-chose en soi. Il gara la Neon tout près de la meule de Tyrone, et fut aussitôt remarqué par les deux jeunes gens. Il coupa le moteur, descendit de voiture. Il faisait frais, l'air était vif, une journée d'automne impeccable. Une odeur de gazole traînait dans l'air, accompagnée de celle d'ozone émanant de l'énorme chargeur alimentant le fourgon. Pas de doute, c'était un scénario hyperréaliste.

« Eh, Tyrone !

— Eh, Jay-Gee. Euh, je te présente... euh... Belladonna... Bella, Jay Gridley.

— On s'est parlé au téléphone. Ravi de faire votre connaissance. C'est un avatar ou votre aspect de MR ?

— MR, répondit la fille.

— Elle est même encore mieux en vrai », intervint Tyrone. Avant de nourrir une fascination soudaine pour le bout de ses chaussures.

Gridley sourit. Une chance qu'il ait la peau noire, sinon il aurait été aussi rouge qu'un feu arrière.

Tyrone s'en rendit compte, lui aussi. Il se hâta de

montrer la voiture : « Voilà la Corvette. Le chauffeur est au restaurant. »

Gridley acquiesça. « Merci du coup de fil. T'as vérifié sa plaque ?

– Bien sûr, tout de suite. À première vue, la voiture appartient à un certain Wing Lu, de Guangzhou, en Chine. Mais en vérifiant le chiffre d'autocontrôle, le numéro ne colle pas.

– Donc, la plaque est sans doute fausse. Pas vraiment une surprise. »

À l'intention de la jeune fille, Tyrone expliqua : « Des tas de gens veulent rester anonymes sur le Net, donc, en même temps que les pseudos et les avatars pour dissimuler leur aspect réel, ils se collent une fausse identité – avec fausse carte grise, fausse adresse, faux codes d'accès. L'une des premières règles du surf sur le Net est...

– De ne jamais se fier à ce qu'on voit, termina la jeune fille. Je me suis déjà baladée sur le Web, même si je ne suis pas une reine du surf, Ty...

– Désolé », dit Tyrone.

Gridley hocha la tête. Un vrai petit chiot. C'était navrant à voir. « Bon, quoi d'autre ? intervint-il pour ramener la conversation sur la Corvette.

– Il conduit vite, change de file sans jamais heurter les plots centraux, ne se fait jamais coincer derrière un paquet de données au ralenti ou un engorgement de trafic.

– Un vrai roi de la glisse.

– Sans aucun doute.

– C'est quoi, un roi de la glisse ? s'enquit Bella.

– Un type qui sait surfer sans trop de frictions, expliqua Tyrone. Ça veut dire qu'il est à l'aise avec ce mode précis : sans doute l'a-t-il pas mal utilisé, à moins qu'il ait passé suffisamment de temps sur la Toile pour manier à peu près tous les modes.

– Ce qui veut dire ?

– Qu'il s'agit sans doute d'un programmeur, dit Gridley.

– Bon, je peux vous demander pourquoi vous le cherchez ?

– Je ne peux pas vraiment vous le dire maintenant. C'est en rapport avec une enquête en cours.

– Mais c'est un gros coup ?

– Oh, ça oui. Si ce gars est bien celui qu'on cherche, c'est une affaire gargantuesque. Plus on recueillera d'infos sur lui, mieux ce sera ». Gridley regarda Tyrone. « Il t'a vu ?

– On l'a doublé pour le mater de plus près. La route était étroite. On a fait gaffe de rester à bonne distance depuis. Je crois pas qu'il ait remarqué qu'on le filait, mais si jamais il nous revoit, il pourrait faire le rapport avec la moto qui l'a doublé...

– Bon, d'accord. Si tu veux continuer, tu montes avec moi et tu laisses ta meule ici. On verra combien de temps on peut rester dans son sillage. »

Gridley se dirigea vers la voiture, les deux ados sur les talons. Une idée lui vint. « Mieux vaut que vous passiez derrière. J'ai tout un tas de bordel sur le siège avant. »

Ce n'était pas strictement vrai, mais ce le serait quand ils monteraient en voiture, la manip n'était pas difficile.

Bon sang. Il avait été jeune, lui aussi. Même si ça lui paraissait remonter à la préhistoire, quand il contemplait Tyrone et son amie Belladonna. Mais à moins que sa mémoire n'ait pété un fusible, avoir la chance de s'asseoir avec une fille superbe sur la banquette arrière d'une petite voiture restait une des plus grosses émotions qu'on puisse connaître à cet âge.

Merde, tout bien pesé, c'en était toujours une au sien...

Ils venaient de monter quand Tyrone lança : « Le voilà ! »

Gridley leva les yeux. Un homme sortait effectivement du restoroute et se dirigeait vers la Corvette. Jay le dévisagea, sourit. Oui ! C'était bien le même avatar qu'il avait aperçu à La Nouvelle-Orléans. Fallait qu'il soit tordu pour continuer à l'utiliser. Idiot, aussi. Ils avaient enfin trouvé la faille par où s'engouffrer.

« Et c'est parti, Tyrone ! Je te dois une fière chandelle.

– C'est lui ? demanda Bella.

– Ça, ouais.

– Exemplaire, Ty ! »

Apparemment, derrière, quelqu'un venait de voir sa cote monter en flèche. « À présent, je te tiens ! » lança Gridley de sa plus belle voix de Dark Vador. Il glissa la main sous le tableau de bord de la Neon et la ressortit avec un micro. Il appuya sur la palette d'appel. « Ici Jay Gridley, agent de la Net Force, identification JG-6-5-8-9-9, autorisation Zéta-un-un. J'ai une priorité cinq aux coordonnées suivantes, je répète, priorité cinq. Voici le signalement... » Gridley entra le code, le numéro de la fausse plaque de la Corvette, ainsi qu'une description du véhicule et de l'avatar au volant.

Derrière, Tyrone commentait d'une voix tranquille : « Il est en train d'alerter les services de police.

N'importe quel flic naviguant sur le Net, s'il voit la Corvette, en fournira aussitôt les coordonnées spatiales et temporelles. On devrait être en mesure d'avoir un graphique de position quand on l'aura perdu...

– Quand on l'aura perdu ? s'étonna la jeune fille. Tu penses pas qu'on va pouvoir rester sur ses traces ?

– Pas si c'est un roi de la glisse qui n'a pas la conscience tranquille. Il doit surveiller ses arrières. Il va finir par nous repérer. S'il vient jeter des coups d'œil régulièrement sur le réseau, c'est qu'il doit être connecté en permanence. Ça nous laisse une piste qu'on pourrait remonter. Donc, dès qu'il nous repère, il faut qu'il nous sème ou nous retarde d'une manière ou d'une autre.

– Risque pas, avec ces pneus, objecta Gridley. Ils sont autovulcanisants.

– Hein ?

– Laisse tomber... »

Tyrone traduisit : « Si jamais il se sent serré d'un peu trop près, le gars peut quitter la RV en débranchant le casque ou en coupant le courant. Ça lui plantera son système, il risque même d'abîmer son programme s'il le fait en pleine connexion, mais c'est un moyen radical de disparaître.

– Il ferait une chose pareille ?

– À sa place, moi, je le ferais, intervint Gridley. La première règle en informatique est de toujours tout sauvegarder. Ça risque de lui prendre un bail pour réinstaller son programme et tout reparamétrer dans l'état précédent, mais ça vaut sûrement mieux que de voir la Net Force débarquer à sa porte virtuelle pour l'arrêter.

– Waouh ! » fit Bella.

Gridley poussa le moteur de la petite berline. « Enfin, on verra ça plus tard. » Il regarda la Corvette sortir du parking et s'engager sur la nationale. « En attendant, il est toujours là. Bouclez vos ceintures ! »

### *Dimanche 3 octobre, 15 : 00, Albany, État de New York*

Incidemment, Sullivan avait dédommagé le chenil pour la perte du chien. En procédant avec moult détours : l'entreprise qui avait déposé dans leur boîte l'enveloppe remplie de billets usagés était la troisième de la chaîne ; elle l'avait reçue d'une seconde qui l'avait elle-même reçue d'une première. La première l'avait récupérée dans le hall d'un hôtel, où elle avait été déposée par un mineur que Sullivan avait soudoyé avec un pack de bière, et en opérant déguisée. Il était bien improbable qu'un éventuel témoin puisse remonter la piste qui de toute manière s'achèverait en cul-de-sac, le gamin n'ayant à fournir comme signalement que celui d'une quadragénaire affligée d'un poireau sur le menton.

Elle était donc revenue à Albany et elle avait pris sa décision. Elle était jeune. Elle pouvait vivre encore soixante-dix ans, vu les progrès de la médecine, plus peut-être. Certes, elle était au sommet de sa forme – physique et mentale –, au mieux de ses talents. Après toutes ces années passées à danser au bord du gouffre, elle avait fini par avoir une sensibilité presque instinctive pour ce genre de choses. En cet instant précis, quelque part, elle savait : il était temps de quitter la partie. Vouloir s'accrocher comme un boxeur en fin de carrière au risque de se faire étendre par un jeune malabar aux muscles d'acier, ce n'était pas vraiment le bon plan. Sitôt effacée la cible manquée, Selkie prendrait donc une retraite anticipée. Elle romprait tous les ponts en rapport avec cette identité. Ce n'était pas comme si elle était dans le besoin : elle avait quand même mis de côté huit millions de dollars. Placée judicieusement, cette somme lui fournirait des revenus confortables. Dix millions, tel avait été son objectif initial, mais le chiffre était surtout symbolique. Et puis, elle connaissait deux ou trois placements à haut risque susceptibles de lui rapporter gros. Elle ne mourrait pas de faim.

Le gros problème en suspens restait toutefois Genaloni.

Son employeur allait probablement finir comme la plupart des types trop malins : refroidi ou à l'ombre. Mais *probablement*, ce n'était pas une garantie suffisante pour risquer les soixante-dix années à venir. Elle n'avait pas envie d'en passer l'essentiel à regarder derrière elle, avec la crainte de voir apparaître Genaloni.

Non, il devait faire partie de son passé. Un passé mort et enterré.

Ce ne devrait pas être si difficile. Les truands s'entouraient de gorilles armés pour se protéger mutuellement, ils avaient des avocats pour se charger de la police, et ils s'imaginaient être à l'abri du reste. Genaloni était peut-être le plus futé de la bande, malgré tout il avait ses faiblesses. Selkie mettait un point d'honneur à tout savoir de ses clients avant d'accepter d'eux un contrat. Genaloni avait sa petite bande de

gangsters et d'avocats, mais il avait également une maîtresse. Elle s'appelait Brigette, et si grâce à lui elle était
à l'abri du besoin, elle ne disposait ni d'avocats ni de
gardes du corps pour la protéger du monde extérieur.

Donc, Genaloni d'abord, ensuite le bureaucrate de
Washington. Et après, un mois de vacances à Hawaii.
Ou peut-être à Tahiti. En tout cas, un coin chaud et
ensoleillé, sans pendule ni emploi du temps.

Selkie sourit. Ça faisait du bien d'avoir un nouvel
objectif.

# 29.

Plekhanov s'aperçut qu'il était filé.

Il évacua sa colère par un bref juron en russe, puis passa aux choses sérieuses. Le mal était fait, inutile d'y revenir : il convenait d'aviser.

La voiture à ses trousses était une de ces petites berlines anonymes, pareille à des millions d'autres sur la Toile ou dans le MR. Jamais il ne l'aurait remarquée s'il n'avait pas effectué des boucles systématiques, une procédure classique pour se garantir justement contre de tels problèmes. C'était la troisième de ses manœuvres d'évasion et s'il ne l'avait pas repérée tout de suite, il devait supposer qu'il l'avait au cul depuis un certain temps. Depuis quand était-il sous surveillance ? Et ce n'était que la première d'une liste de questions... Qui était-ce ? Comment l'avaient-ils retrouvé ? Quelle était la meilleure façon de s'en débarrasser ?

Il revint sur la route principale. Mieux valait faire

323

comme si de rien n'était. Ça lui donnait un avantage sur l'adversaire.

La voiture grise reproduisit sa manœuvre, restant toujours à bonne distance, mais confirmant ainsi ses soupçons. Ils devaient essayer de rassembler les informations générées par son véhicule – vecteurs, construction, modules de code, toutes choses qui, aux mains d'un expert, pouvaient au bout du compte le désigner. La réalité virtuelle était un univers métaphorique, mais la base des images était bien réelle. On pouvait les enregistrer, voire en retrouver l'origine – surtout (s'il s'agissait bien de la Net Force) quand on disposait d'ordinateurs assez puissants pour effectuer un tri sur la totalité des profils des programmeurs. Plus ils lui colleraient aux basques, plus se réduirait l'éventail de candidats à passer au crible. Au début, il avait dû n'être qu'un parmi des dizaines de milliers d'autres ; désormais, chaque minute qui s'écoulait réduisait ce nombre. Chaque programmeur avait un style – aussi personnel pour les meilleurs d'entre eux que des empreintes digitales ou un profil génétique. Qu'ils restent assez longtemps et ils récupéreraient son identité ou s'en approcheraient assez pour l'identifier ensuite en un rien de temps. Le tout était de savoir quoi chercher ou quelles questions précises poser au logiciel de recherche.

Merde !

Il était à présent sur l'autoroute Eurasiatique Nord. Il avait déjà traversé la Baltique et se retrouvait presque chez lui. Pas question de s'y arrêter, bien sûr, mais un brusque changement de direction risquait de leur mettre la puce à l'oreille. En outre, il devait présumer qu'ils n'étaient pas seuls. Il pouvait y avoir d'autres voitures devant lui, en planque aux carrefours. Si la petite voiture grise était celle d'un agent de la Net Force ou d'un service annexe, ils devaient presque à coup sûr être plusieurs.

Très bien. Il pouvait tourner sur l'autoroute indienne, cent kilomètres plus loin, et les attirer vers le sud, loin de chez lui. Il n'aurait plus qu'à garer la voiture, entrer dans un restaurant, quitter le scénario...

Non, où avait-il la tête ? Ce genre de réflexe panique leur laisserait la voiture et un moyen éventuel de le retrouver.

Une autre solution... Elle avait déjà marché. Peut-être qu'elle marcherait de nouveau. Peut-être qu'il arriverait à semer les poursuivants, emprunter un chemin de traverse, voire éviter d'autres filatures. Se tirer de ce scénario et le larguer ensuite.

Ça valait en tout cas la peine d'essayer.

Il ralentit, laissa la voiture derrière se rapprocher. Dès qu'il fut prêt, il sortit les clous de la pochette qui ne le quittait jamais et, d'un geste expert, les répandit sur les quatre voies de la chaussée derrière lui...

Son poursuivant fit un écart, esquiva la plus grande partie des clous à trois pointes mais ne réussit pas à les éviter tous.

Ah-ah !

Son triomphe fut de courte durée. Les pneus de la voiture grise n'avaient pas éclaté, elle n'avait pas ralenti. Elle aurait même accéléré.

Bordel de merde ! Ils devaient suspecter son identité, en tout cas sous cet avatar et dans ce véhicule. Ils savaient qu'il était un as de la RV, et avaient renforcé leur programme contre ses défenses. Malheureusement, il n'avait pas un gros arsenal à sa disposition : rien du moins pour arrêter des adversaires de leur calibre. Il avait certes des tas d'utilitaires susceptibles de déployer miroirs et rideaux de fumée, mais aucun ne suffirait dans ce cas précis.

S'il ne pouvait se débarrasser d'eux, il ne pourrait pas non plus les garder longtemps à ses basques. Ils en savaient déjà trop. Il ne pouvait pas courir le risque de les voir soutirer de nouvelles informations par osmose et réduire d'autant leur champ d'investigation. Jamais il ne pourrait rejoindre sa route des Indes.

Il devait sortir de la RV tout de suite !


Le témoin d'incident système clignota sur son ordinateur, accompagné du signal vocal : « Attention ! Défaillance système ! Attention ! Défaillance système ! »

Plekhanov ôta le casque, appuya sur l'interrupteur, coupant l'alimentation de l'ordinateur sans se soucier des procédures d'arrêt d'urgence. Des données allaient se retrouver altérées, le système d'exploitation bousillé, et le logiciel de RV sans doute planté grave. Aucune importance quand évasion ou capture se jouaient à quelques secondes près.

Putain de bordel de merde, comment avaient-ils réussi à le retrouver ?

Que savaient-ils au juste ?

## Dimanche 3 octobre, 15:15,
## Quantico

Devant eux, la Corvette explosa dans un éclair éblouissant et s'évanouit.

« Merde ! s'exclama Jay-Gee.

– Et voilà ! dit Tyrone à Bella. Il nous a repérés et a délibérément planté son système. » Puis, à l'adresse de Jay-Gee : « T'as eu quelque chose d'utilisable ?

– Ouais, ouais, je pense. Il était sur l'itinéraire Russie-Asie centrale. Une des passerelles principales, sans doute. Il aurait pu emprunter la route des Indes, devant lui, ou continuer jusqu'à celle d'Orient, mais s'il comptait filer vers le sud, il aurait dû obliquer cent bornes plus haut ; du reste, à ma connaissance, il n'a pas le style de conduite d'un Jap ou d'un Coréen. Je crois plutôt qu'il rentrait chez lui, et pour moi, il conduit plutôt comme un Russe.

– Mais qu'est-ce qu'il raconte ? » intervint Bella.

Tyrone lui expliqua que chaque programmeur était reconnaissable à son style.

« Va falloir faire avec ce qu'on a pu récupérer et l'étudier, dit Jay. Ça nous suffira peut-être pour épingler ce connard. »

Michaels activa d'un geste la connexion téléphonique.

« Oui ?

– Patron ? C'est Jay Gridley. On a du nouveau sur
le type qui nous a flanqué les boules en Europe et en
Asie. »

L'espace d'une seconde, Michaels se sentit désap-
pointé. Pour le moment, Steve Day venait avant sur sa
liste de priorités ; cela dit, l'autre affaire était plus
importante pour la Net Force, même s'il devait y
perdre son poste. « C'est super, Jay.

– Je serai là dès que j'aurai réglé les derniers petits
détails », poursuivit Jay.

Dès qu'il eut raccroché, le bip se manifesta de nouveau.

« Allô ?

– Eh, papitou !

– Eh, gaminou !

– Tu fais pas la grasse mat' ? »

Trois heures et demie de l'après-midi, et elle
s'inquiétait de le tirer du lit. Il sourit. « Sûrement pas.
Je bosse. »

En fait, la Net Force avait délégué un agent pour
surveiller Susie, sans compter les flics du coin mis en
alerte, mais jusqu'à présent, on n'avait rien relevé
d'anormal.

« M'man a fait réinstaller la visu. Mate un peu ça... »

L'image de sa fille s'afficha soudain sur son moniteur. Elle était en survêt bleu et T-shirt rouge. Ses cheveux étaient plus courts que dans son souvenir ; elle avait dû les faire couper. Quelle gamine superbe, tout le portrait de sa mère. Cela dit en toute objectivité, bien sûr. Il sourit, pianota sur la touche d'activation de la caméra pour lui envoyer son image.

— Waouh, papitou ! Tu ressembles à mamie Drac !

— Puis-je savoir qui est mamie Drac ?

— Ouah, l'autre ! Me dis pas que tu regardes pas *Drac et sa bande* ? C'est jamais que le numéro un sur tous les serveurs de séries com, p'pa ! Avec Vince O'Connell qui joue Drac, Stella Howard sa femme, Brad Thomas Jones le fils. Et la vieille mémé, c'est celle qui jouait la mère dans *Chunk Monks*... Tu vis sur la Lune, ou quoi ? »

Il sourit de nouveau. « Je n'ai pas eu trop le temps de visionner les sites de séries com, ces temps derniers...

— Elle est super, pourtant, tu devrais la regarder. En tout cas, t'as une mine affreuse. T'es pas malade, dis ?

— Non, non. Juste crevé. Je bosse trop, je me repose pas assez... Au fait, j'ai quand même eu le temps de récupérer un chien...

— Un *chien* ! Un chien de MR, pas une sim ?

— Ouaip.

— Quelle race ? Depuis quand tu l'as ? Tu l'amèneras quand tu vas venir me voir jouer ? Il est gros ? Comment il s'appelle ? Il est de quelle couleur ? Il est intelligent ? »

Il se mit à rire. « C'est un caniche nain. Il s'appelle

329

Scout, et il est à peu près gros comme un chat de gouttière. Il est très intelligent. Je crois qu'il te plaira.

– Trop *flashy* ! » Elle cessa de fixer l'objectif pour lancer à la cantonade : « M'man ! P'pa a un *chien* ! Même qu'il va l'amener avec lui quand il va venir ! »

Il entendit son ex grommeler quelque chose en arrière-plan.

« Tu crois qu'il m'aimera ?

– J'en suis sûr, chou. »

En la regardant, l'envie de quitter Washington pour filer s'installer dans l'Ouest le reprit. La perspective le séduisait de plus en plus. Bien sûr, il se refusait à partir autrement que la tête haute. Malgré tout...

En attendant, le chrono tournait toujours. Il fallait d'abord qu'il termine ce qu'il avait commencé, quoi qu'il advienne. Pas question d'oublier Steve Day.

### Dimanche 3 octobre, 16 : 00,
### Long Island

Ray Genaloni regarda sa montre. Même au fin fond de Long Island un dimanche, la circulation était épouvantable. Certes, il était à l'arrière d'une limousine et c'était le problème de son chauffeur, mais malgré tout, ça le faisait chier. Chaque minute perdue dans un embouteillage, c'était autant de moins qu'il passerait avec Brigette.

Ce n'était pas comme s'il ne passait pas la voir une ou deux fois par semaine. Et ce n'était pas non plus comme si Brigette était le meilleur coup qu'il ait jamais connu. Pour tout dire, il avait déjà vu mieux. D'un autre côté, elle était quand même à tomber par terre : dix ans de moins que lui, et prête à tout pour assouvir ses désirs – des trucs qu'il n'aurait même pas eu l'idée de demander à sa femme, et encore moins de lui proposer de faire...

Lorsqu'il arriva chez elle – une petite maison qu'il lui avait achetée au bout d'une impasse dans un quartier tranquille rempli de grandes demeures bourgeoises –, Genaloni resta dans sa limousine, le temps que ses gardes du corps descendent de la voiture de devant pour inspecter rapidement les alentours. Quand il venait dans le secteur, c'était toujours en convoi, deux ou trois gars dans une voiture précédant la limousine, et deux autres pour fermer la marche. Ils restaient en faction jusqu'à ce qu'il ait fini ses petites affaires, même si, jusqu'à plus ample informé, jamais personne n'avait cherché à le suivre jusqu'ici...

Il sonna à la porte et sa maîtresse vint lui ouvrir, vêtue d'un truc diaphane en soie noire qui lui descendait jusqu'aux orteils mais ne dissimulait absolument rien. Ses grands-parents étaient venus de Suède ou du Danemark et c'était une grande fille sculpturale à la poitrine avantageuse. On pouvait noter également que c'était une vraie blonde. Elle avait dans les mains deux flûtes de champagne, encore toutes givrées.

« Salut, beau gosse. Mon mari est sorti. Ça te dit d'entrer boire un verre ? »

Il sourit. Parfois, ils se faisaient leur cinéma. Il lui prit une flûte et passa devant elle. Il savait qu'elle faisait son numéro à l'intention de ses gardes du corps et il adorait ça. *Souffrez, les mecs...*

Dès qu'il eut fermé la porte, il glissa une main sous

la soie et lui caressa un sein. Pas un gramme de silicone, rien que du vrai, lisse et chaud.

« Bon, si c'est ce que tu veux, autant qu'on se dépêche avant que mon mari revienne.

– Il peut bien attendre son tour », dit Genaloni.

### *Dimanche 3 octobre, 14:01,*
### *Las Vegas*

Même à l'aéroport, il y avait des machines : machines à sous, bandits manchots, jeux de poker et de Kéno, des rangées de mendiants électroniques prêts à vous faire les poches avant votre embarquement. Sur tous les murs s'affichaient des écrans géants présentant des numéros de magiciens, d'animaux dressés et de danseuses vêtues de strass.

Roujio regarda le Serpent s'arrêter pour glisser un billet d'un dollar dans une des machines à sous, puis tirer la grosse poignée et attendre, dans l'expectative. Les tambours bariolés tournoyèrent, s'arrêtèrent avec un déclic. Grigory le Serpent hocha la tête, sourit, haussa les épaules. Il n'avait jamais eu de veine au jeu.

« Il sait pas quand s'arrêter, c'est ça ? » dit Winters.

Roujio ne répondit rien, même si sans doute c'était vrai. En trois jours, Grigory avait claqué au moins cinq mille dollars. Sa seule série gagnante, à la table du black-jack, avait été de courte durée. En plus du jeu, il avait sans doute dépensé pas loin de deux mille avec des putes. Bien sûr, c'était son fric, et Plekhanov le payait bien ; malgré tout, sept mille dollars devaient représenter le vivre et le couvert pour une famille russe pendant, quoi ? pas loin de deux ans ? Grigory était un imbécile, un gâchis d'oxygène.

« Il faut que je passe un coup de fil, dit Roujio. Laisse-le claquer ce qu'il veut jusqu'au décollage. On a encore plus d'une heure à attendre.

– Je vais aller fouiner du côté de cette boutique de souvenirs et me prendre un magazine. »

Roujio acquiesça. Il se dirigea vers une rangée de cabines téléphoniques, fixa sur le micro du combiné un brouilleur à usage unique, et composa le numéro d'urgence. L'appel prit quelques secondes car il devait transiter par cinq ou six relais autour du monde. Il n'était pas inquiet outre mesure, néanmoins Plekhanov avait laissé passer les deux dernières communications prévues – le vendredi et le samedi précédents – et c'était la procédure en pareil cas.

« Oui, fit la voix de Plekhanov – tendue.

– Tout va bien ?

– En gros, oui. Il y a eu un pépin imprévu. Une broutille, mais embêtante quand même. »

Roujio attendit que l'autre veuille bien en dire plus. Ce ne fut pas long.

« Les... dispositions techniques que tu as mises en œuvre n'ont pas eu les résultats que j'escomptais... »

Roujio comprit à demi-mot qu'il évoquait l'action destinée à détourner l'attention de la Net Force – l'assassinat de son chef, le grain de sable dans le rouage censé déclencher la guerre entre l'agence gouvernementale et l'organisation criminelle. Il rétorqua : « Il est encore trop tôt pour juger...

– Quoi qu'il en soit, il va bien falloir aborder la question. Le petit pépin dont je parlais est survenu

333

justement de ce côté et exige donc qu'on avance la date d'achèvement de l'ensemble du projet.

– Je vois.

– Il y a eu une tentative pour... euh... dupliquer ta première expérimentation. À l'initiative d'une personne employée par l'entreprise italienne. Sans toutefois obtenir de résultats aussi concluants. »

Donc, l'organisation de Genaloni avait tenté de liquider le nouveau chef de la Net Force et échoué. Très intéressant. Il n'en avait pas entendu parler aux infos.

« Et tu veux que je m'en charge ?

– Très probablement. J'aimerais toutefois que tu attendes mon signal. Ce pourrait être prématuré. Je devrais être fixé d'ici un jour ou deux.

– Comme tu voudras.

– Il serait peut-être plus sage que vous vous rapprochiez du secteur.

– Bien entendu.

– Eh bien, au revoir. Je te recontacte demain.

– Au revoir. »

Roujio ôta du micro le brouilleur et le regarda. La matrice biomoléculaire rougeâtre qui était le cerveau de l'appareil commençait à mourir à l'instant où le contact à pression cessait d'être plaqué contre le micro du combiné téléphonique. En l'espace de vingt secondes, la mémoire du dispositif serait effacée, les circuits électroniques inertes. Un chouette joujou, retombée des recherches en avionique militaire. Quand un de vos chasseurs s'écrasait en territoire ennemi, vous n'aviez pas envie que celui-ci récupère les systèmes informatiques. Il était toujours difficile d'effacer totalement les mémoires purement élec-

334

troniques. En revanche, un stockage bio-électronique, une fois mort, était impossible à ressusciter.

Il resta une bonne minute avec le brouilleur dans la main, avant de le jeter à la poubelle.

Donc, il allait falloir qu'ils retournent à Washington. Plus précisément, dans un motel du Maryland, à moins d'une heure de route de la capitale.

Grigory se pointa. Il avait abandonné la rangée de machines à sous.

« Alors, t'as fini de jouer ? demanda Roujio.

– *Da.* »

Roujio ne put s'empêcher de lui envoyer une pique : « Toi, tu m'as l'air d'avoir besoin d'une petite remise à niveau... »

Il vit le Serpent froncer les sourcils, plongé dans un abîme de perplexité. Ce qui n'était pas pour lui déplaire.

# 30.

## *Dimanche 3 octobre, 18:15,*
## *Quantico*

Toni Fiorella sortit du QG de la Net Force et se dirigea vers sa voiture dans la fraîcheur de la nuit tombée. Le parking était presque vide, mais elle avisa, s'approchant, une serviette à la main, une silhouette qu'elle reconnut.

« Rusty ? Qu'est-ce qui se passe ? »

Elle le vit prendre sa respiration. « J'ai fait un peu de recherche sur le silat, j'ai récupéré des infos sur le Net, deux-trois bouquins et quelques vieilles cassettes, et je me demandais... euh... si on pourrait pas... enfin, vous voyez... voir un peu tout ça ensemble... J'aimerais bien avoir votre opinion dessus... » Il tapota sa serviette.

« Bien sûr. J'y jetterai un œil.

— Bon, ben c'est super, merci. M'enfin, vous voyez... je pourrais plutôt vous les montrer... disons, après dîner. Je veux dire, nous... enfin... si ça vous dit qu'on se mange un petit quelque chose... »

Toni s'arrêta, battit des paupières. Il avait manifestement poireauté sur le parking en attendant qu'elle sorte. Et il avait tout l'air de vouloir lui proposer de sortir avec lui. Et si tel était le cas, la question immédiate était : est-ce qu'elle avait envie de sauter le pas ?

Toujours prête à intervenir, la voix de la bonne conscience lui susurra aussitôt : *Dîner, ça ne peut pas faire de mal. Il faut bien que tu manges, de toute façon.*

Elle dissimula un sourire. Une vérification rapide de la résolution de Rusty s'imposait : « C'est une invitation galante, en quelque sorte ? »

S'il voulait une issue de secours, il l'avait. *Eh bien, non, je suggérais juste qu'on dîne ensemble tout en discutant de ces documents sur le silat que j'ai ici dans ma serviette.*

« Oui, m'dame, on peut voir ça comme ça. »

Elle rigola. « Inviter une femme à sortir et lui donner du "m'dame", c'est vraiment le comble de la courtoisie. »

*Eh bien, Toni, où vas-tu comme ça ? C'est un étudiant, d'accord, mais c'est aussi un type séduisant. Pas mal baraqué, intelligent, plutôt calé. Avec un joli diplôme de droit pour compléter son CV de stagiaire du FBI.* Sortir avec lui risquait de compliquer un brin leur relation maître-disciple. Et ça risquait certainement d'entortiller la ligne qu'elle cherchait à lancer vers Alex.

*Seigneur, ma fille, si t'attends qu'Alex remarque tes appas, tu risques de mourir de vieillesse avant que ça arrive. D'ailleurs, ce n'est jamais qu'une invitation à dîner – il ne t'a pas demandé d'être la mère de ses enfants...*

« Très bien. Je suppose qu'on peut se grignoter un petit quelque chose. Où est ta voiture ?

– Chez moi. Je suis venu en métro express.

– Bon, d'accord. On va prendre la mienne. Tu avais un restau en vue ?

– Non, aucun. Ce n'était pas pour la bouffe, mais pour la compagnie. Je vous laisse choisir. »

Elle sourit de nouveau. Il était charmant, avec ses manières un peu ploucs.

Malgré elle, Toni sentit une brève poussée d'adrénaline. En dehors des obligations professionnelles, cela faisait une éternité qu'elle n'était pas sortie avec un homme. Et ce genre d'invitation faisait toujours du bien à son vieil ego.

Non, un dîner ne ferait de mal à personne.

### *Dimanche 3 octobre, 19 : 44, Washington, DC*

Alex sortit promener Scout. Cela allait tout à fait à l'encontre des vœux de ses nouveaux anges gardiens, de sorte que la promenade se transforma en cortège à travers les rues avoisinantes. Avec une participation plus large encore que ce qu'il avait imaginé. Il y avait quatre agents répartis dans deux voitures qui l'encadraient en roulant au pas. Plus quatre hommes à pied, un devant, un derrière lui et le chien, les deux derniers sur le trottoir d'en face, composant les angles d'une boîte en mouvement. En outre, lui avait-on indiqué, deux autres véhicules arpentaient les rues parallèles et deux autres encore couvraient les artères transversales. Certaines avec seulement un homme à bord.

Soit en tout quatorze agents, lui avait confié le principal responsable.

Tout cela lui semblait un gâchis de l'argent public, mais c'est son chef qui avait signé l'ordre de sa main.

Scout ne paraissait pas gêné par la compagnie. Il continuait d'arroser pelouses, lampadaires et bornes d'incendie. De grogner aux multiples dangers tapis dans des bosquets qui n'auraient guère pu dissimuler de proie beaucoup plus grosse que lui. Bref, il prenait son pied de chien.

Michaels appréciait lui aussi la promenade. Le temps s'était légèrement rafraîchi, pas encore au point d'exiger un manteau, mais il avait quand même pris un coupe-vent pour avoir son taser dans la poche, à portée de main. Qu'un assaillant parvienne à franchir cet imposant cordon de sécurité et il pourrait toujours se défendre.

La prudence – la peur – était un sentiment inédit pour lui. Jamais encore il ne s'était préoccupé du danger. Il était de carrure plutôt imposante, jouissait d'une bonne forme physique et vivait au cœur d'un monde civilisé. Il avait certes quelques notions d'auto-défense à main nue, au pistolet ou au taser, mais cette formation, qui remontait à son entrée au FBI, n'était pas d'un grand secours. Il n'avait pas vraiment de dispositions pour cela et puis, il le savait, il n'était pas foncièrement violent.

La dernière fois qu'il s'était battu, ça remontait à la classe de cinquième. C'était avec un gamin du nom de Robert Jeffries. Ils s'étaient rentrés dedans à la récré et, bien que ce fût la faute de Jeffries, celui-ci avait menacé Michaels et promis de le retrouver à la sortie. Il n'en avait aucunement envie mais il aurait eu trop peur de paraître se défiler. En ce temps-là, comme beaucoup de ses copains, il croyait encore qu'il valait mieux se prendre une raclée que passer pour un pleutre.

Et donc, la peur au ventre et presque paralysé de terreur, il avait retrouvé Jeffries près du garage à vélos.

Ils avaient ôté leur blouson et s'étaient mis à se tourner autour, aucun des deux ne voulant faire le premier mouvement. De près, il put constater que l'autre était tout pâle, couvert de sueur, le souffle court, et il s'avisa que son adversaire avait eu le temps de réfléchir et qu'il avait en fait aussi peur que lui.

Alors, si aucun des deux n'en avait envie, pourquoi se battaient-ils ?

Ils auraient pu s'envoyer quelques paroles bien senties, se bousculer un peu, puis en rester là, mais à ce moment, quelqu'un dans la foule réunie comme au spectacle les poussa l'un vers l'autre.

Jeffries se rua sur lui, avec de grands moulinets désordonnés.

Michaels ne sut jamais au juste ce qui s'était passé. À un moment, une grêle de coups de poing lui martela la tête et les épaules – des coups qu'il ne sentait pas et ne semblait pouvoir éviter, alors même qu'ils lui arrivaient au ralenti et dans un silence de mort. L'instant d'après, Jeffries était étendu par terre sur le dos, et lui, juché sur sa poitrine, lui bloquant les bras avec ses genoux.

Maintenant qu'il tenait immobilisé son adversaire, il aurait pu le réduire en bouillie, sans que Jeffries puisse réagir. Mais Michaels ne l'avait pas frappé, il s'était contenté de le maintenir terrassé.

Jeffries se tortilla, rua, se débattit, lui hurlant de le laisser se relever.

« Cause toujours, avait répondu Michaels. Pas tant que tu ne m'auras pas dit pouce. Quitte à y passer la nuit. »

Cela lui avait paru durer des heures, même si sans doute cela n'avait pris qu'une minute. Quand Jeffries se fut rendu compte qu'il ne pourrait désarçonner Michaels, il avait accepté de mettre fin au combat. Ils en étaient restés là et Michaels avait frémi de s'en tirer à si bon compte...

Scout s'arrêta, marqua son territoire, gratta l'herbe avec ses pattes arrière.

Michaels sourit en se rappelant sa première bagarre. Il avait quel âge à l'époque ? Treize ans, pas plus... Un bail.

Mais le sourire s'évanouit quand il se remémora l'ancienne propriétaire de Scout et son rictus alors qu'elle s'apprêtait à lui défoncer le crâne. Ce n'était pas un nez en compote ou un œil au beurre noir qui risquait de résulter de la confrontation, mais un cadavre. Le sien. Cette certitude lui avait fait prendre conscience d'une vulnérabilité qu'il n'avait jamais connue jusqu'ici.

Il aurait pu mourir. Et *vlan !* le crâne fendu, aussi simple que ça, rideau, et point final.

Intellectuellement, il savait bien sûr qu'il était mortel, comme tout un chacun. Mais d'un point de vue émotionnel, l'idée ne s'était jamais ancrée en lui jusqu'à ce qu'il se retrouve assis dans la cuisine, après la fuite de celle qui avait failli l'assassiner, tremblant comme une feuille, serrant nerveusement le taser, en attendant l'arrivée de ses hommes et de la police. Il n'avait pas eu peur lors de l'affrontement. Mais après... ?

Il avait eu peur, aucun doute. Il s'était senti... impuissant.

Il détestait cette écœurante sensation d'impuissance. Il avait certes réussi à mettre en déroute son agresseur, n'avait pas pris la fuite ; pourtant, même s'il avait l'impression d'avoir fait ce qu'il fallait, jamais il ne s'était senti courageux. Il avait alors compris qu'il lui manquait les compétences nécessaires. Et désormais, il voulait y remédier, trouver le moyen de reprendre les choses en main. Peut-être devrait-il s'en ouvrir à Toni. C'était une experte, il avait pu le constater. Jusqu'ici, il n'avait pas été intéressé. Mais maintenant ? Peut-être qu'elle pourrait lui enseigner un peu de son art.

Comment disait-on, déjà ? Un conservateur est un libéral qui s'est fait agresser ?

Oui. L'idée d'être capable de désarmer un adversaire tout en restant entier revêtait soudain pour lui un grand pouvoir de séduction. Il n'allait pas avoir éternellement une escouade de gardes armés pour assurer sa protection. Il devait être capable de s'en charger tout seul, ou alors il ne pourrait plus jamais sortir de chez lui sans être mort de trouille. Et être mort de trouille, ce n'était pas une vie. Il n'allait pas s'abaisser à ça. Pas question.

## Dimanche 3 octobre, 20 : 09,
## Washington, DC

Tyrone avait vécu une journée aussi longue qu'exci-tante. Alors que Bella le raccompagnait en bas, il se demandait s'il pourrait jamais connaître mieux. Il y avait d'abord eu Bella, puis ce coup de main à Jay-Gee pour traquer le programmeur fou en Corvette. Ce n'était pas tous les jours qu'on emmenait une fille superbe – et intelligente – dans une poursuite virtuelle qui était également une enquête officielle de la Net Force. Son père avait eu raison – Presse-purée pou-vait toujours se brosser pour égaler ça.

À la porte, Bella lui dit : « Merci de ton aide, Ty. Et de m'avoir laissée t'accompagner... cette histoire avec la Net Force, c'était giganto excitamento. Surtout, tu me tiens au courant, d'accord ?

– Bien sûr. Je pense pas que tu auras de problème pour ton partiel. T'es parée, maintenant. »

Il ouvrit la porte, se retourna pour lui souhaiter bonne nuit.

Bella se pencha et lui déposa un baiser sur les lèvres. Léger, furtif, mais même s'il vivait un million d'années, jamais il n'oublierait la tiède douceur de ce contact inattendu. Il n'aurait pas été plus surpris si elle lui avait donné un coup de marteau sur la tête. « Appelle-moi un de ces quatre. Qu'on se fasse quel-que chose ensemble... une balade, un tour au Burger Barn, ce que tu voudras. »

Son cerveau décrocha, sa bouche se mit en court-jus. Quand il eut en partie retrouvé ses esprits, il parvint à bredouiller : « Qu... qu... qu'est-ce que va dire Presse-p... je veux dire... LeMott ?

— Je ne suis pas sa propriété. On n'est pas mariés, tu sais... » Elle sourit. Allez, à plus ! » Elle referma la porte.

Tyrone resta planté là à fixer le battant, incapable de bouger, de penser, voire de respirer. Quand son cerveau reprit les commandes, il n'aurait su dire combien de temps il était resté statufié de la sorte. Peut-être deux secondes, peut-être deux siècles. Comment le temps pouvait-il avoir encore un sens après ce qu'elle lui avait dit ?

*Appelle-moi un de ces quatre... Qu'on se fasse quelque chose ensemble...*

Waouh, la crise !

Ses pieds touchaient peut-être le sol quand il regagna la station de métro, mais il ne l'aurait pas juré.

Alors, c'était donc ça d'être amoureux.

### Dimanche 3 octobre, 22 : 01, Washington, DC

Arrivée dans son appartement, Toni contempla l'étui à cassette en plastique noir que Rusty lui tendait. « Où as-tu trouvé ça ?

— Je suis tombé avant-hier sur le site Web d'une librairie dans l'Alabama. Ça vient d'arriver ce matin.

Comme j'ai pas de magnétoscope VHS, j'ai pas encore pu la visionner. »

Toni regarda le boîtier. L'illustration au dos montrait un type aux cheveux ras, vêtu d'une chemisette et d'un pantalon de toile beige, en train d'effectuer un blocage de *sapu* contre un grand mec à queue de cheval en jean et blouson de cuir. La jaquette avait dû séjourner un certain temps à l'humidité, car le reste de l'illustration était si maculée, passée, qu'elle était presque indéchiffrable. Elle put juste relever la mention : *Production Paladin Press, copyright 1999*. Elle connaissait cet éditeur spécialisé dans les bouquins et les vidéos bizarres, allant de *Douze Façons de tuer avec de simples articles de cuisine* aux guides de maniement d'armes à feu ou d'armes blanches. Ils étaient installés quelque part dans le Colorado, si sa mémoire était bonne.

Sur le devant de la jaquette, une partie de l'illustration passée avait été arrachée mais le titre : *Pukulan Pentjak Silat : le redoutable art martial du bukti negara-serak, Volume III*, était encore lisible. Elle éprouva une soudaine excitation. Elle ignorait totalement qu'on avait tourné des vidéos sur son art. Et c'était la troisième d'une série. « Eh bien, on va voir si mon magnéto marche encore, ça fait un bout de temps que je ne m'en suis plus servie. »

Elle se dirigea vers le lecteur multimédia, introduisit la cassette dans la fente VHS. Le panneau d'affichage s'éclaira. Elle alluma la télé, retourna s'asseoir sur le divan à côté de Rusty.

La bande commençait par un générique, suivi d'un plan du type en pantalon beige en train de marcher dans une rue. Un autre mec en train de déplacer quelque chose lui demandait un coup de main et tout d'un coup, trois autres individus jaillissaient de leur cachette derrière des poubelles ou des embrasures de portes. L'un des assaillants avait un couteau, un autre une batte de base-ball. Les quatre hommes se jetaient sur le type en pantalon beige. Comment s'appelait-il, déjà ? Elle avait raté son nom au générique. Tant pis, elle verrait ça plus tard...

En cinq secondes, les quatre agresseurs étaient à terre, après un contact pour le moins violent. Toni n'en perdait pas une miette. Elle aurait voulu revoir la séquence au ralenti, ce type allait si vite. Le silat n'était pas élégant, on n'y trouvait pas de postures aux poses artistiques, mais il était sans aucun doute efficace.

La scène changea : le gourou était à présent sur un tapis devant un mur bleu pastel. Il portait un débardeur noir et un sarong classique. Le débardeur arborait l'emblème du *bukti* : un oiseau garuda portant une tête de tigre sur le poitrail, et surmontant deux tridents *tjabang* entrecroisés. Le gourou était athlétique, musclé, et respirait la confiance. Elle se demanda quel aspect il avait aujourd'hui, plus de dix ans après.

Elle se tourna vers Rusty. « C'est super. Je suis contente que tu me l'aies montrée.

– C'est pour vous que je l'ai achetée. J'ai pensé que vous en profiteriez plus que moi. »

Elle sourit. « Merci. C'est gentil. » Elle lui posa la main sur le bras.

L'instant s'étira. C'était un simple geste sans conséquence, tout juste censé souligner ses remerciements...

Sauf que sa main s'attarda.
L'instant se prolongea.
Toni prit sa décision.
Elle ne retira pas sa main.

# 31.

## *Lundi 4 octobre, 5 : 05,*
## *Quantico*

Soudain conscient de sa lassitude et de ses courbatures, Jay Gridley regarda la pendule.

Houlà ! Il avait veillé toute la nuit.

Il avait scanné de quoi remplir un pétrolier, mais il cernait désormais un peu mieux le programmeur qu'ils avaient poursuivi. Jusqu'ici, ils n'avaient quasiment rien sur lui, mais maintenant qu'ils avaient eu l'occasion de le voir de plus près, une image commençait à se former. Le bonhomme avait les tics caractéristiques d'un type formé dans la CEI, et Gridley était prêt à parier qu'il était russe. Même sans autre précision sur son identité, cela réduisait déjà considérablement le champ de recherches.

Il pianota sur son clavier, préférant le mode réel à la RV. C'était une tâche de Romain – entrer des commandes et des listes de codes –, mais il voulait pouvoir manipuler directement les données brutes. Il avait mobilisé le gros ordinateur de la Net Force pour filtrer les possibilités après lui avoir fourni celles qui correspondaient aux paramètres. En ce moment, la machine était en train de balayer la liste des programmeurs agréés résidant en Russie. Ils finiraient bien par le pincer, ce roi de la glisse. Ce n'était qu'une question de temps...

Le signal d'arrivée d'un e-mail urgent retentit. Gridley hocha la tête. Les balises de surveillance étaient mises en place. À la moindre alerte, sa station de travail lui carillonnerait aux oreilles. Il bascula sur la fenêtre courrier, ouvrit le message.

Hmm. Il émanait d'une de ses équipes sur le terrain. Ils avaient, disaient-ils, du nouveau sur l'assassinat de Day.

Bon, d'accord, ça aussi, c'était important. Pas autant que le programmeur, à ses yeux en tout cas : Day était mort, et c'était pour un bout de temps. Plus jamais personne ne pourrait lui faire de mal, alors que la Toile continuait de prendre des coups de canif. Encore une fois, il ne s'agissait pas de renoncer à capturer un assassin. Et tout le monde savait que si leur enquête ne donnait pas sous peu des résultats concrets, c'est la tête du patron qui allait rouler. Ainsi en allait-il en ce bas monde.

Gridley récupéra le fichier attaché et l'ouvrit. Il ne lui fallut pas longtemps pour saisir la teneur du message.

*Eh bien, voyez-vous ça...*

## Lundi 4 octobre, 5 : 05, Washington, DC

Megan Michaels était sur le perron de leur maison, tenant les mains d'un type brun, râblé. Ils étaient en train de s'embrasser. L'homme glissa les mains au bas de son dos, les referma sur ses fesses. Elle gémit doucement, puis se retourna et découvrit soudain Alex. Elle lui sourit. « Je suis à lui, à présent, lui dit-elle. Plus à toi. » Elle avança, plaqua la main sur l'entrejambe du type...

Michaels se réveilla d'un coup, brûlant de colère et de jalousie.

Bordel !

Scout dormait, blotti en rond à ses pieds. Il y avait une litière neuve par terre près du meuble TV, un superpanier tissé main, avec un coussin rempli de copeaux de cèdre, mais le chien refusait de s'y coucher, sauf si Michaels l'y forçait. Quelque part, demander au chien qui vous a sauvé la vie de dormir par terre lui semblait déplacé ; d'ailleurs, si Scout avait envie de dormir sur le lit, il était bien assez grand ! Ce n'était pas un mastiff.

Quand Michaels se réveilla, Scout leva la tête et le regarda. Il dut décider qu'il n'y avait rien de grave, car il se détendit et se recoucha en rond peu après.

Walt Carver devait rencontrer le président à dix heures. Si la Net Force n'avait rien de nouveau à mettre sur la table concernant l'assassinat de Steve Day, elle aurait sous peu une nouvelle tête – sitôt qu'on aurait débarqué Alex Michaels...

Et puis merde. Il se leva, se traîna dans la salle de bains.

Scout se redressa, s'étira comme un chat et, d'un bond, vint se placer aux pieds de Michaels. Assis, il le regarda fixement pisser dans la cuvette des W-C. À quoi pensait-il ? Que c'était un fragment de son territoire que l'homme était en train de marquer ?

« Ouaip, ça, c'est ma litière à moi, lui dit Michaels. À moi, à moi, à moi. »

Scout jappa son approbation.


Étendue sur son lit, Toni regardait le plafond. Nu à côté d'elle sous les couvertures, Jesse « Rusty » Russell dormait comme une souche.

Oh, mon Dieu, pourquoi avait-elle fait une chose pareille ?

Elle regarda l'homme près d'elle. Rusty était séduisant, intelligent, sexy. Elle avait sans aucun doute apprécié l'expérience et ces ébats passablement athlétiques. Les capotes achetées depuis une éternité et récupérées sous la pile de sous-vêtements dans le tiroir de sa commode n'étaient plus qu'à quelques mois de leur date d'expiration. Ils étaient adultes, ils n'étaient pas mariés... alors, où était le mal ?

D'accord, tout cela était vrai, et pourtant ça n'était pas bien. Mais pourquoi culpabilisait-elle ainsi ? Que faisait-elle ici, avec... cet *étranger* dans son lit ? Il y avait là-dedans quelque chose d'irréel, comme si elle flottait en plein rêve. Un sentiment qui confinait à la nausée.

Une sorte de terreur maladive. À croire qu'elle avait commis quelque acte terriblement répréhensible.

C'est Alex qui aurait dû reposer là, assouvi, heureux, amoureux. C'eût été logique. Elle aimait bien Rusty, c'était un type sympa, mais elle n'allait pas passer toute sa vie avec lui, ni même une partie de sa vie. Elle le savait. Il s'était montré un amant prévenant et expérimenté. Leurs ébats avaient été agréables, elle aurait menti si elle avait prétendu le contraire, mais il n'y avait pas que le sexe dans l'existence, si agréable que ce soit. Il fallait plus, bien plus. Elle aimait bien Rusty, mais elle ne l'aimait pas.

C'est Alex qu'elle aimait.

Bien. Alors, comment en était-elle arrivée là ? Et comment allait-elle désormais oser le regarder en face ? Elle lui avait été infidèle.

*Attends une seconde, ma fille...*, commença la petite voix de sa bonne conscience.

*La ferme !*

Près d'elle, Rusty remua.

Elle aurait dû se lever, prendre sa douche, s'habiller. Elle n'avait aucune envie de le voir se réveiller et se préparer à remettre ça. Elle avait pris son pied, mais ç'avait été une erreur – qu'elle n'avait aucune envie de rééditer.

## Lundi 4 octobre, 5:05,
## Columbia, Maryland

Assis en tailleur sur le lit du motel, Roujio fixait le vide. Sans ennui – il ne connaissait plus l'ennui depuis des années, mais il n'y avait plus grand-chose pour l'intéresser non plus. Ça ne le préoccupait pas outre mesure, même s'il était conscient d'être déconnecté du reste du monde.

Plekhanov finirait bien par appeler ; demain, après-demain. Comme à son habitude sans doute, le Russe, qui avait adopté la patrie tchétchène, lui ordonnerait – avec ses circonlocutions d'usage – de se remettre à tuer. Une partie du grand projet de Plekhanov était de devenir un homme assez puissant pour diriger les pays à sa guise. Au début, ses motivations avaient paru importantes aux yeux de Roujio. À présent, il lui suffisait que Plekhanov lui formule ses desiderata. Roujio était son bras armé, c'était là sa seule raison de vivre.

La vie. La mort. C'était du pareil au même.

## Lundi 4 octobre, 7:30,
## Quantico

Jay attendait déjà Michaels quand ce dernier arriva au bureau. Il avait le sourire.

« Bonnes nouvelles ?

– Ça, ouais !

– Entre. »

Une fois dans le bureau, Jay reprit : « Jetez plutôt un œil. Vous permettez ? » Il indiqua la station de travail de Michaels.

« Je vous en prie. »

Jay alluma la machine, chargea un fichier.

« C'est le compte rendu de notre équipée dans l'État de New York, expliqua le jeune homme. Et ceci... (il pianota sur quelques touches et une image s'afficha à l'écran)... c'est le chenil Not the Brothers. Situé sur la si pittoresque rive orientale du lac de Great Scandaga, entre les hameaux de Broadalbin nord et Fish House. »

Michaels dévisagea Jay.

« C'est au nord-ouest d'Amsterdam, bourgade située au nord-ouest de Schenectady, elle-même au nord-ouest d'Albany, qui est...

– Je vois où c'est, Jay.

– Hmm. Quoi qu'il en soit, c'est là que le petit caniche champagne a reçu son dressage.

– Vraiment ?

– Ouaip. Bien pratique. Ils vous dressent votre clebs,

vous le vendent déjà éduqué – ils peuvent même vous en louer. Ç'a été le cas du vôtre. C'est un chien de location. » Jay sourit. « Bien entendu, ils n'ont jamais vu la tête de la personne qui leur a loué le chien. Cette nana est sacrément roublarde, chef. La somme en liquide et les instructions leur sont parvenues par coursier. Le message était imprimé à l'ordinateur et le spécialiste du FBI indique que la police de caractères utilisée et le papier proviennent d'une de ces grosses chaînes de copie-service – impossible de savoir de quelle boutique au juste.

« Nos flics ont pu remonter jusqu'à un deuxième intermédiaire, puis un troisième service de livraison, qui a débouché sur un rendez-vous dans le hall du nouvel Holiday Inn de Schenectady nord. Le coursier se souvient qu'un homme a signé le reçu pour le chien, et donné un complément d'argent. Un type d'allure banale que le livreur serait bien en peine de reconnaître.

– Tout ça ne m'a pas l'air franchement prometteur.

– Ah, mais attendez. Le Holiday Inn est un de ces nouveaux ensembles gérés par ordinateur. Ils ont des caméras de surveillance planquées un peu partout. Tenez, regardez plutôt... »

Jay pianota sur d'autres touches.

« Voilà le type qui a récupéré le chien... »

Apparut l'image en gros plan d'un type portant un petit panier à chien en plastique. Il était visiblement dehors, sans doute dans une cour. On distinguait de la verdure et des fleurs à l'arrière-plan. Le type était de taille moyenne, de carrure moyenne, cheveux moyens, chemise, pantalon et souliers foncés. Alain Nonyme.

« Et là, c'est la femme à qui il l'a donné... »

Une autre image, prise de trois quarts avant, d'une femme debout devant l'homme au panier à chien. La quarantaine, cheveux poivre et sel, plutôt longs, plutôt boulotte, lunettes noires, chemise ample à manches longues, pantalon large, baskets. Angela Nonyme.

« Comme les caméras de surveillance de l'hôtel prennent trois images par seconde, si on laisse filer la séquence, elle paraît un rien saccadée, mais on a quand même pu en tirer sept ou huit clichés exploitables de la femme.

– Elle ne ressemble pas du tout à ma vieille, observa Michaels. Et qu'est-ce qui prouve qu'elle n'est pas grimée, là aussi ?

– Nos gars de l'identité judiciaire estiment qu'elle l'est sans doute – la taille du cou et des poignets, la finesse des traits et des mains ne correspondent pas vraiment à la carrure du torse et des hanches. Elle porte sans doute des rembourrages.

– Bon, alors à quoi ça nous avance ?

– Voilà : le traitement des images par ordinateur révèle qu'elle n'a sans doute pas modifié la forme de ses oreilles ou de ses mains, et par comparaison avec des éléments connus présents dans le champ – tel pot de fleur, telle brique décorative – on peut définir la taille de ses chaussures, sa taille propre et extrapoler son poids avec une relative précision à partir du diamètre du cou et des poignets. Pour les cheveux, elle porte sans doute une perruque, donc, de ce côté, ça ne nous donne pas d'indications ; en revanche, on a une image suffisamment précise des mains et des poignets pour que le labo du FBI ait pu nous confirmer qu'elle ne les avait pas maquillés, et donc qu'il s'agit sans doute d'une vraie rousse, à en juger par la carnation.

– Ils peuvent dire ça ?

– Ça relève encore plus de l'art que de la science, mais ils s'estiment sûrs à 85 %.

– Hmm.

– Il y a encore un détail. Regardez. »

Jay passa la séquence. La femme prenait le panier, faisait demi-tour, commençait à s'éloigner. Une image filmée d'un autre angle prit le relais, une deuxième caméra, sans doute. Prise de plus haut, la femme arrivant en dessous, de face. Alors qu'il regardait, il la vit déraper sur quelque chose.

« Vous remarquez comme le sol est humide ? Ils venaient juste de lessiver la sortie, expliqua Jay. Ils avaient oublié de mettre une pancarte de mise en garde. »

L'image suivante montrait la femme qui trébuchait sur la gauche, tendait le bras et se rattrapait en posant la main sur le mur, à hauteur d'épaule. Elle se rétablit d'une pression, poursuivit son chemin.

« Pas mal, comme rétablissement, hein ? À sa place, j'aurais sans doute atterri sur le cul, mais elle a simplement touché le mur, s'est redressée comme si de rien n'était, et a continué, bien que lestée par le panier du chien. Ça l'a même pas ralentie... » Son sourire était épanoui, maintenant.

Michaels fit le rapport. Il regarda Jay : « Des empreintes, c'est ça ?

– Ouaip. À votre avis, combien de personnes ont glissé sur le carrelage humide et plaqué la paume à cet endroit précis du mur, au cours des deux derniers mois ?

« Elle a laissé une empreinte nette de la paume, de l'index, du majeur et de l'annulaire, plus un auriculaire flou. »

Michaels secoua la tête. C'était un gros truc. De quoi éventuellement lui permettre de sauver sa peau.

« Oh, et j'allais oublier... on a également pu récupérer quelques cellules et des fragments d'ADN exploitables...

– Bordel, Jay... »

Jay se mit à rire. « Eh bien, c'est que je ne voulais pas non plus vous donner trop d'espoirs, patron. Ce ne sont que des bribes d'information... juste de quoi confirmer qu'il s'agit bien d'une femme, découvrir son groupe sanguin, c'est à peu près tout...

– Bon Dieu ! Pourquoi ne pas l'avoir dit tout de suite ?

– Parce que c'est comme ça qu'on doit raconter une histoire, chef. On garde le meilleur pour la fin. Cela dit, on n'a pas encore de corrélation avec les fichiers d'empreintes ou de profils génétiques du FBI, du NCIC, d'UpolNet ou d'AsiaPol, il faut pas mal de temps pour les éplucher tous, mais même si on n'arrive pas à la pincer de cette manière, elle est sans doute fichée quelque part – liste de diffusion, banque de données médicales, fichier bancaire... Si elle est inscrite quelque part, elle va tôt ou tard réapparaître et déclencher un signal d'alarme. Ce n'est qu'une question de temps.

– C'est un boulot formidable. Beau travail, Jay.

– Noprob.

– Pardon ?

– Juste une expression, chef. Ça veut dire "pas de problème". Faut vous tenir au courant, dites... Et est-ce que je vous ai signalé qu'elle avait payé le dédommagement pour la perte du chien ? Là aussi, via un autre coursier. On n'a pas pu remonter la piste ce coup-ci, mais c'était une attention sympa, non ? »

Michaels était soulagé, mais il tâcha de n'en rien laisser paraître. « Et l'autre affaire, celle du programmeur ?

– Ça se resserre. C'est un Russe, un Ukrainien ou quelque chose comme ça. J'ai mis dessus Baby Huey – le supercalculateur SuperCray. Il est en train d'éplucher des listes entières de profils.

– Je croyais que vous aviez dit qu'il pouvait le dissimuler ?

– Bien sûr, mais en partie, seulement. J'ai pu cerner suffisamment son style, je saurais le reconnaître si je tombe sur lui. C'est comme un peintre. Tout le monde reconnaît un Picasso quand il en voit un, ça ne ressemble pas à un Renoir. Le style, c'est ce qui vous trahit. Il est trop bon pour réussir à dissimuler complètement son talent, quoi qu'il fasse.

– Vrai, c'est du beau boulot, Jay, insista Michaels. Merci.

– Eh bien, chef, c'est mon job après tout. Mais... euh... si vous y repensez à la prochaine réunion de la grille de compétences et de salaires, j'y verrai pas d'objection. »

Les deux hommes rirent.

« Faudra que je voie ça. J'avais enterré ton dossier quelque part. Je vais le ressortir, promis.

– Encore merci. »

Après le départ de Jay, Michaels rappela le fichier pour le consulter et le mémoriser à loisir. Quand il estima l'avoir bien maîtrisé, il bascula en mode com

359

pour appeler Walt Carver. Ce coup-ci, le directeur n'irait pas sans biscuits à sa réunion avec le chef de l'État. Cela suffirait peut-être pour que Michaels garde encore quelque temps son poste. Son soulagement le surprit. Il était bien plus intense qu'il l'aurait imaginé. Peut-être qu'il n'était pas si prêt que cela à raccrocher les gants.

« Bureau du directeur Carver.

– Eh, June ! C'est Alex Michaels. Le patron est arrivé ?

– Il est là depuis six heures, commandant. Ne quittez pas, je vous le passe. »

Alors qu'il attendait d'avoir Carver au bout du fil, Michaels leva les yeux et vit Toni passer derrière la vitre. Il la salua de la tête, mais elle ne croisa pas son regard et se dirigea vers son bureau comme si de rien n'était. Bon. Sans doute était-elle fatiguée... Ils avaient tous travaillé sans interruption depuis trop longtemps. Il faudrait qu'il l'appelle pour la mettre au courant des trouvailles de Jay, dès qu'il en aurait fini avec le patron. Elle serait ravie de l'apprendre.

« Bonjour, Alex. Alors, vous avez de bonnes nouvelles à m'annoncer ?

– Oui, monsieur, je pense. D'excellentes nouvelles, même. »

## 32.

### *Mercredi 6 octobre, 9:11,*
### *Long Island*

Selkie était sur le pas de la porte, avec dans la main un petit paquet emballé d'un luxueux papier-cadeau. Elle portait un pantalon moulant de coton bleu marine, un chemisier à manches longues assorti, et une casquette de base-ball de la même couleur. Quelques mèches de sa perruque blonde dépassaient de sous la visière, et elle avait mis juste assez de maquillage pour paraître cinq ans de plus. Le paquet emballé était de la taille d'un écrin à bijoux. La camionnette garée derrière elle dans la rue était un véhicule de location, banal, blanc, muni de fausses plaques. Elle jouait le rôle de la livreuse dans un quartier chic.

Elle sonna.

Une minute s'écoula. Selkie rappuya sur la sonnette.

« Qu'est-ce que c'est ? bredouilla dans l'interphone une voix endormie.

– J'ai là un objet de la joaillerie Steinberg pour une Mlle Brigette Olsen...

– Un objet ? »

Bon Dieu, ma choute, c'est quoi au juste que t'as pas pigé ? Selkie jeta un œil à son carnet à souches. « De la part d'un certain M. Genaloni ?

– Une seconde... »

La femme ouvrit la porte – pas plus que ne l'autorisait la chaîne de l'entrebâilleur. Du peu que Selkie pût en juger, Brigette était une jeune blonde pulpeuse, le genre de fille à faire craquer un Irlandais. Elle portait un pyjama de soie noire et un peignoir bleu ciel. Et si Selkie pouvait se fier au coup de fil intercepté la veille, Brigette devait recevoir dans l'après-midi la visite de Ray Genaloni. Selkie était prête. Brigette tendit la main vers le paquet. « Donnez-moi ça.

– J'aurais besoin d'une petite signature, m'dame. » Elle brandit le carnet à souches. Regarda sa montre, comme si elle avait d'autres livraisons à faire, d'autres clients à visiter.

Brigette hésita.

Selkie aurait sans doute pu envoyer son pied dans la porte et arracher l'entrebâilleur. Ces trucs étaient en général fixés par de petites vis bien fragiles, mais elle ne voulait pas courir le risque de se faire repérer – défoncer la porte de la maîtresse d'un gangster, en plein jour, ce n'était pas très malin. Elle aurait également pu dégainer le petit calibre 22 qu'elle tenait planqué dans un étui de ceinture sous son chemisier, derrière la hanche droite, et en menacer la femme – ouvre-moi, chérie, ou je te dessoude. Mais c'était risqué. Et elle n'avait certainement pas besoin pour l'instant de son cadavre sur les bras.

Encore un détail à préciser et rien de tout cela ne serait nécessaire. « Oh, pardon, j'ai failli oublier... il y a un message que je suis censée vous lire. » Elle déplia un bout de papier fixé à son carnet. « C'est Ray qui parle : "Porte ça et rien d'autre pour moi ce soir." »

Selkie regarda par terre, jouant l'embarras.

Brigette éclata de rire et débloqua l'entrebâilleur. « Ça, c'est du Ray tout craché ! »

Elle ouvrit la porte.

Les gens sont si crédules.

### *Mercredi 6 octobre, 11 : 46,*
### *Quantico*

Alexander Michaels se dirigeait vers la cafétéria, bien qu'il n'eût pas vraiment faim. Les indices brûlants de l'avant-veille avaient fait long feu. Du côté de Jay Gridley, le criblage des programmeurs vivant en Russie n'avait rien donné. Quant aux empreintes et à l'ADN de la femme qui avait récupéré Scout dans un hôtel de l'État de New York, on ne les avait retrouvés dans aucune des banques de données qu'ils avaient consultées.

Gridley avait étendu sa recherche du programmeur aux pays voisins de la CEI, et il élargissait également le filet déployé pour intercepter l'assassin, mais sans plus de résultat d'un côté que de l'autre.

Il avait en outre l'impression que Toni Fiorella l'évitait depuis quelque temps. Elle avait séché une réunion du personnel, elle quittait le travail plus tôt, et semblait le regarder comme un pestiféré qu'il valait mieux ne pas approcher.

Enfin, il avait toujours son boulot. Il avait suffi que le directeur informe le président qu'ils détenaient des photos de l'assassin de Day et que sa capture était imminente.

Que ce fût vrai ou non était une autre histoire, mais leur situation était sans aucun doute meilleure qu'auparavant. Ils allaient aboutir, tôt ou tard.

Le précédant dans le couloir, Michaels avisa John Howard qui se dirigeait vers la cafétéria. Howard l'aperçut alors qu'il atteignait l'entrée. Il salua le commandant d'un signe de tête. Poli, sans plus.

Michaels n'avait jamais compris pourquoi le colonel ne l'aimait pas, mais c'était un fait. « Colonel. »

Howard s'éloigna, sans lui proposer de l'accompagner auprès de son patron.

Mais Jay Gridley arriva sur ces entrefaites, tout sourire, et Michaels écarta bien vite Howard de ses préoccupations.

« Dites-moi que vous avez de bonnes nouvelles et votre hausse de salaire est une affaire entendue.

– Ma foi, je ne sais pas trop si c'est bon, enfin on va voir... j'ai... euh... disons que je tiens le programmeur. Qu'est-ce que vous en dites ?

– Non !

– Mais si, mais si ! J'avais raison, c'est bien un Russe. Émigré en Tchétchénie, où il vit depuis des années, c'est pour ça qu'on l'a raté lors des premières recherches. » Jay souleva son écran plat pour lui présenter l'image sous un bon angle. « Commandant, permettez-moi de vous présenter Vladimir Plekhanov. »

### Mercredi 6 octobre, 15:30, New York

Genaloni jeta un œil sur sa pendulette de bureau. Bon, ça suffisait comme ça. Il avait besoin de prendre l'air. Brasser des dossiers, sur écran ou sur papier, il y avait de quoi vous rendre zinzin au bout de deux heures. D'un geste, il activa l'interphone. « Roger, ma voiture. On file chez Brigette.

– Bien, monsieur. »

Ce qu'il lui fallait, au sortir d'une journée avec la pression de ses affaires, c'était un endroit où se détendre, et quelqu'un avec qui se défouler. Rien de mieux qu'une bonne partie de jambes en l'air pour vous calmer.

En plus, en partant tout de suite, ils éviteraient le gros des embouteillages.

La fortune avait ses avantages, c'était vrai.

### Mercredi 6 octobre, 15:40, Long Island

Brigette s'était montrée extrêmement coopérative. Une fois surmontée la surprise de voir le pistolet dans la main gantée de la pseudo-livreuse, ses premiers mots avaient été : « Et merde. » Sans effroi. Juste de l'irritation. Comme si elle venait de s'apercevoir qu'il pleuvait alors qu'elle comptait lézarder au soleil.

La fourgonnette était à présent garée un pâté de maisons plus loin, dans l'allée d'une habitation vide à vendre – une corvée dont elle s'était débarrassée alors que Brigette était menottée aux tuyaux de sa cuisine.

De retour, elle la libéra et la laissa s'habiller. Alors qu'elle enfilait sa petite culotte de soie noire, Brigette avait tourné vers Selkie ses yeux couleur bleuet et demandé : « Vous allez me tuer, moi aussi ? »

Elle n'avait donc aucun doute sur les raisons de sa présence ici. Tout sauf une minette écervelée...

« Non, pourquoi ? Tu fais ce que tu es censée faire, Genaloni abattu, je disparais.

– Il aura ses gardes du corps. Ils seront postés devant.

– Combien ?

– Deux. »

Toujours coopérative, apparemment. Mais menteuse. Genaloni aurait au bas mot quatre gorilles, cinq en comptant le chauffeur. Dont un pour surveiller l'arrière de la maison. Brigette essayait de protéger son cul – un peu mieux qu'avec le string en soie qu'elle venait d'enfiler. Si son gentil protecteur se faisait dézinguer, elle pouvait espérer que son assassin lui laisserait la vie sauve pour l'avoir aidée. Si Genaloni survivait et que la livreuse était descendue, la douce Brigette pourrait toujours lui expliquer qu'elle avait menti pour le protéger.

« T'as pas l'air trop chagrinée à l'idée que ton mac se fasse dessouder. »

La blonde enfila un corsage de soie grège, sans soutien-gorge, le boutonna. Elle nota le regard de l'autre femme. « Il aime bien voir mes mamelons », expliqua-t-elle. Puis elle haussa les épaules. « C'est un gars de la Mafia. Un boulot risqué. J'ai mis trois sous de côté, et j'ai l'impression que je n'aurai pas trop de mal à trouver un autre protecteur. Si j'étais assez bonne pour Genaloni, je serai bien au goût d'autres truands. »

Sourire de Selkie. Pas de sentimentalité chez cette fille. Elle connaissait ses limites et savait en tirer le meilleur parti. En fait, elle l'aimait bien, cette Brigette, avec son cran, son côté pas bégueule.

« On pourrait t'accuser ?

– Pour quelle raison ? Ils pourront me faire subir le détecteur de mensonge, je leur dirai la vérité. Vous m'avez flanqué un pétard sous le nez, qu'est-ce que je pouvais faire ?

– J'imagine que ça veut dire que tu leur fourniras aussi mon signalement, pas vrai ? »

Il y eut un temps d'hésitation, tandis que Brigette essayait d'évaluer cette hypothèse. Puis elle reprit : « Ouais, je leur dirai. Mais c'est un déguisement, n'est-ce pas ?

– Et s'ils te demandent si j'étais grimée ?

– Ça, je peux gérer. »

Ça devenait intéressant. « Ah bon. Et de quelle manière ? »

Brigette enfila une microjupe sur ses longues jambes, remonta le zip, rentra le corsage à l'intérieur. « Tout dépend de la façon de poser la question. S'ils demandent : "Pensez-vous que l'assassin de Ray était grimé ?", je peux répondre non et ça passera.

– Vraiment ?

– Bien sûr. Parce que je ne *pense* pas que vous êtes

367

grimée. J'en suis *certaine*. Le maquillage, ça me connaît. »

Sourire de Selkie. « Pourquoi ferais-tu une chose pareille ? Pour me protéger ?

– Vous pourriez revenir plus tard et m'éliminer si vous avez l'impression que je vous ai balancée. »

Sa logique était un rien bancale, mais elle préféra ne pas relever. Si Brigette s'y prenait bien, la Mafia pouvait retrouver l'assassin de Ray et le tuer, et Selkie ne serait plus là pour troubler sa tranquillité d'esprit.

Pouvait-elle lui faire confiance ? Mouais. À voir. Elle ne doutait pas une seconde que la maîtresse de sa cible serait toute prête à déclamer un opéra à qui voudrait l'entendre.

Brigette récupéra une paire de bas en soie, en replia un avant de l'enfiler sur son pied gauche et de le glisser sur sa jambe. Selkie la contemplait, intriguée par l'absence totale de pudeur et d'émotion de cette femme.

Brigette surprit son regard. Elle sourit. « Tu aimes les femmes ? On pourrait passer le temps agréablement, en attendant. »

Selkie hocha la tête. « Non merci. Jamais pendant le travail. »

La nana de Ray n'avait pas froid aux yeux, c'était une chose entendue. Et pour rien au monde Selkie n'aurait voulu se retrouver accrochée à une falaise au bout d'une corde avec Brigette à l'autre bout – à moins d'avoir en main une grosse liasse de billets pour acheter sa survie.

Malgré tout, Brigette allait pouvoir l'aider. Son pistolet Walther TPH 22 était pour ainsi dire la version réduite du PPK de James Bond. Un excellent exemple du talent des armuriers, ce TPH, entièrement en inox, petit, compact, d'une précision redoutable. Mais les minuscules projectiles de .22 n'immobilisaient un adversaire que si le système nerveux central était touché. Il fallait atteindre la tête ou la colonne vertébrale pour tuer à coup sûr. Si Brigette se mettait à beugler au moment où Ray remontait l'allée, il ne serait pas évident de lui loger une balle dans la tête. Pas impossible – elle y était arrivée à vingt mètres –, sauf que cette fois, il fallait tenir compte du silencieux. Déjà que le canon n'était pas assez long pour permettre aux balles Stinger d'atteindre une vitesse supersonique, avec le silencieux vissé dessus, leur vélocité serait encore diminuée par l'absorption des gaz. À moins que la balle ne pénètre par l'œil, la cible avait des chances de survivre. La boîte crânienne était solide, on avait vu plus d'un projectile ricocher dessus. Et réussir à loger une balle dans un œil avec un silencieux qui bloque la mire, bonjour !

Non, avec une arme de poing de .22, il faudrait qu'elle place la bouche du canon à quatre ou cinq centimètres de la nuque de son client et qu'elle lui loge trois ou quatre pruneaux dans le cervelet, à l'insu des gorilles postés dehors. Quand on viendrait frapper à la porte, elle serait loin.

Pour bien faire, elle devrait agir sans témoin. Brigette allait attirer Genaloni à l'intérieur. Une fois la porte refermée sur lui, Selkie s'occuperait du reste.

## Mercredi 6 octobre, 18:00,
## Quantico

La réunion de dix-sept heures commença avec une heure de retard. Ils étaient en petit comité : Michaels, Toni, Jay, le colonel Howard et le nouvel agent de liaison informatique du FBI, Richardson – même si ce dernier ne pouvait pas s'attarder. À partir de cet instant, toute information concernant cette affaire serait filtrée, limitée au strict nécessaire.

« Très bien, commença Michaels. Tout le monde a reçu le dossier d'infos préparé par Jay. Des questions ?

– Oui. » C'était Richardson. « Une fois qu'on aura vérifié que ce... Plekhanov est bien le programmeur que nous recherchons, comment procède-t-on ?

– C'est un rien coton. Dans l'idéal, nous devrions contacter le gouvernement tchétchène et lui demander de l'extrader aux termes du NCA\*, le *Net Criminal Agreement*, de 2004. Il se pourrait que ce ne soit pas une si bonne idée. Jay ? »

Jay acquiesça. « Plekhanov a sans doute installé un programme de sécurité qui veille sur ses fichiers les plus sensibles. Si la police locale déboule dans son bureau ou chez lui et qu'ils se mettent à bidouiller sa machine, il y a de bonnes chances pour que son système se bloque aussi hermétiquement qu'un scaphandre avant qu'ils aient trouvé comment débrancher la prise. Et même si ce n'est pas le cas, ses fichiers sensibles sont certainement cryptés, sur 128 voire 256 bits.

Ce type a écrit les programmes de chiffrement de l'armée russe. Sans clé, il faudrait que notre Super-Cray mouline quelque chose comme dix milliards d'années pour casser le code. C'est sans doute un poil trop long pour nous, donc pas question d'accéder à ses fichiers sans la clé. Si on n'a pas les fichiers, on ne peut pas prouver sa culpabilité, en tout cas, pas avec des éléments suffisants pour intenter une action en justice.

– Alors, comment est-ce que vous faites ? s'enquit Howard.

– L'idéal est de regarder par-dessus son épaule au moment où il allume son système. C'est ça ou lui piquer la clé.

– Et ce n'est qu'une partie du problème, intervint Michaels. Jay ?

– J'ai un peu enquêté sur notre bonhomme. Il se trouve qu'il a des contacts avec tout un tas de hauts fonctionnaires gouvernementaux dans le monde entier. Il a fait pas mal de travaux de sécurité, tout ce qu'il y a de légal, pour les Russes, les Indiens, les Thaïlandais, les Australiens, et j'en passe. Il a de l'argent – un joli magot sur les comptes officiels, dans les deux millions en monnaie virtuelle personnelle, et sans doute bien plus planqué à l'ombre. Ce braquage de banque à La Nouvelle-Orléans ne devait pas être son premier.

– Bref, on a là un type fortuné et influent, résuma Toni. Et même si les Tchétchènes sont prêts à lui mettre le grappin dessus et à l'extrader, on ne peut pas le coincer sans preuves, or elles nous sont inaccessibles, non ?

– En gros, c'est à peu près ça.

– Si ce gars est si riche et influent, nota Howard, pourquoi s'amuse-t-il à ça ? Pourquoi courir ce risque ? »

Michaels hocha la tête, ravi de constater que ses collaborateurs étaient attentifs. « C'est bien là la question. Que veut-il ?

– Encore plus d'argent, encore plus de pouvoir, répondit Richardson. L'avidité...

– Sans doute. Mais j'ai parcouru son dossier et j'ai plutôt l'impression qu'il cherche un truc bien précis. Certains des plantages de système lui ont été directement profitables – Jay vous fournira les détails – mais ce n'est pas le cas de tous. Même s'il s'agissait de masquer ses traces derrière un rideau de fumée, il semble qu'il y ait une logique. Il essaie d'accéder à un endroit bien précis. Avant de chercher à le capturer, il serait peut-être sage de voir si on peut découvrir de quoi il s'agit. Il pourrait recevoir de l'aide et ce serait parfait si on pouvait opérer un coup de filet général. »

Avant que Michaels puisse poursuivre, la porte de la salle de conférences s'ouvrit. C'était sa secrétaire. Elle n'était pas censée interrompre les réunions, sauf urgence, et sa première crainte fut qu'il soit arrivé malheur à sa femme – pardon, son ex-femme – ou à sa fille. Mais bien vite, elle le rassura.

« Commandant, on a des nouvelles de New York que vous devez absolument connaître. C'est au sujet de Ray Genaloni. »

## 33.

### *Mercredi 6 octobre, 16 : 40,*
### *Long Island*

Brigette entendit sonner à sa porte. « Oh, mon Dieu, fit-elle.

– Fais-le entrer. Souviens-toi, je serai derrière à te surveiller sans qu'il puisse me voir. Au moindre mouvement suspect, je te descends, j'avise ensuite.

– D'accord. J'ai compris. »

Brigette se dirigea vers la porte.

C'est là que ça devenait dangereux. Selkie n'avait pas l'impression que Brigette ferait une bêtise, elle était bien trop maligne. Si ça tournait au vinaigre une fois Genaloni dans la maison, elle avait quatre chargeurs pleins pour le Walther, plus vingt-quatre balles supplémentaires, sans compter les sept déjà chargées. Et le reste de la boîte de Stinger était dans sa poche de pantalon, quoique, s'il lui fallait plus de trente et une balles, c'est qu'elle serait vraiment dans la merde.

« Eh chou, entre donc ! Mon mari vient de sortir. »

Genaloni rigola et franchit le seuil.

Selkie se tapit hors de vue, le pistolet tenu à deux mains, levé près de l'oreille droite, canon pointé vers le plafond. Elle avait enfilé des gants de chirurgien, n'avait plus touché à l'arme ou aux chargeurs avec ses mains nues depuis qu'elle avait nettoyé et frotté son arsenal la nuit précédente. Elle inspira profondément, expira lentement. Elle sentit monter un flot torride d'adrénaline.

« J'arrive pas à ôter ce truc métallique de sur la bouteille de champagne, Ray. Le petit machin tortillé s'est cassé.

– Je m'en occupe. Dans la cuisine ?

– Hon-hon. Dans le seau à glace. » Oh, elle était vraiment impec. Pas la moindre nervosité dans sa voix.

Selkie se glissa dans la penderie ouverte derrière elle, huma l'odeur fraîche d'habits neufs jamais portés – les robes avaient encore leur étiquette. Elle tira presque complètement la porte. Genaloni et Brigette passèrent devant sa cachette, sans un coup d'œil dans sa direction.

Elle ressortit sur leurs pas alors qu'ils entraient dans la cuisine.

« Pas un geste. »

À ces trois simples mots, Genaloni avait compris de quoi il retournait, et le rôle tenu par Brigette. « Merde. Espèce de sale petite pute.

– Je suis désolée, Ray, c'est elle qui m'a forcée ! Elle avait un pistolet ! » Jamais depuis le début de la journée la voix de Brigette n'avait paru aussi excitée.

« Les mains en l'air, bien écartées, Genaloni ! »

Il obéit. « Puis-je me retourner ?

– Bien sûr. »

Il se retourna et, la découvrant, il hocha la tête.

« Alors, voilà. Tu dois être ce, ou plutôt cette Selkie, n'est-ce pas ? Pourquoi tout ce cirque ?

— Tu sais très bien pourquoi. Tes hommes ont essayé de me retrouver. On t'avait précisé dès le début que ce n'était pas permis. »

Il ne chercha pas à mentir. « Merde. Ces types étaient censés être des bons.

— Pas assez.

— Très bien. Donc, tu les as repérés. Qu'est-ce que tu veux ? Du fric ? La garantie qu'on ne cherchera plus à te repérer ? »

Elle avait déjà pointé le pistolet sur son œil droit. À cette distance, la mire était inutile. Elle était capable de dégommer une bille de sur une table sans l'érafler, rien qu'en se servant du silencieux pour aligner son tir.

« Quelle somme au juste es-tu prêt à mettre ? »

Il sourit, pensant la tenir.

Erreur.

Le mécanisme poli à la main du pistolet était réglé pour une pression de trois livres sur la détente en mode tir unique, pile-poil. Selkie appuya délicatement. La détente claqua comme un glaçon sous son doigt. On aurait cru le bruit d'une carabine à air comprimé, un *plop !* que personne ne risquait d'entendre hors de cette pièce.

Le minuscule projectile atteignit Ray Genaloni dans le blanc de l'œil droit. Il s'effondra comme une poupée de chiffon, le cerveau court-circuité par le plomb ricochant à l'intérieur de la boîte crânienne.

« Oh, mon Dieu ! s'exclama Brigette. Oh, mon Dieu ! »

Parce qu'elle aimait bien Brigette, et parce qu'elle

n'était pas cruelle, Selkie répondit : « Du calme. Tu es indemne, je vais filer maintenant, tout baigne... eh, mais... qui vois-je, à la porte ? »

Brigette se retourna pour regarder.

Selkie tira deux fois – *plop ! plop !* –, l'atteignant coup sur coup à la tempe droite. La blonde s'effondra. Elle donna des coups de pied spasmodiques tandis que les connexions nerveuses endommagées lançaient en vain un ultime ordre de fuite. C'était un réflexe instinctif – l'esprit qui avait été Brigette avait déjà déserté le corps. Et elle avait tiré sa révérence, convaincue qu'elle allait s'en sortir.

Selkie ne traîna pas. Elle se pencha, logea deux nouvelles balles dans la nuque de Brigette, puis les deux dernières dans la nuque de Ray. L'arme marchait à la perfection – elle avait poli la rampe d'alimentation à la laine d'acier jusqu'à ce qu'elle brille comme un miroir, avant de l'enduire de TW-25B, un lubrifiant de qualité militaire à base de fluorocarbone. Jamais elle n'avait eu de problème d'enrayage, même avec les Stinger à pointe creuse. Elle appuya sur le cran de dégagement du chargeur, sortit le vide, le remplaça par un plein. Elle glissa le chargeur vide dans sa poche de pantalon, fit coulisser le levier d'armement du TPH, engagea une balle dans la chambre. Puis elle intervertit de nouveau les chargeurs, cette fois pour introduire le dernier chargeur neuf. Une balle dans le canon, un chargeur plein. Sept coups d'affilée.

Elle jeta un coup d'œil circulaire. Elle n'avait laissé d'empreinte nulle part. Les douilles vides ne portaient aucune trace, elle les avait chargées depuis la boîte neuve avec des gants. Ils pouvaient à la rigueur relever les rayures et les marques sur le canon, mais comme elle comptait de toute manière se débarrasser de l'arme dès que possible, peu importait. Même si un plongeur la récupérait dans vingt ans, il n'y aurait aucun moyen de faire le lien avec elle : elle se l'était procurée neuve au marché noir. Pas de veine, elle aimait vraiment bien le Walther, mais on ne garde jamais l'arme d'un meurtre une fois qu'elle a servi. Les prisons étaient remplies de tireurs sentimentaux qui avaient conservé le flingue leur ayant servi à refroidir un client. Crétin !

Elle contempla les corps. Tous deux avaient cru s'en tirer au dernier moment, et ils étaient bel et bien morts avant d'avoir eu le temps de déchanter. Il y avait des façons plus pénibles de partir.

Bon. À présent, la seconde phase.

Elle se dirigea vers la porte de derrière, jeta un œil par une fente dans les volets de la fenêtre voisine. Un gros type en survêtement gris fumait une cigarette, appuyé contre la clôture, côté intérieur, près du portillon. Elle nota la pochette pendouillant au-dessus du bas-ventre. C'est là qu'il devait avoir planqué son flingue. Parfait. Bien plus lent à dégainer qu'avec un holster.

Elle devait l'éloigner de la clôture et l'attirer vers la porte de derrière, hors de vue de la façade, au cas où quelqu'un le regarderait.

Elle avait passé une bonne partie de la journée avec Brigette. Elle était capable d'imiter suffisamment bien sa voix pour tromper quiconque n'avait eu l'occasion de l'entendre qu'une ou deux fois.

Elle inspira un grand coup. Ouvrit la porte. « Excu-

377

sez-moi. Pourriez-vous venir une seconde ? Ray a besoin d'un coup de main. »

Le gorille en survêtement s'approcha d'un pas tranquille. Dès qu'il fut invisible de l'avant de la maison, Selkie sortit dans la cour.

Survêtement fronça les sourcils. Ce n'était pas la personne qu'il s'attendait à voir.

Son temps de réaction était plutôt bon, mais la tactique mauvaise. Au lieu de baisser la tête, décamper et tâcher de sauter par-dessus la clôture, ce qui lui aurait sans doute permis de s'en tirer avec deux balles de petit calibre dans le dos, il plongea la main pour sortir son arme.

Même le meilleur tireur au monde ne pouvait dégainer assez vite alors qu'un calibre était déjà braqué sur lui. Avec le délai de réaction, plus le simple temps mécanique pour sortir l'arme de l'étui, il fallait compter au minimum un tiers de seconde, même avec le matériel adéquat, même en étant très rapide. Équipé comme il l'était, ce type allait avoir besoin de deux bonnes secondes pour mettre en joue, et il n'avait pas deux secondes.

Selkie tira la première cartouche alors que l'autre n'avait pas fini de plisser le front. Les deux suivantes s'enchaînèrent si vite que leur bruit parut se confondre. Elle le toucha trois fois en pleine tête puis se précipita vers la clôture alors même que le corps n'avait pas encore touché le sol. Sa fourgonnette était de ce côté, garée deux maisons plus loin sur la gauche, et il n'y avait pas de chiens chez les voisins, elle avait vérifié.

La clôture était une robuste barrière en planches de cèdre, haute d'un mètre quatre-vingts. Elle arriva dessus au pas de course, posa les mains au sommet et la franchit d'un seul élan. Un assez joli saut.

Le sol était meuble de l'autre côté, le jardin vide. Un chouette gazon, tondu de frais.

Elle se précipita vers le portail, l'ouvrit, le referma derrière elle. Dévissa le silencieux du canon rayé, le glissa dans sa poche-revolver, rangea le pistolet dans l'étui fixé à sa ceinture, sortit son chemisier pour dissimuler le tout.

Quarante-cinq secondes plus tard, elle était au fourgon. De l'autre côté de la rue, deux petites filles jouaient à la marelle sur le trottoir. Selkie sourit et leur fit un geste de la main. Puis elle monta dans la fourgonnette, démarra, recula dans la rue et s'éloigna. Bien tranquillement, respectant les feux rouges, mettant son clignotant avant de tourner. La conductrice modèle.

Ray Genaloni n'était plus un souci.

À présent, il fallait qu'elle retourne à Washington, s'acquitter d'une ultime petite corvée...

## 34.

### *Jeudi 7 octobre, 2:45,*
### *Groznyï*

En reconfigurant son système, mis à mal par sa brutale sortie de la RV, Plekhanov fit une désagréable découverte.

Quelqu'un avait court-circuité deux de ses fils détecteurs... Il était tard, il était crevé, et sa première réaction fut de céder à la panique. Il se força à respirer plusieurs fois un grand coup. *Du calme, Vladimir. Tout n'est pas perdu.*

Il refit une vérification de ses procédures de sécurité, sans découvrir d'autres signes d'intrusion. Ce type était donc un bon, mais il était impossible de ne pas couper de détecteurs quand vous empruntiez certains corridors électroniques. Pareils à de minces fils d'araignée, les siens étaient toujours disposés avec le plus grand soin, dans des recoins où nul n'aurait l'idée de regarder. Même en les cherchant, on avait de bonnes chances de ne pas les remarquer : ils étaient tendus à hauteur de genou, presque invisibles, et offraient si peu de résistance qu'ils étaient indécelables. Si vous écrasiez le premier sans le rompre, vous étiez quasiment assuré de briser le second. Une fois rompus, les fils ne pouvaient être reconstitués.

Il aurait pu s'agir d'une coïncidence, d'un pirate en goguette, mais il n'y croyait pas. Non, il était convaincu qu'il s'agissait d'un agent de la Net Force, exploitant les informations recueillies durant la poursuite. Si les rôles avaient été inversés, s'il avait été le chasseur lancé à la poursuite d'une proie dans la RV, il aurait utilisé tout ce qu'il aurait pu récupérer durant cette traque. Et même si ça le foutait en rogne de devoir l'admettre, s'il en était capable, un autre pouvait le faire aussi.

Il les avait déjà sous-estimés une fois. Pas deux.

Bon. Soit ils avaient son identité, soit ils étaient sur le point de l'avoir. Et à supposer que cette dernière hypothèse soit la bonne, vu les ressources dont disposait la Net Force, ce ne serait pour eux qu'une question de temps.

Et ensuite ? Eh bien, ensuite, c'est là que ça devenait intéressant. Ils n'avaient aucune preuve tangible, il en était à peu près certain. Et pour en obtenir, il allait leur falloir sonder son système bien plus profondément qu'ils n'avaient réussi à le faire jusqu'ici. Et s'ils avaient déjà établi son identité, alors ils devaient savoir à quel point la tâche était insurmontable. Ils devaient connaître ses capacités. La clé de déchiffrement n'existait que dans son cerveau, elle n'était écrite nulle part, et ils ne pouvaient pas le contraindre à la divulguer par des voies légales. Or, sans la clé, ses fichiers cryptés auraient aussi bien pu être des lingots de fer – personne ne pouvait s'y introduire, absolument personne.

Plekhanov se cala contre son dossier, mit les doigts en pont, et réfléchit au problème. Connaître son identité était une chose, prouver ce qu'il avait fait en était une autre. Il avait bien entendu réfléchi à des scénarios dans lesquels la Net Force (ou tout autre service de police) découvrait son identité avant la réalisation complète de son plan. Si improbable qu'ait pu sembler cette éventualité, il était trop vieux et trop roué pour ne pas l'avoir au moins envisagée. Dans le pire des cas, ils savaient qui il était et détenaient la preuve de ce qu'il avait fait – les piratages sur le Net, le chantage, les meurtres, tout. Mais il y avait un stade au-delà duquel même cela n'avait plus aucune importance. Une fois ses amis au pouvoir, il serait quasiment invulnérable. Les demandes d'extradition seraient purement et simplement rejetées, c'eût été inconvenant. Une enquête sur les menées dont on soupçonnait Vladimir Plekhanov, ami du peuple des plus honorés et estimés, ne pourrait qu'aboutir à la conclusion qu'il ne serait pas dans l'intérêt bien compris du pays de le remettre aux Américains. Non pas que ses compatriotes hésitent un instant à le livrer aux fauves s'ils jugeaient bon de se débarrasser de lui. Simplement, les nouveaux dirigeants élus sauraient non seulement qu'ils lui devaient leur poste, mais aussi qu'il existait un dossier détaillant les moyens grâce auxquels ils l'avaient obtenu. Si les responsables le lâchaient, il les entraînerait dans sa chute. Il avait appris depuis longtemps que l'intérêt personnel était infiniment plus sûr que toute forme de gratitude.

Tout cela était certes bien ennuyeux. Un grain de

sable dans une machine par ailleurs bien rodée, mais qui venait trop tard pour l'arrêter. Il allait désormais surveiller les choses de près, procéder avec un luxe de précautions, mais sans dévier de sa route. Roujio était prêt. Que la Net Force s'agite un peu trop, et le Fusil pouvait entrer en action pour entretenir leur confusion. Passé un certain stade, aucune riposte de leur part n'aurait plus la moindre importance, et ce stade était imminent.

### Mercredi 6 octobre, 19:06, Quantico

Michaels en était toujours à remâcher la nouvelle de la mort de Ray Genaloni avec sa maîtresse et son garde du corps quand il mit fin à la réunion. Richardson était déjà parti. Alex avait encore deux tâches à confier à ses hommes.

« Jay, vous allez me monter des scénarios sur les plans éventuels de Plekhanov. Reliez tous les éléments à notre disposition. Y a-t-il moyen de définir où il est passé, qui il a vu, que ce soit en RV ou dans le MR ?

– Peut-être. Il aura sans doute verrouillé ses fichiers mais on a une identité, et on devrait pouvoir retrouver sa trace et reconstituer une partie de son itinéraire.

– Faites, je vous en prie. »

Jay acquiesça et prit congé.

Michaels se tourna vers Howard : « J'aurais besoin d'un petit service. Il faudrait m'élaborer un plan pour extraire en secret Plekhanov de Tchétchénie. »

Howard écarquilla les yeux. « Pardon ? »

– Imaginons un instant qu'on ne puisse obtenir l'extradition du Russe par des voies légales. Serait-il possible à une de vos équipes de s'introduire là-bas et de le récupérer ?

Howard n'hésita pas une seconde. « Affirmatif, monsieur, tout à fait possible. Mais quel niveau de secret envisagez-vous ?

– Éviter si possible que nos troupes défilent sur l'avenue principale en uniforme d'apparat derrière la bannière étoilée ; d'un autre côté, il n'est pas question de les laisser tomber en cas de pépin. Bref, ils gardent leur plaque d'identité, mais sous des habits civils. Avec un plan d'urgence au cas où l'opération tournerait mal. C'est votre domaine.

– Je vois. Je peux vous goupiller ça, monsieur, mais pour rester dans des considérations pratiques, quelle est la probabilité d'en arriver à une telle extrémité ?

– Je dirais que les risques sont minimes, colonel, mais si l'on retient ce scénario, je préférerais qu'on fasse nôtre le slogan de la NRA[1] sur les armes et l'auto-défense.

– *Mieux vaut en avoir et ne pas en avoir besoin, qu'en avoir besoin et ne pas en avoir,* c'est ça ?

– Tout juste.

– À vos ordres. Je vous prépare ça dès que possible. » Y avait-il comme un nouveau sentiment de respect dans sa voix ? Voire une certaine chaleur ?

« Merci, colonel. »

Michaels retourna dans son bureau. Toni l'accompagna.

---

1. *National Rifle Association* : voir note *supra (N.d.T.)*.

« Si c'est Genaloni qui avait commandité l'assassinat de Steve Day, il est hors d'atteinte désormais, remarqua-t-elle.

– Ouais, quelqu'un aura économisé à nos concitoyens le coût d'un procès long et dispendieux. Je me demande pourtant qui a pu faire ça. Et pourquoi. »

Toni haussa les épaules. « C'est un truand. Ces types-là se descendent entre eux comme d'autres écrasent des moustiques d'une simple pichenette. »

Ils étaient arrivés devant son bureau. Toni l'y suivit.

Il plissa le front. « Cela n'avait rien d'une pichenette. Du vrai travail de pro. On a affaire à un expert. Trois cadavres dans un quartier tranquille, et personne n'a rien vu. Il abat froidement Genaloni et sa maîtresse à l'intérieur, sort, descend le garde du corps à l'extérieur, en sachant qu'il y en a quatre autres, armés, devant la maison. Dans son cas, on ne peut même plus parler de sang-froid, mais de liquide cryogénique... Au fait, j'ai du nouveau. » Il indiquait son terminal. « Le rapport d'expertise en est encore au stade préliminaire, tout ce qu'on a, ce sont des empreintes de bottes dans le jardin du voisin. L'assassin est un petit gabarit. »

Michaels haussa un sourcil.

Elle afficha le rapport : « Tenez. L'empreinte de botte suggère une pointure trente-six, trente-sept. La profondeur, un poids de cinquante, cinquante-cinq kilos. Une carrure de monte-en-l'air. »

Michaels hocha la tête. Cela faisait résonner quelque chose dans son esprit... « J'aime pas ça du tout... c'est trop évident.

– Parfois, les choses arrivent... comme ça, Alex, sans rapport direct de cause à effet. On ne peut pas tout prévoir. Il suffit que la bonne personne soit là au bon moment, que les circonstances s'y prêtent, et la situation vous échappe. »

Il la regarda. De quoi parlait-elle ? Ça ressemblait plus à des excuses qu'à une explication.

Elle paraissait gênée. Elle poursuivit : « Ce que je veux dire, c'est que quelqu'un avait envie de régler son compte à Genaloni, et que c'est une simple coïncidence. »

Une idée lui vint. Il pianota sur son clavier, chargea un fichier.

« Qu'est-ce qui se passe ? »

Il ne leva pas les yeux. « Quelle pointure avez-vous dit ?

– Trente-six ou trente-sept. Les experts en sauront plus quand ils auront nettoyé le moulage au labo pour une comparaison de surface.

– Juste une question... Quelle est l'équivalence entre les pointures des hommes et des femmes ?

– Ça dépend du style de chaussure et du fabricant, mais en général il y a bien deux tailles d'écart entre les deux. Qu'est-ce que vous... ? Oh !

– Ouais. D'après l'extrapolation calculée par l'ordinateur à partir du signalement de la femme qui avait emprunté le chien – et qui est revenue dédommager le chenil pour sa perte, avec tout un tas d'intermédiaires, comme précédemment –, cette femme chausse du trente-huit. Et pèserait entre cinquante-cinq et soixante-deux kilos.

– Vous pensez que c'est la même personne ?

– Les coïncidences ont bon dos. D'après notre théorie, la femme qui a tenté de me tuer et qui pourrait avoir assassiné Steve Day travaillait pour Genaloni.

Nous savons qu'elle est remontée dans l'État de New York régler la perte du chien ; or, quelques jours plus tard, Genaloni est tué par un individu à peu près du même gabarit... Qu'est-ce que vous en pensez ?

– Que ce pourrait être la même personne. Mais si elle travaillait pour Genaloni... ?

– Exactement. Pourquoi le tuer ?

– Peut-être parce qu'il refusait de la payer, après sa tentative avortée contre vous.

– Peut-être, mais toute cette histoire ne me paraît pas tenir debout. » Il réfléchit quelques secondes. « Et si on s'était gourés sur l'auteur de l'assassinat de Steve Day ? Si c'était quelqu'un qui cherchait à faire porter le chapeau à Genaloni ? Et que, ce dernier s'en étant aperçu, cette femme avait été chargée de le supprimer ? Peut-être qu'elle travaille pour quelqu'un d'autre.

– C'est un rien tiré par les cheveux.

– Ouais, sans doute, mais réfléchissez : c'est une équipe qui a assassiné Day ; le plan était impeccable mais la réalisation a été bâclée. Une bande de types armés de mitraillettes qui tirent sur tout ce qui bouge, et malgré ça, Day a quand même réussi à en descendre un... Pas vraiment le style de notre bonne femme. Elle semble autrement plus experte.

– Elle vous a quand même raté.

– Uniquement parce que le chien a aboyé. Une seconde de plus ou de moins, et j'entrais dans l'histoire.

– Bref, où voulez-vous en venir ? Il y aurait deux équipes de tueurs ?

– Je n'en sais rien. Mais c'est une possibilité. Nous avons supposé que la mort de Day était la conséquence de son long combat contre le crime organisé. La méthode, son itinéraire personnel, ça paraît logique. Mais si on s'était trompés ? Si c'était un autre ? Si toute cette histoire n'avait aucun rapport avec la Mafia ?

– D'accord, supposons un instant que vous ayez raison. Qui a fait ça ? Et pourquoi ? Et surtout, qui voudrait vous supprimer, vous ?

– Qu'avons-nous en commun, Day et moi ?

– La Net Force. Vous en avez repris le commandement après sa disparition.

– Exactement. Et si les attaques ne nous visaient pas personnellement, mais plutôt les chefs de la Net Force ?

– Lancées par deux groupes d'assassins différents ?

– Oui. »

Tous deux pesèrent un moment en silence cette hypothèse.

On frappa précipitamment à la porte. Ils levèrent les yeux et découvrirent Jay Gridley.

« Que se passe-t-il, Jay ?

– Vous pouvez signer mon augmentation, chef. On la tient. La meurtrière. L'identification est confirmée. »

# 35.

*Jeudi 7 octobre, 20:48,*
*Quantico*

Assise dans son bureau, Toni consultait l'information fournie par Jay. Il n'y avait ni photo ni hologramme pour l'accompagner, juste du matériel classique, et guère plus.

Les empreintes de l'assassin présumé, recueillies au mur de l'Holiday Inn de Schenectady, New York, concordaient avec celles de Mora Sullivan, ressortissante irlandaise, fille d'un militant de l'IRA tué par les Britanniques. Lors de la prise d'empreintes, la petite Mora avait huit ans. Et depuis, on n'avait retrouvé aucun autre dossier sur la fillette, puis sur la femme, dans aucun des fichiers informatisés reliés à la Net Force – en gros, la plupart des réseaux policiers internationaux. Elle s'était volatilisée. Ou, comme l'avait précisé Jay, celui qui était au courant de leurs agissements avait piraté ses dossiers et s'était chargé de les faire disparaître, sans laisser de piste ou de trace. S'ils avaient eu ces documents, c'était par pur hasard, parce qu'ils provenaient d'archives oubliées d'un commissariat irlandais référençant quelques centaines d'empreintes mises sur le réseau au moment seulement de leur découverte, bien des années après la constitution des dossiers.

De sorte qu'ils tenaient maintenant son âge, sa nationalité, la vraie couleur de ses yeux et de ses cheveux, en sus des empreintes. Ça n'aiderait guère à l'identifier, compte tenu de son talent pour le déguisement. Avec une perruque ou une teinture, des verres de contact et des gants, elle pouvait dissimuler tout cela ; un peu de maquillage, des vêtements matelassés et elle trichait sur son âge. Elle avait déjà fait la preuve qu'elle pouvait passer aussi bien pour une quadragénaire rondouillarde que pour une frêle septuagénaire, alors que d'après son signalement elle n'avait que trente-deux ans. Même s'ils avaient pu avoir une photo de la petite Mora, il était plus que douteux que celle-ci ait la moindre ressemblance avec son identité actuelle.

Cela dit, c'était toujours mieux que rien. Quand ils réussiraient à la pincer, ils seraient enfin en mesure de procéder à une identification formelle.

Son téléphone lui signala un appel. Le nom de l'appelant s'inscrivit sur l'afficheur.

Son estomac se noua. Rusty. Elle s'y était attendue, puisqu'il répondait toujours à ses coups de fil, malgré tout, cela déclencha chez elle un réflexe de salut par la fuite... Coucher avec lui avait été une erreur, elle le savait, mais elle n'avait pas encore réussi à trouver un moyen de le lui dire. Depuis, elle esquivait ses avances, mais ce n'était pas sympa non plus de le laisser mariner. Et puis, ce n'était pas le genre de truc qui s'annonçait par téléphone.

« Allô.

– Gourou Toni ? Alors, ça boume ? »

Pourquoi fallait-il qu'il ait ce ton si guilleret ?
« Impec. Toujours débordée. Comme d'hab'.

– Quelque chose de prévu ?

– Je ne pourrai pas aller m'entraîner au gymnase
aujourd'hui. Trop de boulot.

– Pas de problème. Moi-même j'ai des cours à potas-
ser. Demain, alors ?

– Écoute, je peux me libérer quelques minutes à
l'heure du déjeuner, si ça te dit de passer boire un
café vite fait.

– Ça marquerait ma journée. »

Elle grimaça en entendant son ton enjoué. Sûr que
ça marquerait sa journée, mais peut-être pas dans le
sens qu'il imaginait.

« Chez Heidi, ça te va ? » C'était une cafétéria près
de la base. Un petit bistrot tranquille, le café y était
immonde et la bouffe encore pire, ils ne risqueraient
pas d'être dérangés par les voisins quand elle lui
annoncerait la nouvelle.

Qu'elle le plaquait.

« Super ! Alors, à tout à l'heure ! »

Ils raccrochèrent.

Toni laissa échapper un gros soupir et regarda dans
le vide. *C'est ça. Super.*

Quelqu'un quelque part avait sûrement déjà rédigé
un manuel sur la meilleure façon de dire à un homme
que vous aimiez toujours bien mais avec qui vous
n'aviez plus envie de coucher que vous l'aimiez toujours bien mais n'aviez plus envie de coucher avec lui.
Elle aurait aimé l'avoir lu. Comment pouvait-on balancer froidement un truc pareil ? *Écoute, nous deux, on a*

*pris un super-pied ensemble, t'es un chouette copain et tout, mais je n'ai plus envie de baiser avec toi parce que ce n'était qu'une passade, un accident de parcours, et que, le prends surtout pas mal, mais enfin, j'en aime un autre. Même s'il ne s'en est pas encore aperçu. Désolée. À propos, qu'est-ce que t'as pensé du match de dimanche ?*

Toni essaya d'imaginer sa réaction si les rôles avaient été inversés. Ce serait dur de se faire plaquer, surtout si elle était amoureuse de l'homme en train de lui expliquer tranquillement qu'ils devaient désormais se cantonner à des relations platoniques. C'était bien assez de souffrir déjà de ce genre de rapports avec Alex. S'ils avaient couché ensemble et s'il lui avait sorti un truc pareil, elle ne croyait pas qu'elle aurait été capable de le supporter.

Est-ce que Rusty l'aimait d'amour ? Il ne l'avait pas formulé en ces termes, mais elle l'avait incontestablement séduit. Et puisque, du point de vue sexuel, l'accord avait été parfait, il risquait d'avoir du mal à comprendre. Le problème était que, de son côté, il n'avait rien dit ou fait de mal, ce n'était pas de sa faute, et pourtant, elle avait beau retourner le problème dans tous les sens, le noyer sous les fleurs ou la vaseline, ce serait en définitive toujours un rejet : *je ne veux plus de toi.*

Pis encore, peu importait l'opinion de Rusty : il n'avait pas à choisir. C'était une affaire entendue, non négociable, point final. *Absolument désolée.*

Qu'elle soit décidée ne rendait pas la chose plus facile. Elle n'avait pas envie de le blesser, mais c'était soit trancher dans le vif d'un coup sec, soit le titiller à coups de poinçon et le saigner lentement. C'était d'ailleurs le biais le plus facile. Elle pouvait être trop occupée pour le voir, trop occupée pour aller s'entraîner, ne pas lui répondre au téléphone. Son stage touchait à sa fin, il allait se retrouver pour son premier poste dans un coin perdu à l'autre bout du pays – elle découvrit avec un certain dégoût que si elle le voulait vraiment, elle pourrait même tirer quelques ficelles pour qu'il se retrouve effectivement affecté en pleine cambrousse – et ce serait terminé. Une vague relation qui finirait par s'étioler, avec un Rusty se demandant tout du long où il avait bien pu gaffer.

Ça, c'était une solution de dégonflée, se planquer à bonne distance pour éviter la confrontation. On lui avait appris à faire face, à affronter le danger, et à faire le nécessaire pour régler les problèmes. La méthode était plus dangereuse, mais plus rapide et plus nette.

Plus vite. Plus net. Plus fort.

Mais encore une fois, tout ce qu'il cherchait peut-être, c'était à tirer son coup. C'était un mec, elle n'était pas laide au point que les gens traversent la rue pour l'éviter, peut-être ne pensait-il qu'au sexe ? Ça faciliterait les choses.

Elle aurait voulu avoir quelqu'un à qui se confier, une copine à qui demander conseil, mais elle n'avait personne sous la main. Elle envisagea d'appeler son amie Irena, dans le Bronx, mais quelque part, ce n'était pas sympa. Elles ne s'étaient pas revues depuis des mois, et ça paraissait déplacé de lui téléphoner juste pour venir chialer dans son giron. Du reste, Irena n'avait jamais été du genre coureuse, elle n'avait pas eu plus de deux petits copains avant de se caser, et elle était éperdument amoureuse de son mari. Toni ne lui avait jamais confié ses sentiments pour Alex, et il faudrait bien qu'elle en parle pour resituer cette foucade avec Rusty. Sinon, pourquoi voudrait-elle donc larguer un type qui en pinçait pour elle à ce point ?

Non, il allait falloir qu'elle se débrouille seule.

Ça ne l'enchantait pas vraiment.

### *Jeudi 7 octobre, 20 : 56, Quantico*

John Howard faisait les cent pas dans son bureau, en attendant que l'ordinateur ait établi un autre scénario pour l'enlèvement théorique du programmeur russe. Jusqu'ici, Howard avait envisagé cinq hypothèses de travail, avec des estimations de succès évaluées par l'ordinateur dans une fourchette allant de 68 à un petit 12 %. Des chiffres qui ne le satisfaisaient pas. Vu ce qu'il connaissait des opérations par les manuels de stratégie et de tactique, sans un pourcentage de succès évalué à 80 % minimum, on devait s'attendre à des blessés, voire à des morts. Les pertes pouvaient être chez l'ennemi, ou dans son camp. La première hypothèse était préférable à la seconde, mais dans cette situation de combat bien précise, les deux étaient à éviter.

Parfois, vous étiez obligé de vous battre, quelle que soit l'issue, mais il n'aimait pas la perspective de devoir y aller en sachant qu'il perdrait des hommes.

Les éléments essentiels restaient stables, c'étaient les petites variables qui posaient toujours problème. Plus il disposerait de données sur celles-ci, mieux il pourrait programmer le module de simulation tactique et stratégique – seulement, quelle valeur attribuer à certaines de ces variables ? Avec une escarmouche, de front, à découvert, au milieu de nulle part, pas de problème. Mais dans ce cas précis, comment prévoir le taux de circulation dans les rues d'une grande ville au moment d'une opération clandestine ? Un accrochage imprévu sur une artère importante à l'heure de pointe pouvait entraîner une paralysie totale du trafic ; il fallait dès lors imaginer des itinéraires de délestage et supposer que si on voulait les prendre, d'autres usagers coincés dans l'embouteillage auraient la même idée. Et même si on envisageait par exemple l'hypothèse qu'un semi-remorque puisse se renverser, comment savoir à l'avance où et quand un tel accident pouvait se produire ?

C'était impossible, sauf à le provoquer soi-même.

Si l'on tablait sur une attaque en dehors des heures d'affluence, disons au petit matin ou bien en pleine nuit, d'autres problèmes venaient remplacer ceux résolus en choisissant cette option. La police du coin ne manquerait pas de remarquer une activité nocturne qui serait passée inaperçue dans la journée ; une fois découvert, il était bien plus délicat de se planquer, et échapper par voie terrestre à une poursuite aérienne était quasiment impossible. Presque toutes les forces de police disposaient désormais d'hélicoptères, même dans des pays où la majorité de la population vivait encore dans des cases.

En outre, l'enlèvement n'était qu'un élément de l'opération. Il fallait le confier à une unité réduite, trois ou quatre hommes au plus. Il fallait envisager un plan de fuite, si possible par la voie des airs. Et donc disposer d'un engin capable de voler assez vite tout en restant assez bas pour échapper aux radars.

Mais si les choses tournaient mal ? Combien d'hommes fallait-il prévoir en réserve ? Le commando de la Net Force était-il prêt à faire le coup de feu contre des troupes d'un pays censé être ami ? Quelles en seraient les répercussions ?

Howard hocha la tête. Ça faisait un paquet d'hypothèses, et il aurait beau faire, il savait qu'il ne pourrait pas penser à tout. Aussi bien à des détails si insignifiants qu'ils passeraient comme une lettre à la poste qu'à d'autres assez gros pour risquer de lui rester en travers de la gorge et de l'étouffer. Charmante perspective.

L'ordinateur tinta. Le nouveau plan opérationnel était calculé. Chances de succès : 54 %.

Autant tirer à pile ou face.

« Ordinateur, garde les paramètres précédents, modifie l'heure de début des opérations à vingt-trois heures et lance. »

L'ordinateur tinta de nouveau et repartit dans ses calculs d'interpolation.

Howard fit les cent pas. Ça allait sans doute donner matière à discussion. Il doutait que Michaels accepte de lancer une opération militaire dans de telles conditions. Il avait trop de supérieurs hiérarchiques devant qui rendre compte, et tous étaient des civils. C'était une chose de pénétrer dans un pays étranger avec l'accord des autorités locales, même si elles faisaient semblant de rien, ce qui revenait à une approbation tacite ; c'en était une autre d'envoyer des troupes à l'étranger contre la volonté explicite des autochtones. Les Tchétchènes se montraient susceptibles de ce côté, depuis l'invasion russe au siècle dernier ; il était douteux qu'ils accueillent à bras ouverts une force d'intervention américaine venant piétiner leurs plates-bandes, même clandestinement. Si jamais il y avait du grabuge, ça ferait du raffut. Des têtes tomberaient, et sans doute la sienne serait-elle la première à rouler au sol.

Seulement voilà, il avait des ordres. Il les exécuterait de son mieux. Il était soldat. C'était son métier.

### Jeudi 7 octobre, 21 : 02, Washington, DC

Selkie ne pouvait espérer voir les équipes protégeant sa cible emprunter deux fois de suite le même itinéraire pour rejoindre son domicile. Toutefois, plus ils s'en approchaient, moins ils avaient le choix. Il n'y avait que deux voies d'accès principales à ce quartier, et s'ils comptaient s'y rendre en voiture, il faudrait bien qu'ils prennent l'une ou l'autre. S'ils ne l'empruntaient pas aujourd'hui, ce serait sans doute pour demain.

Elle avait du bol. Aujourd'hui, ils avaient choisi celle-ci.

Elle se trouvait dans une cabine téléphonique, à quinze cents mètres du domicile de Michaels, son vélo neuf juché sur sa béquille derrière elle. Elle s'était déguisée en homme : bottes, jean ample, blouson trop grand, fausse barbe bien taillée, et, si les gardes du corps la remarquèrent, elle leur tournait le dos au moment où passait le convoi qu'elle surveillait grâce au petit rétro fixé à son casque cycliste. Ils ne lui prêtèrent qu'une attention distraite.

Comme elle s'y était attendue, ils avaient renforcé le niveau de protection. Deux véhicules encadraient désormais la voiture de la cible, qui était à présent une limousine blindée. Elle n'avait pas voulu se hasarder à passer devant la maison pour y jeter un œil, mais elle devait supposer que le filet de la sécurité avait été resserré. Plus question de jouer la mamie qui se promène, plus question non plus d'enjamber la clôture du jardin de derrière pour se faufiler à l'insu de tous. Et ces gars seraient plus prompts à défourailler que le garde du corps d'un truand. Ils la plomberaient dès qu'elle pointerait le nez.

Elle s'attarda une minute encore dans la cabine et sa patience fut récompensée : un autre véhicule passa, fermant la marche, avec deux autres flics à l'intérieur. Il y en avait peut-être un quatrième, tout à fait en tête, qu'elle n'avait pas remarqué.

Vu la disposition des lieux et la logistique employée, Selkie écarta le domicile de la cible pour procéder à son élimination. Elle pouvait à la rigueur le descendre alors qu'il sortait de chez lui ou montait dans la limousine, mais ce serait risqué. Les gardes avaient sans doute prévu l'éventualité et devaient surveiller toutes les positions susceptibles d'abriter un tireur. Elle ne pourrait pas quitter sa cachette pour le mettre en joue, il n'y avait aucun bâtiment élevé dans les parages, pas d'angle favorable. Et même si elle réussissait à faire mouche, le plus gros problème ensuite serait de fuir. Or, s'échapper était un but essentiel, plus important même que d'éliminer la cible.

Non, le domicile était hors de question.

Elle raccrocha, enfourcha son vélo et retourna au motel où elle avait loué une chambre. Il était situé à trois kilomètres et elle s'y était inscrite sous son identité masculine, au cas où les flics auraient cherché une femme isolée sur les registres.

Tenter une agression contre un convoi motorisé était tout aussi risqué. Le seul moyen pratique était le recours aux explosifs. Un missile Stinger, éventuellement une roquette antichar, voire une bombe. Avec une roquette ou un missile, elle serait obligée de s'exposer pour effectuer un tir tendu. S'ils remarquaient quelqu'un avec un lance-roquettes planté au bord de la route ou penché à une fenêtre, il y avait gros à parier qu'ils tireraient d'abord et interrogeraient le cadavre ensuite. Et avec les roquettes, on n'était jamais sûr : elle avait ouï dire que des missiles avaient réussi à ricocher sur un pare-brise sans exploser. C'était monnaie courante avec les balles.

Alors, une bombe ? Elle aurait également parié que les équipes du FBI ou de la Net Force chargées de protéger la cible avaient envoyé un éclaireur inspecter les bouches d'égout et les poubelles à la recherche de colis douteux, une fois sélectionné l'itinéraire jusqu'à la maison. Par ailleurs, avec un engin télécommandé, on n'était pas absolument certain de se débarrasser des occupants d'une limousine blindée. Une charge suffisante pour être mortelle risquait d'être repérée par un détecteur électronique ou un chien dressé. S'ils étaient sûrs qu'elle n'avait pas renoncé à sa cible, ils risquaient de boucler celle-ci dans un camp protégé pendant plusieurs semaines, voire plusieurs mois. Or, elle n'avait pas envie d'attendre. Naguère, elle aurait eu toute la patience nécessaire, mais depuis qu'elle avait décidé de prendre sa retraite, elle était décidée à en finir une bonne fois et basta ! Quelques jours, une semaine, pas plus. Et compte tenu de son échec précédent, elle voulait procéder de près, face à face. La canne était proscrite, mais le couteau ou l'attaque à main nue avaient un certain attrait.

Une voiture la klaxonna pour la doubler. Elle lui adressa un signe de la main, comme pour s'excuser de boucher le passage. La voiture la dépassa. Le chauffeur lui cria quelque chose – un truc qui se finissait par « ... espèce de connard ! » Sans ralentir.

Selkie sourit. Le chauffeur ne se doutait pas du danger qu'il aurait couru à s'arrêter pour engueuler un pauvre cycliste qui avait eu le front de le ralentir. Elle n'avait pas envie de se servir du flingue rangé dans son sac à dos contre un automobiliste irascible, mais c'était toujours une possibilité, si elle n'arrivait pas à l'assommer malgré son entraînement.

Non, la seule alternative désormais viable pour une élimination était de l'effectuer à l'endroit où la cible était en permanence entourée par des gardes, et de telle manière que personne ne s'en aperçoive avant qu'elle ait eu tout le temps de filer.

Compte tenu des options, le seul endroit convenable était un endroit jugé parfaitement sûr.

Elle allait devoir le tuer à l'intérieur du QG de la Net Force.

## 36.

Pénétrer – ou faire pénétrer un objet interdit – dans une zone de haute sécurité quand on n'y était pas admis n'était pas aussi difficile que beaucoup de gens étaient enclins à le croire. Au débotté, Selkie connaissait au moins quatre méthodes pour faire passer en fraude une arme à feu à bord d'un avion, même sans recourir à un modèle en céramique tel que le petit pistolet qu'elle avait en ce moment glissé sous l'élastique de son slip. Il s'agissait en l'occurrence d'un trois-coups doté d'un triple canon de deux pouces. Une arme fabriquée illégalement au Brésil pour leurs agents des services extérieurs, à partir de cette céramique rigide mise au point par les Japonais pour leurs fameux couteaux de cuisine qu'il était inutile d'affûter. Le calibre était du 9mm court, et les munitions des balles en bore et résine époxy, sans cartouche, mises à feu par un allumeur piézo-électrique rotatif. Le propulseur était une version à stabilité renforcée

401

des poudres utilisées pour les fusées. Il y avait en outre une amorce de rayure de guidage sur les trois canons courts, même si les balles étaient trop légères pour qu'on puisse sérieusement envisager un tir à distance. La portée efficace était limitée à vingt mètres ; au-delà, c'était du tir au jugé en comptant sur son saint patron si l'on espérait faire mouche.

De près, en revanche, ce joujou en céramique vous refroidissait n'importe qui avec la même efficacité que le meilleur des gros six-coups de cow-boy.

Le pistolet avait été moulé en deux pièces principales, canon et armature ; pivots, leviers, vis, gâchette et mécanisme de mise à feu étaient également en céramique. En théorie, l'arme pouvait être rechargée et réutilisée, mais en pratique, il fallait la considérer comme jetable. Une fois tirée la charge initiale, les céramiques internes étaient fragilisées. Il était plus prudent d'utiliser une arme neuve que de risquer de voir l'ancienne s'enrayer au moment critique. Le triple composite à base de bore dans lequel étaient moulés les projectiles contenait moins de métal qu'un plombage dentaire. Il ne passerait pas un scanner d'objets rigides mais, posé sur la pointe, il tromperait un détecteur à fluorescence, car sous cet angle, on n'aurait pas du tout dit une arme, et il pouvait franchir tous les portiques détecteurs de métaux de la planète sans les faire broncher. Posé sur une table, le pistolet donnait presque l'impression d'avoir été sculpté dans une savonnette.

Fixé à l'intérieur de sa cuisse droite, presque contre l'aine, il y avait un étui contenant un couteau également en céramique, à lame crantée et manche en plastique. La lame était de style *tanto*, avec sa pointe à angle cassé, et elle était à la fois courte et très large – la céramique tendait à être cassante et il fallait qu'elle soit épaisse pour résister lorsqu'on l'utilisait pour poignarder et pas seulement pour égorger.

Le dispositif de sécurité habituel pour la majorité des bâtiments officiels – qui disposaient somme toute d'un budget limité en ce domaine – comprenait lecteurs de cartes d'identité avec photo et empreintes digitales, détecteur de métaux et gardes en uniforme. Si vous deviez y pénétrer pour raisons professionnelles sans faire partie des employés, la procédure pouvait être détaillée au gré des forces chargées de la surveillance : vérification informatique de votre identité, fouille des objets et fouille au corps, accompagnement par un membre du personnel, toutes ces dispositions étaient la norme pour l'accès de niveau trois. Le bâtiment de la Net Force était classé entre les niveaux un et trois ; ce qui voulait dire que pour y pénétrer, seules les techniques N3 étaient requises. Les zones plus sensibles étaient en revanche plus étroitement protégées : analyseur de paume ou d'empreinte rétinienne, structure des articulations, code vocal et ainsi de suite. Pas question pour elle de franchir ces barrages pour gagner le bureau de sa cible et frapper à sa porte – en tout cas, pas sans avoir eu bien plus de temps pour se préparer. Mais, là encore, elle n'était pas vraiment obligée.

S'approcher d'une cible difficile n'était pas nécessaire, si la cible elle-même vous mâchait le travail en se portant au-devant de vous.

Même avec un minimum de connaissances en informatique, il était relativement enfantin de retrouver des employés subalternes – secrétaires, réceptionnistes, personnel d'entretien... – qui avaient eu l'occasion de travailler un temps limité pour la Net Force. Sélectionner une célibataire vivant seule, à laquelle elle puisse se substituer, était encore plus facile. Après tout, c'était la réputation de Selkie...

C'est ainsi que cette Christine Wesson, petite brune aux yeux bruns de vingt-neuf ans, pas trop moche, connut la fin prématurée d'une existence sans doute banale. Et maintenant, une femme ressemblant assez à Wesson pour abuser quiconque ne la connaissait pas à la perfection, et vêtue de ses habits, se présenta à l'entrée sud-est (la plus fréquentée) du QG de la Net Force. On était un vendredi, le week-end était en vue, et la foule d'employés de la relève de jour faisait la queue devant le lecteur, attendant leur tour pour introduire leur carte dans la fente du scanner. C'était rapide : un geste de la main, un feu vert, et vous étiez dans la place.

Selkie savait que la carte était valide, puisqu'elle lui avait déjà donné accès au parking – dans la Ford de feu Christine Wesson, une épave de huit ans infestée de rossignols.

Quant à Christine, elle était allongée dans sa baignoire, emballée dans des sacs en plastique et recouverte de cinquante kilos de glace pilée – de quoi éviter que les voisins se plaignent de l'odeur, assez longtemps en tout cas pour permettre à Selkie de finir son travail et de s'évanouir dans la nature.

Une fois dans l'immeuble, elle avait d'abord plusieurs endroits à inspecter, et plusieurs autres où elle pouvait se rabattre pour éviter de traîner dans les couloirs.

Deux ans plus tôt, les agents de sécurité du Pentagone provisoire avaient été surpris à se rincer l'œil avec des vidéos prises en douce de femmes (et de quelques hommes) dans les toilettes du bâtiment. Le scandale avait été énorme, immédiat, mais les militaires étaient depuis toujours habitués à faire la sourde oreille aux lubies passagères des simples pékins. Toutefois, l'idée qu'on puisse mater le zizi d'un général de corps d'armée alors qu'il lansquinait avait remué les sangs de tous les galonnés. Et qui sait s'il n'y avait pas le même genre d'yeux-espions dans les urinoirs du Congrès ou du Sénat... ? C'était incroyable la vitesse à laquelle certaines lois pouvaient être rédigées et votées quand elles étaient vraiment importantes. Dorénavant, l'équipement de surveillance des bâtiments fédéraux avait été restreint – du moins, on n'était pas censé poser des caméras dans les toilettes. La fausse Wesson pouvait donc sans risque se planquer durant deux heures dans les cabinets, avec un bouquin pour y tuer le temps. Elle pourrait ensuite faire traîner le déjeuner à la cafétéria. Puis se rendre dans la zone fumeurs et se taper une des cigarettes dont elle avait trouvé un paquet dans le sac à main de Wesson. Avec sa plaque d'identité accrochée au corsage, elle serait anonyme. Personne ne la connaissait et c'était une grosse administration.

Même si son objectif était parfaitement en sécurité dans la zone de protection maximale, il finirait bien par gagner une zone moins protégée, si elle arrivait à trouver une bonne raison pour l'y amener.

D'une manière ou d'une autre, il fallait qu'elle en invente une au cours des prochaines heures.

Tôt ou tard, bien entendu, le bureau où travaillait Wesson remarquerait son absence. Ils pourraient l'appeler chez elle et tomberaient sur son répondeur. Pas de problème sauf si, pour quelque raison, les intéressés avaient l'idée de vérifier sur l'ordinateur de la sécurité du bâtiment. Si c'était le cas, ils s'apercevraient que Christine Wesson s'était présentée au travail à l'heure habituelle – ce qui risquait de susciter certaines interrogations. Et dans ce cas, où était-elle ? Pour retarder cette échéance, Selkie avait demandé plus ou moins poliment à Christine si elle voulait bien lui rendre un service. Cette dernière avait obtempéré avec... empressement. Et donc, Christine avait appelé sa chef de service aux fournitures (où elle travaillait) pour l'informer qu'elle aurait quelques heures de retard à cause d'un important rendez-vous chez le médecin. La chef avait dit que cela ne posait pas de problème et ces quelques heures pouvaient aisément s'étirer jusqu'à midi. À ce moment, un courrier électronique programmé à l'avance atterrirait sur le terminal de la chef de service, émanant de Wesson, pour expliquer que son retard risquait de se prolonger. Bien plus longtemps que prévu – sauf par Selkie.

En tout cas, l'e-mail lui laisserait le champ libre jusqu'à la fin de la journée. Ce qui devrait être plus que suffisant.

### *Vendredi 8 octobre, 12:18, Quantico*

Toni enchaîna sa série de *djurus*, s'arrêtant à chaque fois pour effectuer le *sambut* correspondant. Elle était la seule femme à s'entraîner. Il y avait quelques hommes au gymnase aujourd'hui, mais Rusty n'était pas du nombre. Quand elle lui avait annoncé qu'elle ne coucherait plus avec lui, elle avait cru qu'il prenait ça plutôt bien. Pas de colère manifeste, pas de larmes, juste une sorte de résignation étonnée. « Oh ? » Bref, tout s'était passé bien mieux que ce qu'elle avait espéré ou escompté.

Sauf qu'elle n'avait plus eu de nouvelles de lui depuis. Elle avait dit qu'elle tâcherait de passer au gymnase aujourd'hui et qu'elle comptait bien l'y voir – il n'avait encore jamais manqué un cours.

Surprise. Ça ne s'était donc pas aussi bien passé qu'elle l'avait cru.

Elle se releva de la position accroupie du troisième *djuru*, projeta l'avant-bras droit à la verticale, rabaissa le poing, puis finit de se redresser, en alternant les deux directs suivants.

Elle espérait que Rusty n'allait pas laisser tomber. Elle avait apprécié de l'avoir comme disciple, et avait beaucoup appris en pratiquant l'enseignement.

Mais bien entendu, c'était son choix personnel.

Comment se faisait-il qu'un homme pouvait être votre ami, puis votre amant, mais était incapable de redevenir votre ami si l'étape précédente n'avait pas marché ?

Elle termina la série, secoua les mains pour les décrisper. Elle était encore tendue.

Une petite brune en jupe et chemisier se dirigea vers la fontaine à eau et lui sourit avec un signe de tête. Toni ne la reconnut pas, mais elle répondit machinalement à son salut. Résoudre les problèmes de Rusty ne résolvait pas celui d'Alex. Comment réussirait-elle à attirer son attention ?

La petite brune entra dans les vestiaires. Toni n'y

pensait déjà plus quand, quelques instants plus tard, elle en rejaillit, toute retournée.

« Excusez-moi, mademoiselle... mais il y a là une dame qui semble avoir des problèmes, on dirait qu'elle fait une crise d'épilepsie ! J'ai appelé le service médical mais, oh, j'ai peur qu'elle se fasse mal ! Vous pouvez m'aider ?

– Bien sûr. » Et Toni la suivit dans les vestiaires.


Jay Gridley et John Howard avaient rejoint Michaels dans la petite salle de conférences. Il savait que le protocole exigeait qu'il tienne ces deux réunions séparément – le fameux cloisonnement de l'information que les gens du contre-espionnage ne cessaient de marteler à tout le monde –, mais il estimait que chacun de ses deux principaux collaborateurs devait savoir ce que faisait l'autre. Du reste, s'il en prenait l'envie à Jay Gridley, il pouvait retrouver tout ce qu'il voulait au sein d'un réseau informatique qu'il avait contribué à concevoir et installer.

« Jay ?

– D'accord, patron, voilà ce que ça donne. » D'un geste, il activa l'ordinateur de présentation. « Nous avons pu reconstituer une partie de l'itinéraire de Plekhanov au cours des derniers mois. Je peux vous fournir les détails et vous prouver combien nous avons été brillants pour établir certaines connexions, si vous le désirez.

– Je ne manquerai pas de mentionner votre brillance, dit Michaels. Venons-en au fait.

– Très bien. Ça paraît gros, je l'admets, mais tout

porte à croire qu'il cherche à s'acheter un ou deux gouvernements. »

Michaels acquiesça. Les lobbyistes faisaient ça tous les jours, et tant qu'ils restaient dans les limites de la légalité, cela restait acceptable.

« Certains des individus avec qui il est en rapport sont moins prudents que lui. On pense qu'il a de bonnes chances de décider qui sera président et Premier ministre de deux, peut-être trois pays de la CEI lors des prochaines élections – dont la Tchétchénie où il réside désormais. Nous n'avons aucune preuve directe, bien entendu. Pour ça, il nous faut ses fichiers. »

Howard intervint : « Quelles sont, selon vous, nos chances d'obtenir son extradition si le chef du gouvernement à qui nous la demandons lui doit son poste ? »

La question était rhétorique. « Ça ne me plaît pas trop, Jay, commenta Michaels.

– Eh bien dans ce cas, vous risquez de ne pas apprécier du tout la suite... Vous resituez les personnages que nous avions réussi à localiser dans l'entourage de Plekhanov ? Eh bien, dans le lot, il y a deux généraux. »

Howard dévisagea Jay. « C'est le bouquet. »

Michaels reprit : « Vous pensez qu'il nous mijoterait un coup d'État ? »

Jay haussa les épaules. « Aucun moyen d'être sûr. Mais vu l'activité de ses gars, ouais, je dirais que c'est fort possible.

– Colonel ?

– Ça pourrait se tenir, monsieur. Obtenir le pouvoir par les urnes serait plus aisé, mais si j'étais lui et si j'envisageais du piratage et du sabotage informatiques à grande échelle, voire pire, je me prévoirais un plan de secours. Parfois, quand les bulletins de vote sont inefficaces, les balles le sont. Avoir un général dans sa manche, garder le contrôle des médias... personne ne sait comment vont tourner les événements jusqu'à ce qu'il soit trop tard... oui, ce serait une bonne garantie. »

Michaels contempla les deux hommes tour à tour. « Donc, même si nous parvenions à sortir la preuve que ce type était sur le point de truquer une élection puis de mettre un fantoche au pouvoir pour nous abuser...

– Il annulerait sans doute les élections et déclencherait une guerre à la place, termina Howard. Le temps que puisse s'organiser une intervention extérieure, ce serait une affaire réglée.

– Chierie !

– Tout à fait, monsieur. Je crois que ça résume assez bien la situation. »

Michaels laissa échapper un gros soupir. Bon Dieu ! Quel sac de nœuds en perspective !

– Très bien, colonel. Et vous, vous avez de meilleures nouvelles à m'offrir ?

– Relativement, monsieur. Mon scénario le plus optimiste pour l'opération de *collecte* de M. Plekhanov donne 78 %.

– C'est plutôt bon, non ?

– J'aurais préféré un meilleur pourcentage de la part de l'ordinateur de simulation mais tout ce qui dépasse les 70 % est jugé militairement acceptable. Même si aucun plan de bataille ne résiste à la confrontation avec l'ennemi.

– J'aimerais bien le voir.

– Tout de suite, monsieur, le voici. »

Sa secrétaire entra. « Commandant ? Toni Fiorella sur votre ligne privée. »

Il la congédia d'un signe. « Messieurs, si vous permettez... »

Le colonel et Gridley acquiescèrent et retournèrent à leurs présentations.

« Allô ?

– Commandant Michaels ? Christine Wesson, du service fournitures, à l'appareil. Je m'entraînais au gymnase et le sous-commandant Fiorella m'a demandé de vous appeler, je le fais sur son virgil. Elle a eu un accident ; l'infirmerie est prévenue, mais je crains qu'elle ait la jambe cassée. »

Toni, blessée ? « La *jambe*, vous dites ?

– Un des appareils lui est tombé dessus. Elle dit qu'il n'y a rien de grave, qu'elle voulait juste vous avertir qu'elle serait en retard à sa réunion. Mais soit dit entre nous, elle a l'air de beaucoup souffrir.

– J'arrive tout de suite. »

Ses deux collaborateurs le regardèrent, ayant surpris la fin de la conversation tout en faisant semblant d'être occupés.

« Est-ce que Toni va bien ? s'enquit Jay.

– Rien de trop grave, apparemment. Un accident avec un des appareils du gymnase. Le service médical est en route, mais je préfère m'assurer de son état. En attendant, vous deux, vous phosphorez pour voir quoi tirer de ce bordel, je reviens dans quelques minutes.

– Sans problème, patron.

– À vos ordres. »

Michaels se dirigea vers le hall.

411

## Vendredi 8 octobre, 12:28,
## Quantico

Enjambant la porte de la cabine, Selkie tenait en respect la femme assise en tailleur sur le carrelage du bac. Si des gens entraient dans les douches, ils ne verraient ni Fiorella ni le pistolet. Elle était tentée de l'abattre mais elle ne voulait pas risquer d'être entendue ou surtout de gâcher ses précieuses munitions. Si ça tournait mal, elle pouvait en avoir besoin pour s'échapper. Elle pouvait également avoir besoin de la femme pour attirer sa cible ; ensuite, Fiorella serait aussi morte que Michaels. Elle comptait se servir du couteau court en céramique fixé contre sa cuisse sous la jupe pour les éliminer tous les deux. Le temps de les boucler dans la cabine de douche, de rincer les éclaboussures éventuelles, et elle pourrait être à l'autre bout du Maryland avant qu'on ne découvre les corps. Une double élimination au cœur même du QG de la Net Force, on en parlerait jusqu'à la fin des siècles.

Fiorella se tortilla.

« Garde les mains sur la tête, dit Selkie.

– Vous ne vous en tirerez pas comme ça.

– C'est pas en te tortillant que ça changera grand-chose.

– On sait qui vous êtes.

– C'est ça.

– Tu n'es pas aussi forte que tu l'imagines... Mora Sullivan. »

Cela la surprit. Bordel, comment avaient-ils pu trouver ? Elle eut un bref spasme de panique, le maîtrisa. Sullivan n'était qu'un nom comme un autre, désormais, une identité aussi jetable que ses autres pseudos. Et pourtant... « Il va falloir qu'on ait une petite conversation toutes les deux avant que je m'en aille », dit Selkie.

La femme était terrifiée – et elle pouvait l'être – mais elle répondit : « Je ne crois pas. »

Encore une fille qui avait du cran. Merde. Trop bête qu'elle doive la tuer.

« Toni ? fit une voix à l'extérieur des vestiaires.

– Par ici, dit Selkie. Vite ! »

Elle entendit un bruit de pas précipités. Et sourit.

# 37.

Plekhanov n'avait pas besoin de la RV pour voir que ses détecteurs d'intrusion avaient été brisés sur toutes ses voies d'accès. Ils savaient donc qui il était et sondaient tous les aspects de sa vie à leur portée. Il doutait qu'ils réussissent à trouver grand-chose, mais il était un peu plus inquiet qu'auparavant. Ce satané gamin qui bossait pour la Net Force était peut-être plus vif que futé, mais quelqu'un d'encore plus malin risquait de remarquer certaines caractéristiques et d'en tirer une conclusion que Plekhanov préférerait éviter. Ou bien ils pouvaient fournir à un système d'intelligence artificielle les maigres éléments en leur possession et demander à l'ordinateur d'établir les corrélations qu'un cerveau humain serait bien en peine de discerner. Tout cela ne l'enchantait guère.

Alors qu'il était si près du but ; c'était l'affaire de quelques jours, d'ici la tenue des élections anticipées. Tout ce qu'il lui fallait, c'était réussir à les retarder encore un petit peu : ensuite, peu importerait en définitive ce qu'ils pouvaient savoir. Même maintenant, il était sans doute trop tard pour qu'on puisse le contrecarrer, mais il était prudent. On lui avait même reproché de trop l'être, d'avoir trop tendance à reculer au lieu de sauter, mais c'était faux. Tous ceux qui avaient émis ce genre de stupidité... où étaient-ils aujourd'hui ? Pas à sa place, prêts à peser sur le destin de millions d'individus.

Non, il allait ajouter une garantie complémentaire, de quoi les faire réfléchir. Un obstacle de plus pour les faire trébucher à coup sûr et les empêcher de se rétablir à temps pour mettre la main sur lui.

Il passa un coup de fil au Fusil.

### *Vendredi 8 octobre, 12 : 37,*
### *Quantico*

C'était tout à son honneur, jugea Selkie. Dès qu'il avait vu l'arme, il avait compris ce qui se passait. Elle s'empressa de la braquer à nouveau sur la femme dans le bac à douche. « Un seul geste et elle meurt. »

La cible acquiesça. « Je comprends. Je ne suis pas armé. » Il écarta les mains, pour montrer qu'elles étaient vides.

Selkie hocha la tête. Quelle stupidité de sa part de ne pas être armé.

« Très bien. Doucement... par ici. »

Michaels sentit la peur au creux de l'estomac,

comme un bloc de glace, mais il savait qu'il allait de toute façon devoir neutraliser l'assassin. Il devait l'empêcher d'abattre Toni. Et s'il devait mourir, il voulait s'en aller debout, face au danger, pas en le fuyant.

Il inspira lentement, retint son souffle...

Toni observait la scène, parfaitement immobile. Elle allait devoir agir sous peu. Elle essayait de respirer calmement et régulièrement, mais c'était dur. C'était leur assassin, celle qui avait éliminé Ray Genaloni, tenté de faire de même avec Alex, et qui avait peut-être également assassiné Steve Day. Aucun doute là-dessus : si elle ne faisait rien, la femme allait les tuer, elle et Alex. Le pistolet était un de ces trucs en céramique, mais ça ne le rendait pas moins meurtrier.

Elle pouvait se redresser depuis une position assise en tailleur, elle l'avait fait des milliers de fois à l'entraînement. Quelqu'un qui pratiquait le silat devait être capable de travailler depuis le sol. Si la femme avait été quinze centimètres plus près, elle aurait pu l'atteindre d'un coup de pied.

Si, *si.*

Elle entendit Alex : « Toni ? Ça va ?

– Oui », fit-elle.

Alex se rapprochait. Le pistolet était toujours braqué sur elle, et Toni savait que si elle bougeait, elle allait certainement se faire descendre, mais cela ferait toujours gagner une seconde ou deux à Alex. Elle ne devait pas hésiter.

Toni inhala lentement, une longue inspiration. La retint. Se prépara...

« Personne ne bouge ! FBI ! » hurla quelqu'un.

Toni contempla le reflet dans la porte de la douche. Rusty... ?!

Selkie réagit sans réfléchir, presque d'instinct. Quand l'homme à l'entrée des vestiaires bondit dans la pièce, braquant sur elle ce qui ressemblait à une arme, elle fit pivoter le canon et tira. Le petit pistolet eut un recul violent, tant il était léger, mais elle vit la réaction de l'homme au coup qui l'avait cueilli en plein cœur. Il s'effondra. Pas de gilet...

La cible plongea sur elle en criant quelque chose. Trop vite pour qu'elle sorte le couteau. Elle lui mit l'arme sous le nez et fit feu...

« Non... ! » hurla la femme dans la douche. Puis elle se jeta sur Selkie et toutes deux partirent valdinguer. Elle perdit le pistolet, atterrit près d'un banc, parvint à se redresser d'une roulade en même temps que Fiorella se relevait.

Selkie se déchaussa d'un coup de pied, arracha sa jupe, empoigna le manche du couteau et le sortit de son étui à la cuisse, puis le brandit, la pointe en avant, pour lacérer ou poinçonner. Elle jeta un regard à la cible – il était à terre, apparemment touché à la jambe –, aucune menace de ce côté. C'était la Fiorella qui était dangereuse. Elle était debout, entraînée, préparée.

Selkie se retourna pour lui faire face, le couteau prêt à frapper. Elle allait devoir faire vite. Les coups de feu avaient dû attirer l'attention.

Elle avait appris le combat de rue d'abord par son père, qui avait survécu à plusieurs corps à corps. Elle s'était entraînée depuis avec une demi-douzaine de combattants, dont un couple de Philippins experts au maniement des armes blanches. Elle allait poignarder la femme, achever la cible et filer. En se dépêchant, elle avait encore une chance de s'en tirer au milieu de la confusion.

Elle se dirigea vers Fiorella...

Michaels sentit la balle l'atteindre, coup de poinçon chauffé au rouge sur le devant de la cuisse droite. Il tomba. Ça ne faisait pas vraiment mal, mais il ne pouvait plus se relever. La jambe touchée refusait de lui obéir.

Devant lui, Toni faisait face à la femme qui avait arraché sa jupe et dégainé un couteau à lame blanche. L'assassin avançait sur Toni. Tout n'était pas terminé. Il devait faire quelque chose...

Le pistolet ! Elle avait lâché le pistolet. Où était-il... ?

Toni se sentait en fait plus calme à présent que lorsque l'assassin l'avait mise en joue, au tout début. Un agresseur avec une arme blanche, c'était une situation qu'elle avait étudiée cent fois à l'entraînement. Le haut, le bas. Le plus important était de contrôler en permanence le couteau ; il n'était pas question d'échanger un coup de poing contre un coup de poignard, donc il fallait se garder en haut et en bas, bloquer le bras tenant l'arme en deux points, haut et bas, pour le maîtriser...

Selkie s'avança, bien en équilibre. Fiorella l'observait et l'attendait, immobile, l'air parfaitement sûre de son fait. Quelle importance ? Elle devait régler cette question et filer.

Selkie feinta un coup de pied, puis elle plongea...


Le dos du bras, le dos du bras, là où il y a le moins de vaisseaux sanguins à sectionner ! Les instructions de son gourou lui revinrent, limpides comme le cristal, aussi nettes que la lame qui approchait : *Face à un expert, tu seras fatalement touchée. Offre-lui la cible minimale.*

Le coup de pied était une feinte, mais le coup de couteau aussi. Quand Toni projeta en l'air le bras gauche pour le bloquer, l'assassin ramena brutalement son arme. Le tranchant lui ouvrit un profond sillon à l'extérieur de l'avant-bras, juste au-dessus du coude.

Pas grave. Elle n'en mourrait pas. Sa main fonctionnait toujours. Elle dansa d'un pied sur l'autre, attendit...


Fiorella ne réagit pas au coup de couteau, n'y prêta pas un regard, continuant de fixer l'assaillant. Selkie sourit. Elle était fortiche, mais le temps pressait.

Il y avait une attaque décomposée en séquence – deux feintes, passage du couteau dans l'autre main, puis coup au cœur entre les côtes, suivi d'un revers en travers de la gorge. Ça marchait toujours à l'entraînement, et c'est également ainsi qu'elle avait tué un homme en combat réel.

La partie était terminée. Il était temps pour elle de

pratiquer ce qu'elle faisait le mieux, avant de quitter la scène.

Selkie avança...


La femme revint à l'attaque, feinta, esquiva, lança son arme, puis la fit passer dans l'autre main alors que Toni s'apprêtait à la bloquer. Elle aurait été impressionnée si elle avait vu cela en spectatrice, mais elle n'avait pas le temps d'être impressionnée pour le moment. Toutes ses années d'entraînement devaient prendre le dessus, plus le temps de réfléchir désormais !

Toni changea de posture, contra l'esquive, effectua le blocage et l'immobilisation du bras armé de l'assaillante. Son bras droit bloqua l'attaque au niveau du poignet – point bas. Le sang ruissela de sa coupure au bras quand elle enfonça le dos du poing gauche sous le coude de la femme – point haut.

Le bras se brisa, l'arme tomba. Toni avança, passa au-dessus du membre fracturé et projeta le coude dans le visage de la femme. Elle l'accompagna dans sa chute en arrière contre les vestiaires, lui enfonça un genou dans le ventre, puis elle fit un *sapu luar* et la jeta au sol. L'autre chut durement, sa tête cogna, mais elle roula, plongea vers le couteau, le saisit de sa main valide, se releva, inclina la lame pour le lancer. Le sang pissait de son nez cassé, elle avait l'arcade sourcilière fendue...


Elle savait désormais qu'elle ne pourrait pas vaincre Fiorella au corps à corps, même sans un bras cassé. Il lui restait une seule chance : le couteau n'était pas idéal comme arme de jet, mais il ferait reculer l'adversaire s'il atteignait sa cible, de la pointe ou du manche. Elle avait perdu, mais elle pouvait encore filer...

Selkie visa le coude de la cible, couteau tenu par la lame à hauteur de l'oreille...

Michaels récupéra le pistolet blanc, roula sur sa jambe blessée – à présent, elle faisait vraiment mal ! – et brandit l'arme devant lui. Il hurla pour distraire la femme sur le point de lancer le couteau. « Eh ! »

Elle ne fléchit pas, poursuivit son mouvement...

Il pressa la détente.

Le recul fit sauter l'arme de sa main, et la détonation fut si bruyante qu'on aurait dit qu'une bombe venait de sauter à côté de lui.

Un long moment, des éternités s'écoulèrent. Personne ne bougea.

Le couteau s'envola... pour retomber en cliquetant au bout d'un mètre cinquante à peine.

Il l'avait eue. Pile dans les vertèbres. La femme tomba à genoux, chercha vainement à atteindre d'une main son dos blessé. Elle se retourna pour le regarder, intriguée plus qu'autre chose. Puis elle bascula sur le flanc.

Toni se précipita en criant : « Alex ?

– Ça va, ça va, elle m'a juste touché à la jambe. »

Le bruit de voix surexcitées qui approchaient les engloutit bientôt.

« Vous êtes blessée...

« – Simple éraflure. Ça paraît plus grave que ça ne l'est. Restez là, je vais chercher des serviettes.

– Je risque pas de m'en aller. »

Elle se releva. Se souvint de Rusty. Elle se précipita vers lui. Ses yeux grands ouverts ne cillaient pas. Il avait une blessure sanglante au milieu de la poitrine, il ne respirait plus, n'avait aucun pouls carotidien détectable.

Deux des employés du gymnase se précipitèrent. « Il a besoin de secours ! » dit-elle en indiquant Rusty. Elle tomba à genoux.

Les deux hommes furent rejoints par un troisième. « On s'en occupe, Toni, dit l'un d'eux. Filez panser cette coupure. »

Alex se traîna vers l'endroit où gisait la femme. Il la roula sur le dos. Elle gémit. Le regarda. Toni revint vers eux, trouva une serviette, la pressa contre la blessure à la cuisse d'Alex.

« Ouille ! » Il regarda Toni. « Merci. » Puis revint à la femme.

« F-f-fils d-de... pute », haleta cette dernière, d'une voix gargouillante. Sans doute était-ce une hémorragie pulmonaire.

« Qui vous a payée pour tuer Steve Day ? » demanda Alex.

La femme était mourante. Mais elle rit, bruit mouillé et plein de gargouillis. « Qui ça ?

– Day. Steve Day.

– Jamais entendu parler, dit-elle. Je... je... j'oublie jamais... une... cible. Il... il était pas... dans ma liste.

– Vous n'avez pas tué Steve Day ?

– T'es sourd ou quoi ? J'étais engagée pour te... t'éliminer. Je... Genaloni. Je... l'ai liquidé. Et... quelques autres. Mais pas... »

Et brutalement, ce fut tout. Ce qu'elle avait eu l'intention de dire fut coupé à mi-phrase. Il y eut un dernier souffle d'air bouillonnant, et elle mourut.

Alex et Toni se dévisagèrent. Un secouriste se précipita. L'endroit paraissait soudain envahi de monde. Toni éprouva une irrésistible envie d'étreindre Alex. Ce qu'elle fit.

Il la laissa faire. Et lui rendit son étreinte.

# 38.

*Vendredi 8 octobre, 13:02,*
*Quantico*

Le service médical du Bureau avait un médecin et plusieurs infirmières en poste au sein même du complexe, et sa propre ambulance pour toutes les urgences qu'ils ne pouvaient traiter sur place. Le toubib de la maison recousit le bras tailladé de Toni – dix-huit points de suture en tout –, vaporisa dessus un voile d'épiderme artificiel, lui fit une injection antitétanique et lui dit de repasser faire ôter les fils au bout de cinq jours.

Une radiographie de la jambe de Michaels révéla que la balle l'avait traversée de part en part. Elle était entrée légèrement à l'extérieur de la hanche droite, avait effleuré le fémur sans le briser pour ressortir juste sous le pli de la fesse, sans provoquer de dégâts importants, en dehors de deux trous de la taille du bout du petit doigt. Le médecin nettoya et pansa les plaies, mais sans les recoudre, lui refila une piqûre antitétanique et des cannes anglaises en lui déconseillant le foot pendant une bonne quinzaine. Il demanda à son infirmière de leur donner à tous deux quelques plaquettes d'antalgiques, en leur précisant qu'ils souffriraient bien plus demain qu'aujourd'hui. S'ils voulaient aller passer deux heures aux urgences dont dépendait la base pour avoir un autre avis médical, il ne les retenait pas.

Toni comme Michaels déclinèrent la proposition.

Au lieu de cela, ils retournèrent dans le bureau de ce dernier. Michaels s'assit dans le canapé, sur une fesse, Toni resta debout près de la porte.

« Un truc vous préoccupe, Alex ?

– À part ma blessure ?

– Oui.

– J'ai pas l'impression d'avoir été particulièrement héroïque dans les vestiaires...

– Pardon ?

– J'aurais dû faire plus.

– Vous êtes venu à mon secours. Vous vous êtes jeté à main nue sur un tueur armé. Vous avez réussi à l'abattre alors que vous étiez blessé. Qu'est-ce qu'il vous faut de plus comme héroïsme ? Sauter d'un bond entre deux gratte-ciel ? »

Il sourit timidement. « Ouais. Bon, enfin, ça faisait un peu Larry et Curly attrapent un tueur. »

Elle le regarda, ahurie.

« Deux des trois Stooges, expliqua-t-il. Eh, Larry ! Eh, Moe ! Hou-hou ! »

Elle fit le point : « Ah, oui. Mes frangins regardaient les vidéos. Ce doit être un truc de mec. J'ai jamais trouvé ces vieilles séries particulièrement drôles. Trop violentes. » Elle eut un sourire ironique.

« Je suis vraiment désolé pour votre ami, le stagiaire du FBI.

– Ouais. »

Il y eut un long silence. Puis : « Vous la croyez ? À propos de Steve Day ? »

Toni haussa les épaules. « J'en sais rien. Elle a confessé l'assassinat de Genaloni et de quelques autres, pour reprendre ses termes. Pourquoi aurait-elle menti pour Day ?

– Peut-être pour se foutre de notre gueule.

– C'est une hypothèse à envisager. Mais vous, est-ce que vous l'avez crue ? »

Il hocha la tête. « Ouaip. Je n'ai jamais trouvé que le meurtre de Steve Day correspondait à son style, cela n'a fait que confirmer mes soupçons.

– En tout cas, elle ne vous embêtera plus.

– Non. Mais cela veut dire aussi qu'un autre est responsable pour Day.

– Quelqu'un qui désirait apparemment nous orienter vers la piste de la Mafia.

– Tout à fait. Vous vous rappelez cette histoire d'interpellation et de disparition d'un lieutenant de Genaloni ? Qu'ils croyaient capturé par le FBI ?

– Oui.

– Je parie que le mystérieux auteur de cet enlèvement l'a fait pour mettre en rogne Genaloni. En sachant pertinemment comment nous faire porter le chapeau.

– On dirait que ça a marché. Si Genaloni a cru avoir la Net Force aux trousses, il est possible qu'il ait choisi de riposter avec un tueur à gages. Dans son univers, tous les problèmes se résolvent par l'argent ou par la violence. »

Il changea légèrement de position. Sa jambe commençait à l'élancer bougrement. Il envisagea un instant de prendre un antalgique, se ravisa. Il avait besoin d'avoir les idées claires, pas d'être à l'aise mais abruti.

« Bref, retour à la case départ dans l'enquête sur le meurtre de Day, résuma Toni.

– Non. Je sais qui l'a commis. »

Elle le regarda. « Qui ça ?

– Le Russe. Plekhanov. »

Elle y réfléchit une seconde. « Comment êtes-vous parvenu à cette conclusion ?

– Depuis le début, cela faisait partie de son plan pour détourner notre attention de ses menées subversives. Les attaques contre Day, contre nos stations d'écoutes, tous les vauriens qu'il nous a mis dans les pattes dans le monde entier. Il voulait nous occuper, pour qu'on ne remarque pas ce qu'il faisait. Il y a une espèce de logique tordue dans tout ça.

– Je n'en sais rien, Alex. C'est possible, mais...

– C'est lui. J'en suis sûr. Il n'a pas hésité à crasher des systèmes en provoquant des catastrophes meurtrières dans l'industrie et les transports. Alors, louer les services d'un tueur à gages, en comparaison... Nous regardions dans la mauvaise direction – justement celle qu'il voulait nous indiquer. Il est malin, ce type.

– Supposons que vous ayez raison. Comment le prouver ? S'il est aussi doué en informatique que le prétend Jay, on ne peut accéder à ses archives. Sans un minimum de fichiers, tout ce que nous avons, ce sont des preuves indirectes, guère plus.

– Plekhanov pourrait nous ouvrir ses fichiers. Il en a la clé.

427

« – Il n'a aucune raison de le faire... même si on le tenait, ce qui n'est pas le cas.

– Il faudra qu'on trouve le moyen de le convaincre. Une fois qu'on l'aura récupéré. »

Elle hocha de nouveau la tête. « La hiérarchie ne marchera pas, Alex. Walt Carver est trop fin politique pour courir un tel risque. Et même s'il le voulait, il ne pourrait pas convaincre la Commission des opérations secrètes à l'étranger ou la CIA de marcher dans la combine. La Commission s'est trop souvent mouillée dans ce genre d'affaires ; depuis deux ans, ils ne donnent plus leur feu vert à des opérations militaires sans l'accord préalable des autorités locales, ou du moins la certitude qu'elles regarderont ailleurs... comme en Ukraine.

– Ce type a fait *assassiner* Steve Day. Et il est responsable de la mort de tas d'autres gens. Il s'apprête à truquer une élection qui le rendra légalement intouchable. Et on ne peut pas l'alpaguer pour une sordide question de bureaucratie ?

– Je sais ce que vous ressentez, mais on perdrait notre temps rien qu'à demander une autorisation.

– Très bien, fit-il, on s'en passera. »

Elle le dévisagea. « Alex...

– Il y a une différence entre le droit et la justice. La seule façon pour ce type de s'échapper, ce sera en me passant sur le corps. Toni, cette conversation n'a jamais eu lieu. Vous n'êtes au courant de rien. »

Elle fit un signe de dénégation. « Ah mais non, pas question. On ne se débarrasse pas de moi si facilement. Vous voulez commettre une bêtise, je tiens à ce que ce soit dans les formes. Je marche avec vous.

– Vous n'avez pas besoin de faire ça.

– Steve Day était aussi mon patron. Je veux que son assassin paie. »

Tous deux restèrent silencieux pendant ce qui parut une éternité. Puis Michaels reprit : « On ferait bien de convoquer John Howard.

– Vous croyez qu'il marchera ?

– On ne lui dira rien à lui non plus. Il bosse pour moi. S'il arrive quoi que ce soit, c'est ma tête qui tombera. Moins il en saura, mieux ça vaudra pour lui.

– Vous trouvez que c'est équitable ?

– Ça le protégera. Il reçoit ce qu'il croit être un ordre officiel, il est couvert.

– C'est votre décision.

– Absolument. Il serait grand temps que je prenne une ou deux décisions vraiment efficaces. »

### *Samedi 9 octobre, 5:00,*
### *au-dessus de la baie d'Hudson*

« Très bien, sergent je-sais-tout. On reprend. »

Howard connaissait le plan – il l'avait conçu – mais ça ne faisait jamais de mal de le graver dans sa mémoire à long terme. Faire une nouvelle révision pour traquer les erreurs.

Julio Fernandez sourit et prit le ton de la recrue obéissant à l'instructeur : « Oui, chef, on reprend, chef ! » Puis, d'une voix plus calme : « La Tchétchénie est un pays enclavé, avec l'Ingouchie à l'ouest, la Russie au nord, le Daghestan à l'est et la Géorgie au sud. La frontière occidentale du pays est située à trois cents kilomètres environ de la mer Noire. La ville principale est la capitale, Groznyï, dont le colonel pourra voir un plan de rues détaillé grâce aux cartes de la CIA chargées sur son portable, s'il s'avise de les consulter.

« La population est en majorité tchétchène ou russe, à savoir...

– Sautez l'aspect géopolitique, sergent. Passons tout de suite à la stratégie et à la tactique.

– Comme le voudra le colonel. » Il sourit, détendu. « Nos deux Huey UH-1H d'époque doivent être déchargés à dix-neuf heures d'un cargo à Vladikavkaz, en Ossétie du Nord, un service en échange duquel les autochtones espèrent obtenir certaines faveurs de la part des États-Unis. Comme nous cherchons à établir des liens dans la région, ces faveurs seront sans doute accordées.

« Une fois sur site et opérationnels, nous aurons à violer environ quinze kilomètres de l'espace aérien ingouche pour rejoindre la Tchétchénie. Notre poste de commandement sera établi aux abords d'Urus-Martan, soit vingt-cinq kilomètres plus avant à l'intérieur du territoire tchétchène. L'un dans l'autre, on arrive à un survol de plus de quarante kilomètres de territoire hostile.

« Bien sûr, les deux pays disposent de radars et d'un semblant d'armée de l'air ; toutefois, au ras des arbres et de nuit, à part les chèvres, il est peu probable qu'on remarque le passage de nos hélicos. Ce devrait être un vol pépère, quoiqu'un rien surchargé.

« Nous avons un camion en attente à Groznyï. Notre escouade de quatre hommes chargée de la récupération doit rallier la capitale depuis Urus-Martan avec les deux scooters russes que nous aurons avec nous dans les hélicos. Des Vespa d'occase, je crois. Pas vraiment rapides, mais il n'y a que douze kilomètres d'Urus-Martan à la capitale, et de toute manière ils reviendront avec le camion. Plutôt sympa, en fait, comme troc : deux scooters contre un assassin russe. Ils sont loin de perdre au change. »

Howard lui fit signe de poursuivre.

« Si tout se passe bien, on arrive aux alentours de vingt-deux heures, on installe notre base tactique dans une ancienne laiterie tenue par nos copains les barbouzes. Ils ignorent qu'on va réquisitionner les lieux, dans le cadre de notre politique de MEBC sur la mission. »

Howard haussa un sourcil. Encore un de leurs nouveaux acronymes. « MEBC ?

– Motus et bouche cousue, traduisit Fernandez. Surtout vis-à-vis de la CIA. » Son sourire s'élargit.

« Tu viens juste de l'inventer, pas vrai ?

– Je suis vexé que le colonel puisse imaginer de telles choses.

– Sergent Fernandez, venant de vous, rien ne peut m'étonner.

– Mon colonel ! rit Fernandez. Pour en revenir à la ferme, il n'y a pas un voisin à portée de tir. Si tout se passe comme prévu, notre escouade pénètre en ville en scooter, récupère le camion, alpague le Russkof, revient et, quelques minutes après minuit, tout le monde a redécollé, direction ce confortable 747 qui, dans l'intervalle, aura ravitaillé et nous attendra à l'aéroport de Vladikavkaz. En gage de bonne volonté, on laisse les deux hélicos de transport à nos nouveaux amis d'Ossétie du Nord, on embarque dans le zinc et on rentre peinards à la maison. Comme à l'exercice.

431

– À condition que tout se passe comme prévu, observa Howard.

– Vous vous faites trop de souci, mon colonel. Nos gars parlent couramment le russe, et un peu le dialecte local. Ils ont tous les papiers et visas nécessaires, ils seraient capables de descendre une mouche à dix pas. Ils vont le récupérer, votre bonhomme. Et s'ils ont un problème insurmontable, c'est pour ça qu'on est là, avec deux douzaines d'autres, à fourbir nos armes dans la ferme, pas vrai ? »

Howard acquiesça. Il avait été surpris que la mission ait pu déjà s'organiser, vu l'aspect tortueux de la politique à Washington. Il n'avait pas envie de se retrouver à échanger des coups de feu avec les Tchétchènes. Peu importerait à qui la faute, c'était lui le responsable, et donc lui qui se prendrait les retombées. Non, il n'avait surtout pas envie d'une guerre cette fois-ci, il voulait une opération de récupération sans bavure, et, comme disait Fernandez, rentrer peinard à la maison. C'était trop risqué pour envisager une autre alternative.

### Samedi 9 octobre, 10 : 00, Springfield, Virginie

Roujio et Grigory le Serpent étaient arrêtés à une station-service au bord de l'I-95, à deux pas du centre commercial régional de Springfield. D'après la carte de Roujio, l'ancienne piste d'essais de Fort Belvoir était quelques kilomètres plus loin, sur la route de

Quantico. À quoi pouvait bien ressembler une piste d'essais américaine ? Tout dépendait des engins qu'on cherchait à essayer, quel type d'arme ou de véhicule on y testait.

Winters, le Texan, était rentré chez lui, à Dallas, Fort Worth, ou Dieu sait quel patelin d'où il se prétendait originaire. Au cas où ils auraient besoin de lui au cours des prochains jours, leur avait-il dit, il vérifierait s'il y avait des messages sur son numéro protégé.

Ils avaient fait un arrêt parce que Grigory avait un besoin pressant. Des gémissements étouffés qu'il avait poussés en urinant, Roujio avait déduit que le... serpent personnel de Zmeya avait certains petits problèmes. Une chaude-pisse, sans doute, vu les symptômes. Lorsqu'il était soldat, il avait entendu plus d'un camarade protester de la sorte, en général deux à trois jours après un retour de permission.

Voilà donc ce que lui avaient rapporté ses aventures à Las Vegas.

Grigory sortit des toilettes, le visage cramoisi. « J'aurais besoin de pénicilline, Mikhaïl.

– Est-ce qu'au moins elle valait le coup ?

– Sur le moment, oui. À présent, non.

– Je ne pense pas que tu puisses acheter ici de la pénicilline sans ordonnance », observa Roujio. Il tâcha de rester impassible, malgré son envie de sourire. L'imbécile, bien fait pour ses pieds !

« Il y a une boutique pour animaux dans le centre commercial, nota Grigory. On pourra en trouver làbas.

– Une *boutique pour animaux* ?

– *Da*. Les Américains réglementent la vente d'anti-

433

biotiques pour les êtres humains, mais pas pour les animaux. Tu peux te procurer de la pénicilline, de la tétracycline, de la streptomycine et du chloramphénicol pour ton poisson rouge. Il ne te reste plus qu'à ouvrir les gélules et dissoudre le contenu dans un verre d'eau. Les médicaments ne sont pas aussi purs que les préparations à usage non vétérinaire, ils coûtent plus cher, mais ils sont tout aussi efficaces. »

Roujio hocha la tête. Incroyable. Pas seulement que les Américains fassent un truc pareil – il y avait belle lurette que leur stupidité ne l'étonnait plus –, mais que le Serpent connaisse de tels détails... C'était absolument fascinant. Où avait-il appris ça ?

Roujio le lui demanda.

« J'ai connu pas mal de chagrins d'amour », avoua Grigory.

Roujio le dévisagea. Un type qui n'était pas au courant était simplement ignare, défaut auquel il était aisé de remédier. Mais quelqu'un qui était prévenu et s'obstinait quand même ? C'était stupide et, là, le remède était moins évident. « Très bien. On va s'arrêter à ton animalerie, que tu puisses acheter tes gélules pour poisson rouge et soigner ton bobo au zmeya. Puis on essaiera de trouver le moyen de s'approcher du QG de la Net Force. Je pense qu'on va se faire passer pour des marines américains. Quel meilleur déguisement dans un coin comme Quantico ?

– Tout ce que tu voudras, Mikhaïl, dès que j'aurai ma pénicilline. »

*Samedi 9 octobre, 22 : 48,*
*Urus-Martan, Tchétchénie*

Howard consulta sa montre, puis regarda par la fenêtre du corps de ferme délabré. Les hommes avaient réussi à pousser les hélicos sous le bâtiment massif, bien que décrépit, de l'étable. Celle-ci avait été divisée jadis en stalles pour la traite des vaches, mais les barbouzes les avaient en partie démontées afin de dégager un volume suffisant pour y planquer par exemple deux vieux Huey. Les zincs ne payaient pas de mine mais ils étaient dans un état mécanique parfait. Même s'ils étaient peints en vert foncé mat et pas en noir, c'étaient des engins discrets. Ils n'avaient aucun armement, pas même une mitrailleuse : c'étaient strictement des appareils de transport. Pas vraiment rapides – en charge, un Huey atteignait tout juste les cent vingt nœuds, deux cent vingt kilomètres-heure – mais robustes et fiables. De toute façon, avec un appareil à rotor, on ne risquait pas de semer un missile air-air ou sol-air. Ils ne pouvaient ni combattre ni fuir, mais pour vous tirer dessus, fallait voir ça. Dans un tel scénario, il valait mieux se planquer que riposter.

« Situation, sergent ? »

Il se retourna. Julio était derrière les trois spécialistes d'évaluation tactique, installés devant une rangée de cinq ordinateurs de campagne juchés sur leurs piétements télescopiques. Ouvertes comme de grosses valises avec leur moniteur encastré dans le couvercle à charnière, les bécanes étaient franchement laides – de ce méchant vert GI – mais pour ce genre de matériel, la beauté résidait dans l'efficacité. Ces PC étaient de petits bijoux de technologie tournant à neuf cents mégahertz grâce à leurs nouvelles bioneuropuces Fire Eye, des masses de mémoire à fibre optique, le tout alimenté par des accus d'une autonomie de quatorze heures s'il n'y avait pas de courant sur place.

« Mon colonel, notre signal GPS les situe ici. » Il indiqua un endroit sur la carte à l'écran. Un minuscule point rouge clignotait à peu près au milieu. « À deux kilomètres de leur objectif.

– Rapport ?

– Leur retour de signal codé, il y a trois minutes, donnait tous les indicateurs au vert.

– Bien. »

L'un des opérateurs sur ordinateur tactique annonça : « On a une vidéo en direct en provenance d'un des Big Birds qui surveillent la région. Regardez. »

L'image transmise par le satellite-espion apparut à l'écran : d'un vert phosphorescent fantomatique, elle montrait un camion descendant une rue sombre. Sous leurs yeux, le véhicule prit à droite, passa sous un réverbère, et une image fugitive apparut sur le toit de l'engin. L'opérateur rigola.

« Qu'est-ce qu'il y a de si drôle ? » demanda Howard.

L'opérateur tactique tripota des boutons. L'image se figea, s'agrandit. « Un coup de masque flou... et voilà... Tenez, regardez. Un petit message de vos gars. »

Un dessin peint grossièrement sur le toit du camion apparut avec suffisamment de netteté pour que Howard le reconnaisse. C'était une main, deux doigts tendus pour former un « V ».

V comme Victoire. Howard sourit.

« Vous me devez cinq dollars, sergent », dit l'informaticien.

Howard haussa un sourcil.

Fernandez expliqua : « On avait fait un petit pari concernant le motif que l'unité dessinerait sur le toit du camion, mon colonel. Je suis sûr que l'opérateur Jeter les aura soudoyés avant le départ.

– Vous aviez parié sur quoi, sergent ? demanda Howard.

– Ah... euh, une illustration assez similaire, mon colonel. À peine différente, en fait.

– Oui, sauf qu'il n'y avait *qu'un seul* doigt », moucharda l'informaticien, le visage impassible.

Howard se remit à sourire. Où qu'ils se trouvent, quelle que soit leur mission, les soldats trouvaient toujours moyen de remédier à la monotonie – ou à la tension.

« Poursuivez », dit Howard. Et il regagna la fenêtre.

### Samedi 9 octobre, 23 : 23, Groznyï

Plekhanov se brossait les dents avant d'aller se coucher quand on sonna à la porte. Sa maison était petite mais bien équipée, dans un lotissement de pavillons tous semblables. Il déménagerait bientôt pour une demeure deux fois plus vaste dans un quartier bien plus huppé. Mais chaque chose en son temps.

On sonna de nouveau. Avec insistance.

Il était bien tard pour une visite. Ça ne devait pas être de bonnes nouvelles.

Il se rinça la bouche, s'essuya le visage, passa une robe de chambre. Il s'arrêta devant le petit bureau près de l'entrée, ouvrit le tiroir, en sortit le Luger que son grand-père avait rapporté du front allemand en 1943.

Le pistolet à la main, il lorgna par l'œilleton encastré dans la porte.

Une jeune femme fort séduisante se tenait sur le seuil. Elle avait les cheveux ébouriffés et son rouge à lèvres bavait. Son corsage sombre était défait, déboutonné, grand ouvert, révélant ses seins ; la fermeture à glissière de son jean était descendue et elle retenait son pantalon d'une main, dans l'autre elle avait un soutien-gorge à balconnets. Elle était apparemment en larmes. Alors qu'il regardait, elle appuya de nouveau sur la sonnette. Il vit qu'elle sanglotait.

Bonté divine. La victime d'un viol ?

Plekhanov abaissa l'arme, ouvrit la porte. « Oui ? Puis-je vous aider ? »

Un homme surgit de nulle part, jean, T-shirt noir et anorak bleu. Il mit un flingue sous le nez de Plekhanov. « Oui, monsieur, vous pouvez effectivement nous aider. » Il parlait russe mais pas avec l'accent du coin.

L'homme armé avança la main pour le soulager avec précaution de son Luger. « Joli... Ça doit valoir un paquet. »

Quelques instants plus tard, deux autres types les avaient rejoints, comme jaillis des buissons et de l'obscurité. Ils semblaient taillés sur le même modèle : jeunes, athlétiques, en tenue sport.

Qu'est-ce qui se passait ? Un braquage ? On avait noté une recrudescence de la criminalité ces derniers temps. Que voulaient-ils ?

La femme remonta le zip et ferma le bouton-pression de son jean. elle ôta le corsage, enfila le soutien-gorge – en fait une brassière de sport, d'une seule pièce –, l'ajusta, remit le corsage, le boutonna et glissa les pans dans le pantalon. Un des gars lui tendit un anorak bleu nuit.

« Faut surtout pas te gêner, Becky, observa le jeune type au pistolet.

– Tu peux toujours te brosser, Marcus, rétorqua la femme.

– Si vous voulez bien reculer à l'intérieur, Docteur Plekhanov ? » reprit l'homme au pistolet.

La phrase était correcte, mais Plekhanov n'était toujours pas arrivé à situer l'accent. « Vous n'êtes ni russe ni tchétchène.

– Effectivement, monsieur. » La réponse avait été énoncée en anglais.

Plekhanov sentit son estomac se nouer. C'étaient des Américains !

L'autre agita le canon de son arme. « Entrez, professeur. Il vaudrait mieux que vous passiez quelque chose de plus chaud pour voyager. La route va être longue. »

« Ils l'ont eu ! dit Fernandez. Ils sont en route. Arrivée prévue dans vingt minutes. »

Les hommes autour de lui poussèrent des vivats. Howard les laissa faire, puis dit : « Très bien, ne nous emballons pas. Préparons les zincs. On fêtera ça quand on aura mis le pied chez nous. »

Dix minutes plus tard, Howard était seul dans la nuit à regarder les pilotes apprêter les hélicos quand Fernandez se précipita hors de la ferme.

« Mon colonel, on a comme un léger problème. »

Howard sentit un creux à l'estomac qui menaçait de se transformer en trou noir... « Quoi ?

— Le camion de notre escouade vient de tomber en panne. D'après le capitaine Marcus, ce serait le joint de culasse. »

Howard le dévisagea. Le *camion*, en panne ? Ce n'était même pas prévu dans le scénario ! Bordel de merde !

## 39

## *Dimanche 10 octobre, 00 : 04,*
## *Urus-Martan*

« Où sont-ils ? » demanda Howard.

L'opérateur tactique Jeter était tout affairé, désormais. Plus question de rigoler. « Mon colonel, le GPS les situe en pleine agglomération, au sud de l'ancien siège du PC de Tchétchénie, vers le nouveau terminal pétrolier de Visoki Stal, près de la Sunja.

– Ça fait loin, d'ici ?

– Une sacrée trotte quand on doit traîner un prisonnier contre son gré. Dans les dix-huit kilomètres.

– Super !

– Oh-oh... Je capte une transmission vocale. Je la désembrouille. » Jeter pianota sur son clavier.

Si le chef d'escouade était prêt à rompre le silence radio, même avec une transmission codée, ça voulait dire que la situation était devenue – ou sur le point de devenir – catastrophique.

« Meute de loups, ici louveteau Oméga 1, est-ce que vous me recevez ?

– Louveteau pour Alpha 1. Allez-y.

– Mon colonel, on est en panne au beau milieu d'un gigantesque dépôt de carburant et on a deux miliciens à cent mètres devant nous, en train d'approcher à vélo... je répète : à vélo. »

Des flics à bicyclette. Super. « Suivez la procédure prévue, Oméga 1. Souriez poliment en agitant vos papiers. Ça devrait passer.

– Bien compris, mon colonel... Oh, *merde*... !

– Vous pouvez répéter, Oméga 1 ? »

On entendit à nouveau la voix du capitaine mais il ne s'adressait pas à Howard : « Que quelqu'un le fasse taire, putain de bordel !

– Oméga 1, que se passe-t-il ? »

Il y eut un silence de mort qui s'éternisa.

« Louveteau Oméga 1, répondez !

– Ah, Alpha, nous avons un... euh... un problème. Notre passager s'est mis à beugler au meurtre et ces bougres de connards de flics devant nous viennent d'ouvrir le feu ! »

À côté de Howard, Fernandez remarqua : « Bon Dieu, qu'est-ce que c'est que ces maniaques de la gâchette ? Ils ne se doutent pas à qui ils ont affaire...

– Alpha, nous avons riposté, je répète : nous avons riposté. Aucun blessé chez les louveteaux Oméga, je répète : aucun blessé dans nos rangs, mais nous avons abattu un autochtone et l'autre a... a... (faute du terme militaire adéquat, le capitaine termina)... a filé se planquer derrière un putain de réservoir d'essence. Restez à l'écoute. Barnes et Powell, sur le flanc droit, Jessel, à gauche, go, go ! »

Howard patienta ce qui lui parut encore deux bons millénaires. Il échangea un regard avec Fernandez.

Le capitaine revint en ligne. « Mon colonel, l'auto-chtone abattu est... euh, décédé. Il avait un téléphone de ceinture et nous devons supposer que son collègue est également doté d'un équipement de communication, mais nous l'avons perdu. J'ai dans l'idée qu'on va pas tarder à avoir de la compagnie hostile, Alpha. Demandons conseil. »

Howard regarda Fernandez. Ils n'avaient pas le choix. Pas question d'abandonner quiconque dans ce bled. « Remballez, les gars ! On décolle dans trois minutes ! » Puis, à l'intention du chef d'escouade à l'autre bout de la ligne brouillée, Howard répondit : « Tenez bon, Oméga. La meute arrive.

– Bien reçu, Alpha. Merci, mon colonel.

– Allons-y, Julio.

– À vos ordres, mon colonel ! »

Howard et Fernandez se précipitèrent vers les hélicos.

### *Dimanche 10 octobre, 16 : 10, Quantico*

Installés dans la petite salle de conférences, Michaels et Toni descendaient leur second pot de café. Comme l'avait prédit le toubib, Michaels avait bien plus mal que juste après avoir reçu le coup de feu. Tout était douloureux : bouger, rester immobile, être assis. Chez lui, il avait pris des comprimés pour dormir, mais il voulait garder les idées claires tant que l'opération de Howard était en cours. Il avait finalement ôté deux cachets de leur blister et les avait fait passer avec sa cinquième ou sixième tasse de café, environ une heure plus tôt ; la brûlure tranchante s'était muée en brûlure sourde, plus supportable. Et malgré les litres de café, il se sentait plus ou moins dans les vapes. Il se tourna vers Toni : « Comment va ce bras ?

– C'était une belle estafilade bien nette. Ça ne fait pas trop mal, mais ça démange. »

Il l'avait remerciée juste après l'incident, mais il avait eu tout le temps d'y repenser depuis. « Vous m'avez sauvé la vie dans ce vestiaire. Si vous n'aviez pas bondi sur cette femme, elle m'aurait tué.

– Rusty nous a sauvés tous les deux. Je n'aurais jamais pu bondir sur la fille s'il n'était pas arrivé en criant. Et en brandissant un stylo comme si c'était un pistolet. » Elle hocha la tête.

« Je suis vraiment désolé pour l'agent Russell. Je savais que vous lui enseigniez votre art martial. Étiez-vous, euh... proches ? »

Elle hésita un instant. « Pas vraiment, non. » Elle regarda le fond de sa tasse. « Ses parents ont demandé le transfert de la dépouille par avion à Jacksonville, Mississippi, pour les obsèques et l'enterrement. Il était de là-bas. Ils ont l'air très gentils. J'aimerais m'y rendre, si ça ne pose pas de problème. La cérémonie a lieu après-demain.

– Bien sûr. Et une fois qu'on sera sortis de ce binz – si on arrive à en sortir –, je me demandais si vous ne pourriez pas éventuellement me montrer un peu ce que vous faites... ce silat ? »

Elle leva le nez de sa tasse.

« Depuis quelque temps, je ne sais pas pourquoi,

mais j'ai comme dans l'idée que je ferais bien de me remettre à niveau, question autodéfense. »

Il sourit. Elle l'imita.

« Je serais ravie de vous montrer.

– Enfin, il me faudra peut-être encore deux ou trois semaines avant que je cesse de clopiner... » Il toucha sa jambe bandée.

« J'attendrai. »

Il but une gorgée de café, estima que s'il continuait à ce rythme, il allait lui falloir une greffe de vessie. Il reposa la tasse. « Je me demande comment ça se passe, là-bas. À l'heure qu'il est, ils devraient en avoir terminé.

– Je suis sûre qu'ils appelleront dès que possible.

– J'en suis certain. Comme je fais confiance au colonel Howard pour mener à bien sa mission. »

Elle sourit de nouveau.

« Qu'y a-t-il ?

– Rien. Juste un truc d'il y a longtemps qui m'est revenu.

– Ah ouais ?

– Entre ma première et ma seconde année à John Jay, j'ai emménagé dans un appartement avec deux autres étudiantes. Mon frère Tony avait perdu son emploi, alors il avait laissé sa femme et ses deux gosses chez mes parents, tandis qu'il partait dans le Maine chercher du boulot. C'était légèrement surpeuplé à la maison. On avait eu la chance de trouver une HLM avec à la fois le chauffage et des fenêtres qui ouvraient. L'immeuble a sans doute depuis été transformé en parking, mais à l'époque, c'était parfait pour trois nanas loin du toit familial pour la première fois.

« Bref, l'une de mes colocataires était une Rital

comme moi, Mary Louise Bergamo, de Philadelphie, l'autre était une grande bringue noire originaire du Texas, joueuse de volley, du nom de Dirisha Mae Jones. C'était la fille la plus drôle que j'aie rencontrée. Toujours prête à vous narrer de petits contes édifiants marqués au coin du bon sens. Un soir qu'on buvait de la piquette en faisant pas mal de raffut, elle nous donna sa définition du mot *confiance*.

« "Bon, les filles, écoutez voir. C'est l'histoire d'un Noir, nommé Ernest, qu'est marié à une fille suuu-perbe, Loretta, mais Loretta l'a plaqué pas'que son Ernest s'est fait lourder de son boulot – même si c'était pas d'sa faute". »

Michaels sourit. Son imitation d'accent texan était assez réussie.

Toni poursuivit : « "Donc, Ernest se lève un bon matin et met son unique chemise blanche, sa plus belle cravate et son pantalon du dimanche, et sort de chez lui pour se rendre à un entretien d'embauche. Ernest sait que s'il décroche pas ce travail, sa femme va le quitter. Il sait aussi que le bon petit gars chargé du recrutement n'a pas un amour immodéré pour les gens de couleur, alors s'agit pour lui de la jouer fine.

« "Seulement, v'là que mine de rien, c'est déjà l'heure du déjeuner. Ernest s'arrête donc en chemin chez Rick's Pit Barbecue où il se commande deux côtes de porc en sauce avec une bière pour faire pas-ser. Alors, pendant qu'il attend que James le cuistot lui serve ses côtelettes – qui sont nappées d'un bon demi-litre de sauce barbecue bien épicée, bien grasse, et qui sont sans discussion les meilleures côtes de porc de tout l'est du Texas, et sans doute du centre et de l'ouest aussi, et ça, vraiment, c'est quéqu'chose –, donc, pendant qu'il attend, Ernest se dirige vers la cabine téléphonique pour appeler Loretta. Et il lui dit : 'Eh, ma poule, sors donc ta robe bleue de la naphtaline. Ce soir, j't'emmène danser pour fêter mon nouveau boulot.'

« "Eh ben, les filles, un type qui bouffe des côtes de porc en sauce avec une chemise blanche et qui est sûr de pas la tacher, voilà ce que j'appelle un mec confiant." »

Michaels éclata de rire.

« J'aime bien vous voir comme ça, Alex. Vous voir rire. Vous ne riez pas assez souvent. »

Michaels sentit comme un élancement soudain, malgré le brouillard de l'antalgique. Quelque chose dans sa voix. Elle l'aimait bien. Ça le mit un peu mal à l'aise, mais pas tant que ça. « J'ai connu des périodes meilleures. Mais revenons-en à vous. Que sont-elles devenues ? Vos copines ?

– Mary Louise a fait son droit – à Harvard – puis elle est rentrée chez elle travailler dans le cabinet de son père. Elle faisait partie de l'équipe d'avocats qui ont gagné l'affaire de l'Immobilière Pennco devant la Cour suprême, l'an dernier.

– Et la Texane ?

– Dirisha est entrée dans l'équipe nationale de volley féminin juste après son diplôme. Elle a joué trois ans, remporté deux fois le championnat avec l'équipe Nike. Elle a quitté le circuit, écrit un bouquin sur ses aventures, trouvé un boulot de journaliste sportive au *New York Times*. Elle s'est mariée il y a quelques années, a eu un garçon. Vous devinerez jamais comment elle l'a appelé...

– Non. Dites ?

– Ernest.

– Ça, vous en rajoutez... »

Elle leva la main, fit le signe scout. « Parole d'honneur... »

Il se remit à rire. Elle avait raison. Il devrait rire plus souvent.

Pour l'heure, cependant, il était un rien nerveux. Où était Howard ? Il aurait déjà dû appeler. Il regarda sa montre.

Même si tout se passait comme sur des roulettes, Michaels allait devoir faire des pieds et des mains pour empêcher Carver de lui sauter à la gorge quand il découvrirait le pot aux roses. Et si jamais ils avaient fait tout ce cirque sans réussir à récupérer Plekhanov, alors là, il serait dans la merde jusqu'aux yeux.

Si l'opération échouait, il aurait en tout cas tout le temps du monde pour s'entraîner à rigoler, et sans doute loin, très loin de la Net Force. Quoique... il n'avait pas l'impression qu'il aurait trop le cœur à se poiler.

### Dimanche 10 octobre, 00 : 12,
### Groznyï

« On est à la vitesse maxi, mon colonel », cria le pilote. Il devait hurler pour couvrir le bruit du vent et les claquements du rotor. Tous ces films où l'on voyait des gens tenir une conversation normale dans un gros hélico aux portes ouvertes, tels deux lords buvant le thé dans une Rolls climatisée, c'était de la pure fantaisie. C'étaient des trucs réalisés par des types qui n'avaient sans doute jamais eu l'occasion ne serait-ce que d'approcher un hélicoptère. Même les dialogues radio au casque étaient difficiles à entendre.

« Combien de temps ? hurla Howard.

– Deux-trois minutes, répondit le pilote sur le même ton. On distingue les abords du dépôt de carburant, droit devant, un peu à droite. Et le fleuve. Je vais nous amener pile au-dessus de la route principale. »

Les dix hommes à bord étaient armés de mitraillettes H&K et de pistolets Browning 9mm, plus, en guise d'arme blanche, un poignard dans sa gaine. Ils étaient vêtus de banales combinaisons mais portaient également gilet pare-balles, bottes et casque en Kevlar. Tout cet équipement était en vente libre : les mitraillettes venaient d'Allemagne, les pistolets de Belgique, les gilets étaient israéliens, les couteaux japonais. L'escarmouche n'avait rien d'officiel, et si jamais ils devaient laisser du matos sur place, rien ne désignerait les États-Unis.

Les hommes ne portaient aucune plaque d'identité, mais c'était sans importance : ils ne devaient abandonner personne. Ou ils repartaient tous, ou ils restaient tous.

« Voilà le bahut ! cria Fernandez.

– Et y a du grabuge », confirma Howard.

Un convoi de véhicules d'aspect militaire – trois en tout – arrivait d'en face à bonne vitesse, s'approchant du camion en panne. Celui qui ouvrait la marche était un clone de Jeep japonais armé d'une mitrailleuse sur affût, servie par un type en tenue camouflée. Le second véhicule était une voiture de police avec gyrophare bleu. Le troisième était un gros fourgon, genre

panier à salade blindé, lui aussi surmonté d'un clignotant bleu. Malgré le grondement de l'hélico, ils pouvaient entendre leurs sirènes.

« Ah ben, merde alors », dit Fernandez.

Howard hurla au pilote : « Avec mon micro-émetteur, je peux contacter C2 ?

– Affirmatif, mon colonel, ça devrait passer. »

Howard enclencha son communicateur. Et s'adressa
au pilote de l'autre hélico : « C2 pour Alpha Loup,
vous me recevez ?

– Alpha Loup, bien reçu, affirmatif.

– C2, je veux que vous restiez à distance, je répète,
à distance. Tournez en nous attendant, on vous appel-
lera si on a besoin de vous. Inutile de leur offrir deux
cibles.

– Bien compris, mon colonel. »

Puis, pour son pilote, Howard lança : « Posez-nous,
Loot. Entre le camion et les arrivants.

– Bien, mon colonel. »

Howard sentit son estomac se soulever quand
l'appareil plongea vers la route. Des picotements lui
envahirent la peau. « Interdiction d'ouvrir le feu sauf
pour riposter ! Déployez-vous en damier échelonné et
attendez les ordres. »

Howard regarda la chaussée se précipiter vers eux.
Aucune cachette, mais s'il était chez lui, il ne lui viendrait pas à l'idée de tirer dans tous les coins au beau
milieu d'un dépôt pétrolier. Il pariait sur la surprise
du commandant des forces tchétchènes et sur son sens
des responsabilités. Placé comme lui à la tête d'un
avant-poste en pleine cambrousse et prévenu par téléphone d'une fusillade en pleine nuit suivie de l'arrivée
d'un hélico dépourvu de signes distinctifs et débar-

quant des troupes armées sans uniforme identifiable, il hésiterait avant d'ouvrir le feu... tant que les autres ne tireraient pas les premiers. Il aurait tout d'abord à répondre à deux ou trois questions essentielles : qui étaient-ils ? Que faisaient-ils ici ? Pourrait-il s'agir des siens effectuant une mission secrète ? Avant de commencer à tout faire sauter, il fallait un minimum d'informations. C'était une chose de tirer sur des criminels en camion que l'on soupçonne de détenir un otage, mais si vous canardiez vos propres troupes, ce serait mauvais pour votre avancement. Si par la même occasion vous cribliez de trous plusieurs réservoirs et que tout le monde patauge dans le pétrole jusqu'aux genoux, ce ne serait pas bon non plus. À la place du Tchétchène, Howard tâcherait de se renseigner vite fait pour savoir au juste de quoi il retournait.

Le Huey se posa. « Armes chargées ! » hurla Howard.

Il vérifia son pistolet-mitrailleur pour voir s'il était prêt, puis descendit pour établir la jonction avec son escouade.

# 40.

## *Dimanche 10 octobre, 00 : 18,*
## *Groznyï*

Les trois véhicules tchétchènes s'arrêtèrent en dérapant lorsque, sitôt débarqués de l'hélico, Howard et ses troupes se déployèrent en éventail, l'arme à la main. Les Tchétchènes avaient l'avantage en descendant de leurs engins : ils pouvaient s'abriter derrière. Ils étaient entre quinze et dix-huit, en uniforme, et prirent aussitôt position, l'arme pointée, postés derrière le clone de Jeep, la voiture et le fourgon de police.

Les hommes de Howard étaient à découvert et le risque de se faire trouer la peau était très élevé. Une carrosserie de voiture pouvait arrêter des projectiles d'arme légère ; l'air, non

« Marcus ! lança Howard, assez bas pour, espérait-il, ne pas être entendu des Tchétchènes. Embarquez le colis dans le zinc et filez d'ici ! »

Derrière lui, quelqu'un poussa Plekhanov vers le Huey. C'était Marcus, l'expert en langues, et sitôt qu'il eut embarqué le Russe, il revint se poster à côté du colonel.

Soixante mètres plus loin, un membre des forces tchétchènes se mit à beugler en russe. Le peu de mots que connaissait Howard lui permit de reconnaître des questions du genre : « Merde, mais vous êtes qui, vous ? »

« Comment s'appelle leur police secrète ? demanda-t-il à Marcus, *sotto voce*.

– La Jalit Koulak, mon colonel.

– Dites-leur qui nous sommes. Dites-leur que nous sommes en mission secrète. Dites-leur de détaler en vitesse ou que sinon on se tapera leurs roustons en guise de petit déjeuner. » Howard doutait qu'ils gobent son laïus, mais ça leur donnerait à réfléchir : et s'ils disaient vrai ? Pouvaient-ils prendre ce risque ?

« À vos ordres. » Marcus se tourna et lança d'une voix forte une longue tirade en russe.

À voix basse, mais assez fort pour être entendu de ses hommes malgré les deux moteurs du Huey, Howard ordonna : « Regagnez l'hélico, deux par deux. Les derniers sortis remontent les premiers. »

Dès que les deux premiers hommes eurent grimpé à bord, le commandant tchétchène cria un ordre et ses hommes mirent en joue les Américains.

« Je crois pas qu'ils aient envie de nous voir partir », observa Fernandez.

Howard sentit soudain son estomac se crisper. Il acquiesça. Mais plus ils s'éterniseraient ici, plus ils seraient en danger. Que quelqu'un devienne nerveux, que son doigt glisse sur la détente, et la première balle tirée allait déclencher une fusillade en règle.

Avec lenteur et précaution, Howard enclencha son

micro-émetteur, sélectionna le canal du second Huey. Avec l'espoir qu'il ne soit pas trop loin pour l'entendre avec son portable. « C2 pour Alpha Loup. »

Il y eut une seconde de friture sur la ligne.

« C2, répondez.

– Bien reçu, Alpha, ici C2. »

Howard retint un soupir de soulagement. « On aurait besoin d'une diversion. Il y a un gros fourgon avec gyrophare bleu, à environ soixante mètres au nord de notre position près de C1. J'aimerais bien que vous approchiez par le nord et qu'un de vos gars me balance deux chargeurs de balles en caoutchouc sur le toit de ce véhicule.

– C'est comme si c'était fait, Alpha. On arrive.

– Donnez-moi un délai d'arrivée.

– Quarante-cinq secondes, mon colonel. »

Ils ne s'étaient donc pas éloignés, ce dont il leur fut extrêmement reconnaissant.

« On décroche, les gars ! » lança Howard, assez fort pour être entendu de ses hommes. En cet instant, peu lui importait que l'adversaire l'entende également. « À mon commandement, deux par deux, foncez ! »

Il vit quelques Tchétchènes quitter de l'œil leur viseur pour regarder derrière eux. Ils avaient dû entendre les turbines de l'hélicoptère en approche – avec près de douze cents chevaux à plein régime, les gros Pratt & Whitney n'étaient pas des modèles de silence.

« Tenez-vous prêts... », dit Howard.

Dans la lumière des phares des véhicules adverses et la lueur jaune des lampes à sodium découpant les réservoirs d'essence, Howard vit le Huey arriver en grondant et décrire un large virage en travers à quatre-vingts pieds d'altitude. Après quelques secondes, les éclairs jaune-orange de deux ou trois mitraillettes jaillirent par saccades de la porte latérale grande ouverte.

Ses hommes avaient le champ libre. Le toit du fourgon crépitait sous la grêle de balles chemisées.

Les Tchétchènes se retournèrent pour affronter cette nouvelle menace, plus immédiate.

« Go, go, *go*... ! »

Les troupes de Howard s'entassaient dans le Huey...

Les Tchétchènes ouvrirent le feu sur l'autre hélico en vol stationnaire...

Le dernier de ses hommes arriva au pied de l'hélico. Seuls Howard et Fernandez étaient encore dehors.

« Monte, Julio !

– Les cheveux blancs passent avant la beauté, chef... »

Howard sourit et monta d'un bond. Fernandez lui rentra dedans, alors qu'il dégageait la porte.

« Décolle, décolle ! » hurla Howard.

Le pilote mit les gaz et le Huey s'éleva vers le ciel.

Les Tchétchènes ayant compris que l'attaque aérienne était une diversion, ils se mirent à riposter dans les deux directions. Des balles chemisées s'écrasèrent contre leur carlingue.

« Baissez la tête ! » cria Howard.

Fernandez, qui était le plus près de la porte, ouvrit le feu, balayant le sol avec son H&K comme avec une lance d'arrosage. Les Tchétchènes se mirent à couvert. Les balles criblèrent leurs véhicules.

Le Huey de commandement s'inclina et s'éloigna en grimpant lentement en spirale. Deux autres rafales réussirent encore à marteler leur carlingue mais bientôt, ils furent hors de portée.

« C2 ? cria Howard dans son micro.

– Juste derrière vous, Alpha.

– Des blessés de votre côté ?

– Négatif, mon colonel.

– Sergent... ?

– Quelqu'un de touché ? lança Fernandez.

– Apparemment, personne. »

Howard laissa échapper un gros soupir et sourit enfin. Ils avaient réussi ! Bon sang...

« C'est un rapt ! Vous n'avez pas le droit ! »

Howard toisa le Russe indigné. Il sentit en le regardant une haine froide l'envahir.

« Bande de crétins ! Vous allez créer un incident international ! J'ai des amis influents ! Ne croyez pas pouvoir vous en tirer ! »

Howard le regarda dans les yeux. « On s'en est *déjà* tirés. »

Le Russe se mit à jurer, dans sa langue. Là aussi, Howard reconnut quelques mots. Il n'était pas disposé à les écouter. Il leva une main pour lui intimer le silence. L'autre se tut et le fixa, renfrogné.

« Monsieur, vous avez tué un homme que j'aimais et respectais. Si vous ne la bouclez pas sur-le-champ, il se pourrait que vous tombiez accidentellement de cet appareil. Vu notre vitesse et notre altitude, vous aurez toutes les chances de rebondir comme une balle en caoutchouc en arrivant au sol. »

Le Russe parut se le tenir pour dit.

### Samedi 9 octobre, 18:54,
### Quantico

Le téléphone retentit dans la salle de conférences. Michaels, resté seul, décrocha : « Oui ?

– Monsieur, je vous passe le colonel Howard. dit la voix.

– Commandant ?

– Je vous écoute, colonel.

– Mission accomplie, commandant. Nous avons repris l'air et volons vers la maison. »

Michaels sentit une immense vague de soulagement. « À la bonne heure ! Félicitations, colonel ! Des problèmes ?

– Rien de notable, monsieur. Une promenade de santé. »

Toni revint sur ces entrefaites. Michaels la regarda, indiqua le combiné téléphonique, joignit en cercle le pouce et l'index pour lui signifier que tout baignait.

« On devrait vous retrouver d'ici seize heures environ, commandant, à un poil près.

– Je vous attends avec impatience. Encore une fois, mes félicitations, colonel. Bien joué. »

Michaels coupa la communication, sourit à Toni. « Ils l'ont eu. Ils rentrent. Ils seront là demain.

– Je vais passer un coup de fil à Jay Gridley, dit-elle. Il tenait à savoir comment ça c'était passé.

– Faites.

– Bon, et maintenant, Alex ? Si vous avez raison,

457

nous tenons l'homme qui a fait tuer Steve Day, même si nous ne pouvons pas en apporter la preuve. La femme qui a brouillé les pistes est morte.

– On reprend le train-train habituel, j'imagine. Si du moins je survis à l'entretien avec Carver quand je lui aurai expliqué ce que j'ai fait.

– Mais oui. Ce qui intéresse le directeur, c'est le résultat. C'est comme pour l'accord Bush-Noriega, ou cet Irakien enlevé à Bagdad durant les derniers jours du mandat de Clinton. Notre actuel président voulait voir ce type capturé, on l'a capturé. Il est sous la responsabilité du ministre de la Justice, désormais.

– Après qu'on l'aura vu entre quat'z'yeux, quand même.

– Bien entendu. Mais fondamentalement, c'est fini.

– Oui, admit-il. Bien fini. L'un dans l'autre, on s'est pas trop mal débrouillés, hein ?

– Non. Pas mal du tout. »

Ils se sourirent.

# Épilogue

## *Dimanche 10 octobre, 11:30, Quantico, Virginie*

Vêtu d'un treillis de sergent des marines américains, Roujio se tenait à l'extérieur de la clôture grillagée entourant le bâtiment du QG de la Net Force. Il était à trois cents mètres de l'entrée principale, mais le fusil à gros gibier rangé dans le sac en toile par terre près de ses pieds était largement assez précis pour atteindre une cible de la taille d'un homme. C'était un Remington, pas un Winchester, mais surtout un calibre 30-06, à pompe, comme l'arme qu'il avait utilisée dans l'Oregon pour tuer ce patron de l'informatique. La différence principale était que le viseur était optique et non holographique, avec un grossissement de dix, et réglé sur trois cents mètres. Il avait d'abord choisi son emplacement avant de monter l'arme.

Il y avait un abribus à proximité, encore assez récent pour ne pas être recouvert de graffitis. Il pouvait se permettre de traîner quelques minutes sans se faire remarquer. Même le dimanche, il y avait suffisamment de badauds dans le secteur pour que nul ne se préoccupe outre mesure de la présence d'un marine attendant le bus.

Si le commandant de la Net Force ne sortait pas déjeuner, Roujio s'en irait puis reviendrait à vélo un peu plus tard, voir s'il pouvait l'intercepter à sa sortie en fin de journée. S'il ne le repérait pas ici, peut-être le coincerait-il sur le chemin de son domicile. On arrivait toujours à trouver un endroit.

Un fourgon Dodge banalisé portant des plaques gouvernementales s'arrêta près de l'entrée. Roujio sortit de sa poche un petit monoculaire 8× Bushnell, assez compact pour qu'on puisse le dissimuler entièrement dans la paume. Il se pencha de biais contre la clôture et plaqua l'instrument contre son œil.

La porte du bâtiment s'ouvrit et livra passage à une brune séduisante, qui vint se poster près du fourgon. Suivit bientôt Alexander Michaels, flanqué de deux types qui ressemblaient à des gardes.

La chance souriait à Roujio. Il allait falloir agir vite. Un homme posté devant la grille et pointant un fusil ne manquerait pas d'attirer l'attention, marine ou pas marine. Il se pencha, ouvrit la fermeture du sac. Le fusil était prêt. Tout ce qu'il avait à faire, c'était le lever, introduire le canon entre les mailles du grillage qui lui offriraient un excellent appui, centrer la cible à la croisée du réticule, puis appuyer sur la détente. Cinq secondes en tout s'il se pressait, peut-être dix s'il prenait son temps.

La souplesse des mouvements était la clé. Pas de saccade : juste lever l'arme, la glisser entre les mailles, inspirer à fond et retenir sa respiration, situer la cible. Il avança.

Le viseur, un Leupold, avait une lentille d'excellente qualité : l'image était nette et lumineuse.

Il l'avait.

Roujio centra le réticule sur la poitrine de l'homme.

À cette distance, le champ circulaire du viseur était assez large pour que Michaels ne l'emplisse pas entièrement. Roujio pouvait distinguer la femme, un des gardes, et un militaire en uniforme en train de descendre du fourgon.

Il vida à moitié ses poumons. Commença à presser sur la détente...

Merde ! Roujio ôta son doigt. Le militaire, un Noir, tenait un homme par le bras.

Et l'homme qu'il tenait était Vladimir Plekhanov !

Roujio se rendit compte qu'il devait décider de tirer ou non, et qu'il devait décider vite. Il ne pouvait rester éternellement planté là.

Ainsi donc, malgré toute son astuce, ils avaient découvert que Plekhanov était leur véritable ennemi – et non seulement ça, mais ils l'avaient fait prisonnier !

Plekhanov capturé. Roujio lui avait encore parlé l'avant-veille. Incroyable.

Le moment se prolongea.

Devait-il abattre Michaels ? Ou bien Plekhanov ? L'homme risquait de le balancer lors de l'interrogatoire. Roujio savait très bien qu'il y avait des drogues, des instruments susceptibles d'arracher des secrets aux lèvres les mieux scellées. Les Américains n'y avaient pas souvent recours, mais ils pouvaient choisir de le faire.

Bien. Alors, tirer ?

Non. Il n'allait pas tuer Vladimir. Si le Russe voulait le dénoncer aux Américains, à sa guise.

Et le commandant de la Net Force ? Il serait tout aussi vain de l'abattre. Ça ne rendrait pas service à Plekhanov. Ça n'aurait aucun intérêt. Roujio avait beau être un tueur, il n'agissait pas sans raison.

Roujio retira le canon de la grille, se pencha, le rangea dans le sac en toile. Il regarda alentour. Quinze secondes peut-être s'étaient écoulées depuis qu'il avait sorti l'arme de sa cachette. Personne ne semblait l'avoir remarqué. Il referma le zip du sac. Se redressa.

Un bus approchait. Il allait le prendre, louer une autre voiture au prochain patelin, et filerait se trouver une planque pour s'asseoir et réfléchir. Il avait l'autre voiture de location, bien sûr, mais préférait ne plus l'utiliser. Il faisait chaud pour un mois d'octobre, et déjà l'intérieur de l'habitacle devait commencer à empester.

Le bus s'arrêta en chuintant. La porte à soufflet s'ouvrit. Le chauffeur lui sourit. Roujio lui rendit timidement son sourire, mais c'était surtout à cause de l'idée qui venait de lui traverser l'esprit : au moins, il n'aurait plus jamais à écouter Grigory le Serpent se vanter de sa médaille militaire décrochée en Tchétchénie. Et, d'ici que quelqu'un ouvre le coffre de la voiture et découvre ce qui gisait à l'intérieur, Roujio serait loin, très loin.

Dans le désert, peut-être.

# Glossaire

NOTE DU TRADUCTEUR. *Le lecteur trouvera ici, panachés, des termes en usage à l'époque de rédaction de cet ouvrage, ainsi que d'autres apparemment usités au moment, un peu plus lointain, où se déroule le récit...*

**AOL (America-On-Line)** : Nom du premier service en ligne sur Internet, depuis qu'il a absorbé en 1997 son principal rival Compuserve.

**CPI (Ça passe impec)** : Argot des cybersurfers. Équivalent du « ça baigne » usité au XX$^e$ siècle.

**CRV** : Construction en réalité virtuelle.

**Discom (DISconnect COMmunication)** : Formule de politesse pour mettre un terme à une transmission vocale sur un réseau télématique.

**E-mâle (e-man)** : Clone électronique.

**FEN (Far East Net)** : Réseau d'Extrême-Orient.

**GIF (Graphic Interchange File)** : *Fichiers GIF.* Les images étant bien plus volumineuses que les textes, il faut les compresser pour les transmettre. La norme GIF (permettant de transférer des images en 256 couleurs, sans aucune perte), appliquée à l'origine par le serveur Compuserve, est devenue une norme de fait sur Internet.

**GPS (Global Positioning System)** : Système mondial de localisation par satellite.

**HOS (Hard Objects Scanner)** : Système de détection des objets rigides, plus performant que les dispositifs classiques limités aux masses métalliques.

**Inter (Interface Link)** : version simplifiée du *virgil* (voir ce mot).

**KT (Kick Taser)** : Pistolet électrocuteur. Cette arme d'auto-défense lance des fléchettes reliées par fil à un générateur de courant haute tension. Elle immobilise l'adversaire en provoquant une tétanie musculaire momentanée. L'appareil a été inventé dans les années quatre-vingts. Grâce à la transmission par micro-ondes, la dernière version (2010) s'affranchit des fils.

**LOSIR (Line-Of-Sight InfraRed Tactical Com Unit)** : appareil de communication tactique à transmission directe par infrarouge.

**MR** : Monde réel (par opposition à la RV, la réalité virtuelle).

**NCA (Net Criminal Agreement)** : Protocole international signé en 2004 instaurant une législation internationale de la criminalité sur et par réseaux informatiques.

**Noprob (no problem)** : Pas de problème.

**NSA (National Security Agency)** : Agence pour la sécurité nationale. Service de renseignement américain chargé de la sécurité intérieure – alors que la CIA s'occupe normalement du renseignement extérieur.

**Pare-feu (firewall en anglais)** : Système de protection logicielle et, par extension, nom du serveur d'accès d'un réseau informatique chargé de filtrer toute intrusion extérieure pour éviter le piratage informatique ou les actes de malveillance (vol de fichiers, destruction de données, prise en main du système, introduction de virus). Faisant écran entre le réseau local et le reste d'Internet, ce routeur spécifique contrôle en permanence les accès pour ne laisser passer que les paquets de données autorisés.

**Ping** : Utilitaire permettant de tester l'état d'une ligne de transmission en envoyant automatiquement de brèves salves de signaux à intervalles réguliers.

**RV** : Réalité virtuelle (par opposition au MR, le monde réel).

**Spetsnatz** : Unités d'élite du GRO, le Service de renseignement militaire de l'ex-URSS.

**SRV (Service du renseignement extérieur)** : L'une des quatre agences russes (avec le contre-espionnage, la surveillance des communications et celle des frontières) qui ont succédé au KGB après sa dissolution le 11 octobre 1991.

**Sysop** : Opérateur système, responsable de la maintenance et de la mise à niveau d'un réseau informatique ou télématique.

**Virgil (VIRtual Global Interface Link)** : Liaison par interface globale virtuelle. Version améliorée et complétée de l'organiseur électronique : micro-ordinateur intégrant scanner, balise GPS, téléphone mobile avec fax-modem, radio-TV. Il en existe une version simplifiée, appelée *inter*.

**Voxax (VOICE ACtivated system)** : Dispositif à commande vocale.

**Webmestre** (de l'anglais *webmaster*, par assimilation avec « vaguemestre ») : Responsable d'un site Internet.

*La composition de cet ouvrage*
*a été réalisée par I.G.S. Charente Photogravure,*
*à l'Isle-d'Espagnac,*
*l'impression et le brochage ont été effectués*
*sur presse Cameron dans les ateliers*
*de **Bussière Camedan Imprimeries***
*à Saint-Amand-Montrond (Cher),*
*pour le compte des Éditions Albin Michel.*

*Achevé d'imprimer en février 1999.*
*N° d'édition : 17993. N° d'impression : 990611/4.*
*Dépôt légal : mars 1999.*